Cuervo negro

Primera edición en este formato: enero de 2026
Título original: *Raven Black*

© Ann Cleeves, 2006
© de la traducción, Claudia Casanova, 2025
© de esta edición, Futurbox Project, S. L., 2026
Todos los derechos reservados, incluido el derecho de reproducción total o parcial
de la obra.
Ninguna parte de este libro se podrá utilizar ni reproducir bajo ninguna circunstan-
cia con el propósito de entrenar tecnologías o sistemas de inteligencia artificial. Esta
obra queda excluida de la minería de texto y datos (Artículo 4(3) de la Directiva
(UE) 2019/790).

Diseño de cubierta: Taller de los Libros
Imágenes de cubierta: Freepik - efe_madrid | iStock - 4x6
Imagen topo de cubierta: TCD/Prod.DB - Alamy Stock Photo
Corrección: Marta Marne, Laura Serral

Publicado por Principal de los Libros
C/ Roger de Flor, n.º 49, escalera B, entresuelo, oficina 10
08013, Barcelona
info@principaldeloslibros.com
www.principaldeloslibros.com

ISBN: 978-84-10424-40-1
THEMA: FFP
Depósito Legal: B 800-2026
Preimpresión: Taller de los Libros
Impresión y encuadernación: Liberdúplex
Impreso en España — *Printed in Spain*

ANN CLEEVES

CUERVO NEGRO

SHETLAND 1

TRADUCCIÓN DE
CLAUDIA CASANOVA

Para Ella y su abuelo

Capítulo 1

La una y veinte de la madrugada del día de Año Nuevo. Magnus sabía la hora por el reloj grande, el reloj de su madre, que se apoyaba como un peso muerto sobre la repisa encima del fuego. En la esquina, el cuervo en la jaula de mimbre murmuraba y graznaba en sueños. Magnus esperaba. La habitación estaba preparada para recibir visitas: el fuego alimentado con turba y, sobre la mesa, una botella de *whisky* y el pastel de jengibre que había comprado en Safeway la última vez que estuvo en Lerwick. Sentía que se estaba quedando dormido, pero no quería irse a la cama por si alguien llamaba a la puerta. Si hubiera una luz en la ventana alguien podría venir, lleno de risas, tragos y cuentos. Hacía ocho años que nadie lo visitaba para desearle un feliz Año Nuevo, pero aun así esperaba, por si acaso.

En el exterior había un silencio absolxfuto. No se oía el viento. En Shetland, cuando no sopla el viento, es aún más estremecedor. La gente aguza el oído y se pregunta qué falta. Más temprano, ese mismo día, había caído una ligera capa de nieve, y al anochecer esta se había cubierto con una película de escarcha y todos los cristales brillaron y se endurecieron como diamantes bajo los últimos rayos de luz, e incluso después, bajo el haz del faro. El frío era otra razón por la que Magnus permanecía donde estaba. En el dormitorio, la capa de hielo en el interior de la ventana sería gruesa, y las sábanas estarían frías y húmedas.

Debió de quedarse dormido. Si hubiera estado despierto, los habría oído aproximarse, porque su llegada no fue nada silenciosa. No intentaban acercarse sigilosamente. Habría escuchado sus risas y sus pasos tambaleantes, habría visto el movimiento errático del haz de la linterna a través de la ventana sin cortinas. Lo despertaron los golpes en la puerta. Se sobresaltó al despertar, consciente de que estaba en medio de una pesadilla, aunque sin recordar los detalles.

—¡Entrad! —gritó—. ¡Entrad, entrad!

Se puso de pie con dificultad, rígido y adolorido. Debían de estar ya en la puerta de rejilla. Escuchó el siseo de susurros.

La puerta se abrió de golpe, dejando entrar una ráfaga de aire helado y a dos chicas jóvenes, tan llamativas y coloridas como aves exóticas. Vio que estaban borrachas. Permanecían de pie, sosteniéndose mutuamente. No estaban vestidas para el frío, pero sus mejillas estaban encendidas, y él sentía la vitalidad que emanaban como un calor palpable. Una era rubia y la otra, morena. La rubia era la más bonita, redondeada y suave, pero Magnus se fijó primero en la morena; su pelo negro tenía mechones de un azul luminoso. Le habría gustado extender la mano y tocar ese cabello más que nada en el mundo, pero sabía que no debía hacerlo. Solo lograría asustarlas.

—Entrad —dijo de nuevo, aunque ya estaban dentro de la habitación. Pensó que debía de sonar como un viejo tonto repitiendo las mismas palabras, sin sentido alguno. Siempre se habían reído de él. Lo llamaban retrasado y quizá tenían razón. Sintió que una sonrisa se dibujaba torpemente en su rostro y escuchó en su cabeza las palabras de su madre: «¿Vas a borrar esa estúpida sonrisa de la cara? ¿Quieres que la gente piense que eres más tonto de lo que ya eres?».

Las chicas se rieron por lo bajo y avanzaron hacia el interior de la habitación. Cerró las puertas detrás de ellas: la puerta exterior, que se había combado por el mal tiempo y daba al porche, y la que conducía al interior de la casa. Quería mantener el frío fuera, pero también le aterraba que ellas pudieran escapar. No podía creer que unas criaturas tan hermosas hubieran aparecido en su puerta.

—Sentaos —dijo. Solo había una butaca, pero junto a la mesa había otras dos sillas que su tío había hecho con madera flotante, y las sacó para ellas—. Os tomaréis una copa conmigo para recibir el Año Nuevo.

Ellas se rieron de nuevo, revolotearon y se posaron en las sillas. Llevaban espumillón en el cabello y sus ropas eran de piel, terciopelo y seda. La rubia llevaba unos botines de cuero tan brillantes que parecían alquitrán húmedo, con hebillas plateadas y pequeñas cadenas. Los tacones eran altos y las puntas, afiladas. Magnus nunca había visto un calzado así y, por un momento, no pudo apartar los ojos de ellos. Los zapatos de la chica morena eran rojos. Se colocó en la cabecera de la mesa.

—No os conozco, ¿verdad? —dijo, aunque al mirarlas más de cerca recordó haberlas visto pasar frente a la casa. Se esforzó por hablar despacio para que lo entendieran. A veces arrastraba las palabras. Estas le sonaron extrañas, como los graznidos del cuervo. Había enseñado al cuervo a decir algunas palabras. Algunas semanas, no tenía a nadie más con quien hablar. Se lanzó con otra frase:

—¿De dónde sois?

—Hemos estado en Lerwick. —Las sillas eran bajas, y la chica rubia tuvo que inclinar la cabeza hacia atrás para mirarlo. Magnus vio su lengua y su garganta rosada. La corta blusa de seda se había separado de la cintura de su falda dejando al descubierto un pliegue de piel, tan sedosa como la tela de su blusa, y su ombligo—. Celebrando Hogmanay.* Hemos hecho autostop hasta el final del camino. Íbamos de vuelta a casa cuando vimos la luz de la tuya.

—¿Nos tomamos una copa, entonces? —dijo con entusiasmo—. ¿Sí? —Echó una mirada a la chica morena, que estaba observando la habitación, moviendo los ojos lentamente, como si lo registrara todo, pero, de nuevo, fue la rubia quien respondió.

* Es el 31 de diciembre y la celebración del Año Nuevo en Escocia. *(N. de la T.)*

—Hemos traído nuestra propia bebida —dijo. Sacó una botella del bolso artesanal que sostenía sobre sus rodillas. Tenía un corcho incrustado en la parte superior y estaba prácticamente llena, casi tres cuartas partes. Magnus pensó que debía de ser vino blanco, pero no estaba del todo seguro. Nunca había probado el vino. La chica sacó el corcho de la botella con sus dientes blancos y afilados. La acción lo sobresaltó. Cuando se dio cuenta de lo que intentaba hacer, quiso gritarle que se detuviera. Se imaginó los dientes rotos hasta las raíces. Debería de haberse ofrecido para abrirla. Eso habría sido lo propio de un caballero. En cambio, solo la observó, fascinado. La chica bebió de la botella, limpió el reborde con la mano y se la pasó a su amiga. Magnus extendió la mano hacia su *whisky*. Le temblaban las manos y derramó un par de gotas sobre el hule al servirse un poco. Levantó el vaso y la chica morena lo chocó con la botella de vino. Sus ojos eran estrechos. Los párpados estaban pintados de azul y gris, y delineados en negro.

—Soy Sally —dijo la chica rubia. No parecía tener la capacidad de guardar silencio de la morena. Era una de esas personas ruidosas, decidió Magnus. Charlas y música—. Sally Henry.

—Henry —repitió Magnus. El apellido le resultaba familiar, aunque no podía ubicarlo del todo. Estaba desconectado. Sus pensamientos nunca habían sido rápidos, pero ahora pensar requería un esfuerzo. Era como intentar ver a través de una densa niebla marina. Podía distinguir formas e ideas vagas, pero enfocarse era difícil—. ¿Dónde vives?

—En la casa al final de la bahía —respondió—. Junto a la escuela.

—Tu madre es la maestra de la escuela.

Ahora podía situarla. La madre era una mujer pequeña. Había venido de una de las islas del norte. ¿Unst? ¿Yell, tal vez? Se había casado con un hombre de Bressay que trabajaba para el consejo. Magnus lo había visto conduciendo por ahí en un gran todoterreno.

—Sí —dijo ella, suspirando.

—¿Y tú? —le dijo a la chica morena, que le interesaba más. Le interesaba tanto que no podía evitar que sus ojos volvieran a posarse en ella—. ¿Cómo te llamas?

—Catherine Ross —dijo, hablando por primera vez. Su voz era profunda para ser una chica joven, pensó Magnus. Profunda y suave. Una voz como melaza negra. Por un momento olvidó dónde estaba, imaginando a su madre sirviendo melaza en la mezcla para los pasteles de jengibre que hacía, girando la cuchara sobre el tarro para atrapar los últimos hilos pegajosos, y luego entregándosela para que la lamiera. Pasó la lengua por los labios y, de repente, se dio cuenta con vergüenza de que Catherine lo miraba fijamente. Tenía una forma de no parpadear que lo descolocaba.

—No eres de aquí. —Lo sabía por el acento—. ¿Inglesa?

—Vivo aquí desde hace un año.

—¿Sois amigas? —La idea de la amistad le resultaba novedosa. ¿Había tenido él alguna vez amigos? Se tomó un momento para pensarlo—. ¿Compañeras de clase? ¿Es eso?

—Claro que sí —dijo Sally—. Es mi mejor amiga.

Y empezaron a reír de nuevo, pasándose la botella de un lado a otro, echando la cabeza hacia atrás para beber, y eso hacía que sus cuellos parecieran blancos como la tiza bajo la luz de la bombilla desnuda que colgaba sobre la mesa.

Capítulo 2

Faltaban cinco minutos para la medianoche. Todos estaban
en las calles de Lerwick alrededor de la plaza del mercado, y
la zona estaba llena de vida. Todo el mundo iba algo pasado
de copas pero no hasta el punto de pelearse, solo en un estado agradable, y sentías que pertenecías, que eras parte de esa
multitud risueña y bebedora. Sally pensó que su padre debería
haber estado por allí. En ese caso, se habría dado cuenta de
que no había nada de qué preocuparse. Incluso podría haberlo
disfrutado. Era el día de Hogmanay en Shetland. No era como
en Nueva York, ¿verdad? O Londres. ¿Qué iba a pasar? Conocía a la mayoría de la gente.

El latido sordo de un bajo le subía por los pies y le re-
tumbaba en la cabeza, y no lograba ubicar de dónde venía la
música, pero se movía con ella como todos los demás. Luego
sonaron las campanadas de la medianoche y el «Auld Lang
Syne», y se abrazó a la gente que tenía a su lado. De repente
estaba besándose apasionadamente con un tipo y, en un momento de claridad, se dio cuenta de que era un profesor de
matemáticas de Anderson High, y que estaba más borracho
que ella.

Más tarde, no recordaría exactamente qué pasó después.
No con claridad y no en orden. Vio a Robert Isbister, grande
como un oso, de pie frente a The Lounge, con una lata roja
en la mano, mirando a la multitud. Quizá ella había estado
buscándolo. Se vio a sí misma acercándose a él al ritmo de la
música, moviendo las caderas, casi bailando. Se detuvo frente

a él, sin hablar, pero coqueteando de todos modos. Claro que estaba coqueteando, de eso estaba segura. ¿Acaso no le puso la mano en la muñeca? Y acarició el fino vello dorado de su brazo como si fuera un animal. Nunca habría hecho eso estando sobria. Nunca habría tenido el valor de acercarse a él, aunque llevaba semanas soñando con este momento, imaginando cada detalle. Él tenía las mangas arremangadas hasta los codos, a pesar del frío, y llevaba un reloj de pulsera con una correa dorada. Recordaría eso. Se le quedaría grabado. Quizá no era oro de verdad, pero con Robert Isbister, ¿quién podía saberlo?

Entonces apareció Catherine, diciendo que había conseguido que las llevaran a casa, al menos hasta el cruce de Ravenswick. Sally quería quedarse, pero Catherine debió de haberla convencido porque se encontró en la parte trasera de un coche. Era como en su sueño también, porque de repente Robert estaba allí, sentado a su lado, tan cerca que sentía la tela vaquera de sus pantalones contra su pierna y su antebrazo desnudo en la nuca. El aliento le olía a cerveza. Eso le daba náuseas, pero sabía que no podía permitirse vomitar. No frente a Robert Isbister.

Otra pareja iba apretujada con ellos en la parte trasera del coche. Creía reconocerlos a ambos. El chico era del sur de Mainland y estaba estudiando en Aberdeen. ¿La chica? Vivía en Lerwick y era enfermera en el hospital Gilbert Bain. Estaban devorándose el uno al otro. Ella estaba debajo y él recostado sobre ella, mordisqueándole los labios, el cuello, los lóbulos de las orejas, y luego abría la boca como si quisiera tragársela pedazo a pedazo. Cuando Sally volvió a mirar a Robert, él la besó, pero despacio y con suavidad, no como el lobo de «Caperucita Roja». Sally no sintió que la estuvieran devorando en absoluto.

Sally no alcanzaba a ver mucho del chico que conducía. Estaba justo detrás del asiento del conductor y lo único que distinguía era una cabeza y un par de hombros cubiertos por una parka. Tampoco hablaba, ni con ella ni con Catherine, que iba sentada a su lado. Quizá estaba molesto por tener que acercarlas con su coche. Sally pensó en decirle algo, solo para ser amable, pero entonces Robert la volvió a besar y eso acaparó toda su atención. No había música en el coche, ningún ruido excepto el del motor, que sonaba realmente mal, y los sonidos húmedos de la pareja apretujada a su lado.

—¡Para! —Fue Catherine. No lo dijo fuerte, pero, en el silencio, los sobresaltó a todos. Su acento inglés hizo que las palabras le sonaran extrañas a Sally—. Para aquí. Sally y yo nos bajamos aquí. A menos que quieras llevarnos hasta la escuela.

—Ni hablar, tío —dijo el estudiante, separándose de la enfermera el tiempo suficiente para hablar—. Ya nos estamos perdiendo la fiesta.

—Venid con nosotros —dijo Robert—. Venid a la fiesta.

La invitación era seductora y estaba dirigida a Sally, pero fue Catherine quien respondió.

—No, no podemos. Se supone que Sally está en nuestra casa. No le han dado permiso para ir al pueblo. Si no volvemos pronto, sus padres vendrán a buscarla.

A Sally le molestó que Catherine hablara por ella, pero sabía que tenía razón. No podía estropearlo ahora. Si su madre descubría dónde había estado, se volvería loca. Su padre era razonable si lo dejaban tranquilo, pero su madre estaba completamente desequilibrada. El hechizo se rompió y de repente todo volvió al mundo real. Se deshizo de Robert, trepó por encima de él y salió del coche. El frío le cortó la respiración y se sintió mareada y eufórica, como si se hubiera tomado otra copa. Catherine y ella se quedaron de pie, una al lado de la otra, contemplando cómo desaparecían las luces traseras del coche.

—Cabrones —dijo Catherine, con tanta rabia que Sally se preguntó si había pasado algo entre ella y el conductor. Catherine rebuscó en su bolsillo, sacó una linterna pequeña y la encendió, iluminando el camino frente a ellas. Así era Catherine: siempre preparada.

—Aun así —dijo Sally, que sintió cómo una sonrisa tonta se extendía por su cara— ha sido una buena noche. Una jodida buena noche.

Al colgarse el bolso sobre el hombro, algo pesado golpeó contra su cadera. Sacó una botella de vino, abierta, con un corcho metido en la parte superior. ¿De dónde había salido? Ni siquiera tenía un recuerdo difuso de ello. Se la mostró a Catherine, intentando animarla.

—Mira. Algo para seguir el camino a casa.

Se echaron a reír y tropezaron mientras avanzaban por el camino helado.

El cuadrado de luz pareció surgir de la nada y las sorprendió.

—¿Dónde demonios estamos? Es imposible que hayamos llegado —dijo Sally. Por primera vez, Catherine parecía nerviosa, menos segura de sí misma, desorientada.

—Es Hillhead. La casa en lo alto de la colina.

—¿Vive alguien ahí? Pensaba que estaba vacía.

—Es de un viejo —dijo Sally—. Magnus Tait. Dicen que está mal de la cabeza. Un ermitaño. Nos enseñaron a mantenernos alejados de él.

Catherine ya no parecía asustada. O tal vez solo estaba fingiendo.

—Pero está ahí, completamente solo. Deberíamos entrar y desearle un feliz Año Nuevo.

—Ya te lo he dicho. Está mal de la cabeza.

—Tienes miedo —dijo Catherine, casi en un susurro.

«Claro que tengo miedo, estoy cagada de miedo, y no sé por qué».

—No seas tonta.

—Venga, atrévete —dijo Catherine, metiendo la mano en el bolso de Sally para sacar la botella. Dio un trago, volvió a poner el corcho y se la devolvió.

Sally golpeó el suelo con los pies para mostrar lo ridículo que era estar ahí, de pie en el frío.

—Deberíamos volver. Como has dicho, mis padres estarán esperándome.

—Podemos decirles que hemos estado visitando a los vecinos para ser los primeros en entrar en su casa.[*]

—No pienso ir sola.

—De acuerdo. Iremos las dos.

A Sally le resultaba difícil saber si eso era lo que Catherine había planeado desde el principio o si se había metido en una situación de la que no podía zafarse sin sentirse humillada.

La casa estaba retirada de la carretera. No había un sendero definido. Mientras se acercaban, Catherine iluminó el camino con la linterna y el haz golpeó en el tejado de pizarra gris, y luego contra el montón de turba apilada a un lado del porche. Les llegó el olor del humo que salía de la chimenea. La pintura verde de la puerta del porche se levantaba en escamas, dejando al descubierto la madera desnuda.

—Vamos —dijo Catherine—. Llama.

Sally llamó a la puerta tímidamente.

—Puede que ya esté en la cama y se haya dejado la luz encendida.

—No lo está. Lo veo ahí dentro. —Catherine entró al porche y golpeó con el puño en la puerta interior.

«Está loca», pensó Sally. «No sabe lo que hace. Todo esto es una locura».

Quería salir corriendo, regresar con sus aburridos y sensatos padres, pero, antes de que pudiera moverse, un sonido desde el interior las detuvo; Catherine abrió la puerta y tropezaron juntas dentro de la habitación, parpadeando y cegadas por la luz repentina.

El viejo se acercaba hacia ellas y Sally no pudo dejar de mirarlo. Sabía que lo estaba haciendo, pero no podía parar. Hasta entonces solo lo había visto de lejos. Su madre, gene-

[*] Se refiere a la tradición del *first-footing* en Escocia, ser el primero en cruzar el umbral de un vecino en Año Nuevo. *(N. de la T.)*

16

ralmente tan caritativa con los vecinos ancianos, tan cristiana en sus ofrecimientos de hacer la compra o llevar sopa y pasteles, había evitado cualquier contacto con Magnus Tait. Sally siempre aceleraba el paso frente a la casa cuando él estaba fuera.

—Nunca debes ir allí —le había dicho su madre cuando era niña—. Es un hombre desagradable. No es un lugar seguro para niñas pequeñas.

Así que esa granja siempre había ejercido una cierta fascinación en ella. Desde lejos, la observaba cada vez que iba o venía del pueblo. Había vislumbrado su espalda encorvada sobre las ovejas que esquilaba, había visto su silueta recortada contra el sol mientras estaba de pie frente a la casa mirando hacia el camino. Ahora, tan cerca, era como encontrarse cara a cara con un personaje de un cuento de hadas.

Él la miró fijamente, y Sally pensó que realmente parecía sacado de un libro de cuentos ilustrados. «Un trol del norte», pensó de repente. Eso era lo que parecía, con sus piernas cortas y gruesas, su cuerpo compacto, ligeramente encorvado, la boca en forma de ranura con dientes desordenados y amarillos. Nunca le había gustado la historia de los Billy Goats Gruff. Cuando era muy pequeña, le aterrorizaba cruzar el puente sobre el arroyo para llegar a su casa. Imaginaba al trol viviendo debajo, con ojos rojos como el fuego y la espalda encorvada mientras se preparaba para atacarla. Ahora se preguntaba si Catherine aún llevaba su cámara. Sacaría una buena fotografía del anciano.

Magnus miraba a las chicas con ojos acuosos que parecían no enfocar del todo.

—Entrad —dijo—. Entrad.

Y retiró los labios de sus dientes para sonreír.

Sally empezó a parlotear. Era lo que hacía cuando estaba nerviosa. Las palabras salían de su boca sin que supiera realmente qué decía. Magnus cerró la puerta detrás de ellas y luego se colocó frente a esta, bloqueando la única salida. Les ofreció *whisky*, pero Sally sabía que no debía aceptarlo. ¿Qué podría haberle echado? Sacó la botella de vino de su bolso, sonrió para tranquilizarlo y siguió hablando sin parar.

Sally hizo ademán de levantarse, pero el hombre tenía un cuchillo, largo y puntiagudo, con un mango negro. Lo estaba usando para cortar el pastel que había sobre la mesa.

—Deberíamos irnos —dijo—. De verdad, mis padres se estarán preguntando dónde estoy.

Pero parecía que no la escuchaban, y Sally contempló horrorizada cómo Catherine extendía la mano, tomaba un trozo de pastel y se lo metía en la boca. Veía incluso las migas en los labios de su amiga y entre sus dientes. El viejo se mantenía de pie, encima de ellas, con el cuchillo en la mano.

Sally vio al pájaro en la jaula mientras buscaba con la mirada una forma de salir.

—¿Qué es eso? —preguntó abruptamente. Las palabras salieron de su boca antes de que pudiera detenerlas.

—Es un cuervo.

El hombre se quedó inmóvil, observándola, y luego dejó el cuchillo con cuidado sobre la mesa.

—¿No es cruel tenerlo encerrado así?

—Tenía un ala rota. No volaría ni aunque lo soltara.

Pero Sally no escuchó las explicaciones del viejo. Pensaba que él planeaba retenerlas en la casa, encerrarlas como al cuervo negro con su pico cruel y su ala herida.

Y entonces Catherine se puso de pie, sacudiéndose las migas de pastel de las manos. Sally la siguió. Catherine caminó hacia el viejo, lo suficientemente cerca como para tocarlo. Era más alta que él y lo miraba desde arriba. Por un horrible momento, Sally temió que Catherine tuviera la intención de besarle la mejilla. Si Catherine lo hacía, ella se vería obligada a hacerlo también. Porque todo formaba parte del mismo juego, ¿no? Al menos, así se lo parecía a Sally. Desde que habían entrado en la casa, todo había sido un desafío. Magnus no se había afeitado bien. Duras y grises espinas crecían en los pliegues de sus mejillas. Sus dientes estaban amarillos y cubiertos de saliva. Sally pensó que preferiría morir antes que tocarlo.

Pero el momento pasó, y pronto las dos chicas estaban fuera, riendo tan fuerte que Sally pensó que se haría pis encima o que ambas se derrumbarían juntas sobre un montón de nieve. Cuando sus ojos se acostumbraron de nuevo a la oscuridad, ya no necesitaron la linterna para iluminar el camino. Había una luna casi llena y sabían cómo regresar a casa.

La casa de Catherine estaba en silencio. Su padre no creía en las celebraciones de Año Nuevo y se había ido a la cama temprano.

—¿Quieres entrar? —preguntó Catherine.

—Mejor no.

Sally sabía que esa era la respuesta que debía dar. A veces no tenía idea de lo que Catherine estaba pensando. Otras, lo sabía con exactitud. Y ahora sabía que Catherine no quería que entrara.

—Será mejor que me des esa botella. Hay que esconder las pruebas.

—Vale.

—Me quedaré aquí, vigilándote hasta que llegues a tu casa —dijo Catherine.

—No hace falta.

Pero Catherine se quedó, apoyada contra el muro del jardín, observando. Cuando Sally se giró para mirar atrás, ella seguía ahí.

Capítulo 3

Si hubiera tenido la oportunidad, a Magnus le habría gustado hablarles a las chicas sobre los cuervos. Había cuervos en sus tierras, siempre los había habido, desde que era un chaval y los había observado. A veces parecía que jugaban. Los veía en el cielo girando y dando vueltas, como niños persiguiéndose en un juego, y luego plegaban las alas y caían en picado desde el cielo. Magnus se imaginaba lo emocionante que debía de ser: el viento a toda velocidad, la rapidez de la caída. Entonces salían del descenso volando, y sus graznidos sonaban como risas. Una vez vio a los cuervos en la nieve deslizándose por la pendiente hasta la carretera sobre sus espaldas, uno tras otro, igual que hacían los niños del pueblo en sus trineos, hasta que su madre los echaba gritando para que se alejaran de su casa.

Pero, otras veces, los cuervos eran las aves más crueles del mundo. Los había visto picotear los ojos de un cordero recién nacido y enfermo. La madre, chillando de dolor y rabia, no había logrado espantarlos. Magnus tampoco los había ahuyentado. Ni siquiera lo intentó. No pudo apartar la vista mientras las aves pinchaban los ojos y los desgarraban, chapoteando con sus garras en la sangre.

Durante la semana después de Año Nuevo, Magnus pensó en Sally y Catherine todo el tiempo. Las veía al despertarse por la mañana, y, adormilado en su silla junto al fuego por la noche, soñaba con ellas. Se preguntaba cuándo volverían. No podía creer que alguna vez regresaran, pero tampoco soportaba la idea de no volver a hablar con ellas nunca más. Toda esa semana, las islas permanecieron congeladas y cubiertas de nieve. Hubo ventiscas tan intensas que no se veía el sendero desde su ventana. Los copos de nieve eran muy finos, y cuando el viento los atrapaba, giraban y se arremolinaban como humo. Luego, el viento cesaba por completo, el sol salía, y la luz reflejada quemaba sus ojos, obligándolo a entrecerrarlos para ver el mundo fuera de su casa. Vio el hielo azul en la bahía, la máquina quitanieves abriendo camino desde la carretera principal, la furgoneta del correo, pero no vio a las hermosas jóvenes.

En una ocasión alcanzó a divisar a la señora Henry, la madre de Sally, la maestra de la escuela. La vio salir por la puerta del colegio. Llevaba botas gruesas forradas de piel y una chaqueta rosa con la capucha levantada. Era mucho más joven que Magnus, pero aun así le parecía que se vestía como una anciana. O al menos como alguien a quien no le importaba con qué aspecto salía de casa. Era muy pequeña y se movía con prisa, como si el tiempo fuera importante para ella. Mientras la observaba, de repente sintió miedo de que tuviera intención de ir a buscarlo. Pensó que tal vez había descubierto que Sally había estado en su casa en Año Nuevo. Se la imaginó montando una escena, gritando, con su rostro tan cerca del suyo que podría oler su aliento, sentir la saliva mientras le gritaba: «No te atrevas a acercarte a mi hija». Por un momento, se sintió confundido. ¿Esa escena era imaginación o recuerdo? Pero no subió la colina hacia su casa. Se alejó.

Al tercer día, Magnus se quedó sin pan, leche, tortas de avena y las galletas de chocolate que le gustaban con el té. Tomó el autobús hacia Lerwick. No le gustaba salir de casa. Las chicas podrían presentarse mientras él estaba fuera. Se las imaginaba subiendo la colina, riendo y resbalando, llamando a la puerta y descubriendo que no había nadie. Lo peor era que nunca sabría que habían estado allí. La nieve estaba tan compacta que no dejarían huellas.

Reconoció a muchos pasajeros en el autobús. Algunos habían ido a la escuela con él. Allí estaba Florence, que había sido cocinera en el Skillig Hotel antes de jubilarse. Cuando eran jóvenes, habían sido algo parecido a amigos. Ella había sido una hermosa chica y una gran bailarina. Recordó un baile en el salón de Sandwick. Los chicos Eunson estaban tocando, y hubo un baile tradicional, en el que la música iba cada vez más rápido hasta que Florence tropezó. Magnus la había atrapado en sus brazos y la sostuvo por un momento hasta que ella salió corriendo, riendo, hacia las otras chicas. Más adelante en el autobús estaba Georgie Sanderson, que se había lastimado la pierna en un accidente y había tenido que dejar la pesca.

Pero Magnus eligió un asiento solo, y ninguno de ellos le habló ni reconoció su presencia. Así era siempre. Costumbre. Probablemente ni siquiera lo veían. El conductor había puesto la calefacción al máximo. El aire caliente salía de debajo de los asientos y derretía la nieve de las botas de todos, haciendo que el agua corriera por el pasillo central, hacia adelante y hacia atrás, dependiendo de si el autobús subía o bajaba una cuesta. Las ventanas estaban empañadas, así que Magnus solo supo que era hora de bajarse porque todos los demás lo hicieron.

Ahora Lerwick era un lugar ruidoso. Cuando Magnus era niño, conocía a todas las personas que se cruzaban con él por la calle. Últimamente, incluso en invierno, estaba lleno de desconocidos y de coches. En verano era peor. Entonces llegaban los turistas. Bajaban del ferri nocturno desde Aberdeen, parpadeando y mirando a su alrededor, como si hubieran llegado a un zoológico o a otro planeta. Giraban la cabeza de un lado a otro, examinando todo a su alrededor. A veces, los enormes cruceros se deslizaban hasta el puerto y se quedaban allí, imponentes sobre los edificios. Durante una hora, sus pasajeros se adueñaban del pueblo. Era una invasión. Tenían rostros ansiosos y voces altisonantes, pero Magnus percibía que estaban decepcionados con lo que encontraban, como si el lugar no estuviera a la altura de sus expectativas. Habían pagado mucho dinero por su crucero y se sentían estafados. Quizá, después de todo, Lerwick no era tan diferente de los lugares de donde ellos venían.

Esa mañana evitó el centro y se bajó del autobús en el supermercado a las afueras del pueblo. El lago Clickimin estaba congelado, y dos cisnes cantores lo sobrevolaban en círculos, buscando un trozo de agua abierta donde aterrizar. Un corredor trotaba por el sendero hacia el centro deportivo. Por lo general, a Magnus le gustaba el supermercado. Le atraían las luces brillantes y los carteles de colores. Se asombraba ante los pasillos anchos y las estanterías llenas. Nadie lo molestaba allí, nadie lo conocía. De vez en cuando, la mujer de la caja era amable, y hacía algún comentario sobre sus compras. Y él le devolvía la sonrisa, y recordaba cómo era cuando todos lo saludaban con amabilidad. Después de hacer sus compras, solía ir a la cafetería y darse un capricho: una taza de café con leche y algo dulce, tal vez un pastelito con albaricoques y vainilla o un trozo de pastel de chocolate, tan pegajoso que tenía que comerlo con cuchara.

Hoy tenía prisa. No había tiempo para el café. Quería tomar el primer autobús de vuelta a casa. Se quedó en la parada con las dos bolsas de la compra a sus pies. Aunque el sol brillaba, caía una ligera nevada, fina como azúcar glaseado. La nieve se posó sobre su chaqueta y su cabello. Esta vez tuvo el autobús para él solo. Eligió un asiento cerca de la parte trasera.

Catherine subió al autobús veinte minutos después, cuando estaban a medio camino de la casa de Magnus. Al principio, él no la vio. Había trazado un círculo en el vaho de la ventana y estaba mirando hacia fuera. Sabía que el autobús se había detenido, pero estaba perdido en sus ensoñaciones. Entonces algo lo hizo girarse. Quizá fue su voz al pedir el billete, aunque no la había escuchado conscientemente. Pensó que era su perfume, el olor que había llevado consigo a su casa el día de Año Nuevo, pero no podía ser, ¿o sí? No podía olerla desde la parte delantera del autobús. Levantó la nariz en el aire, pero lo único que le llegó fue la mezcla de diésel y lana mojada.

No esperaba que ella lo reconociera. Verla ya era suficientemente emocionante. Le habían gustado ambas chicas, pero Catherine era la que más le fascinaba. Seguía teniendo los mismos mechones azules en el cabello, pero llevaba un abrigo largo, un gran abrigo gris que le llegaba casi a los tobillos, y que estaba mojado y ligeramente embarrado en el dobladillo. Su bufanda era de lana tejida a mano, de un rojo brillante, rojo como sangre fresca. Parecía cansada, y Magnus se preguntó a quién habría visitado. Se dejó caer en el asiento delantero sin reparar en él, demasiado exhausta, al parecer, para avanzar más por el autobús. Desde donde estaba sentado, Magnus no podía ver del todo, pero pensó que Catherine tenía los ojos cerrados.

Se bajó en la misma parada que él. Magnus se hizo a un lado para dejarla salir primero y, aun así, parecía que ella no lo reconocía. ¿Cómo podría culparla? Todos los viejos le parecerían iguales, igual que todos los turistas eran iguales para él. Pero Catherine se detuvo al pie de los escalones, se giró y lo miró. Sonrió lentamente y le extendió la mano para ayudarlo a bajar. Llevaba guantes de lana, así que no pudo sentir su piel contra la suya, pero el contacto igualmente le produjo un estremecimiento. Se sorprendió de la reacción que sentía su cuerpo hacia ella y deseó que no percibiera su emoción.

—Hola —dijo ella, con su voz de melaza negra—. Siento lo de la otra noche. Espero que no fuera una molestia.

—En absoluto. —Su voz salió entrecortada por los nervios—. Me alegré de que subierais.

Ella sonrió ampliamente, como si hubiera dicho algo que la divirtiera.

Caminaron unos pasos en silencio. Magnus deseaba saber qué decirle. Podía oír el ruido de la sangre latiendo en sus oídos, como le pasaba cuando trabajaba demasiado tiempo quitando las malas hierbas de los nabos, inclinado sobre la azada bajo el sol, cuando el aliento llegaba entre jadeos.

—Mañana volvemos a la escuela —dijo de repente—. Se acabaron las vacaciones.

—¿Te gusta la escuela? —preguntó él.

—No mucho. Es un rollo.

No supo cómo responder a eso.

—A mí tampoco me gustaba la escuela —dijo tras un momento. Luego, añadió, por decir algo—: ¿Dónde has estado esta mañana?

—Esta mañana no, anoche. Me quedé en casa de una amiga. Hubo una fiesta. Me han acercado en coche hasta la parada del autobús.

—¿Sally no vino contigo?

—No, no la dejaron. Sus padres son muy estrictos.

—¿Estuvo bien la fiesta? —preguntó Magnus, genuinamente interesado. Nunca había ido a demasiadas.

—Bueno —dijo ella—. Ya sabes…

Pensó que quizá tenía más que decir. Incluso tuvo la sensación de que iba a contarle un secreto. Habían llegado al lugar donde él debía desviarse para subir la colina hacia su casa, y se detuvieron. Magnus esperó a que continuara hablando, pero ella simplemente se quedó allí. Esta mañana no llevaba maquillaje de color en los ojos, aunque aún estaban delineados en negro, un trazo que parecía borroso y sucio, como si hubiera estado ahí toda la noche. Finalmente, Magnus se vio obligado a romper el silencio.

—¿Quieres entrar? —preguntó—. Tomarte algo para ahuyentar el frío. ¿O un poco de té?

Ni por un segundo pensó que ella aceptaría. Era evidente que era una niña bien educada. Seguro que le habrían enseñado a no entrar sola en la casa de un extraño. Ella lo miró, sopesando la idea.

—Es un poco temprano para un trago —dijo.

—¿Té, entonces? —Sintió cómo su boca se extendía en esa sonrisa tonta que siempre había molestado a su madre—. Té y galletas de chocolate.

Comenzó a ascender el camino hacia la casa, bastante confiado, seguro de que ella lo seguiría.

Nunca cerraba con llave, pero abrió la puerta y se hizo a un lado para dejarla entrar primero. Mientras esperaba a que ella se sacudiera las botas en el felpudo, miró a su alrededor. Todo estaba tranquilo afuera. No había nadie cerca. Nadie sabía que tenía a esa hermosa criatura de visita. Su tesoro, el cuervo en su jaula.

Capítulo 4

Fran Hunter tenía un coche, pero no le gustaba usarlo para trayectos cortos. Le preocupaba el cambio climático y quería poner de su parte. Tenía una bicicleta con un asiento trasero para Cassie, que había llevado consigo en el ferri de Northlink cuando se mudó. Se enorgullecía de viajar ligera, y la bicicleta había sido el único objeto voluminoso en su equipaje. Sin embargo, con este clima, una bicicleta no servía de nada. Hoy envolvió a Cassie en su peto, su abrigo y las botas de agua con ranas verdes en la parte delantera, y la llevó al colegio en un trineo. Era 5 de enero, el primer día del nuevo trimestre escolar. Cuando salieron, apenas había luz. Fran sabía que la señora Henry no tenía muy buena opinión de ella, y no quería llegar tarde. No necesitaba más miradas condescendientes ni cejas enarcadas, ni que las otras madres hablaran de ella a sus espaldas. A Cassie ya le resultaba bastante difícil encajar.

Fran alquilaba una pequeña casa justo al lado de la carretera que llevaba a Lerwick. Estaba junto a una austera capilla de ladrillo, y era baja y discreta en comparación. Tenía tres habitaciones y un baño sencillo, instalado más recientemente, en la parte trasera. Vivían en la cocina, que estaba prácticamente igual desde que se había construido la casa. Tenía una estufa de leña donde quemaban el carbón que llegaba cada mes en un camión desde el pueblo. También había una cocina eléctrica, pero a Fran le gustaba la idea de la estufa de leña. Era una romántica. La casa ya no tenía terreno, aunque en algún momento debió de estar vinculada a una pequeña granja. En temporada alta, se convertía en un alojamiento vacacional, y para Semana Santa Fran tendría que decidir qué hacer con su futuro y con el de Cassie. El propietario había insinuado que podría estar dispuesto a venderla. Fran ya comenzaba a pensar en ella como un hogar y un lugar para trabajar. Su dormitorio tenía dos grandes ventanas en el techo y vistas a Raven Head. Podría servir como un estudio.

En el amanecer gris, Cassie hablaba sin parar, y Fran respondía automáticamente, aunque sus pensamientos estaban en otra parte.

Cuando rodearon la colina cerca de Hillhead, el sol comenzaba a salir, proyectando largas sombras sobre la nieve, y Fran se detuvo para contemplar el paisaje. Alcanzaba a ver al otro lado del agua, más allá del promontorio. Volver había sido lo correcto, pensó. Este era el mejor lugar para criar a un niño. Hasta ese momento no había comprendido cuán insegura había estado respecto a su decisión. Era tan buena interpretando el papel de madre soltera agresiva que casi había llegado a creérselo.

Cassie tenía cinco años y era tan asertiva como su madre. Fran le había enseñado a leer antes de ir a la escuela, algo que tampoco había sido del agrado de la señora Henry. La niña podía ser ruidosa y tener opiniones muy firmes, y había momentos en los que incluso Fran se preguntaba, despreciándose a sí misma por la horrible sospecha, si había creado un pequeño monstruo precoz.

—Sería agradable —dijo la señora Henry con frialdad en la primera reunión de padres— que de vez en cuando Cassie hiciera lo que se le dice a la primera. Sin necesitar una explicación detallada de por qué se lo han pedido.

Fran, que esperaba que le dijeran que su hija era un genio, y que era un placer enseñarle, se sintió mortificada. Ocultó su decepción con una enérgica defensa de su filosofía de crianza. «Los niños deberían tener confianza para tomar sus propias decisiones, para cuestionar la autoridad», dijo. Lo último que quería era una hija que fuera una sumisa conformista.

La señora Henry la escuchó.

—Debe de ser difícil —dijo la señora Henry cuando Fran perdió fuelle— criar a una hija sola.

Ahora, sentada en el trineo como una princesa rusa, Cassie comenzaba a inquietarse.

—¿Qué pasa? —exigió—. ¿Por qué te has parado?

La atención de Fran se había desviado hacia el contraste de colores, una posible inspiración para un cuadro, pero tiró de la cuerda y siguió adelante. Ella, al igual que la maestra, estaba a merced de las imperiosas demandas de Cassie. En lo alto de la colina, Fran se detuvo y se subió a la parte trasera del trineo. Rodeó el cuerpo de su hija con las piernas y sostuvo firmemente un lazo de cuerda en cada mano. Luego clavó los talones en la nieve y lanzó el trineo colina abajo. Cassie chilló, con una mezcla de miedo y emoción. Rebotaron sobre los surcos helados y ganaron velocidad al llegar abajo. El frío y la luz del sol quemaban la cara de Fran. Tiró de la cuerda izquierda para guiarlas hacia un montón de nieve suave acumulado contra la pared del patio de recreo. Nada se puede comparar con esto, pensó. Esto es lo mejor que puede haber.

Por una vez, llegaron temprano. Fran había recordado coger el libro de la biblioteca de Cassie, su almuerzo y unos zapatos de repuesto. Llevó a Cassie al vestuario, la sentó en el banco y le quitó las botas de agua. La señora Henry estaba en el aula, pegando una serie de números en la pared. Estaba encaramada sobre su escritorio, pero aun así le costaba alcanzar la altura necesaria. Llevaba unos pantalones de una fibra sintética, ligeramente brillantes y arrugados en las rodillas, y un cárdigan tejido a máquina con un estampado vagamente noruego. Fran se fijaba en la ropa. Había trabajado como asistente de editora de moda en una revista femenina después de terminar la universidad. La señora Henry necesitaba un cambio de imagen.

—¿Puedo ayudarla? —Fran se escuchó a sí misma y se sintió ridículamente temerosa ante la posibilidad de ser rechazada. Había trabajado con fotógrafos capaces de hacer llorar a hombres adultos, pero la señora Henry la hacía sentir como una niña de seis años. Normalmente, Fran llegaba al colegio justo antes de que sonara la campana. Para entonces, la señora Henry ya estaba rodeada de padres y parecía conocerlos a todos personalmente.

La señora Henry se giró, parecía sorprendida de verla.

—¿De verdad? Qué amable. Cassie, ven y siéntate en la alfombra, busca un libro para mirar mientras llegan los demás.

Inexplicablemente, Cassie hizo exactamente lo que le dijo.

En el camino de regreso, colina arriba, arrastrando el trineo detrás de ella, Fran se dijo que era patético sentirse tan contenta. ¿Era para tanto? Ni siquiera creía en aprender de memoria, por el amor de Dios. Si se hubieran quedado en el sur, habría considerado inscribir a Cassie en una escuela Steiner.* Sin embargo, ahí estaba, emocionada porque había pegado la tabla del dos en la pared del aula. Y porque Margaret Henry le había sonreído y la había llamado por su nombre de pila.

No había rastro del viejo que vivía en Hillhead. A veces, cuando pasaban por allí, salía a saludarlas. No solía hablar mucho. Normalmente, era solo un gesto con la mano, y una vez le puso un dulce en la mano a Cassie. A Fran no le gustaba que Cassie comiera caramelos: el azúcar no era más que calorías vacías, por no hablar de las caries, pero el hombre parecía tan tímido y ansioso que ella le dio las gracias. Entonces Cassie se metió en la boca el caramelo de rayas ligeramente polvoriento, sabedora de que su madre no la detendría delante del viejo. Y que Fran difícilmente le pediría que lo escupiera después de que él volviera a entrar.

Fran se detuvo allí para mirar de nuevo hacia el agua, con la esperanza de recrear la imagen que había visto de camino al colegio. Lo que había llamado su atención eran los colores. A menudo, los colores en las islas eran sutiles: verde oliva, marrón barro, gris marino, todos suavizados por la niebla. Bajo la luz

* Las escuelas Steiner propugnan una filosofía educativa holística, centrada en la imaginación y la creatividad, y basada en las enseñanzas de Rudolf Steiner, el fundador de la antroposofía. (*N. de la T.*)

del sol de primera hora de la mañana, esta escena era cruda y vibrante. El blanco intenso de la nieve. Tres formas, silueteadas. Cuervos. En su pintura serían formas angulares, casi cubistas. Pájaros toscamente tallados en madera negra y dura. Y luego ese estallido de color: rojo, reflejando el globo escarlata del sol.

Dejó el trineo a un lado del sendero y cruzó el campo para ver la escena más de cerca. Desde la carretera se veía una puerta. La nieve impedía abrirla, así que la trepó. Un muro de piedra dividía el campo en dos, pero en algunos lugares estaba derrumbado y había un hueco lo suficientemente grande para que pasara un tractor. A medida que se acercaba, la perspectiva cambiaba, pero eso no le preocupaba. Tenía la pintura claramente grabada en su mente. Esperaba que los cuervos levantaran el vuelo, incluso deseaba verlos en el aire. La visión de ellos alzándose, con la cola en forma de cuña inclinada para mantener el equilibrio, le serviría para formarse una imagen de ellos en el suelo.

Su concentración era tan intensa, y todo parecía tan irreal, rodeada por la luz reflejada que le hacía dar vueltas la cabeza, que caminó directamente hacia la escena antes de darse cuenta de lo que estaba viendo. Hasta ese momento, todo era solo forma y color. Entonces, el rojo vívido se convirtió en una bufanda. El abrigo gris y la carne blanca se fundieron con el fondo de la nieve, que aquí ya no estaba tan limpia. Los cuervos picoteaban el rostro de una chica. Uno de los ojos había desaparecido.

Fran reconoció a la joven, incluso en el estado alterado y degradado del cuerpo. Los cuervos se alejaron brevemente cuando ella se acercó, pero ahora, inmóvil mientras observaba, volvieron. De repente, gritó tan fuerte que sintió la tensión en la parte trasera de la garganta y dio una palmada para ahuyentar a las aves, que alzaron el vuelo en círculos hacia el cielo. Pero no podía moverse.

Era Catherine Ross. Tenía una bufanda roja apretada alrededor del cuello, con los flecos extendidos como si fueran sangre sobre la nieve.

Capítulo 5

Magnus observaba desde su ventana. Había estado allí desde el amanecer, incluso antes. No había podido dormir. Vio pasar a la mujer, arrastrando a la niña en el trineo detrás de ella, y sintió un atisbo de envidia. «Crecí en otra época», pensó. Las madres no se comportaban así con sus hijos cuando él era pequeño. Había poco tiempo para jugar.

Se había fijado en la niña antes, incluso las había seguido por el camino en una ocasión para ver dónde vivían. Había sido en octubre, porque pensaba en los viejos tiempos, cuando salían a pedir dulces por Halloween, disfrazados con máscaras y llevando linternas hechas de nabos. Pensaba mucho en los viejos tiempos. Los recuerdos nublaban sus pensamientos y lo confundían.

La mujer y la niña vivían en esa casa donde los turistas se alojaban en verano, donde el pastor y su esposa habían vivido alguna vez. Había mirado durante un rato, aunque ellas no lo habían visto mirar por la ventana. Había sido lo suficientemente astuto como para que no lo descubrieran y, además, no quería asustarlas. Nunca fue su intención. La niña estaba sentada a la mesa, dibujando en grandes hojas de papel de colores con crayones gruesos. La mujer también dibujaba, al carboncillo, haciendo trazos rápidos y enérgicos, de pie junto a su hija, inclinándose sobre ella para alcanzar el papel. Magnus había deseado estar lo suficientemente cerca para ver el dibujo. Una vez, la mujer apartó su cabello del rostro y dejó una marca, como de hollín, en la mejilla.

Magnus pensó en lo bonita que era la niña. Tenía mejillas redondeadas, rojas por el frío, y rizos dorados. Deseaba que la madre la vistiera de otra manera. Le gustaría verla con una falda rosa, de satén y encaje, calcetines blancos y zapatos con hebilla. Le gustaría verla bailar, pero incluso con pantalones y botas, era imposible confundirla con un niño.

Desde la cima de la colina no podía ver el lugar donde Catherine Ross yacía en la nieve. Se apartó de la ventana para preparar té, luego volvió con su taza y se quedó esperando. No tenía nada urgente que hacer. La noche anterior había salido con heno para las ovejas. Ahora tenía pocos animales en la colina. En estos días helados, cuando el suelo estaba duro y cubierto de nieve, poco más se podía hacer.

«El diablo encuentra trabajo para las manos ociosas». El recuerdo de su madre diciendo esas palabras era tan vívido que casi se giró, esperando verla sentada en la silla junto al fuego, con el cinturón lleno de crin de caballo alrededor de la cintura, con una aguja clavada en él, fija, mientras la otra volaba. Podía tejer un par de medias en una tarde, un jersey sencillo en una semana. Tenía fama de ser la mejor tejedora del sur, aunque nunca había disfrutado haciendo los elaborados patrones de Fair Isle. «¿Qué sentido tiene eso?», decía, enfatizando la última palabra hasta casi escupirla. «¿Te mantendrá más caliente?».

Magnus se preguntó qué otro trabajo encontraría el diablo para él.

La madre regresaba de la escuela, arrastrando el trineo vacío detrás de ella. Magnus la observó desde el fondo de la colina, inclinada hacia adelante, avanzando con esfuerzo, caminando como un hombre. Se detuvo justo debajo de su casa y miró hacia la bahía. Se dio cuenta de que algo había captado su atención. Se preguntó si debería salir y llamarla. Si tenía frío, tal vez se distraería con la idea de una taza de té. Quizá el fuego y las galletas la tentarían. Aún le quedaban algunas, y había guardado una porción de pastel de jengibre en la lata.

Por un momento se preguntó si ella cocinaría galletas para su hija. Probablemente no, decidió. Eso también habría cambiado. ¿Por qué alguien se tomaría tantas molestias ahora? Batir el azúcar y la margarina en el tazón grande, girar la cuchara mientras salía el espeso jarabe negro del tarro. ¿Por qué molestarse con eso, cuando el Safeway de Lerwick vendía pasteles de albaricoque y almendra, y pastel de jengibre tan bueno como el que horneaba su madre?

Como estaba distraído pensando en repostería, perdió la oportunidad de invitar a la mujer a entrar en la casa. Ella ya se había desviado del camino. Ahora no había nada que pudiera hacer. Solo se veía su cabeza, cubierta con un sombrero, un extraño gorro de punto, mientras descendía por la pendiente del campo. Luego, desapareció por completo de su vista. Vio a los tres cuervos dispersándose como si hubieran recibido un disparo, pero estaba demasiado lejos para escuchar a la mujer gritar. Una vez que desapareció de su vista, se olvidó de ella. No era lo suficientemente importante como para formar parte de una imagen en su mente.

El marido de la maestra subió por la carretera en su Land Rover. Magnus lo reconoció, aunque nunca había hablado con él. No era habitual que saliera tan tarde de casa. Por lo general, salía temprano por la mañana desde la casa de la escuela y volvía después del anochecer. Quizá la nieve había alterado sus planes. Magnus conocía los movimientos de todos en el valle. No había tenido nada más para entretenerse desde la muerte de su madre. Por lo que había oído en la oficina de correos y en el autobús, sabía que Alex Henry trabajaba para el Consejo de las Islas. Algo relacionado con la fauna. Los hombres se habían quejado. Decían que los locales tenían más potestad en el asunto. ¿Quién se creía Henry para imponerles reglas? Culpaban a las focas de comerse los peces y decían que deberían tener derecho a dispararles. Comentaban que personas como Henry se preocupaban más por los animales que por cómo se ganaban la vida los hombres. A Magnus le gustaba ver a las focas. Pensaba que había algo amistoso y cómico en la forma en que asomaban sus cabezas fuera del agua, pero él nunca había sido pescador. Las focas no le resultaban un impedimento.

Cuando el coche se detuvo, Magnus sintió otra vez la misma sensación de pánico que había tenido al ver a Margaret Henry. Quizá Sally había hablado. Tal vez el padre venía a quejarse de que había dejado entrar a las chicas en su casa. Pensó que Henry ahora tendría incluso más razones para estar enfadado. El hombre fruncía el ceño mientras bajaba del coche. Era de mediana edad, grande y robusto. Llevaba una chaqueta Barbour que le quedaba ajustada en los hombros, y botas de cuero grueso. Si hubiera una pelea, Magnus no tendría ninguna oportunidad. Se apartó de la ventana para que no lo vieran, pero Henry ni siquiera miró en su dirección. Subió el cercado y siguió la línea de pasos que había dejado la mujer. Ahora Magnus estaba intrigado. Le habría gustado tener una vista de la escena que se desarrollaba al pie de la colina. Si hubiera estado solo la mujer, habría salido a mirar. Quizá le había hecho señas al marido de la maestra, pidiéndole que detuviera su coche.

Y entonces, justo cuando Magnus se imaginaba qué podía estar sucediendo, la joven madre volvió, tambaleándose ligeramente al llegar a la carretera. Se dio cuenta de que estaba alterada. Tenía esa expresión aturdida y congelada que Magnus había visto antes. La misma de Georgie Sanderson cuando tuvo que abandonar su barco, y que su madre había tenido después de la muerte de Agnes. Cuando murió el padre de Magnus no fue así. Entonces parecía que la vida continuaría como siempre. «Ahora solo seremos tú y yo, Magnus. Tendrás que ser un niño grande para tu madre». Su madre había hablado con firmeza, incluso con alegría. No hubo lágrimas.

Magnus pensó ahora que la mujer sí había llorado, aunque era difícil saberlo. A veces el viento frío le hacía llorar. La mujer se metió en el asiento del conductor del Land Rover y arrancó el motor, pero el coche no se movió. Magnus se preguntó de nuevo si debería salir a hablar con ella. Podría golpear suavemente el parabrisas; no lo oiría acercarse por el ruido del motor diésel, y las ventanas estaban empañadas, así que no lo veía. Podría preguntarle qué había sucedido. Una vez dentro de la casa, podría sugerirle que regresara otro día con la niña. Comenzó a planificar qué podría ofrecerle a la niña para comer y beber: esas galletitas redondas con glaseado de azúcar rosa, y dedos de chocolate. Sería una bonita fiesta de té para los tres. Y aún tenía una muñeca en la parte trasera, que alguna vez había pertenecido a Agnes. Quizá la niña de cabello rubio disfrutaría jugando con ella. No podía dársela para que se la quedara, eso no estaría bien. Había guardado todos los juguetes que habían sido de Agnes, pero no veía ningún problema en que la sostuviera y la peinara, con un lazo en el cabello.

Los pensamientos de Magnus se vieron interrumpidos por el sonido de un motor. Esta vez era otro Land Rover, uno azul marino, y lo conducía un hombre con uniforme. La vista de la chaqueta impermeable gruesa, la corbata y la gorra que el hombre se puso al salir del vehículo lo sumieron en el pánico. Recordó la última vez. Estaba de nuevo en la pequeña habitación con las paredes cubiertas de pintura brillante, oyendo las preguntas furiosas, viendo la boca abierta y los labios gruesos. Entonces habían sido dos uniformados. Habían venido a casa por él a primera hora de la mañana. Su madre había querido acompañarlos, había corrido a buscar su abrigo, pero le dijeron que no era necesario. Eso había sido en otro momento del año, no hacía tanto frío como ahora, pero el clima era húmedo, con un viento del oeste lleno de lluvia.

¿Solo uno de ellos había hablado? Solo recordaba a uno.

El recuerdo lo hizo temblar tan violentamente que la taza resonó contra el platillo que sostenía. Sintió cómo su boca formaba la sonrisa que su madre tanto odiaba, esa sonrisa que había sido su única defensa contra las preguntas y que había irritado a su interrogador hasta el límite.

—¿Te parece gracioso? —había gritado el hombre—. Una muchacha joven ha desaparecido. ¿Crees que eso es un chiste? ¿Eh?

Magnus no se lo había tomado como un chiste, pero la sonrisa quedó congelada en su rostro, petrificada. No había nada que pudiera hacer al respecto. Tampoco había podido responder.

—¿Y bien? —había gritado el hombre—. ¿De qué te ríes, pervertido?

Entonces se levantó lentamente de su silla y, mientras Magnus lo miraba confundido, como si solo fuera un espectador, el hombre cerró la mano en un puño y lo golpeó en la cara. Con el impacto, su cabeza se echó hacia atrás y la fuerza del golpe sacudió la silla. Había sangre en su boca y fragmentos de diente roto. El hombre habría vuelto a golpearlo si no lo hubiera detenido su compañero.

Ahora Magnus pensó que aquella sangre sabía a metal y a hielo. Se dio cuenta de que todavía sostenía el platillo y lo colocó cuidadosamente sobre la mesa. Sabía que no podía ser el mismo policía. Eso había sido hacía años. Aquel policía ya sería de mediana edad, tal vez estaría jubilado. Volvió con cautela a la ventana, resistiendo el primer impulso de esconderse en la habitación trasera con los ojos cerrados. Cuando era niño, imaginaba que si cerraba los ojos, nadie podría verlo. Su madre tenía razón. Había sido un niño muy tonto. Si cerraba los ojos ahora, el policía seguiría allí, fuera de su casa. Los cuervos seguirían en el cielo, girando y graznando, con las garras manchadas de sangre. Catherine Ross seguiría tendida en la nieve.

Capítulo 6

Alex Henry la había enviado de vuelta al Land Rover. Todavía estaba gritando cuando él se le acercó. Era por los pájaros. No podía dejar a Catherine allí con los pájaros.

—No dejaré que vuelvan —le dijo—. Te lo prometo.

Durante un rato, Fran se quedó sentada en el asiento delantero del Land Rover, recordando a Catherine tal y como la había visto por última vez. Había sido en una reunión de la asociación de padres y maestros, la junta general anual. Fran le había pedido a Catherine que cuidara a Cassie. Fran le había ofrecido una copa de vino, y habían charlado antes de que bajara a la escuela. Catherine tenía una elegancia y una confianza que la hacían parecer mayor de lo que realmente era.

—¿Cómo te has adaptado al instituto de Anderson High? —le había preguntado Fran.

Hubo una breve pausa, un ligero ceño fruncido antes de que Catherine respondiera:

—Bien.

A pesar de la diferencia de edad, Fran esperaba que se hicieran amigas. Después de todo, no había muchas mujeres jóvenes en Ravenswick. Ahora, el interior del Land Rover era irrespirable. La calefacción bombeaba aire caliente. Fran cerró los ojos, tratando de bloquear la imagen de la chica en la nieve. De repente, se quedó profundamente dormida. Más tarde pensaría que fue una reacción al *shock*. Era como si se hubiera fundido un fusible. Necesitaba escapar.

Cuando abrió los ojos, la escena a su alrededor había cambiado. Había oído el ruido de las puertas de los coches y voces, pero había postergado su regreso a la plena consciencia tanto como pudo. Ahora vio que había algo de drama, una muestra de eficiencia, energética.

—Señora Hunter. —Alguien llamaba a la ventana del Land Rover de Alex Henry—. ¿Está bien, señora Hunter?

Vio el rostro de un hombre, la imagen impresionista de un rostro, borroso por la niebla y la suciedad del cristal. Cabello negro y salvaje, una nariz ganchuda y fuerte, cejas negras. «Un extranjero», pensó. Alguien incluso más extranjero que yo. Quizá del Mediterráneo, tal vez incluso del norte de África. Entonces habló de nuevo y se dio cuenta de que tenía acento de Shetland, aunque más refinado y educado.

Abrió la puerta lentamente y salió. El frío la golpeó.

—¿Señora Hunter? —repitió. Se preguntó cómo sabía su nombre. ¿Un viejo amigo de Duncan? Luego pensó que Alex Henry probablemente le habría dicho a la policía quién había encontrado a Catherine cuando los llamó. Por supuesto que lo habría hecho. No era momento de paranoias.

—Sí. —Incluso allí, viéndolo con claridad, había algo indefinido en su rostro. No tenía líneas marcadas. Una barba incipiente rompía la silueta de la barbilla, su cabello era algo más largo de lo habitual en un oficial de policía, seguramente sin peinar. Era un rostro que nunca estaba quieto. No llevaba uniforme. Bajo la chaqueta pesada, adivinaba que la ropa también sería descuidada.

—Soy el inspector Perez —dijo—. ¿Está lista para responder algunas preguntas?

¿Perez? ¿Eso no era español? Le pareció un apellido muy extraño para alguien de Shetland. Pero, claro, parecía un hombre muy peculiar. Su atención comenzó a divagar de nuevo. Desde que había visto a Catherine tendida en la nieve, le había sido imposible concentrarse en nada. Estaban colocando precinto policial, azul y blanco, para bloquear la abertura en el muro por donde ella había bajado la colina después de detenerse en su camino de regreso a casa desde la escuela. ¿La chica seguía ahí? Tenía la absurda idea de que Catherine debía de estar congelándose. Esperaba que alguien hubiera pensado en traer una manta para cubrirla.

Perez debió de hacerle otra pregunta, porque la estaba mirando, evidentemente a la espera de una respuesta.

—Lo siento —dijo—. No sé qué me pasa.

—Es el *shock*. Pasará. —La miró como ella podría haber mirado alguna vez a una modelo durante una sesión de fotos: evaluador, desapasionado—. Vamos. La acompañaremos a su casa.

Sabía dónde vivía, la llevó sin preguntar y tomó sus llaves para abrir la puerta.

—¿Le apetece un té? —dijo ella—. ¿Café?

—Café —dijo él—. ¿Por qué no?

—¿No debería estar allá abajo, vigilando el cuerpo?

Él sonrió.

—No me dejarían acercarme, al menos hasta que el forense haya terminado con la escena del crimen. No podemos permitir que más gente de la necesaria contamine el lugar.

—¿Alguien ha avisado a Euan? —preguntó ella.

—¿Es el padre de la chica?

—Sí, Euan Ross. Es profesor.

—Están avisándolo ahora.

Fran movió la tetera sobre la placa caliente y puso café en una cafetera de émbolo.

—¿La conocía? —preguntó él.

—¿A Catherine? Venía de vez en cuando a cuidar a Cassie cuando salía. No ocurría a menudo. Hubo una conferencia en el ayuntamiento con un autor invitado que me gusta. Una reunión de la asociación de padres y maestros en la escuela. Una vez, Euan me invitó a su casa a cenar.

—¿Eran amigos? ¿Usted y el señor Ross?

—Solo vecinos, nada más. Las familias monoparentales solemos apoyarnos mutuamente. Su esposa murió. Cáncer.

Estuvo enferma un par de años y, después de su muerte, sintió que necesitaba un cambio. Había sido director de una gran escuela en el centro de una ciudad en Yorkshire, vio un puesto de trabajo aquí y se presentó, impulsivamente.

—¿Y qué pensaba Catherine sobre eso? Debió de ser un cambio importante para ella.

—No estoy segura. A esa edad, es difícil saber lo que piensan las chicas.

—¿Qué edad tenía?

—Dieciséis. Casi diecisiete.

—¿Y usted? —preguntó él—. ¿Qué la trajo de vuelta?

La pregunta la enfureció. ¿Cómo podía saber él que había vivido allí antes?

—¿Es relevante? —exigió—. ¿Para su investigación?

—Ha encontrado el cuerpo de una víctima de asesinato. Tendrá que responder preguntas. Incluso preguntas personales que parezcan no tener relevancia. —Se encogió de hombros ligeramente, indicando que era parte del sistema, fuera de su control—. Además, su esposo es alguien importante por aquí. La gente habla. No esperaría regresar a Shetland sin que eso despertara curiosidad.

—No es mi esposo —replicó bruscamente—. Nos divorciamos.

—¿Por qué regresó? —preguntó él. Estaba sentado en la silla junto a la ventana, con las piernas cruzadas y estiradas. Se había quitado las botas en la puerta. Sus calcetines, de lana gruesa y blanca, estaban llenos de bolitas por el lavado. Su chaqueta colgaba en el gancho de la pared, junto a una de las de Cassie, y llevaba una camisa arrugada de cuadros rojos. Se reclinó en la silla, con una taza en la mano, mirando hacia afuera. Parecía completamente relajado. Fran sintió el impulso de tomar una hoja grande de papel y un trozo de carboncillo para dibujarlo.

—Me encanta este lugar —dijo ella—. Dejar de amar a Duncan no me pareció razón suficiente para privarme de vivir aquí. Además, así Cassie puede mantener contacto con su padre. Disfruté de Londres, pero no es un buen lugar para criar a una hija. Vendí mi piso allí y eso me dio lo suficiente para vivir un tiempo. —No quería hablarle de su pintura, del sueño de que podría mantenerlas, de la relación fallida que había desencadenado la mudanza. Tampoco de cómo ella había crecido sin un padre ni de que no quería hacerle eso a su hija.

—¿Se quedará?

—Sí —dijo—. Creo que sí.

—¿Y Euan Ross? ¿Se ha adaptado?

—Creo que todavía le cuesta lidiar con la pérdida de su esposa.

—¿En qué sentido?

Fran luchó por encontrar las palabras para describir al hombre.

—No lo conozco bien. Es difícil juzgar.

—¿Pero?

—Creo que todavía está deprimido. Me refiero a clínicamente deprimido. Pensó que mudarse cambiaría las cosas, las solucionaría. ¿Cómo podría, en realidad? Sigue sin la mujer con la que estuvo casado durante veinte años. —Hizo una pausa. Perez la miró, esperando que continuara—. El día que regresé, vino para presentarse —continuó ella—. Fue muy amable, encantador. Trajo café y leche, unas flores de su jardín. Dijo que éramos casi vecinos. No del todo, con Hillhead en medio, pero vivía bajando la colina, entre mi casa y la escuela. Nunca habría imaginado en ese primer encuentro que algo iba mal, que había alguna tristeza en su vida. Es muy buen actor. Oculta muy bien sus sentimientos. Cuando vio a Cassie, dijo que él también tenía una hija, Catherine. Si alguna vez necesitaba una niñera, dijo, ella siempre estaría dispuesta para ganarse un dinero extra. Eso fue todo. No mencionó a su esposa en ningún momento. Catherine me lo contó la primera vez que vino a cuidar de Cassie.

»Cuando me invitó a cenar, no estaba segura de qué esperar. Quiero decir, una mujer soltera de mi edad, a veces los

41

hombres coquetean contigo, creen que estás desesperada, lo intentan. Ya sabe a lo que me refiero. No había captado ninguna de esas señales, pero a veces una se equivoca.

—¿Aun así aceptó, aunque no estaba segura de sus intenciones?

—Sí —dijo ella—. No tengo mucha vida social, la verdad. A veces echo de menos la compañía de adultos. Y pensé, de todas formas, ¿sería tan terrible? Es un hombre atractivo, amable, soltero. No hay muchos así por la zona.

—¿Y fue una velada agradable? —Sonrió, de una manera alentadora, ligeramente burlona. Su estilo era casi paternal, aunque seguramente no habría mucha diferencia de edad entre ellos.

—Al principio, sí. Se había esforzado mucho. Es una casa preciosa. ¿La conoce? Tiene esa nueva ampliación, toda de madera y cristal, con unas vistas maravillosas hacia la costa. Muchas fotos de su esposa fallecida. Quiero decir, estaban por todas partes, lo que me pareció un poco inquietante. Me pregunté cómo debía de ser para Catherine crecer con eso. Quiero decir, ¿pensaría que era una segundona, que su padre desearía que ella hubiera muerto en lugar de su madre? Pero, al final, llegué a la conclusión de que cada uno lidia con el duelo a su manera. ¿Qué derecho tenía yo a juzgar?

»Nos sentamos a cenar casi de inmediato. La comida era espectacular, de primera. Logramos mantener la conversación bastante bien. Le conté la historia de mi divorcio. Con tono ligero y divertido. Tengo mucha práctica. Es por orgullo. Es difícil admitir al mundo que tu esposo se ha enamorado apasionadamente de una mujer que casi podría ser tu madre. Da mucho juego para bromear. Él bebía bastante, pero yo también. Ambos estábamos algo nerviosos.

Fran aún recordaba la escena con claridad. Aunque fuera estaba oscuro, Euan no había corrido las cortinas, así que era como si fueran parte del paisaje nocturno, como si la mesa estuviera colocada en el borde del acantilado. La habitación estaba suavemente iluminada por velas; una lámpara brillaba sobre una gran fotografía de la mujer fallecida, casi parecía que también estaba presente en la cena. Todo estaba ligeramente elaborado: los cubiertos pesados, las copas grabadas, las servilletas almidonadas, el vino caro. Y entonces él se echó a llorar. Las lágrimas corrían por sus mejillas. Al principio fue un llanto silencioso. Fran no supo cómo reaccionar, así que siguió comiendo. Al fin y al cabo, la comida estaba muy buena. Pensó que, con un poco de tiempo, se recompondría. Pero entonces empezó a sollozar, sollozos ahogados y embarazosos, limpiándose los mocos y las lágrimas con una de las servilletas impolutas, y fingir que no pasaba nada se volvió imposible. Fran se levantó y lo abrazó, como lo habría hecho si Cassie se hubiera despertado de repente de una pesadilla.

—No pudo con ello —le dijo ahora al detective—. Se derrumbó. No estaba listo para salir con nadie.

La magnitud de la tragedia de la muerte de Catherine la golpeó de repente.

—Dios mío, y ahora ha perdido a su hija también. —«Esto lo hundirá del todo», pensó. «Nadie podrá salvarlo ahora».

—¿Cómo se llevaban? —preguntó Perez—. ¿Tuvo alguna sensación de tensión, fricción? Debe de ser difícil para un hombre criar a una adolescente. Es una edad complicada. Sean como sean, es la época de ser rebeldes. Y odian ser diferentes.

—No creo que discutieran —dijo Fran—. No puedo imaginármelo. Él estaba tan envuelto en su propio duelo que creo que simplemente le dejaba hacer lo que quería. No quiero decir que la descuidara. No es eso, estoy segura de que se tenían mucho cariño, pero no me lo imagino preocupándose demasiado por la ropa que se ponía, la hora a la que se acostaba o si había hecho los deberes o no. Tenía otras preocupaciones.

—¿Catherine le habló de él?

—No. No hablábamos de nada importante. Probablemente yo le parecía tan vieja como las montañas. Siempre me pareció muy reservada, pero creo que la mayoría de los jóvenes son así. Nunca confían en los adultos.

—¿Cuándo fue la última vez que la vio?

—¿Para hablar con ella? En la tarde de Nochevieja. Le había dejado un mensaje en el móvil. Hay un concierto al que me gustaría ir en un par de semanas. Le pregunté si podría cuidar a Cassie. Pasó por casa para decirme que sí.

—¿Cómo la vio?

—Bien. Tan animada como siempre. Bastante comunicativa. Me dijo que esa noche iba a Lerwick con una amiga para celebrar el Año Nuevo.

—¿Qué amiga?

—No lo dijo, pero supuse que sería Sally Henry. Vive en la escuela. Pasan mucho tiempo juntas.

—¿Y esa fue la última vez que la vio?

—Para hablar con ella, sí. Pero la vi ayer. Se bajó del autobús del mediodía. Iba por la carretera con el viejo extraño que vive en Hillhead.

Capítulo 7

La policía llegó a casa de Magnus en el único momento del día en que no los esperaba. Estaba en el baño cuando golpearon la puerta. Su madre había hecho que Georgie Sanderson construyera un baño en la parte trasera de la casa. Fue cuando la pierna de Georgie estaba tan mal que ya no podía dedicarse a la pesca. Una especie de favor, porque odiaba estar inactivo y ella le pagó por el trabajo. Georgie era un hombre práctico, pero había mejores personas a quien pedírselo. La bañera nunca encajó bien contra la pared. La luz se fundió poco después de la muerte de la madre de Magnus, y él nunca se molestó en arreglarla. ¿Qué sentido tenía? Se afeitaba en el fregadero de la cocina y podía ver el inodoro con la luz que venía del dormitorio.

Hacía un tiempo que Magnus sentía la necesidad de aliviarse, pero no había podido abandonar su puesto en la ventana. Más gente había llegado: agentes de uniforme, un hombre alto con traje. Un tipo desaliñado se había acercado a la joven sentada en el Land Rover de Henry y se la había llevado en su coche. Magnus esperaba que no estuviera en la habitación de paredes brillantes de la comisaría. Al final, no pudo retrasar más su visita al baño y, justo en ese momento, mientras estaba allí, como un crío, con los pantalones y los calzoncillos alrededor de los tobillos, porque tenía demasiada prisa para entretenerse con cremalleras y botones, fue cuando llamaron a la puerta. Entró en pánico.

—¡Un momento! —gritó. Estaba a medias, no podía hacer nada al respecto—. ¡Voy, voy en un minuto!

Finalmente terminó y se subió los calzoncillos y los pantalones de una vez. Los pantalones tenían cintura elástica. Ahora que estaba decente de nuevo, el pánico comenzó a disiparse.

Cuando Magnus regresó a la cocina, el hombre seguía esperando afuera. Magnus lo veía a través de la ventana. Estaba allí de pie, con mucha paciencia. Ni siquiera había abierto la puerta del porche. Era el hombre desaliñado que se había llevado a la joven. No pudo haberla acompañado hasta Lerwick, entonces. Quizá solo hasta la casa junto a la capilla. Magnus pensó que la policía probablemente trataba de manera diferente a las mujeres.

Magnus abrió la puerta y miró al hombre. No lo conocía. No vivía por allí. No se parecía a nadie que Magnus conociera, así que probablemente tampoco tenía parientes en la zona.

—¿De dónde eres? —preguntó. Era lo primero que le vino a la cabeza. Si lo hubiera pensado, habría usado otras palabras, como hizo con las chicas, para que si este extraño venía del sur pudiera entenderlo. Pero lo entendió de todos modos.

—De Fair Isle —respondió el hombre, imitando el ritmo de las palabras de Magnus. Luego, tras una pausa—: Originalmente. Estudié en Aberdeen y ahora trabajo en Lerwick. —Extendió la mano—. Soy Perez.

—Es un apellido extraño para un hombre de Fair Isle —dijo Magnus.

Perez sonrió, pero no dio ninguna explicación. Magnus todavía no aceptó la mano. Estaba pensando que nunca había ido a Fair Isle. Aún no había un ferri de ida y vuelta. El viaje duraba tres horas en el barco de correo desde Grutness, el puerto al sur, cerca del aeropuerto. Una vez había visto fotos de la isla. Tenía un gran acantilado en su lado este. El pastor que había vivido en la casa junto a la capilla había predicado en Fair Isle. Había hecho una presentación de diapositivas en el salón comunitario, y Magnus había ido con su madre, pero no recordaba más detalles.

—¿Cómo es la vida allí? —preguntó.

—Me gusta bastante —dijo Perez.

—¿Por qué se fue, entonces?

—Oh, ya sabe. No hay mucho trabajo.

Magnus vio la mano y la estrechó.

—Será mejor que entre —dijo. Miró más allá de Perez, hacia abajo de la colina, y vio a un agente de uniforme mirándolo desde allí—. Entre —dijo con más urgencia.

Perez tuvo que inclinarse para pasar por la puerta, y una vez dentro de la habitación, parecía llenarla por completo.

—Siéntese —dijo Magnus. Le ponía nervioso ver a ese hombre alto y corpulento dominándolo desde arriba. Sacó una silla de la mesa y esperó a que Perez se sentara. Llevaba toda la mañana a la espera de que la policía viniera y ahora no sabía qué decir. No sabía qué pensar.

—Siéntese. —Era el cuervo. Metió el pico entre los barrotes de la jaula y repitió las palabras, juntándolas todas—. Siéntesesiéntesesiéntesesien.

Magnus tomó un viejo jersey y lo arrojó sobre la jaula. Temía que la interrupción enfureciera al policía, pero Perez solo parecía divertido.

—¿Le enseñaste a hacer eso? No sabía que los cuervos pudieran hablar.

—Son pájaros inteligentes —dijo Magnus, que sentía cómo la sonrisa aparecía en su rostro, sin poder evitarlo. Giró la cabeza, esperando que se desvaneciera por sí sola.

—¿Viste los cuervos en la colina esta mañana?

—Siempre están ahí —dijo Magnus.

—Ha habido una muerte. Una chica joven.

—Catherine. —No pudo evitarlo. Como la sonrisa tonta, las palabras salieron de su boca a pesar de sus esfuerzos por detenerlas. «No les digas nada», le había ordenado su madre. Sus últimas palabras para él cuando los dos policías vinieron a llevárselo a Lerwick hacía tanto tiempo. «No has hecho nada, así que no les digas nada».

—¿Cómo sabes que está muerta, Magnus? —Perez hablaba con mucha claridad y lentitud—. ¿Cómo sabes que es Catherine quien está en la colina?

Magnus sacudió la cabeza. «No les digas nada».

—¿Viste lo que le pasó allá abajo? ¿Viste cómo murió?

Magnus miró a su alrededor, desesperado.

—Quizá viste los cuervos y te preguntaste qué los había perturbado.

—Sí —dijo, agradecido.

—¿Y saliste a mirar?

—Sí. —Magnus asintió con violencia.

—¿Por qué no llamaste a la policía, Magnus?

—Ya estaba muerta. No podía salvarla.

—Pero deberías haber avisado a la policía.

—No hay teléfono en la casa. ¿Cómo iba a hacerlo?

—Alguno de tus vecinos tiene teléfono. Podrías haberles pedido que llamaran por ti.

—No me hablan.

Hubo un silencio. Debajo del jersey, el cuervo rascaba y se movía.

—¿Cuándo la viste? —preguntó Perez—. ¿Qué hora era cuando bajaste la colina?

—Después de que los niños entraran a la escuela. Escuché la campana mientras salía de la casa. —Magnus pensó que esa era una respuesta inteligente. A su madre no le habría importado que dijera eso.

Hubo otra pausa mientras Perez escribía algunas palabras en un cuaderno. Finalmente, levantó la mirada.

—¿Cuánto tiempo llevas viviendo aquí solo, Magnus?

—Desde que mi madre murió.

—¿Cuándo fue eso?

Magnus intentó encontrar una respuesta. ¿Cuántos años habrían pasado? No podía calcularlo.

—Agnes murió también —dijo, para no tener que pensar en los años.

—¿Quién era Agnes?

—Mi hermana. Contrajo la tos ferina. Fue más grave de lo que creían. Tenía diez años. —Cerró la boca con fuerza. No era asunto del policía.

—Debes de estar muy solo aquí, después de la muerte de tu madre.

Magnus no respondió.

—Te habría alegrado tener algo de compañía.

Siguió sin decir nada.

—Catherine era tu amiga, ¿verdad?

—Sí —dijo Magnus—. Una amiga.

—Te encontraste con ella ayer en el autobús desde el pueblo.

—Había estado en una fiesta.

—¿Una fiesta? —dijo Perez—. ¿Toda la noche? ¿Estás seguro?

¿Había estado? Eso era cierto, ¿no? Magnus tuvo que pensarlo. No lo recordaba. Catherine no había hablado mucho, en realidad.

—Parecía cansada —dijo—. Había salido toda la noche. Creo que dijo que era una fiesta.

—¿Cómo iba vestida?

—No iba con ropa elegante —admitió Magnus—, pero ya no se arreglan mucho para salir hoy en día.

—Cuando saliste a verla en la colina, habrías visto cómo iba vestida. ¿Había cambiado desde que la viste ayer?

—No lo creo. —Luego se preguntó si debería haber dado una respuesta diferente, si la pregunta era una trampa—. Recuerdo la bufanda roja.

—¿Te dijo dónde era la fiesta?

—No lo dijo. No me vio en el autobús. Solo más tarde, cuando ambos bajamos juntos.

—¿Cómo se encontraba? —preguntó Perez.

—Cansada, ya lo he dicho.

—¿Pero cansada triste o cansada feliz?

—Entró en casa —dijo Magnus de repente—. A tomar té.

Hubo un silencio. Magnus sabía que había cometido un error. Continuó rápidamente:

—Quería hacerme una foto. Para un proyecto. Quería venir.

—¿Y te hizo la foto?

—Hizo varias.

—¿Había estado antes en la casa? —preguntó Perez. No parecía preocupado por lo que Magnus le había dicho. Lo dijo sin alboroto, ni amenaza, ni indignación.

—En Nochevieja. Catherine y Sally. Iban de camino a casa. Vieron la luz y entraron para desearme feliz Año Nuevo.

—¿Sally?

—Sally Henry, la hija de la maestra.

—¿Pero ayer Catherine estaba sola?

—Sola. Sí.

—¿Se quedó mucho tiempo?

—Tomó un poco de pastel —dijo Magnus—. Una taza de té.

—Entonces, ¿no estuvo aquí toda la tarde?

—No, no estuvo mucho tiempo.

—¿Qué hora era cuando se fue?

—No puedo decirlo con certeza.

Perez miró alrededor de la habitación.

—Ese es un buen reloj.

—Era de mi madre.

—¿Funciona bien?

—Lo compruebo con la radio todas las noches.

—Seguramente te fijaste a qué hora se fue la chica. El reloj, ahí en el estante. Lo miraste cuando salió. Sería algo automático.

Magnus abrió la boca para hablar, pero las palabras no salieron. Sus pensamientos parecían congelados, lentos.

—No lo recuerdo —dijo al fin.

—¿Había luz cuando se fue?

—Oh, sí, todavía había luz.

—Porque en esta época del año, oscurece tan temprano…
—Perez hizo una pausa, miró hacia Magnus como si esperara que cambiara de opinión. Como no hubo respuesta, continuó:

—¿A dónde iba?

—¿A casa?

—¿Te dijo que iba allí?

—No, pero esa era la dirección en la que iba. A esa casa en mitad de la colina, donde hicieron obras. La que tiene todo el ventanal de cristal. Vive allí.

—¿La viste entrar?

¿Eso era otra trampa? Magnus miró al policía. Se dio cuenta de que tenía la boca abierta y la cerró.

—Sería natural —dijo Perez—. La verías bajar la colina, ¿no? No hay nada de malo en mirar a una chica joven y bonita. Seguro que pasas mucho tiempo aquí sentado, mirando el paisaje. Con este clima, no hay mucho más que hacer.

—Sí —dijo Magnus—. La vi entrar.

Se quedaron sentados. El silencio duró tanto tiempo que Magnus se preguntó si eso era todo, si el policía se marcharía ahora y lo dejaría en paz. De repente, ni siquiera estaba seguro de que eso fuera lo que quería.

—¿Te gustaría tomar un poco de té? —preguntó. Frunció el ceño, imaginando cómo sería la casa cuando el policía se hubiera ido, y él se quedara solo con el ruido de los cuervos graznando en la colina.

—Sí —dijo Perez—. Un té estaría bien.

Ninguno habló hasta que el té estuvo listo y se sentaron de nuevo en la mesa.

—Hace ocho años —dijo Perez— una chica desapareció. Era más joven que Catherine, pero no tanto. Se llamaba Catriona. ¿La conocías, Magnus?

Magnus quiso cerrar los ojos para bloquear la pregunta, pero sabía que, si lo hacía, se imaginaría de nuevo en la comisaría, con el puño retirándose de su rostro, el sabor de la sangre en su boca.

Miró al vacío.

—Sí la conocías, ¿verdad, Magnus? Ella también vino a visitarte y a tomar té. Como Catherine. Era muy bonita, según dicen.

—Nunca la encontraron —dijo Magnus. Intentó controlar los músculos de su mandíbula para detener la espantosa sonrisa. Cerró los labios con fuerza y recordó las palabras de su madre. «No les digas nada».

Capítulo 8

Perez condujo de regreso a Lerwick después de salir de la casa de Magnus Tait. Quería hablar con el padre de Catherine y sabía que el hombre aún estaba en la escuela secundaria. Quizá no obtendría demasiada información —el padre estaría en estado de *shock*—, pero le pareció respetuoso presentarse y explicarle los procedimientos. No podía ni imaginar cómo debía de ser perder a un hijo. La verdad es que no. Sarah, su esposa, había tenido un aborto espontáneo y eso, por un tiempo, le había parecido el fin del mundo. Había intentado no exteriorizar cuánto le dolía. No quería que Sarah sintiera que la amaba menos o que la culpaba por la pérdida del bebé. Por supuesto, se había culpado a sí mismo. A sí mismo y al peso de las expectativas de su familia. Lo había sentido casi físicamente, imaginándolo como una presión aplastante que hacía imposible que el bebé sobreviviera. Iba a ser un niño. El embarazo había avanzado lo suficiente como para que lo supieran. Habría habido otro Perez para continuar la familia.

Tal vez había interpretado demasiado bien el papel. Tal vez Sarah había pensado que realmente no le importaba. Aunque seguramente lo conocía lo suficiente para darse cuenta de que era una mentira, por su bien. El aborto espontáneo marcó el inicio de la ruptura de su matrimonio. Sarah se volvió gris y distante. Perez pasaba más tiempo en el trabajo. Cuando ella le dijo que se iba, fue casi un alivio. No soportaba verla tan triste. Ahora estaba casada con un médico de cabecera y vivía en algún lugar de los Borders. Parecía que no había tenido problemas para concebir con su nueva pareja. Ya tenían tres hijos, y la felicitación de Navidad —había sido un divorcio muy civilizado y todavía mantenían contacto— le anunció que venía otro bebé en camino. A veces la imaginaba viviendo en una de esas sólidas casas de campo que había visto desde el tren hacia el sur. La veía en una cocina con vistas a los bosques y un prado. Dando de comer a los niños, con un bebé en la cadera, riendo. No formar parte de eso le parecía una especie de duelo. Ya era bastante malo por sí solo. ¿Cómo debía de ser para el padre de Catherine perder a una hija de verdad?

Euan Ross estaba sentado en el despacho del director, en un sillón junto a una mesa redonda de café. Allí es donde el director se sentaba cuando salía de detrás de su escritorio para tranquilizar a padres preocupados o a estudiantes nerviosos. Parecía que la oficial uniformada que estaba a su lado deseaba encontrarse en cualquier otro lugar. Ross era un hombre de rostro anguloso de unos cuarenta y tantos años, con cabello encanecido. Cuando vio a Perez, metió la mano en el bolsillo y sacó un par de gafas. Llevaba pantalones oscuros, chaqueta y corbata, todo impecable, demasiado para la mayoría de los profesores con los que Perez se había cruzado. Si no lo supiera, lo habría tomado por abogado o contable. Había una bandeja con tazas de té en la mesa, intacta, y con aspecto de llevar allí un buen rato.

Perez se presentó.

—Quiero ver a mi hija —dijo Ross—. He intentado explicar lo importante que es para mí.

—Por supuesto, pero me temo que tendrá que ser más tarde. Nadie puede acercarse al cuerpo. Tenemos que preservar la escena del crimen.

Ross había estado sentado muy erguido, pero ahora se derrumbó y apoyó la cabeza en las manos.

—No puedo creerlo. No lo creeré hasta que la vea. —Miró hacia arriba—. Estuve con mi esposa cuando murió. Había estado enferma durante meses y era un final esperado, pero incluso entonces no podía creerlo del todo. Seguía esperando que girara la cabeza hacia mí y sonriera.

Perez no sabía qué decir, así que permaneció en silencio.

—¿Cómo murió Catherine? —preguntó Ross—. Nadie me dice nada. —Miró a la policía que estaba con él. Ella fingió que no lo oía.

—Creemos que fue estrangulada —dijo Perez—. Sabremos más cuando llegue el equipo de Inverness. Tienen más experiencia en delitos graves que nosotros.

—¿Quién querría matarla?

No parecía esperar una respuesta, pero Perez aprovechó la pregunta.

—Esperamos que pueda darnos información que nos ayude a descubrirlo. ¿Se le ocurre alguien? ¿Un novio con quien haya roto recientemente? ¿Alguien que pudiera estar celoso, enfadado?

—No. Puede que lo haya, pero yo no soy quién para decirlo. Se podría pensar que estábamos más unidos. Al fin y al cabo, solo estábamos nosotros dos. Pero no confiaba en mí, inspector. Sé muy poco de lo que hacía. Vivíamos bajo el mismo techo, pero a veces pensaba que éramos extraños.

—Supongo que es lo habitual con los adolescentes —dijo Perez—. No les gusta que los padres se metan en su vida. —«Aunque, ¿qué iba a saber yo? No tenía hijos y, cuando tenía esa edad, vivía en un internado. Me hubiera encantado poder hablar con mis padres cada noche»—. Pero podrá darme los nombres de sus amigos. Ellos serán de ayuda.

Hubo un momento de silencio antes de que Ross respondiera.

—No estoy seguro de que Catherine tuviera alguna relación próxima. No necesitaba a la gente. Liz, mi esposa, era muy diferente. Tenía muchos amigos. En su funeral, la iglesia estaba llena; gente de pie al fondo, personas que nunca había conocido pero que se sentían cercanas a ella, tocadas por su calidez. No sé quién vendrá cuando enterremos a Catherine. No mucha gente.

La declaración casi dejó sin aliento a Perez. Le pareció una afirmación triste y estremecedora. Se preguntó si siempre había sido así, si a Catherine siempre la habían comparado con la esposa de Euan y si siempre había quedado en segundo lugar.

—¿No era amiga de Sally Henry? —dijo al fin.

—¿La hija de la maestra? Sí, es verdad. Venían juntas en el autobús escolar. No solía traer a Catherine. Salgo de casa demasiado temprano y vuelvo demasiado tarde para ella. —Esbozó una pequeña sonrisa que hizo que Perez, por fin, sintiera algo de simpatía por él—. Además, no habría sido muy enrollado, ¿verdad? Venir con papá. Sally venía a menudo a casa. Me alegraba que Catherine tuviera compañía, pero no estoy seguro de si eran muy amigas, la verdad.

—¿Tuvo novio desde que se mudaron a Shetland?

—No creo que haya tenido novio —dijo Ross—. Y si lo hubiera tenido, creo que tampoco me habría enterado.

Perez lo dejó sentado en el despacho del director, mirando al vacío. No sabía si Ross estaba llorando por su hija o por su esposa. Fuera de la escuela, Perez miró al pueblo que le era familiar. Se había mudado de vuelta a Shetland después de que Sarah lo dejara. Lo había sentido como un fracaso, un acto de huida. Había sido una especie de promoción, pero ¿era realmente trabajo policial? Se lo habían dicho sus colegas en Aberdeen. «¿Un poco joven para retirarte, no, Jimmy?». Después de perder al bebé y separarse de Sarah, no le había importado realmente. Los grandes casos ya no le emocionaban. Había dejado de importarle la gloria. Y ahora que tenía un caso importante en su propio territorio, sentía algo del viejo entusiasmo. Nada que celebrar todavía, pero algo se agitaba en sus entrañas, haciéndolo sentir un poco más vivo. La posibilidad de hacerlo bien.

Capítulo 9

Cuando Fran llegó a la escuela para recoger a Cassie, ya había un grupo de adultos reunido allí. No era lo habitual. La mayoría de los niños, incluso los más pequeños, solían regresar a casa por su cuenta. Fran se quedó apartada por un momento observando al grupo. Reunidos en un círculo, intimidaban. Estaban casi a oscuras y era difícil distinguir a los individuos. Golpeaban sus pies contra el suelo para combatir el frío y hablaban en voz baja e intensa en un dialecto que a Fran aún le costaba entender. Luego pensó que tenía tanto derecho a estar allí como ellos. Cuando se acercó, la recibieron con simpatía y comentaron lo espantoso que debía de haber sido encontrar el cuerpo de esa manera. Se mostraron comprensivos; ella era el centro de atención. Dentro de la escuela las luces estaban encendidas. Iluminaban el patio de recreo, reflejándose en el hielo donde los chicos habían hecho un tobogán y tenían un muñeco de nieve a medio hacer.

Al principio, la curiosidad de los demás la ofendió, pero pensó que ninguno de ellos había conocido realmente a Catherine. No era como si hubiera crecido allí. Para ellos, la chica era casi un personaje, alguien que podrían haber visto en la televisión. Se agolparon alrededor de Fran, pidiendo detalles. ¿Es cierto que los pájaros le arrancaron los ojos? ¿Que Catherine estaba desnuda? ¿Había sangre? A su pesar, Fran respondió.

—Vi que ese detective de Fair Isle estaba en la casa de Magnus Tait —dijo alguien. Fran no reconoció a la mujer que habló. Era una mujer de rostro afilado y expresión rígida. Tendría unos cuarenta años; podría ser una madre o una abuela joven. Continuó con un tono agudo, interrumpiendo la conversación a su alrededor:

—Quizá esta vez lo encierren de una vez por todas.

—¿Qué quieres decir?

—¿No lo sabías? No es la primera vez que pasa algo así. Hace tiempo mataron a otra chica aquí.

—Vamos, Jennifer, no sabemos si fue asesinada.

—Bueno, no es posible que Catriona desapareciera así como así, ¿verdad? Y aunque era verano, aquella semana tuvimos tormentas, me acuerdo perfectamente. No hubo aviones ni barcos hacia el sur durante días. No creo que se hubiera subido a ninguno sin que alguien se diera cuenta, es extraño que una chica joven esté sola.

—¿Quién era? —Fran se dijo a sí misma que era un chisme malicioso. Debería mantenerse al margen y no involucrarse, pero eso no impidió que hiciera la pregunta.

—Catriona Bruce, tenía once años. La familia vivía en la casa donde Euan Ross vive ahora. Menuda coincidencia, ¿eh? Tuvieron que mudarse. ¿Cómo iban a quedarse allí con recuerdos de ella por todas partes y sin saber con certeza qué le había pasado? Creo que no saber qué hizo con el cuerpo fue peor que matarla.

—Pero si nunca acusaron a Magnus —los valores de Fran, moldeados por *The Guardian,* se reafirmaron—, no puedes estar segura de que fue él.

—Claro que fue él. Siempre supimos que estaba mal de la cabeza. Era como un niño. Todos pensaban que era inofensivo. Quizá éramos más inocentes en aquel entonces. La gente pensaba que dejando que sus hijos entraran a hablar con él le hacían un favor. Ahora ya no somos tan incautos.

«Dejé que Cassie hablara con él», pensó Fran. Nadie me advirtió que no lo hiciera. Recordó a Magnus saliendo apresuradamente de su casa para saludarlas, casi tropezando en su afán por alcanzarlas antes de que siguieran su camino. Un escalofrío le recorrió el cuerpo. Dentro de la escuela sonó una campana y los niños salieron corriendo.

Cuando llegaron a casa ya estaba completamente oscuro. En esta época del año, una vez que el sol se ponía, la noche llegaba muy rápido. Entró y corrió las cortinas antes de encender las luces. Al pasar frente a la casa de Magnus, le había metido prisa a Cassie, tirando de su mano enguantada, animándola con la promesa de golosinas al llegar. Se había preguntado cómo reaccionaría si Magnus salía, pero no tuvo que enfrentarse a ello. Miró una vez hacia Hillhead, creyó ver un rostro pálido y observador, y rápidamente apartó la mirada. Quizá lo había imaginado; quizá ya lo habían arrestado.

Ahora pensaba en lo que Euan debía de estar pasando. La policía habría ido al instituto a darle la noticia de la muerte de Catherine. Seguramente no esperarían que viera el cuerpo, ¿verdad? No mientras seguía tendido en el campo. Perez le había dicho que estaría allí toda la noche, pero quizá Euan quisiera ver a su hija. Perez también había mencionado que un equipo vendría desde Inverness, y que los detectives y los agentes de la escena del crimen necesitarían ver el cuerpo en la escena. Había comentado que probablemente no llegarían al vuelo de las tres desde Aberdeen, más bien al de las seis y media. Supuso que interrogarían a Euan, quizá eso lo distrajera un poco. Pensó que el peor momento sería volver a la casa de cristal y enfrentarse a sus recuerdos de dos mujeres muertas.

Pensó en llamarlo para comprobar si estaba en casa. No lo hizo, pero no por la idea de enfrentarse a la imagen de la muerte de Catherine. Detestaba parecerse a los padres que esperaban junto a la puerta de la escuela. ¿Y si Euan pensaba que era morbosa e intrusiva? ¿Y si sus motivos tenían más que ver con la curiosidad que con ofrecer apoyo?

Alguien llamó a la puerta. Cassie estaba absorta en un programa de televisión y apenas levantó la mirada. La tensión y la excitación que había en el exterior de la escuela no parecían haberla afectado. Normalmente, Fran habría gritado simplemente: «¡Está abierta, pasen!». Pero hoy vaciló, abrió la puerta un poco, y mientras lo hacía, pensó: «¿Y si es el viejo? ¿Lo rechazaría?».

Era Euan. Llevaba un largo abrigo negro, pero estaba temblando.

—Estaba de camino a casa —dijo—. Se ofrecieron a acompañarme. Les dije que prefería estar solo, pero ahora no puedo enfrentarme a ello, no puedo entrar en la casa. No sé qué hacer.

Fran sintió que debía ofrecerle consuelo, abrazarlo como cuando él se había derrumbado hablando de su esposa, pero ahora parecía demasiado frío y distante. Sería como intentar abrazar a un severo director de escuela siendo estudiante. Imposible.

—Pasa —dijo. Lo sentó junto al fuego y le sirvió un *whisky*.

—Estaba enseñando a un grupo de tercero *El sueño de una noche de verano* cuando Maggie entró, era la maestra de Religión. Tal vez pensaron que era apropiado. Preguntó si podía hablar con ella un momento. Me di cuenta de que era algo serio, pero pensé que se trataría de algún chico de mi clase… —Se detuvo—. No sé qué pensé, pero eso no.

—Llamaré a Duncan —dijo Fran—. Siempre quiere pasar más tiempo con Cassie. Puede quedarse con él esta noche. Así te acompaño a la casa, me aseguro de que entras. Puedo quedarme todo el tiempo que necesites.

Al principio no estaba segura de si la había oído, pero acabó asintiendo. Permaneció sentado con el abrigo puesto mientras ella hacía las gestiones, pero después de unos momentos dejó cuidadosamente el *whisky* sobre la mesa y se quitó los guantes con gran concentración.

Duncan llegó de forma ostentosa, tocando el claxon. Fran le llevó a Cassie, a pesar de que en otras ocasiones, por ese mismo comportamiento, se habrían quedado dentro de casa, obligándolo a salir de su cómodo 4x4 y a llamar a la puerta.

—¿Vamos? —le dijo a Euan. Había sorbido el *whisky*, pero apenas lo había tocado.

Euan se levantó sin decir palabra. A Fran le recordó a una visita a un hospital psiquiátrico para ver a una amiga de Londres aquejada de anorexia. Euan tenía la misma postura rígida y los rasgos inmóviles que algunos de los otros pacientes en la sala común, a los que suponía que estaban sedados para mantenerlos tranquilos y seguros.

De manera automática y cortés, le abrió la puerta del pasajero y condujo lentamente cuesta abajo. Al llegar a su casa frenó de forma abrupta, olvidando la nieve, y el coche patinó unos metros antes de detenerse.

Fran entró en la casa antes que él y encendió todas las luces. Él dudó antes de seguirla. Se quedó en el vestíbulo, aparentemente desconcertado. Era como si aquel lugar le resultara extraño.

—¿Qué quieres que haga? —preguntó Fran—. ¿Prefieres estar solo?

—¡No! —dijo Euan bruscamente—. Quiero hablar sobre Catherine, si puedes. —Se giró para mirarla—. Dicen que encontraste su cuerpo.

—Sí. —Contuvo la respiración, temiendo que le preguntara por el aspecto de Catherine, pero solo la miró por un momento y pasó a otro tema. Se dio cuenta de que estaba temblando.

Euan la condujo hacia la parte trasera de la casa, a una habitación que no había visto en su anterior visita. Era pequeña, con paredes pintadas de un rojo profundo y un par de carteles de películas de cine de autor. En un extremo había un escritorio con un televisor, un reproductor de DVD y una estantería con películas. Contra la pared había un pequeño sofá que parecía convertirse en cama. Había un libro boca abajo sobre el sofá, una antología de poesía de Robert Frost. Fran supuso que era un texto de lectura obligatoria en la escuela.

—Aquí es donde Catherine traía a sus amigos —dijo Euan—. Le gustaba tener su privacidad, se reservaba su habitación para ella sola. La policía ya estuvo aquí. Les di una llave antes. A ella le habría horrorizado la idea de que registraran sus cosas. —Miró alrededor—. Normalmente no está tan ordenado. La señora Jamieson vino ayer a limpiar.

—¿La policía tiene alguna idea de lo que pasó?

—No me han dicho nada. Me asignarán a alguien para mantenerme informado, pero, al parecer, hasta que el equipo especializado llegue desde Inverness esta noche, no hay más novedades.

—¿Con quién hablaste?

—Con Perez, el de la policía local. Está a cargo hasta que llegue el equipo del continente. —Hizo una pausa—. Fue bastante amable, pero las preguntas que planteó me hicieron darme cuenta de la poca atención que le había prestado a Catherine últimamente. Estaba tan ensimismado. Hundido en la autocompasión. Una emoción tan destructiva. Y ahora es demasiado tarde. Me di cuenta de que el inspector pensaba que era un padre terrible, que no me importaba.

Fran deseó poder decirle que, por supuesto, había sido un buen padre, pero Euan habría visto a través de la mentira.

—Estoy segura de que Catherine lo entendía —dijo.

—Me preguntó sobre sus amigos, si tenía novio. Está Sally, por supuesto, las dos se conocieron en cuanto llegamos aquí, pero no podría nombrar a nadie más con quien pasara tiempo, solo a los que enseño. A veces venían chicos a casa, pero nunca pregunté si había alguien especial. Ni siquiera sabía dónde estaba la noche antes de que muriera. No se me ocurrió preocuparme por ella. Esto es Shetland, es un lugar seguro, todo el mundo se conoce. Los únicos crímenes ocurren cuando hay borracheras en Lerwick un viernes por la noche. Pensé que tenía tiempo, que podía darme el espacio para superar la muerte de Liz y luego llegar a conocer a mi hija.

Aún hablaba en el tono impasible que había usado desde que apareció en su puerta. Fran pensó que todavía no lo aceptaba, que estaba tratando de convencerse. Necesitaba sentir en su interior que Catherine estaba muerta.

—¿Tienes algo de beber? —preguntó Fran. No soportaba más la tensión.

—En la cocina. Hay vino, y cerveza en la nevera. Y tienes *whisky* en la despensa.

—¿Qué prefieres?

Reflexionó, como si fuera una cuestión de gran importancia.

—Vino tinto, creo. Sí, está también en la despensa.

No se ofreció a buscarlo. Quizá era incapaz de moverse.

En la cocina, Fran preparó una bandeja: dos copas, la botella abierta, un plato con un trozo de queso Orkney chédar que había encontrado en la nevera, una lata de tortitas de avena, dos pequeños platos azules y un par de cuchillos. Se dio cuenta de que no había comido en todo el día y tenía hambre.

Cuando regresó, Euan seguía sentado exactamente en la misma posición en la que lo había dejado. No quería sentarse en el sofá con él, así que se acomodó en el suelo junto a una mesa baja. Le sirvió el vino y le ofreció el queso, que rechazó. Finalmente, para romper el silencio —después de todo, él había dicho que quería hablar sobre Catherine—, le preguntó:

—¿Cuándo creen los policías que fue asesinada?

—Te lo he dicho. No sé nada. —Debió de darse cuenta de que sonaba grosero—. Lo siento, no es culpa tuya. He sido un imbécil. Es la culpa, otra vez. —Dio vueltas al tallo de su copa—. No vi a Catherine anoche. No la había visto en dos días. Solía pasar. Ya sabes lo que pasa aquí. El transporte es complicado. Anoche llegué tarde a casa. Había estado todo el día en la escuela, aunque el trimestre no empezaba para los niños hasta esta mañana. —Levantó la mirada—. Tuvimos una sesión de formación. Y por la noche todos los profesores salimos a cenar juntos. Es el primer evento social al que he asistido en mucho tiempo. Me habían invitado antes, por supuesto, pero siempre encontraba una excusa para no ir. Esta vez no pude decir que no. La cena fue casi una extensión de la jornada de formación. Trabajo en equipo. Ya sabes, ¿no?

Fran asintió rápidamente. Ahora que él había empezado a hablar, no quería interrumpir.

—De hecho, fue una velada muy agradable. Nos quedamos hablando mientras tomábamos café. Era más tarde de lo que pensaba cuando llegué a casa. Tenía un mensaje de texto de Catherine, me lo había enviado por la mañana. «No te preocupes si no me ves esta noche. Puede que me quede por ahí otra vez. Muchos besos, Catherine». —Hizo una pausa, castigándose—. Había estado en una fiesta la noche anterior. Cuando vi que no estaba en casa al regresar de Lerwick, supuse que se había quedado por ahí de nuevo y que iría directamente a la escuela esta mañana.

—¿Dónde fue la fiesta?

—No lo sé. Nunca pregunté. —Miró fijamente su copa de vino—. Pero, en cierto sentido, no importa. Sabemos que sí regresó a casa al mediodía. La policía me lo dijo. La vieron en el autobús y también la vio ese anciano que vive en Hillhead.

«Y también yo», pensó Fran. «Los vi juntos».

Euan continuó.

—Al parecer creen que fue asesinada cerca del lugar donde encontraron su cuerpo. No me dejan verla. No puedo soportarlo.

—¿Qué dijo la policía sobre el anciano?

—Nada. ¿Por qué?

Fran dudó solo brevemente. Tarde o temprano terminaría enterándose de los rumores. Mejor que la información viniera de ella.

—Había mucha habladuría entre los padres y madres cuando recogí a Cassie de la escuela esta tarde. Ya sabes cómo es la gente. Se ve que hace años desapareció una niña. Se llamaba Catriona Bruce y vivía en esta casa. El viejo, Magnus Tait, fue sospechoso de la desaparición, y la gente dice que mató a Catherine.

Euan se quedó muy quieto. Parecía congelado, incapaz de moverse.

—No creo que importe quién la mató —dijo al fin—. No todavía. No para mí. Quizá más adelante me parezca importante, pero ahora no. Ahora lo único que me importa es que está muerta.

Extendió la mano y se sirvió otra copa de vino. Fran se sorprendió por la diferencia en su estado de ánimo esa noche y cuando se había derrumbado hablando de su esposa. Supuso que se trataba del *shock*. No significaba que le importara menos su hija. ¿Había estado así de sereno en su trato con la policía? ¿Qué habría pensado Perez al respecto?

Poco después, Fran dijo que se iba a casa. Euan no puso objeción, pero la miró justo cuando estaba a punto de salir de la habitación.

—¿Estarás bien? ¿Debería acompañarte?

—No digas tonterías —dijo ella—. Hay policías por todo el valle.

Y era cierto. En cuanto salió al camino oyó el lejano rugido de un generador y, al acercarse a Hillhead, vio que la escena del crimen estaba iluminada por grandes focos. Un agente que estaba junto a la puerta de la granja la saludó mientras pasaba.

Capítulo 10

Cuando Sally llegó de la escuela, su madre le contó lo ocurrido con Catherine Ross, pero los rumores ya circulaban por el instituto desde el mediodía y era lo único de lo que se hablaba en el autobús. Sally fingió que era una sorpresa, aunque ya lo sabía. Se pasaba la vida fingiendo ante su madre. Se había convertido en un hábito. Hablaron del tema, sentadas a la mesa de la cocina, y Sally supo que algo no estaba bien. A su madre no le gustaba estar sentada sin hacer algo: un montón de ropa para remendar, o sus labores de punto, o planchar, o preparar cosas para su trabajo en la escuela. A menudo la mesa estaba cubierta con cartulina blanca brillante mientras su madre escribía listas de palabras con un rotulador negro grueso bajo diversos encabezados. «Sustantivos». «Verbos». «Adjetivos». Margaret despreciaba la inactividad.

No era su estilo hacer un drama de las cosas, pero Sally se dio cuenta de que estaba preocupada. Tan agitada como podía llegar a estarlo.

—Tu padre pasó en coche después de que la madre de Cassie Hunter encontrara el cuerpo. Por lo visto estaba bastante alterada, histérica. Tuvo que llamar a la policía. Se negaba a moverse.

Margaret sirvió té y esperó una respuesta de su hija. «¿Qué espera de mí?», pensó Sally. «¿Cree que debería llorar?».

—Tu padre cree que fue estrangulada. Escuchó a un par de policías hablando. —Margaret dejó la tetera sobre la mesa y fijó su mirada en su hija—. Querrán hablar contigo, porque eras su amiga. Querrán saber con quién se juntaba, con qué chicos, pero si es demasiado para ti, tienes que decírselo. No pueden obligarte a hablar con ellos.

—¿Por qué querrían saber esas cosas?

—La asesinaron. Necesitan hacer todas esas preguntas. Todos dicen que fue Magnus Tait, pero una cosa es saber quién la mató y otra demostrarlo.

A Sally le costaba concentrarse en las palabras de su madre. Sus pensamientos volvían una y otra vez a Robert Isbister, pero eso no era útil. Era importante prestar atención.

—Cuando hable con la policía, ¿tú estarás conmigo?

—Por supuesto. Si tú quieres.

Sally no podía decirle que era lo último que quería.

—Nunca estuve segura de esa Catherine. —Su madre se levantó. Cortó una barra de pan y comenzó a untar mantequilla en las rebanadas, haciendo movimientos suaves y precisos con el cuchillo. Le daba la espalda a Sally. Margaret nunca podía quedarse callada si creía que algo debía decirse. Era una cuestión de orgullo para ella.

—¿Qué quieres decir?— Sally sintió cómo se le calentaban las mejillas y agradeció que su madre no la estuviera mirando.

—Me parecía que era una mala influencia. Cambiaste cuando empezaste a juntarte con ella. Quizá Magnus no la mató, digan lo que digan. Quizá era el tipo de chica que atrae la violencia hacia sí misma.

—¡Cómo puedes decir eso! Es como afirmar que algunas mujeres piden que las violen.

Margaret fingió no haberla oído.

—Tu padre llamó para decir que llegará tarde. Tiene una reunión en la ciudad, cenaremos sin él.

Sally pensó que últimamente había más y más reuniones en la ciudad. A veces se preguntaba qué hacía su padre. No es que lo culpase. Detestaba las comidas en casa y trataba de evitarlas siempre que podía. Habría sido diferente si hubiera tenido hermanos o hermanas, si su madre no fuera tan intrusiva. Todo lo que recibía eran preguntas. «¿Cómo estuvo la escuela hoy, Sally? ¿Qué nota sacaste en ese trabajo de Inglés?». Su madre la escrutaba, indagando.

«Margaret debería haberse hecho policía», pensó Sally. La verdad es que después de enfrentarse a una vida de preguntas de su madre, no tenía nada que temer de un detective.

La cena transcurrió como siempre en la mesa de la cocina. Nada de televisión. Incluso cuando su padre estaba con ellas, y aunque se tratara de una ocasión especial, no había alcohol. Margaret solía decir, con los labios fruncidos, que los padres debían dar ejemplo. ¿Cómo puedes culpar a los niños por emborracharse en Lerwick un viernes por la noche si los padres apenas pueden pasar un día sin beber? El autocontrol era una virtud muy antigua, decía Margaret, que debería practicarse más a menudo. Hasta hacía poco, Sally había supuesto que su padre compartía esas opiniones, ya que nunca las contradecía. Sin embargo, a veces le parecía vislumbrar a un hombre más relajado detrás de esa fachada. Se preguntaba qué tipo de persona habría sido su padre si se hubiera casado con otra mujer.

Cuando la comida terminó, Sally se ofreció a lavar los platos, pero Margaret agitó una mano, desestimando la idea.

—Déjalos. Me encargaré de ellos después.

Al igual que sentarse antes de que el té estuviera preparado, esto era otra señal de que algo había cambiado profundamente en la mente de su madre. Margaret no soportaba ver platos sucios amontonados. Era como si tuviera una reacción física hacia ellos, parecida a los sarpullidos que les provocan las alergias a algunas personas.

—Entonces iré a hacer los deberes.

—No —dijo su madre—. Tu padre llegará en cualquier momento y queremos hablar contigo.

Esto parecía serio. Quizá había descubierto lo de Nochevieja. En este lugar no podías tirarte un pedo sin que todo Shetland se enterara. Sally se preguntó por qué si no su madre permanecía sentada, con los platos sucios aún en la encimera.

Se preparó para las preguntas, comenzó a ensayar las mentiras en su cabeza.

Entonces llamaron a la puerta y Margaret se levantó de un salto para abrirla, como si lo hubiera estado esperando todo el tiempo. Hubo una ráfaga de aire frío y un hombre entró, seguido de una joven con uniforme. Sally reconoció a la mujer, una especie de prima segunda por parte de padre. Así que Margaret había esperado la visita; Morag la habría advertido. Así funcionaban las cosas en las familias. Sally trató de recordar qué más sabía sobre la mujer. Se había unido a la policía después de trabajar un tiempo en un banco. Margaret también había tenido cosas que decir al respecto: «Siempre fue una joven atolondrada». Ahora saludaba a la agente como si fuera una amiga íntima.

—Morag, pasa junto al fuego. Debe de hacer un frío terrible ahí fuera.

Sally miró a Morag con ojo crítico y pensó que había engordado. Sally siempre prestaba atención al aspecto de las personas. Sabía que importaba. ¿No se suponía que debías estar en forma para trabajar en la policía? Y ese uniforme no era nada favorecedor. El hombre que estaba con Morag era muy grande. No gordo, pero sí alto. Se quedó justo en el quicio de la puerta, esperando a que Morag hablara. Sally lo vio asentir hacia ella, alentándola a tomar la iniciativa.

—Margaret, este es el inspector Perez. Le gustaría hacerle algunas preguntas a Sally.

—¿Sobre esa chica que murió? —Margaret fue casi desdeñosa.

—Fue asesinada, señora Henry —dijo el detective—. Asesinada, y usted tiene una hija de la misma edad. Estoy seguro de que querrá que atrapen al culpable.

—Por supuesto, pero Sally era muy amiga de Catherine. Ha sufrido un *shock*. No quiero que se altere.

—Por eso traje a Morag, señora Henry. Una cara conocida. Ahora, ¿por qué no llevamos a Sally a otra habitación, para no molestarla?

68

Sally esperaba que su madre se opusiera, pero algo en él —ese tono autoritario, relajado, la suposición de que se saldría con la suya— hizo que Margaret se diera cuenta de que no valía la pena discutir.

—Por aquí —dijo con rigidez—. Encenderé la chimenea y luego los dejaré continuar.

La habitación estaba ordenada, por supuesto. Margaret no podía soportar el desorden. Permitía que el atril y el violín de Sally permanecieran fuera, bien para alentar la práctica espontánea o bien para dar a los invitados la impresión de que eran una familia culta, pero todo lo demás estaba en su lugar. Nunca dejaba sus notas o las tareas relacionadas con la preparación de sus clases desparramadas por allí. Perez se acomodó en un asiento de espaldas a la ventana y estiró sus largas piernas. Margaret ya había cerrado las cortinas. Era una costumbre, una de tantas. En invierno, en cuanto llegaba de la escuela, cerraba las cortinas de todas las habitaciones de la casa. Morag se sentó junto a Sally en el sofá. Sally pensó que era un movimiento premeditado, tal vez estaba allí para ofrecer consuelo. «Oh, Dios mío», pensó Sally. «Espero que no me toque con esas manos gruesas y carnosas. No lo soportaría».

Perez esperó a que Margaret saliera de la habitación antes de hablar.

—Debe de ser terrible —dijo—. Recibir la noticia sobre Catherine.

—Estaban hablando de eso en el autobús de camino a casa, pero no podía creerlo. No hasta que llegué y mi madre me contó lo que había pasado.

—Háblame de Catherine —dijo él—. ¿Cómo era?

Sally no esperaba eso. Había pensado que serían preguntas específicas: «¿Cuándo viste a Catherine por última vez? ¿Mencionó una pelea con alguien? ¿Qué aspecto tenía?».

No había practicado la respuesta a eso.

El inspector se dio cuenta de su confusión.

—Lo sé —dijo—. Probablemente no sea relevante, pero me gustaría saberlo. Es lo menos que puedo hacer por ella, tratarla como una persona.

Aun así, Sally seguía sin entenderlo.

—Venía del sur —dijo—. Su madre había muerto. Eso la hacía… diferente al resto.

—Sí —dijo él—. Entiendo que así sería.

—Parecía muy sofisticada. Conocía películas y obras de teatro, diferentes bandas, gente de la que yo no había oído hablar, libros…

Perez esperó a que continuara.

—Era muy inteligente. En la escuela parecía estar muy por delante de nosotros.

—Eso no la haría popular. Quizá con los profesores, pero no con los estudiantes.

—No le importaba ser popular. Al menos esa era la impresión que daba.

—Claro que le importaba —dijo él—. A todos nos importa, hasta cierto punto. Todos queremos caer bien.

—Supongo que sí —dijo Sally, aunque no estaba convencida.

—Pero vosotras erais amigas. He hablado hoy con sus profesores y con su padre. Todos dicen que eras con quien se llevaba mejor.

—Vivía justo al final de la colina —dijo Sally—. Cogíamos el autobús al pueblo todos los días juntas. No hay nadie más de mi edad por aquí.

Hubo un silencio, roto por el ruido de platos en la habitación contigua. El inspector parecía estar dando a las palabras de Sally más importancia de la que ella pensaba que merecían. Morag se movió en su asiento como si le costara permanecer callada, como si tuviera preguntas que moría por hacer.

—Yo fui al mismo instituto, al Anderson —dijo Perez al fin—. Supongo que las cosas han cambiado. Antes todo eran clanes. Nos quedábamos en el internado. Yo venía de Fair Isle, y nosotros, junto con los chicos de Foula, ni siquiera podíamos volver a casa los fines de semana. Luego estaban los que venían en ferri cada semana desde Whalsay y Out Skerries. Los chicos de Scalloway siempre estaban peleándose con los de Lerwick. No es que no hicieras amigos de otro grupo, pero sabías a cuál pertenecías. —Hizo una pausa—. Como dije, supongo que las cosas son diferentes ahora.

—No —dijo ella—. No tanto.

—Entonces estabais juntas porque no teníais otra opción, no porque tuvierais mucho en común.

—No creo que ella tuviera una relación muy estrecha con nadie. Ni conmigo, ni con su padre. Quizá con su madre... Tenía la impresión de que las dos eran más como amigas... Quizá después de eso...

—Ya —dijo Perez—. Después de eso, sería difícil confiar en alguien.

El fuego crepitó y soltó chispas.

—¿Tenía novio?

—No lo sé.

—Vamos. Seguro que te habría contado algo así, aunque no fuera de dominio público. Querría decírselo a alguien.

—No me lo dijo.

—¿Pero?

Sally dudó.

—Esto es confidencial —dijo él—. No se lo diré a nadie y, si tus padres se enteran, Morag pierde el trabajo.

Todos rieron, pero había suficiente amenaza en su voz para que Morag lo tomara en serio. Sally se dio cuenta de eso.

—En Nochevieja —dijo ella.

—Sí.

—No me dejaron ir al pueblo. Mis padres no aprueban que frecuente bares, pero todos mis amigos iban a estar allí, así que les dije que estaba en casa de Catherine, pero las dos fuimos a la plaza del mercado. Al padre de Catherine nunca parecía importarle lo que ella hiciera. Nos trajeron de vuelta en coche. Pensé que quizá Catherine conocía al chico que conducía.

—¿Quién era?

—No pude verlo. Yo estaba sentada en la parte de atrás del coche. Éramos cuatro, todos apretados. No se veía nada. Todos iban a una fiesta, excepto Catherine y yo. Catherine estaba en el asiento delantero con el conductor. No hablaban, pero parecía que se conocían. Quizá porque no hablaban. No había nada de esa conversación educada que tienes con extraños. Tal vez sea una tontería.

—No —dijo él—. Sé exactamente a lo que te refieres. ¿Quién más estaba en el coche?

Mencionó al estudiante y a la enfermera.

—¿Y la cuarta persona?

—Robert Isbister. —No necesitó decir nada más. Todo Shetland conocía a Robert. Su familia había ganado una fortuna cuando el petróleo llegó por primera vez a la isla. Su padre había sido constructor, terminó quedándose con la mayoría de los contratos de construcción y sigue siendo dueño de la firma constructora más grande del lugar. Robert tenía un barco pesquero de arrastre, el *Wandering Spirit,* que operaba desde Whalsay. Las historias del barco se contaban en todos los bares de la isla. Cuando lo compró, lo llevó a Lerwick y lo abrió al público para que la gente lo viera. Las cabinas tenían asientos de cuero y televisores con Sky TV. En verano llevaba a sus grupos de amigos a Noruega. Celebraban fiestas salvajes mientras navegaban por los fiordos.

—¿Robert era el novio de Catherine? —preguntó el inspector.

—No —respondió ella demasiado rápido.

—He oído que tiene debilidad por las chicas jóvenes.

Sally sabía que era mejor no responder.

—¿Tal vez te gusta a ti? —Sonaba como una broma, y Sally sabía que no lo decía en serio, pero aun así sintió que se sonrojaba.

—No diga tonterías —dijo ella—. No tiene ni idea de cómo es mi madre. Me mataría.

—¿De verdad no recuerdas nada sobre el coche o el conductor?

Ella negó con la cabeza.

—Al parecer Catherine estaba en una fiesta la noche antes de que desapareciera. ¿Estuviste allí también?

—Ya se lo he dicho —respondió con amargura—. No me dejan ir a fiestas.

—¿Sabías algo sobre esa fiesta?

—No me invitaron. La gente ya ni se molesta en preguntar. Saben que no voy a ir.

—¿Nadie mencionó nada en la escuela hoy?

—A mí no.

El inspector se quedó mirando el fuego.

—¿Hay algo más que creas que debería saber?

Ella no respondió de inmediato, pero él esperó.

—La noche que volvimos de Lerwick —dijo.

—¿La madrugada de Año Nuevo?

—Sí.

—Subimos a ver al viejo. A Magnus. Las dos habíamos estado bebiendo y su luz estaba encendida. Fue como un reto, tocar a la puerta y desearle feliz Año Nuevo.

Perez no se mostró sorprendido. Quizá ella esperaba sorprenderlo.

—¿Entrasteis?

—Sí, un rato. —Hizo una pausa—. Parecía obsesionado con Catherine. No podía dejar de mirarla. Era como si hubiera visto un fantasma.

Capítulo 11

Cuando salió de la escuela en Ravenswick, Perez se dirigió de vuelta hacia Lerwick. Pensó que podría hacer una visita a Robert Isbister antes de que llegara el vuelo de Aberdeen. Había retrasos en el aeropuerto y la gente de Loganair no estaba segura de cuándo aterrizaría el avión. Parecía que se había pasado todo el día conduciendo de un lado a otro por el mismo tramo de carretera, pero quería demostrarle al equipo de Inverness que había hecho algunos avances, que no se había limitado a esperar a que llegaran.

Perez nunca supo muy bien qué pensar de Robert Isbister. Era evidente que había sido un niño mimado. Su padre era un buen hombre, sorprendido por su repentina riqueza. Era generoso con sus amigos y su familia de una manera discreta, casi con vergüenza. Robert trabajaba muy duro en la pesca, pero todo el mundo sabía que ese ostentoso barco no lo había pagado él solo. Michael Isbister le habría dado el dinero. También se sabía que el matrimonio de sus padres dejaba mucho que desear. No debía de haber sido fácil crecer en esa familia, a pesar del dinero. Debió de ser duro saber que todos hablaban de ellos con una sonrisa en el rostro, una mezcla de burla y lástima.

A lo largo de su vida, a Robert siempre lo compararon con su padre, y era difícil estar a la altura. Perez sabía lo que eso significaba. Su propio padre era capitán del barco de correo de Fair Isle. Antes de tomar cualquier decisión sobre la vida en la isla, siempre le consultaban a él, pero para Robert era aún peor. Aunque Michael Isbister era un hombre tranquilo y modesto, era famoso en todas las islas. Era músico, experto en dialecto escocés y en canciones tradicionales. Había estado en el comité del festival tradicional Up Helly Aa desde joven. Ese año le habían otorgado el honor de ser Guizer Jarl.* Para él significaba mucho, más incluso que si la reina le concediese una medalla. Encabezaba la procesión del festival del fuego, aparecía en televisión, concedía entrevistas en la radio. Ese año, al menos, representaría a Shetland ante el resto del mundo. Robert estaría en el escuadrón del Jarl, vestido como un vikingo, igual que su padre. Una señal de que esperaba seguir sus pasos. Y todo Shetland lo estaría observando para ver si estaba a la altura.

Robert no estaba en casa tan temprano por la tarde. Podría estar en el barco, pero Perez no lo creía. Cuando el inspector visitó a unos amigos en Whalsay a principios de semana, el *Wandering Spirit* seguía allí, dominando a todas las demás embarcaciones. Perez condujo por el pueblo y se dirigió hacia los muelles. Se detuvo en una calle lateral, estacionó y salió al frío que le cortó la respiración, acompañado del olor a pescado y aceite. Esperaba que Robert estuviera solo. No quería tener esa conversación delante de sus amigos.

Al empujar la puerta del bar, lo envolvió el calor. Había una chimenea de carbón, alimentada con intensidad. Había una rejilla pequeña, pero el cuarto también lo era, con paredes teñidas de marrón por el humo del tabaco y el carbón. En las paredes colgaban fotos deslucidas de escuadrones de Up Helly Aa de años pasados, grupos de hombres mirando hacia la cámara, incómodos pero serios. Aunque algunos académicos quizá ridiculizaban la tradición, para aquellos hombres era algo muy serio. Creían que representaban la cultura de las islas, su forma de vida. Y en la esquina del sombrío bar estaba sentado Robert Isbister. Su desordenado cabello blanco parecía iluminar la ha-

---

* Se trata de una figura honorífica que, en la recreación de los actos del festival, lidera una cuadrilla de vikingos durante los desfiles y festividades del festival. *(N. de la T)*

bitación. Estaba sirviendo una botella de Northern Light en un vaso, concentrado como si ya se hubiese bebido unas cuantas. No se dio cuenta de que Perez había entrado. Detrás de la barra, una mujer diminuta y delgada estaba sentada en un taburete alto, leyendo un libro de bolsillo que había doblado por el lomo y sostenía en una mano como si fuera una revista. Apartó los ojos del texto con esfuerzo.

—Jimmy. Es temprano para ti. ¿Qué vas a tomar? —Se notaba que no estaba muy entusiasmada de verlo. No era bueno para el negocio.

—Una Coca-Cola, por favor, May. —Hizo una pausa y miró a Robert—. Estoy conduciendo.

Ni ella ni Robert respondieron.

Perez tomó su vaso y se sentó en la mesa de Robert. May volvió a su libro, y se perdió en él de inmediato. Sarah solía leer así. Podría haber un volcán bajo la casa y ni se daría cuenta. Robert levantó la vista y asintió.

—¿Te has enterado del cuerpo que encontraron en Ravenswick? —dijo Perez. No tenía sentido ser sutil. No con Robert.

—May mencionó algo cuando llegué. —Las palabras eran lentas, cuidadosas. ¿Era el efecto de la cerveza o un tipo de precaución diferente? A Robert le gustaba tomarse unas pintas con los amigos, pero no solía beber tanto tan temprano entre semana.

—Una amiga tuya, tengo entendido.

Robert dejó el vaso sobre la mesa.

—¿Quién era?

—Una jovencita. Catherine Ross. ¿La conocías?

La pausa duró un instante de más.

—La había visto por ahí.

—Solo dieciséis años. Un poco joven incluso para ti, Robert. —Era un chiste habitual que a Robert le gustaran las mujeres más jóvenes. Perez pensaba que era porque nunca había madurado. El gran barco, para demostrar que era un hombre. Continuó:

—En Nochevieja…

—¿Qué pasa con eso?

—Después de estar en la plaza, ibas a una fiesta.

—Sí. A casa de las Harvey, en Dunrossness.

—Llevaste a Catherine Ross de regreso. Hasta el cruce de Ravenswick.

Robert giró la cabeza para que Perez viera sus ojos azul pálido. Inyectados de sangre. Preocupados.

—Yo no conducía —dijo Robert—. No soy tan estúpido.

—¿Quién conducía?

—No sé su nombre. Un muchacho joven. Todavía en el instituto.

—¿Amigo de Catherine?

—No lo sé. Quizá.

—¿Tienes idea de dónde es?

—De algún lugar del sur. ¿Quendale? ¿Scatness? La familia no lleva mucho en Shetland.

—Dijiste que habías visto a Catherine por ahí. ¿Dónde la viste?

—En fiestas. Bares en la ciudad. Ya sabes.

—Era el tipo de chica en que te fijarías. El tipo de chica que destaca entre la multitud.

—Oh, sí —dijo Robert—. Te darías cuenta. No hablaba mucho. Siempre estaba observando, evaluándote. Pero no podías evitar verla. —Cogió su vaso y dio un trago. De repente pareció más relajado—. ¿Cómo murió? —preguntó—. ¿Hipotermia? ¿Demasiado alcohol y se quedó dormida en el frío?

—¿Bebía mucho?

Robert se encogió de hombros.

—Todas beben demasiado, ¿no? Esas chicas jóvenes. ¿Qué otra cosa pueden hacer en invierno?

—No fue hipotermia —dijo Perez—. La asesinaron.

Capítulo 12

Magnus estaba convencido de que la policía volvería a por él. Pasó toda la tarde sentado, rígido y erguido en su silla. Cinco coches pasaron por la carretera, pero ninguno se detuvo. El precinto azul y blanco seguía ondeando al viento en la abertura del muro. Los faros lo iluminaban al bajar la colina. Y Catherine seguía allí, tendida bajo una lona. Odiaba pensar en eso. ¿Cómo estaría su cuerpo ahora? Al menos el suelo estaría congelado, pensó. No habría descomposición, ni animales ni insectos desgarrando la carne. La última vez había sido en verano. Sabía lo rápido que un cordero muerto comenzaba a pudrirse cuando el sol le daba de lleno. La tierra enseguida se calentaba.

El siguiente coche sí se detuvo. Esperó a que llamaran a su puerta, pero los hombres se quedaron junto a la carretera, con las manos en los bolsillos, charlando, esperando que algo ocurriera. Luego llegó una furgoneta Transit. Se metió en la hierba para dejar paso a otros vehículos. Sacaron un pequeño generador de la parte trasera y lo subieron a un carrito para arrastrarlo por el campo. Había cables y dos grandes focos sobre soportes. Todos desaparecieron al otro lado de la colina, fuera de la vista de Magnus. Podía imaginar a Catherine, pálida y congelada bajo esas potentes luces blancas. Miró el reloj de su madre. Las ocho. El avión desde Aberdeen ya habría aterrizado. El equipo de Inverness estaría conduciendo hacia el norte desde Sumburgh. La última vez también habían enviado un equipo especial, pero no lograron más resultados que los de la policía local.

Una imagen acudió a su mente, tan clara como una fotografía: el rostro de una niña pequeña. «Catriona». Dijo el nombre en voz alta porque apareció de repente en su cabeza. Tenía el pelo largo, enredado por el viento, y los ojos oscuros entrecerrados por la risa mientras subía corriendo la colina. Había abierto la puerta sin llamar y en una mano sostenía un ramo de flores arrancadas del jardín. Ese debió de ser el último día que la vio.

Se levantó, inquieto de repente, y miró por la ventana. La policía estaba fuera de su campo de visión. Supuso que estaban más cerca del cuerpo. Un banco de nubes se movió y vio que había luna llena. Su madre siempre decía que la luna llena lo volvía más loco de lo habitual. Su luz dibujaba un camino sobre el agua quieta. Se dio cuenta de que no había comido en todo el día y pensó que tal vez por eso se sentía confuso. Sería eso o la luna. En su mente vio a Catriona bailando en el camino frente a su casa. Era una especie de danza extraña, con las manos levantadas por encima de la cabeza y los brazos curvados como los de una bailarina de *ballet*. Se imaginó que ella inclinaba la cabeza en su dirección y le hacía un gesto para que la siguiera.

Sabía que debía de ser su imaginación. Incluso si estuviera viva, Catriona sería una mujer joven ahora, mayor que Catherine. Pero no podía quedarse en la casa. Le afectaba la luz de la luna sobre el agua y el haber estado esperando todo el día a que volviera la policía. Escuchar a su madre diciéndole: «No digas nada» y el recuerdo de la niña pequeña. Se puso las botas, asiendo los cordones con torpeza, a causa de la prisa por salir. Tenía un gorro de lana que su madre había tejido, y la chaqueta grande que ella le había comprado en Lerwick justo antes de morir. Era como si supiera que iba a morir pronto y no confiara en que él se comprara su propia ropa. También le había traído un montón de calzoncillos y calcetines de ese viaje, y todavía usaba algunos de ellos.

Una vez fuera de la casa, Magnus se alejó del sendero y comenzó a subir hasta llegar a la carretera de Lerwick. En la casa junto a la capilla no había luces encendidas. Había un hueco en las cortinas de la ventana del dormitorio, donde estas no llegaban a juntarse del todo, pero no se veía nada, solo un reflejo fantasmagórico de su rostro en el cristal. A regañadientes, dio la vuelta y reanudó su camino hacia la colina.

A la sombra de un muro de piedra, se detuvo y miró hacia atrás. La policía no lo había visto salir de Hillhead. A la luz de la luna, los vio con sorprendente claridad en el campo donde yacía Catherine. La escena se desplegaba debajo de él, y reconocía a las personas por la forma en que estaban de pie o se movían. Estaban cegados por las intensas luces blancas y concentrados en el pequeño cuerpo cubierto por el sudario de lona. Cuando apartaban la vista de la escena del crimen, era para buscar faros que vinieran del sur. Pronto llegaría el equipo desde Sumburgh.

Magnus continuó su ascenso. Caminaba despacio. Sabía que debía dosificarse. Había pasado un invierno de pereza desde la última vez que había subido hasta allí. Sentía la tensión en la rodilla y un silbido en el pecho. El sol durante el día había derretido la nieve en algunos lugares, dejando ver el suelo de turba y el brezo muerto. Llegó a la cima de la ladera y, frente a él, no había más que colinas desnudas. En la escuela le habían dicho que, en otro tiempo, Shetland había estado cubierta de árboles. No podía imaginarlo. Ahora los únicos árboles estaban en los jardines de las casas. Pensó que así debía de verse la luna si uno estuviera encima de ella, y no mirándola desde tierra. Se detuvo un momento para recuperar el aliento y miró atrás otra vez. Las figuras en el campo parecían menos importantes desde allí. Más allá de ellas, vio el hielo plateado de la bahía y las casas de Ravenswick. Si tuviera algo de sentido común, pensó, volvería a la cama, pero algo lo mantenía en movimiento. ¿Era lo que Catriona había sentido cuando no podía dejar de bailar?

No estaba seguro de si sería capaz de reconocer el lugar, pero ahora, al acercarse, incluso bajo esa luz extraña, le resultaba familiar. Había pasado gran parte de su juventud allí trabajando con su tío, el hermano mayor de su padre, que había administrado el terreno. Magnus ayudaba a contar las ovejas de la colina, a reunirlas en el cercado para esquilarlas y a bajarlas por la colina, listas para el matadero. Y a principios del verano, aquí venían a cortar turba. Había sido un trabajo duro: despejar el césped de la capa superior de la ladera y cortar la tierra densa y oscura. Excavar era agotador, pero peor aún era bajar las turbas hasta la carretera con una carretilla. Ahora, si alguien cortaba turba —y ya eran pocos los que lo hacían—, usaban un tractor y un remolque. Su tío estaba orgulloso de él. Decía que Magnus era más fuerte y trabajaba mejor que sus propios hijos. En aquel entonces, Magnus tenía un padre y una madre, un tío y primos. Más tarde, había tenido una hermana. Ahora no tenía a nadie.

Llegó a un pequeño lago donde sus primos solían ir en invierno a cazar gansos. Se oía a las aves volando desde el norte, llamándose entre sí, una larga línea de ellas siguiéndose tan de cerca que parecía que estaban unidas, como las cintas de la cola de una cometa, y sus primos salían con sus escopetas. A él nunca le habían permitido tener un arma, pero después su madre cocinaba el ganso y todos se reunían para comerlo. En medio de la helada colina, casi pudo verlos sentados alrededor de la mesa en la cocina de Hillhead, y era tan real que pudo oler la grasa del ganso y sentir el calor de la cocina de leña en su rostro. Magnus se preguntó si tendría alguna enfermedad. Todas aquellas ensoñaciones se le antojaban como las escenas que pasan por la mente durante una fiebre.

Se detuvo un momento al borde del lago para orientarse. El hielo era grueso. En algunas partes estaba claro y se veía el agua gris debajo. En otras, era blanco y grumoso y le recordaba a los dulces que su madre solía hacer con coco rallado, azúcar y leche condensada. Se preguntó por qué ocurría eso, por qué el agua no se congelaba de manera uniforme. Durante un momento el pensamiento lo distrajo, y se quedó absorto en el enigma sin llegar a ninguna conclusión. Su boca estaba abierta por la concentración. Entonces, sintió de nuevo la necesidad de moverse y reemprendió el ascenso por la colina.

Tenía un mapa en la cabeza. Un mapa como el del tesoro de una historia que le habían leído en la escuela, aunque nunca lo había dibujado ni escrito las indicaciones. ¿Qué dirían esas instrucciones? Camina hacia el oeste desde el lago hasta llegar al arroyo Gillie. Sigue el arroyo cuesta arriba hasta la quebrada donde la tierra siempre se desliza después de lluvias fuertes.

Y era justo como lo había imaginado. Cuando llegara el deshielo, el arroyo estaría lleno de agua turbia y oscura. Ahora estaba cubierto de nieve blanda. Llegó al banco de turba y al montón de rocas que parecían un pequeño deslizamiento de tierra. No era raro que ocurrieran cosas así en la colina, especialmente después de un verano seco seguido de lluvias intensas. El agua se filtraba en las grietas de la tierra seca, aflojándola, y enviando rocas, tierra y turba rodando cuesta abajo. Incluso bajo la nieve, reconoció el lugar. Por fin perdió el impulso de seguir moviéndose. Se quedó de pie con el rostro hacia el cielo, dejando que las lágrimas le corrieran por las mejillas.

Podría haberse quedado allí toda la noche, pero un estruendo distante —un bote salvavidas que sonó inusualmente fuerte en la quietud de la noche— lo devolvió a la realidad. ¿Qué diría su madre? «No seas un crío, Magnus». Regresó a casa porque no había nada más que hacer, cruzando las empinadas turberas lateralmente, firme en sus pasos a pesar de la superficie helada.

Los agentes seguían vigilando el cuerpo de Catherine, pero el otro hombre estaba sentado en su coche, esperando, con los ojos cerrados. El avión de Aberdeen debía de haberse retrasado. La furgoneta que había traído las luces y el generador se había ido. Mientras Magnus observaba, uno de los agentes desenroscó la tapa de un termo, vertió un líquido humeante y se lo entregó a su compañero. «Serán amigos», pensó Magnus.

Trabajar juntos así, toda la noche, tenía que crear un vínculo. Sintió una vaga nostalgia que se volvió casi insoportable. Se preguntó cómo sería si les llevara su botella de Grouse y les ofreciera un trago. Seguro que lo agradecerían con el frío que hacía, y ¿no hablarían con él mientras lo bebían, aunque solo fuera por cortesía?

Si no hubiera sido por el detective de Fair Isle, quizá habría salido a ofrecerles un trago, pero probablemente no podían beber mientras estaban de servicio. Pensó que los agentes lo rechazarían, con su jefe observando. Entonces recordó la comisaría y la habitación de las paredes brillantes. Tal vez sería mejor beber solo. Le resultaría difícil no contarles todo. Estaba en la casa, con un vaso pequeño de *whisky* en la mano, cuando apareció un pequeño convoy de coches. No quería pensar en lo que le harían a la chica con el cabello del color del ala de un cuervo. Se llevó su copa a la cama.

Capítulo 13

Sentado en el coche con los ojos cerrados, Perez escuchó el silencio. Estaba atento a los vehículos que llegaban desde el sur, aunque ya había confirmado que el avión procedente de Aberdeen llegaría tarde. No le molestaba esperar. Agradecía el tiempo para reflexionar, para repasar los acontecimientos del día. Generalmente tenía que centrarse en los procedimientos. Incluso en Shetland había objetivos que cumplir y formularios que rellenar. Ahora no tenía nada que hacer salvo esperar y pensar. Podía dejar que sus pensamientos siguieran su propio curso.

Se preguntó cómo habría sido para Catherine Ross llegar a Shetland como una forastera. Lo entendía, con su nombre español y sus rasgos mediterráneos, pero su familia había vivido en Fair Isle durante generaciones, durante siglos si uno creía en los mitos. Y él sí creía en los mitos, al menos después de un par de copas. En realidad, no había sido como la experiencia de Catherine en absoluto.

Había sido difícil para él dejar su hogar para ir al colegio en Lerwick. La ciudad le había parecido enorme, llena de ruido y tráfico. Las farolas hacían que pareciera que nunca estaba oscuro. Para Catherine, vivir aquí después de la ciudad de Yorkshire, seguramente sería una experiencia en la que lo que más habría notado sería el silencio.

De nuevo, sus pensamientos se alejaron de la investigación del asesinato y regresaron a Fair Isle y a la leyenda de su apellido. La historia era esta: durante la Armada Invencible, un barco, *El Gran Grifón,* se desvió de su curso, muy lejos de su destino en la costa inglesa. Había naufragado frente a la isla. Y esto, al menos, era cierto. Los buzos habían encontrado el pecio. Había registros. Los arqueólogos habían recuperado objetos. Algunas personas afirmaban que el naufragio era la fuente del famoso tejido de punto de Fair Isle. No tenía nada que ver con los escandinavos, decían. Los noruegos también tejían, por supuesto, pero sus patrones eran regulares y predecibles, pequeños bloques cuadrados, comedidos y aburridos. El punto tradicional de Fair Isle era brillante, colorido e intrincado. Había formas como cruces. Era el tipo de diseño que un sacerdote católico podría llevar en sus vestiduras, extendido como un estallido de colores.

Estos patrones, según se decía, habían llegado con *El Gran Grifón*. Más específicamente, habían llegado con un marinero español, un superviviente del naufragio. Por algún milagro, Miguel Perez había logrado nadar hasta la orilla. Lo encontraron en los guijarros del puerto sur, vivo de milagro, con la marea aún lamiendo sus tobillos. Los isleños lo habían acogido. Y, por supuesto, no había escapatoria. ¿Cómo podría regresar al calor y a la civilización de su tierra natal? En aquellos días, emprender el viaje hacia la tierra firme de Shetland ya era una aventura. Había quedado atrapado. ¿Qué sería lo que más habría echado de menos? Perez se lo preguntaba a veces. ¿El vino? ¿La comida? ¿El olor a naranjas, aceitunas y harina horneada? ¿La luz del sol destilada rebotando en la vieja piedra?

La leyenda decía que el marinero español se había enamorado de una joven de la isla. No había registro alguno de su nombre. Perez pensó que el marinero había sabido sacar provecho de la situación. Llevaba meses en alta mar, así que estaría desesperado por sexo. Fingiría estar enamorado si eso era lo que hacía falta. Aunque, sin duda, el amor no habría tenido mucho que ver, ni siquiera cuando se trataba de uniones entre hombres y mujeres de la isla. Las mujeres querían hombres fuertes que supieran manejar un barco. Los hombres querían amas de casa, cerveceras y panaderas. Fuera lo que fuera lo que los había atraído el uno al otro, debieron tener un hijo. Al menos uno. Porque desde entonces siempre había habido un Perez en Fair Isle, trabajando la tierra, tripulando el barco de correo, encontrando mujeres para dar más herederos varones.

Jimmy Perez se movió en su asiento. El frío lo devolvió al asunto que tenía entre manos. Catherine Ross no se había criado en una comunidad pequeña de menos de cien personas, muchas de ellas emparentadas. Para ella debía de ser algo nuevo, esa sensación de vivir en una pecera, donde todos conocían su vida o creían conocerla. Su madre había muerto tras una larga enfermedad. Su padre, sumido en su propio duelo, había estado tan distante que rozaba la negligencia. «Habrá estado tan sola», pensó de repente. Especialmente aquí, rodeada de gente que se conocía entre sí. Aunque tuviera a Sally Henry ladera abajo y un novio aún por identificar, debió de sentirse terriblemente sola.

Eso lo llevó a pensar en Magnus Tait, porque ¿acaso el anciano no se sentiría igual de solo? Todo el mundo estaba convencido de que Magnus había matado a la chica. La única razón por la que no estaba ya bajo custodia era que, una vez en la comisaría, solo podían retenerlo seis horas. No era como en Inglaterra. Y nadie sabía cuándo llegaría el equipo de Inverness. ¿Qué pasaría si había algún problema con el avión y no llegaban hasta por la mañana? Tendrían que soltar a Magnus en mitad de la noche.

Al anochecer, Sandy Wilson, uno de sus agentes, le había preguntado si deberían asignar a alguien para vigilar Hillhead.

—¿Para qué? —había respondido Perez con tono tajante. Sandy siempre despertaba en él una impaciencia irracional.

El agente Wilson había enrojecido, reprendido por la dureza de la respuesta, y Perez había aprovechado la oportunidad para continuar.

—¿Cómo crees que va a salir de Shetland a esta hora de la noche? ¿A nado? Su casa está rodeada de colinas abiertas. ¿Dónde piensas que podría esconderse?

Perez no sabía si Magnus era un asesino o no. Era demasiado pronto para afirmarlo, pero la suposición tan fácil de sus colegas de que Tait había matado a la chica le molestaba. Era un desafío a su profesionalidad. Lo que más le irritaba era ese razonamiento tan superficial, esa falta de rigor. ¿Una joven había desaparecido antes y Tait había sido el principal sospechoso? En opinión de Perez, los casos tenían muy poco en común. Si Catriona Bruce había sido asesinada, su cuerpo nunca había aparecido. El de Catherine sí, casi como si quisieran exhibirlo. Catriona era una niña. Perez había visto las fotos que todavía estaban archivadas. Parecía incluso más joven de lo que era. Catherine, en cambio, era una joven, atractiva y desafiante. Perez esperaba que el equipo de Inverness llegara con la mente abierta. Planeaba hablar con ellos antes de que los chismes de Shetland y la desconfianza de los lugareños hacia un anciano que se había convertido en un marginado fueran la base de su dictamen.

El silencio fue roto por el zumbido del pequeño generador que habían llevado para alimentar las luces. Por alguna razón, Sandy debía de haber puesto en marcha el motor. Un par de minutos después, el teléfono de Perez sonó. Era el agente que había sido enviado a Sumburgh para recibir el avión.

—Ha aterrizado. Estaremos en camino en breve.

A Perez le hizo gracia, pero no le sorprendió, que Sandy Wilson hubiera sido informado de la noticia antes que él. Brian, el agente que estaba en el aeropuerto, y Sandy se habían criado juntos en Whalsay. Así funcionaban estas cosas.

Eran seis en el equipo de Inverness. Un investigador de la escena del crimen, dos alguaciles, dos sargentos y un inspector, que actuaría como oficial superior a cargo de la investigación. Tenía el mismo rango que Perez, pero con más experiencia, por lo que tomaría el mando. Llegaron en dos coches. Perez sintió momentáneamente un cierto resentimiento por la intrusión en sus ensoñaciones. Se sentía somnoliento. Moverse representaba un esfuerzo. Abrió la puerta y salió. En la calidez del coche había olvidado el frío que hacía. Seguía adormilado mientras el inspector se presentaba, consciente de una voz fuerte y entusiasta y de un apretón de manos que casi le rompe los nudillos. No había mucho que hacer hasta que la forense entrara en acción. Jane Meltham era una mujer alegre y competente, con un fuerte acento de Lancashire y un humor negro y seco. La observaron abrir el maletero y sacar su maletín.

—¿Qué harán con el cuerpo cuando terminen con él? —preguntó.

—Irá al depósito de Annie Goudie —respondió Perez—. Es la funeraria de Lerwick. Lo mantendremos allí hasta que podamos enviarlo al sur.

—¿Cuándo será eso?

—Bueno, ya hemos perdido el ferri de esta noche. No podemos enviarlo en avión. Será mañana por la noche.

—Sin prisa entonces. —Se estaba poniendo un mono de papel—. Espero que sea lo suficientemente grande para que me cubra la chaqueta. Si tengo que quitarme el abrigo, me congelaré y nos tendrán que enviar a las dos a Aberdeen. —Se puso la capucha, sujetando unos mechones rebeldes—. ¿No les molesta a los demás pasajeros compartir el barco con un cadáver?

—No lo saben —respondió Perez—. Usamos una vieja furgoneta Transit. Es bastante anónima.

—¿Quién hará la autopsia?

—Billy Morton, de la universidad.

—Genial —dijo ella—. Es el mejor en su campo.

Perez pensó que era una mujer sensata. Él también tenía en alta estima a Billy Morton. Jane lo miró.

—Supongo que sabes que probablemente no terminaré esta noche. Tendré que volver al amanecer.

—Esperaba —dijo Perez— que no tuviéramos que dejar el cuerpo. Hay una escuela allí abajo. Los niños tienen que pasar por aquí. Y ya ha estado todo un día aquí fuera.

—Está bien. —Consideró el asunto cuidadosamente. No era una de esas funcionarias que crean problemas solo por parecer importantes—. Si hay alguna forma de que lo logremos, la moveremos esta noche.

Pasó por el hueco en el muro. La vieron rodear el campo para acercarse al cuerpo desde otro ángulo, evitando todas las huellas en la nieve. Cuando estuvo casi junto al cuerpo, les gritó:

—¿Qué pronóstico hay para mañana?

—Sin muchos cambios. ¿Por qué?

—Si fuera a haber un deshielo repentino, trabajaría en esto. Parece que ha habido muchas idas y venidas. No está nada claro. Es posible que encontremos algo, pero lo dejaré para la mañana y me concentraré en el cuerpo.

En la luz intensa, Jane tenía un aspecto muy extraño. Todo era blanco. A Perez le recordó una película de terror que había visto una vez sobre el mundo después de un desastre nuclear, lleno de mutantes y monstruos. Y se dio cuenta de que todos la observaban, tanto los locales como los forasteros. Estaban fascinados con su progreso sobre el terreno helado. La miraban en silencio, sin apartar la vista. No había análisis de personalidades ni discusión sobre el caso. Eso vendría después.

Llegó cuando estaban todos amontonados en una habitación de hotel en la ciudad. Se la habían asignado a los dos alguaciles, pero el inspector de Inverness la había requisado para reunirlos a todos y hablar del caso. Había dos camas individuales, pero la habitación no era muy grande y estaba algo avejentada, con cortinas polvorientas y una alfombra raída. Por alguna razón, Perez se sintió un poco avergonzado. ¿Era eso lo mejor que tenían para ofrecer a los forasteros? ¿Qué pensarían? Roy Taylor, el inspector, había abierto una botella de Bell's y bebían de lo que fuera que tuvieran a mano: tazas de té, vasos de plástico del baño, un vaso de poliestireno que había contenido café del aeropuerto. Perez estaba sentado en el suelo, observando. Taylor dominaba la escena desde una de las camas. Perez aún no había decidido qué pensar de él. Era joven para ser inspector, tendría treinta y tantos. Su cabello estaba muy rapado para ocultar una calvicie prematura, lo que hacía que su cabeza pareciera un cráneo. Quizá era la primera vez que era responsable de una investigación. Era evidente que estaba motivado.

¿Ambición desmedida? Tal vez, pero Perez pensaba que había algo más. Desde el momento en que había sacado la botella de *whisky* de su bolsa de viaje, no había dejado de hacer preguntas. Al principio era difícil entender lo que decía. Tal vez trabajara en Inverness ahora, pero no era de allí.

—Soy de Liverpool —dijo cuando Perez le preguntó—. La mejor ciudad del mundo.

Taylor escuchaba las respuestas con la misma intensidad con la que lanzaba las preguntas. No tomaba notas, pero Perez pensaba que las respuestas debían estar grabadas a fuego en su cerebro. Actuaba como si se sintiera engañado por no haber llegado a la isla lo suficientemente pronto como para realizar la investigación inicial. Perez se lo imaginaba caminando de un lado a otro en la terminal de Dyce, contando los segundos para el despegue, maldiciendo en voz baja cuando se enteró de que el avión llegaría tarde.

Ahora Taylor se levantó de la cama y se estiró. Estaba de puntillas y alcanzó el techo con las manos. A Perez le recordó a un simio que había visto en el zoológico de Edimburgo durante una excursión escolar. El animal empujaba los barrotes de su jaula en busca de más espacio. «Taylor era un hombre que siempre necesitaría más espacio», pensó Perez. Ponlo en medio de una sabana africana y aun así no le parecerá suficiente. Los límites debían estar dentro de su cabeza. «Qué estupidez. Había bebido el *whisky* demasiado rápido».

Se dio cuenta de que todos hablaban de detener a Magnus Tait, de cómo manejarían la situación y quién haría el interrogatorio. Decidieron que serían uno del equipo local y otro del equipo de Inverness. Y lo harían con delicadeza. Taylor había revisado las notas del caso de Catriona Bruce. «Insinuación de que Tait había sido maltratado», dijo. Esta vez no iban a cometer tonterías como esas. No iba a permitir que el caso se viniera abajo porque alguien de su equipo perdiera los nervios. Ahora todos eran un solo equipo. Eso también incluía a los de Shetland. Taylor miró a su alrededor y pareció abrazarlos a todos con un gesto de su brazo. Perez supo que lo decía en serio. Si cualquier otra persona hablara así, le provocaría náuseas, pero Taylor podía hacerlo. Los tenía comiendo de la palma de su mano.

—No creo que debamos apresurarnos y concluir que Magnus Tait es el asesino —dijo Jimmy Perez. No había tenido intención de hablar. Quizá se había contagiado del fervor de Taylor. Sentado en su rincón, agitó el denso *whisky* en su vaso.

—¿Por qué? —Taylor dejó de estirarse. Se agachó, apoyando una mano a cada lado del cuerpo en el suelo para estabilizarse, recordándole a Perez otra vez a un simio. Su rostro ahora estaba al nivel del de Jimmy.

Perez enumeró las preocupaciones, los problemas que había estado meditando mientras estaba sentado en el coche. Las víctimas eran diferentes. Si Tait era un asesino, ¿por qué había esperado tanto tiempo para hacerlo de nuevo? Catherine Ross era una chica de ciudad, lista para la vida callejera. Era físicamente fuerte. No se quedaría esperando a que Magnus la asesinara.

—Si no fue Tait, ¿entonces quién? —exigió Taylor.

Perez se encogió de hombros. Todas las pruebas circunstanciales apuntaban a Magnus, pero no quería apresurarse a arrestarlo sin considerar las alternativas.

—No tengo ninguna teoría —dijo—. Solo quiero mantener la mente abierta.

—¿Tenía novio?

—Quizá. Quedó con alguien la noche antes de desaparecer.

—¿Y no sabemos quién era?

—Todavía no. He estado preguntando. No debería de ser muy difícil rastrearlo.

—Pues es prioritario averiguarlo, ¿no cree?

Nadie respondió.

De repente, Taylor se puso de pie otra vez.

—Me voy a la cama —dijo—. Mañana será un día intenso. Necesito descansar, y ustedes también.

Perez pensó que Taylor no era de los que dormían mucho. Se lo imaginó despierto toda la noche, caminando de un lado a otro, enjaulado en su habitación.

Capítulo 14

Jimmy Perez caminó hacia su casa. Estaba a solo cinco minutos del hotel. Se detuvo una vez para mirar al otro lado del puerto, hacia un enorme buque factoría. La embarcación estaba iluminada, pero no había señales de actividad. Las calles estrechas estaban vacías. En el frío, se sentía sobrio y despejado.

Vivía en el paseo marítimo, en una pequeña casa adosada entre dos más grandes. Había una marca de marea en la pared de piedra exterior, y cuando el clima era adverso, la salpicadura de las olas golpeaba incluso la ventana del piso superior. La casa era estrecha, húmeda y poco práctica. No había lugar para aparcar. Si sus padres se quedaban, él tenía que dormir en el sofá. La había comprado por un impulso romántico después de que Sarah lo dejara, cuando regresó a Shetland. No podía arrepentirse del todo. Era como tener una casa en un barco, y, por dentro, también se parecía a uno. Estaba muy ordenada, todo en su lugar. No le importaba su apariencia física, pero sí el aspecto de la casa. Las paredes del salón estaban revestidas con paneles de madera horizontales, ajustados con precisión, pintados de gris. Ahora se daba cuenta de que era un intento por ocultar el efecto de la humedad. Sería imposible con papel de pared. La única ventana era pequeña y daba al agua. Si se plantaba en el centro de la diminuta cocina tocaba cada pared, de lado a lado.

Era exactamente medianoche cuando cruzó la puerta. Taylor había dicho que al día siguiente quería a todos en la Sala de Incidentes una hora antes del amanecer, pero Perez no estaba listo para irse a dormir. Mientras encendía el hervidor para hacerse un té, recordó que no había comido desde el almuerzo. Metió unas rebanadas de pan bajo el grill, sacó margarina y mermelada de la nevera. Desayunaría ahora, y así ahorraría tiempo por la mañana.

Mientras comía, leyó el correo del día anterior: una carta por correo aéreo de una vieja amiga de Fair Isle que, a los treinta y tantos, había decidido que necesitaba ver más mundo que las islas del norte. Trabajaba como profesora para una organización humanitaria en Tanzania. Con sus palabras, evocaba caminos polvorientos, frutas exóticas, niños sonrientes. «¿Por qué no vienes a verme?». Cuando tenía quince años la había amado. Pensaba que quizá aún lo hacía, pero también había amado a Sarah cuando se casó con ella. «Emocionalmente incontinente». Una frase que había oído en alguna parte. Era el tipo de cosa que Sarah podría haber dicho. Horrible, pero seguramente acertada. Rebosaba afectos inapropiados. Ya en esta investigación, sentía un instinto protector hacia Fran Hunter y su hija, y una compasión casi abrumadora por Magnus Tait, fuera o no un asesino. Y se suponía que los agentes de policía debían ser imparciales.

Enjuagó la taza y el plato y los dejó en el escurridor. Llenó un vaso de agua para llevárselo a la cama, pero aún no subió las escaleras. Levantó el auricular del teléfono y escuchó la señal que indicaba que tenía mensajes. El primero era de su amigo John, registrado a las ocho y cuarto. John estaba en The Lounge, el bar del pueblo, y llamaba desde su móvil. De fondo, Perez escuchó música de violín y risas. «Si estás libre, ven y te invito a esa pinta que te debo. Pero supongo que estás ocupado. Nos vemos pronto». Eso significaba que la noticia del asesinato ya era de dominio público.

El segundo mensaje era de su madre. No se molestó en identificarse: «Pensé que te interesaría saber que Willie y Ellen finalmente han decidido dejar Skerry. Se mudan al sur para estar más cerca de Anne. Llámame cuando puedas».

Reconoció el entusiasmo contenido en su voz. Sabía de qué se trataba. Willie y Ellen eran una pareja mayor que había estado trabajando en la granja de Fair Isle desde que se casaron. Willie había nacido en la isla, era una especie de pariente lejano por parte de la abuela de Perez. Ellen había llegado de joven para ser enfermera. Una vez que se marcharan, una granja quedaría libre.

¿Cómo reaccionó a la noticia? ¿Pánico? ¿Depresión? ¿Entusiasmo? Le resultaba imposible decidir. En cambio, recordó claramente su última visita a Skerry. La casa había sido renovada recientemente y Ellen estaba presumiendo de los cambios. El tejado era nuevo, habían agrandado la ventana de la cocina, y había una vista que llegaba hasta el Faro del Sur. Ellen había hecho bollos a la plancha. Se había quedado junto a la ventana, comiendo y pensando que los campos alrededor de la granja estaban lo suficientemente protegidos como para cultivar cebada. Si alguna vez regresaba, pensó, le gustaría volver a los tiempos en que la agricultura era más variada.

Y ahora la cuestión era más que una idea. Perez podría hacerse cargo de Skerry si quisiera. El Fondo Nacional de Escocia, que era dueño de la isla, siempre daba prioridad a los solicitantes de familias de Fair Isle. Así que se vería obligado a tomar una decisión que habría preferido posponer por más tiempo. Si se mudaba y regresaba a la isla, su futuro estaría resuelto. La tradición seguía siendo importante. Su padre era el capitán del barco correo. Perez se uniría automáticamente a la tripulación y, con el tiempo, se convertiría en capitán en lugar de su padre. En algún momento, había pensado que eso era lo que quería: la continuidad y la seguridad de la vida en la isla. Ahora que surgía la posibilidad, no estaba tan seguro. ¿No se aburriría terriblemente?

Quizá pensaría de manera diferente si no estuviera en medio de la investigación más emocionante en la que había trabajado. Sabía que la pasión del inspector de Inverness le había influido. Probablemente era otro impulso romántico, pero esta noche le parecía importante ser policía. ¿Sentiría lo mismo cuando su trabajo consistiera en pequeños hurtos y multas de tráfico?

Su familia anhelaba que volviera a casa, aunque nunca se lo dijeran. Era su elección, decían. Tenía que hacer lo que le hiciera feliz. Estaban orgullosos del trabajo que hacía, pero la presión estaba ahí, sutil y tácita. Era el último Perez. Sus hermanas se habían casado y vivían en la isla, pero él era el único que podía llevar el apellido. Cuando le había contado a su madre que se separaba de Sarah, hubo un breve momento de descuido y supo que ella estaba pensando: «Así que, nada de nietos. Al menos por un tiempo». Sarah debía de haber sentido la presión también, durante todo el embarazo y después de perder al niño.

Llevó su bebida arriba. No estaba en condiciones de tomar una decisión racional esa noche. Miró por la ventana y cerró las cortinas. Por lo general, sin notarlo conscientemente, se quedaba dormido con el sonido del agua, casi imperceptible. Esta noche, el mar más cercano a la costa seguía congelado y reinaba el silencio, excepto por algún extraño crujido ocasional. Había pensado que la imagen de la chica muerta, su rostro picoteado por los pájaros, lo mantendría despierto, pero lo que lo perseguía era la vista hacia Fair Isle desde Skerry: la luz del sol sobre el Puerto del Sur y las sombras con forma de nubes corriendo sobre Malcolm's Head.

Cuando llegó a la comisaría a la mañana siguiente, Taylor ya lo estaba esperando. Lo llamó a una de las salas de reuniones y ya parecía familiarizado con el lugar. Perez pensó que no habría dormido mucho.

—Dos minutos —dijo Taylor—. Antes de reunirnos con el equipo. Hábleme de los pasos que dio ayer, con quién se reunió. Sabemos lo del anciano. ¿Con quién más habló?

Perez se lo contó, aunque le resultaba extraño. Había pasado mucho tiempo desde la última vez que rendía cuentas a otro detective.

—Necesito tener claro el cronograma. El orden de los acontecimientos. —Taylor arrancó una hoja de un bloc de notas, la colocó sobre la mesa y comenzó a garabatear con un marcador negro grueso. Perez esperaba que nadie más tuviera que leerlo. Era ininteligible.

—En las primeras horas del Año Nuevo, Catherine y su mejor amiga acabaron en casa de Magnus Tait en una especie de desafío. La noche del día 3 le dice a su padre que está en una fiesta y que no la espere despierto. Luego, el día 4, manda un mensaje de texto diciendo que quizá volvía a pasar la noche fuera. —Miró hacia arriba desde el papel—. ¿No le preguntó dónde estaba? ¿De quién era la fiesta?

Perez negó con la cabeza.

—Su esposa murió hace poco. Parece que aún sufre algún tipo de depresión. Creo que dejaba que la chica hiciera lo que quisiera.

—De acuerdo. En un lugar como este, debería ser fácil averiguarlo. A media mañana del día 4, toma el autobús de regreso a casa. Tait está en el mismo autobús y la invita a tomar una taza de té. Tait dice que ella sale de su casa antes de que oscurezca, pero es la última vez que alguien admite haberla visto. A la mañana siguiente, el día 5, encuentran su cuerpo en la colina, no lejos de Hillhead. ¿Es correcto?

—Sí. —Casi dijo «señor», pero se detuvo justo a tiempo. Este era su territorio.

—Vamos a ver qué nos tienen preparado los demás, entonces.

Perez había pedido a Sandy que se encargara de la Sala de Incidentes. El policía tenía un instinto natural para los ordenadores y era bueno con las tareas rutinarias, y Perez lo prefería en la oficina, lejos del público. Sandy servía para lidiar con borrachos en peleas los viernes por la noche en el pueblo, pero no para situaciones que requirieran más sutileza o tacto. Ahora estaba allí, rascándose el trasero, esperando la respuesta de Taylor a la disposición de la sala, lo que hizo que Perez pensara en un *boy scout* esperando la inspección de Akela. Ese era el problema de Sandy: seguía pensando como un niño.

—¿Está bien? —preguntó Sandy, pecoso y ansioso—. Nunca antes hemos llevado una investigación de esta magnitud, eso es evidente. Al menos, no que yo recuerde. Los ordenadores ya están en marcha.

—Fantástico —dijo Taylor—. Realmente fantástico.

Era exagerado, y saltaba a la vista que su mente estaba en otro lugar, pero Sandy se lo creyó. Allí, frente a los demás, Taylor no había perdido ni un ápice de la energía de la noche anterior, aunque Perez distinguió manchas azules, como moretones, bajo sus ojos. Fuera todavía estaba oscuro. Ahora, la sala estaba iluminada por lámparas de escritorio. Había charcos de luz y sombras en las esquinas. De repente, a Perez le vino a la mente la imagen de una sala de operaciones de guerra sacada de una película antigua. Había la misma tensión y expectación.

Taylor seguía hablando:

—Supongo que tenemos una línea externa específica con un número que podamos dar al público.

—Acaban de conectarla.

—Quiero que esté atendida las veinticuatro horas del día, los siete días de la semana. Alguien tiene la información que llevará a una condena. No quiero que un testigo reúna el valor para llamar y se encuentre con un contestador. Deben contactar de inmediato con una persona de carne y hueso, ¿entendido?

—Habrá mucha gente que acusará a Magnus Tait —dijo Sandy Wilson.

—Acusar no es suficiente. Lo diremos de manera educada, pero tenemos que dejar claro que necesitamos pruebas —respondió Taylor.

Se detuvo un momento para asegurarse de que tenía su atención.

—He decidido que el equipo de Inverness se encargue de las llamadas. Lo harán por turnos. Esta es una situación única y debemos ser cuidadosos. Los que llamen quizá quieran guardar el anonimato. Y no lo conseguiremos si la persona que contesta es alguien que conocen.

Miró rápidamente alrededor de la sala.

—¿Todo el mundo de acuerdo?

La pregunta era una formalidad. Todos sabían que la decisión ya estaba tomada. Taylor se sentó en el borde de un escritorio al frente de la sala.

—Supongo que el cuerpo ya ha sido trasladado.

—Está en la funeraria —respondió Perez—. El CSI estuvo conforme y dio luz verde. Esta noche lo enviarán al sur en el ferri, para la autopsia. Jane Meltham irá con él para estar presente en el examen.

—¿Qué llevaba la chica encima? ¿Un bolso, llaves, cartera?

—Ni bolso ni llaves. Una cartera en el bolsillo de su abrigo. Morag registró su habitación ayer y encontró un bolso pequeño. Tampoco había llaves allí.

—Eso es raro, ¿no? Que no llevara sus llaves. ¿Cómo pensaba volver a la casa?

—Aquí no siempre se cierra con llave. No a menos que vayas a estar fuera un buen rato. Quizá las llevaba, o se le cayeron del bolsillo cuando la mataron.

—Quiero una búsqueda minuciosa en los campos alrededor de la escena. ¿Cómo organizamos eso? ¿Necesitamos traer más personal?

—En anteriores ocasiones, hemos organizado búsquedas a través de la guardia costera —dijo Perez—. Pusieron a nuestra disposición al equipo de rescate en los acantilados. No estoy seguro de si fue con autorización oficial…

—Que se jodan las autorizaciones. Sabemos lo que tardará resolver el papeleo. Si se desata un vendaval o una tormenta, perderemos cualquier evidencia que pueda estar allí. ¿Puedo dejarlo a cargo de eso? Envíen agentes a la colina tan pronto como sea posible.

—Claro —respondió Perez. No había otra respuesta posible, aunque no estaba seguro de cuánto tiempo llevaría reunir al equipo.

—Después quiero que vaya al colegio.

En plena efervescencia, Taylor hablaba muy rápido, tropezándose con las palabras. A veces no encontraba la frase correcta, pero seguía adelante de todos modos.

—Hable con todo el sexto curso. No lo sé. Quizá valga la pena organizar una asamblea especial si es posible, algo formal. Para enfatizar lo importante que será su ayuda. Hágalo hoy, mientras todavía están conmocionados, antes de que tengan tiempo de acostumbrarse a lo sucedido.

Taylor estaba sentado en el escritorio frente a ellos, balanceando las piernas como un niño incapaz de quedarse quieto. Prosiguió:

—El padre despertará mucha compasión. Ya sé que alumnos y profesores no siempre se llevan bien, pero en un caso como este... Quiero decir, por el amor de Dios. Dales el número de la línea telefónica especial. Dígales que se comunicarán con alguien de fuera si llaman, pero déjales claro que pueden hablar directamente con usted si lo prefieren. Así les damos una opción. Queremos saber dónde estuvo Catherine la noche antes de morir, con quién solía salir, novios, aspirantes, etcétera.

Se detuvo para tomar aire. Hubo un breve momento de silencio. Mirando más allá de la sala, Perez vio, a través de la ventana alargada, que la oscuridad ya no era tan densa. Pronto amanecería.

—Hay un chico que quiero localizar —dijo Perez—. Llevó a las chicas a casa en Nochevieja. Sé dónde vive. Debería ser fácil encontrarlo a través del colegio.

—¿Y qué pasa con Magnus Tait? —interrumpió Sandy Wilson.

Nunca podía cerrar la boca y las alabanzas de Taylor acerca de la Sala de Incidentes le habían dado confianza extra.

—Quiero decir, si él mató a la chica, ¿hace falta hacer todo esto?

Taylor bajó de un salto del escritorio y se giró rápidamente para mirar a Sandy. Perez esperaba una explosión. Había catalogado al inspector como un hombre que no toleraba a los tontos fácilmente, y en ocasiones pensaba que Sandy era el mayor tonto de Shetland, pero Taylor mantuvo la calma. Perez pensó que le estaba costando un esfuerzo, pero el inspector sabía que no ayudaría a las relaciones entre Inverness y Lerwick si reprendía a un policía de Shetland delante de sus colegas.

—No podemos descartar ninguna opción en esta etapa del caso —dijo con tono uniforme—. Ya sabes cómo funciona esto, Sandy, cuando llegas al tribunal. Algún abogado astuto, tratando de hacerse un nombre, te dirá: «¿Qué otras líneas de investigación siguió, inspector Taylor? ¿Qué otras acciones llevó a cabo? ¿O estaba tan convencido de la culpabilidad de mi cliente que no intentó buscar más allá?». Mi responsabilidad es conseguir una condena, no solo llevar a un hombre ante un juez. Y ni siquiera lograron eso cuando Catriona Bruce desapareció. Hay que enfrentarse a alguien como Magnus Tait con cuidado. ¿Entiendes lo que estoy diciendo, Sandy?

Perez pensó que esperar entendimiento de Sandy Wilson era como esperar que los cerditos volaran sobre Sumburgh Head, pero para ese momento Taylor estaba tan atrapado por el flujo de palabras que no pareció notar la falta de respuesta por parte del agente.

—Vigilaremos a Tait. Trabajaremos en la escena del crimen durante unos días, y él vive cerca, así que eso no será difícil. Podemos hacerlo de manera discreta. Si sale, lo seguimos. No quiero otro asesinato. Pero anoche estuve pensando en lo que dijo Jimmy. Me quitaste el sueño, Jimmy, pero tenías razón. Exploramos las otras opciones primero. Solo detendremos al anciano cuando estemos absolutamente seguros.

«Genial», se dijo Perez. «Si algo sale mal, ahora será culpa mía». Pensó que Taylor era más inteligente y mucho más astuto de lo que había supuesto.

Capítulo 15

Sally cogió el autobús para ir a la escuela como siempre. Mientras esperaba que llegara, la magnitud de la muerte de Catherine la golpeó de lleno por primera vez. Hasta ese momento, los acontecimientos del día anterior habían sido como un drama, tan emocionantes y tan diferentes de la vida cotidiana que no había podido asimilarlos. Era como ver un video. Pronto la película terminaría y ella volvería al mundo real. Ahora, de pie en la parada de autobús a oscuras, con los pies ya congelados y sin nadie que le hiciera compañía, se dio cuenta de que ya estaba en el mundo real. La ausencia de Catherine era más sólida de lo que su presencia había sido jamás. En vida, el estado de ánimo de Catherine cambiaba cada minuto. Nunca sabías en qué situación estabas. La muerte era una constante. Sally sentía que, si extendía la mano, podría tocar el agujero donde antes había estado Catherine. Al tacto, sería duro y brillante como el hielo.

Sally podría haberse quedado en casa si lo hubiera pedido. A su madre no le habría importado e incluso casi se lo había sugerido. Se había vuelto desde la cocina, donde estaba removiendo las gachas cuando Sally bajó a desayunar.

—¿Estás lo bastante bien como para ir? —le había preguntado, con un tono lleno de simpatía.

Solo habría hecho falta que Sally dudara un momento para que añadiera: «¿Por qué no te quedas en casa? Estoy segura de que lo entenderían». Pero Sally respondió con firmeza e inmediatamente:

101

—Prefiero estar con los demás. Me ayudará a despejar la mente.

Y su madre asintió con aprobación, pensando probablemente en lo valiente que era su hija. Era irónico. Sally había temido ir a la escuela en cientos de ocasiones, inventándose enfermedades vagas, dolores de cabeza y de estómago. Su madre nunca había mostrado la menor compasión hacia ella en esos momentos. No entendía lo que era crecer como hija de una profesora, donde no había escapatoria de la escuela. Las pilas de cuadernos de ejercicios en el estante de la cocina, los minuciosos listados que su madre escribía en tarjetas brillantes, todo era un recordatorio de lo que ocurriría cuando cruzaran el patio y entraran al aula. Los insultos, los pellizcos furtivos, las miradas vacías. Y nada de eso había cambiado demasiado cuando pasó al instituto. De mayores la tortura era más sutil, pero seguía siendo una pesadilla. Ni siquiera Catherine había entendido eso.

Ese día su madre le había preguntado si le apetecía avena para el desayuno. ¿Prefería otra cosa? ¿Quizá un huevo? Cuando Sally había mostrado preocupación por estar engordando de nuevo y había sugerido fruta en lugar de avena algunos días, su madre se había limitado a resoplar y a decir que eso no era un restaurante. No entendía lo angustiosa que era la necesidad de encajar.

El padre de Sally ya se había ido a trabajar cuando ella se levantó. No estaba segura de qué pensaba él sobre el asesinato de Catherine. Nunca sabía qué pensaba acerca de nada. A veces pensaba que tenía una vida que ninguno de ellos conocía. Era su forma de sobrevivir.

Después del desayuno, su madre empezó a ponerse el abrigo.

—Esperaré contigo hasta que llegue el autobús. No me gusta la idea de que estés por ahí sola.

—Mamá, hay policías por toda la colina —respondió, porque lo último que quería era que su madre la atosigara, mostrándose preocupada, pero en realidad en busca de información.

Robert Isbister ocupaba tanto espacio en la cabeza de Sally que sería difícil no dejar escapar algo sobre él. No podía soportar que su madre supiera de Robert. Todavía no. Margaret no pararía de hablar de él, de lo vago que era y de cómo no se parecía en nada a su padre. Sally se la imaginaba a la perfección, burlándose y riéndose. Sally nunca había podido enfrentarse a su madre. Hasta corría el riesgo de terminar creyendo algunas de las cosas que decía. Y solo el sueño de estar con Robert la mantenía en pie.

Así que ahora estaba allí, de pie junto a la curva del camino, esperando. De vez en cuando, la silueta de su madre aparecía en la ventana de la cocina, asomándose para comprobar que no la hubieran violado o asesinado. Intentaba ignorarla. De repente, su mente se llenó de recuerdos de Catherine. Aunque trataba de pensar en otras cosas —las viejas fantasías románticas con Robert—, las imágenes de Catherine no desaparecían. Veía a las dos en Nochevieja, primero en Lerwick, luego entrando a trompicones en la casa de Magnus Tait. Catherine había estado segura de sí misma esa noche, dura, brillante e invulnerable.

El conserje había echado sal en los caminos que llevaban a la escuela, convirtiendo la nieve en un lodazal que todos arrastraban en sus zapatos hacia los pasillos. En el área de cuarto año, un grupo de chicos se sentaba en la mesa de billar, empujándose y riendo. Le parecieron muy jóvenes. Los radiadores estaban a tope, y la condensación corría por las ventanas. El lugar olía a lavandería, con todos los abrigos y guantes secándose. La primera persona a la que encontró fue a Lisa, la descarada, cuyos pechos eran tan grandes que te preguntabas cómo lograba mantenerse de pie.

—Sal —dijo—. Lo siento mucho.

En la escuela parecía que todos seguían viendo la muerte de Catherine como un drama que tenía lugar para su propio entretenimiento. Caminando hacia la sala común para dejar su abrigo, Sally oía los susurros por las esquinas, transmitiendo rumores y cotilleos. Le ponía enferma.

Cuando abrió la puerta, hubo un breve silencio; luego, de repente, todos se agolparon a su alrededor, para hablar con ella. Incluso el grupo que siempre monopolizaba la mesa en el centro de la sala, y que normalmente era demasiado distante como para mezclarse con los demás, estaba ahí. Nunca se había sentido tan popular. Nunca había tenido una amiga de verdad en la escuela. Catherine había sido lo más cercano a eso, y Catherine estaba demasiado absorta en sus propios asuntos como para preocuparse mucho por Sally. Ahora ella era el centro de atención. Se reunieron a su alrededor, acompañándola con murmullos de compasión:

—Debe de ser horrible. Sabemos que erais muy amigas. Lo sentimos mucho.

Luego llegaron las preguntas, al principio tentativas, luego más emocionadas:

—¿Has hablado con la policía? Todo el mundo dice que fue Magnus Tait, ¿lo han arrestado?

Antes, flotando en los márgenes de varios grupos, sin que ninguno la aceptara realmente, se había esforzado demasiado. Hablaba mucho, reía demasiado alto, se sentía grande, torpe y estúpida. Ahora que querían escuchar lo que tenía que decir, las palabras le fallaban. Tartamudeó algunas respuestas, y la adoraban. Lisa puso un brazo sobre los hombros de Sally.

—No te preocupes —dijo—. Estamos contigo.

Sally sabía que si Catherine hubiera estado allí, si la hubiera escuchado, se habría metido dos dedos en la garganta y fingiría estar vomitando.

Sally estuvo a punto de decirle a Lisa y a los demás que sabía que no les importaba, no en realidad. No lamentaban en absoluto que Catherine estuviera muerta. Desde luego, no les había caído particularmente bien mientras estaba viva. Lisa la había llamado «vaca sureña engreída» la semana pasada, cuando el señor Scott leyó un fragmento de su ensayo sobre Steinbeck. Disfrutaban cada minuto de esto. No les daba ninguna pena que Catherine nunca volviera a ocupar su lugar en la primera fila de la clase de Inglés.

Pero no dijo nada de eso. Tenía que sobrevivir en la escuela sin Catherine. Y estaba disfrutando de toda la compasión, del brazo sobre los hombros, de los susurros cariñosos. Ya no importaba lo que Catherine pensara de ellos. Catherine estaba muerta.

Sonó la campana, y todos se dispersaron hacia la primera clase, dejando al grupo en la sala común con ganas de más. Sally y Lisa tenían Inglés y caminaron juntas. A Sally le desagradaba el departamento de Inglés. Estaba ubicado en la parte más antigua de la escuela, y las aulas de techos altos siempre estaban heladas. Tuvieron que pasar junto a una vitrina llena de aves disecadas. A Catherine le encantaban aquellos pájaros. Le hacían reír. Incluso había traído su cámara específicamente para fotografiarlas, aunque Sally nunca había entendido la gracia. Catherine decía que todo el departamento de Inglés sería el escenario perfecto para una película gótica.

En el aula también la esperaba un público entregado. Lisa actuaba como su agente: protectora, alentadora, ayudándole a darle un giro emocionante a la historia. Sally estaba describiendo su entrevista con el detective de Fair Isle cuando entró el señor Scott. Las chicas que componían su audiencia se deslizaron a regañadientes desde el alféizar de la ventana, donde habían estado calentándose las piernas en el radiador, y se sentaron en sus pupitres. No había urgencia en este movimiento. Incluso en un día corriente, el señor Scott no era un profesor que inspirara temor o respeto. Hoy, sabían que podían salirse con la suya.

El señor Scott era un hombre joven, recién salido de la universidad, soltero. Todos decían que le gustaba Catherine, que por eso ella sacaba buenas notas y él elogiaba su trabajo. Decían que lo hacía porque quería meterse en sus bragas. Y tal vez había algo de verdad en los rumores. Sally lo había visto mirando a Catherine cuando creía que nadie lo veía. Sally sabía lo que era el deseo no correspondido. Había soñado con Robert Isbister durante meses después del baile donde se conocieron. Le bastaba con verlo en la ciudad para hacerla sonrojar. Reconocía las señales.

El señor Scott era un hombre pálido y delgado. «Un palo de ruibarbo forzado», decía la madre de Sally, que lo había visto en una reunión de padres. Hoy, con la luz gris y nevada, parecía más pálido de lo habitual. Se sonaba la nariz una y otra vez. Se preguntó si habría estado llorando. Catherine siempre había sido mordaz con él. Decía que era un profesor de inglés pésimo y un ser humano patético, pero Catherine hablaba de todos de esa manera fría y dura, y no siempre lo decía en serio. Mirándolo ahora, mientras trataba de hablar sin derrumbarse, aferrándose a su gran pañuelo blanco, Sally pensó que había algo tierno en él. Con su nueva popularidad, podía permitirse ser generosa.

Después de pasar lista, el señor Scott se quedó en silencio frente a ellos por un momento. Parecía muy serio y, a la vez, ligeramente ridículo. Sally se preguntó si Catherine habría coqueteado con él alguna vez, solo por diversión. El profesor parecía tener dificultades para hablar.

—Habrá un horario diferente esta mañana. Tendremos clases normales hasta el recreo, y luego habrá una reunión especial solo para el sexto curso. Será una oportunidad para que todos honremos juntos a Catherine y a su padre. Uno de los detectives que lleva la investigación también hablará con nosotros.

Hizo una pausa y dirigió una mirada sombría, casi de manera teatral, a toda la clase.

—Sé que todos estaréis profundamente afectados por esta tragedia. Si necesitáis hablar con alguien hoy o más adelante, el personal estará disponible para escucharlos. También podemos poner a vuestra disposición asesoramiento profesional. No tenéis por qué estar solos en vuestro dolor. Estamos aquí para apoyaros.

Sally se imaginó a Catherine haciendo una mueca y poniendo los ojos en blanco. Con asombro, se dio cuenta de que, junto a ella, Lisa estaba llorando a moco tendido.

En la asamblea especial hubo muchas lágrimas. Incluso algunos de los chicos parecían contagiarse por la emoción de la ocasión. Algunos sentimientos debían ser genuinos. Aparte de Sally, a Catherine siempre le había resultado más fácil llevarse bien con los chicos que con las chicas. Pero incluso los cabezas huecas —los matones, los futbolistas y los abusones— parecían conmovidos. Llegado un momento, Sally pensó que era la única persona en el salón con los ojos secos. Al final, se pasó un pañuelo por la mejilla, solo para no parecer insensible. Se preguntó si algo no funcionaba en ella. ¿Por qué no podía llorar? Sabía que Catherine tampoco habría llorado. Se habría reído de la hipocresía y el sentimentalismo.

«¡Basura sensiblera!», había dicho una noche mientras veían la televisión en la pequeña sala de estar de Catherine, y se había armado un escándalo por un roquero que había muerto en un accidente de coche.

Sally no sabía qué significaba «sensiblera» y lo buscó en el diccionario. Ahora, negándose a dejarse llevar por un duelo falso, murmuró esas mismas palabras en voz baja, como un mantra.

El policía que había ido a su casa estaba sentado en el escenario junto al director. Sally lo había visto en cuanto entró. Su presencia le resultaba inquietante y, aunque intentaba no hacerlo, no podía evitar mirar hacia él de vez en cuando. Parecía que había hecho un esfuerzo por vestirse para la ocasión: llevaba una camisa gris, una corbata sobria y una chaqueta, pero el efecto general seguía siendo desaliñado. Era como si hubiera tenido que pedir prestada la ropa y se la hubiera puesto a última hora. No sabía si él la había reconocido, entre el mar de rostros que miraban hacia el escenario.

No prestó atención a la presentación del director porque estaba observando al policía preparándose para hablar. Se enderezó la corbata y recogió los papeles que había dejado en el suelo junto a su asiento. Sally percibió su nerviosismo y se le formó un nudo en el estómago. El policía se levantó, los miró y expresó lo mucho que lamentaba la forma en que Catherine había muerto. Era una doble tragedia para ellos porque todos conocían a Catherine y a su padre. Sally pensó que era una de las pocas personas en la sala que realmente lamentaba lo ocurrido. Era extraño, porque él no conocía a Catherine. Luego pensó que para él era más fácil estar triste precisamente porque nunca la había conocido. En su mente, Catherine podía ser cualquier cosa que imaginase.

Ahora decía lo importante que era para la policía conocer a la verdadera Catherine.

—Ahora, cuando estamos sufriendo este *shock,* no es posible imaginar por qué alguien querría matarla. Solo queremos recordarla con cariño. Pero no es momento para la bondad, es momento para la honestidad. Es importante que lo entendamos todo sobre ella. Quizá había aspectos de su vida que Catherine habría preferido mantener en secreto. Ahora no tiene esa opción. Si sabéis, o sospecháis, que estaba involucrada en algo que, aunque sea indirectamente, la llevó a la muerte, tenéis el deber de compartir esa información conmigo. Si tuvisteis algún tipo de relación con ella, necesito hablar con vosotros. Estaré en la escuela todo el día. El señor Shearer me ha permitido usar su oficina. Si preferís hablar de forma anónima con un oficial que no trabaje habitualmente en Shetland, también es posible.

Estaba a punto de abandonar el escenario cuando se volvió hacia ellos.

—Venid a hablar conmigo —dijo—. Todos sabéis más sobre Catherine que yo. Todos tenéis algo importante que aportar.

Cuando se fue, un murmullo de susurros apagados recorrió la sala. No hubo ninguno de los comentarios cínicos que solían ser la respuesta habitual a los discursos de los adultos. Sally no tenía dudas de que harían cola frente a la oficina del director para hablar con el policía. Querrían desempeñar sus papeles en este teatro. Se preguntó qué pensaría él de lo que tenían que decir.

Capítulo 16

De pie en el escenario del salón, excesivamente calefactado, mirando hacia abajo a todos los estudiantes, Perez pensó que era una pérdida de tiempo y esfuerzo. Probablemente Sandy Wilson tenía razón. Al final, detendrían a Magnus Tait por el asesinato, y él habría alterado a esos chicos para nada. Ya estaban conmocionados por el crimen. ¿Por qué convencerlos para que le contaran sus pequeños y sucios secretos sobre Catherine? ¿Por qué no dejarla en paz?

Había sido alumno de esta escuela, y quizá eso tenía algo que ver con su incomodidad. Preferiría estar en Ravenswick supervisando la búsqueda en la colina. Se sentiría más limpio al aire libre. No es que odiara la escuela. Nunca había sido buen alumno, pero tampoco había tenido dificultades como algunos de los otros. Echaba mucho de menos su casa. Extrañaba a sus padres, la granja y la isla. En la pequeña escuela de la isla había sido feliz. Solo tenía un maestro, y la mayoría de los niños eran parientes de un modo u otro. Llegar a Alverston a los doce años para vivir en el internado había sido un *shock*. No habría sido tan duro si les hubieran permitido volver a casa los fines de semana, pero Fair Isle no era como otros lugares. El barco no siempre podía zarpar, y si el clima era adverso o había niebla, el avión no podía aterrizar en la pista al pie de Ward Hill. La primera vez estuvo allí seis semanas, y se sintió abandonado a pesar de las llamadas regulares de su madre y de que sabía que no había alternativa. Las cosas eran así. ¿Querría eso para sus propios hijos?

Sentado detrás del escritorio del director, recordó su primera visita a casa durante las vacaciones de octubre. Durante toda la semana le había preocupado que se desatara una tormenta, pero al final había sido uno de esos días de otoño tranquilos y secos, con un toque de hielo en el aire. Les habían permitido salir el viernes por la mañana porque era cuando zarpaba el barco. Un autobús los llevó a Grutness y llegaron a tiempo para ver al *Buen Pastor* acercarse desde el sur. En aquel entonces, su abuelo era el patrón, y su padre formaba parte de la tripulación. Aplastado junto a su padre en la cabina, Jimmy había decidido que nunca volvería a Lerwick. No podrían obligarlo. Se sentó a comer las rodajas de dátiles que le había preparado su abuela, que parecían saber a sal y diésel, con bastante determinación. Aunque, por supuesto, cuando llegó el momento y estuvo con los otros niños en la madrugada oscura en la bahía de North Haven, se subió al barco sin protestar. No podía avergonzar a sus padres.

Sabía que era la posibilidad inminente de la vacante en Skerry lo que había despertado esos recuerdos, no solo el ruido y el olor de Anderson High. Tendría que hablarlo con su madre esa misma tarde. Ella no esperaría una decisión inmediata, pero él tendría que pensar qué tono adoptar. No podía darle falsas esperanzas si realmente no había posibilidad de solicitar la granja.

Todo esto seguía rondando en el fondo de su mente cuando alguien golpeó la puerta de la oficina. Se sintió fuera de lugar detrás del escritorio del director, como si estuviera usurpando el sitio. Hubo una pausa. Se dio cuenta de que se esperaba una respuesta.

—Adelante —exclamó, sintiéndose nuevamente como un impostor—. Adelante.

Se había preparado para recibir a un estudiante, para mostrarse informal y acogedor, pero había un adulto vacilante al otro lado de la puerta. Simplemente un adulto, decidió. Había algo en ese hombre que aún no se había desarrollado. Parecía como si aún tuviera margen para crecer, al menos físicamente. La ropa le quedaba suelta. Al mismo tiempo, parecía prematuramente envejecido. Estaba encorvado y su vestimenta —una camisa con un suéter de cuello redondo cubierto por una chaqueta de pana— era el uniforme de un profesor cerca de la jubilación. Perez se levantó de su silla y le extendió la mano. El hombre se acercó.

—Me llamo David Scott. Es sobre Catherine. —Su voz era inglesa, el tipo de acento que Perez asociaba con colegios privados.

Perez no dijo nada.

Scott miró a su alrededor como si buscara una silla, aunque había una justo frente a él.

—Le enseñaba inglés a Catherine. También era su tutor.

Perez asintió. Scott se sentó lentamente en la silla.

—Quería hablar con usted antes de que alguno de los estudiantes… Soy consciente de que ha habido rumores.

Perez esperó.

—Yo admiraba a Catherine. Tenía un dominio maravilloso del lenguaje, una mente brillante. —Sacó un pañuelo grande del bolsillo de su chaqueta.

No dijo nada más, y Perez preguntó:

—¿La veía fuera del colegio?

Sospechaba que la mente brillante no era la única cosa que le atraía de Catherine.

—Solo una vez —Scott parecía abatido—. Fue un error.

—¿Qué ocurrió?

—Catherine leía mucho más allá de los textos obligatorios. Literatura contemporánea. Era muy refrescante. Para la mayoría de mis estudiantes, el objetivo es aprobar un examen. No les interesan realmente los libros. —Hizo una pausa, dándose cuenta de que no había respondido la pregunta—. Quería motivarla, fomentar su entusiasmo. No tuve la impresión de que Euan le hiciera mucho caso, aunque, claro, él también es profesor de inglés. Le sugerí que fuéramos a tomar un café

111

después de clase una tarde y así le hablaría de una lista de lecturas recomendadas.

—¿Cuál fue su respuesta?

—Dijo que el café no era adecuado para un debate literario. Que por qué no comprábamos una botella de vino e íbamos a mi apartamento. Le dije que eso no me parecía una buena idea. Perdería el autobús y la oportunidad de que su padre la llevara a casa. Generalmente tomaba el autobús para ir y volver del colegio. Euan es algo así como un adicto al trabajo. Llega temprano y se queda hasta tarde.

Perez pensó que Scott conocía bien la rutina diaria de Catherine.

—Dijo que no importaba. Que yo podía llevarla a casa. No importaba lo tarde que llegase. Su padre estaba acostumbrado. O que, si no quería acompañarla, podía quedarse con sus amigos.

—¿Y aceptó? ¿El vino y la conversación intelectual?

—No creí que hubiera ningún mal en ello.

Lo cual, por supuesto, era absurdo. Le había tentado el encuentro porque ella era bonita e inteligente, y no quería parecer estirado como los otros profesores. Pero sabía que estaba jugando con fuego. Debía ser parte de la atracción, la emoción, pero ¿cuál era la atracción para Catherine? Seguramente no se habría enamorado de ese joven larguirucho y pretencioso. La impresión que Perez tenía de ella no incluía amabilidad hacia maestros ingenuos y tontos.

—¿Le explicó sus planes a su padre?

—Claro. Le envió un mensaje de texto, diciendo que llegaría tarde.

—¿Le dijo que estaba con usted?

Scott se sonrojó.

—No lo sé. No vi el mensaje.

—¿La velada fue bien?

—No, ya se lo he dicho —respondió, y su tono se volvió irritable. Quizá ya lamentaba el impulso de hablar con Perez—. Fue un error. Nunca debí aceptar.

—¿Por qué? —preguntó Perez—. No hay nada más satisfactorio, creo yo, que ayudar a un estudiante receptivo.

—Por eso me dediqué a la enseñanza. —Scott se detuvo y levantó la vista bruscamente, sospechando que se reía de él—. Pero hay tan pocos estudiantes que se preocupan, que realmente quieren aprender...

—Hábleme sobre la velada.

—Era la última semana del trimestre. Todos estaban de buen humor, con un clima casi festivo. En cualquier otro momento ni me habría planteado su sugerencia, pero justo antes de Navidad las reglas se relajan. Ya estaba oscuro cuando salimos del edificio, por supuesto, y había mucha niebla. Quizá recuerde esos días a mediados de diciembre, cuando la niebla nunca se levanta y parece que no vaya a amanecer. Me había esperado fuera de la sala de profesores. Quiero decir que no había nada furtivo o secreto en nuestros movimientos. Cualquiera podría habernos visto.

Ahora que había comenzado a hablar con más libertad, Scott parecía aliviado al compartir la experiencia. Era como si hubiera olvidado que Perez era policía.

—Parecía estar de muy buen humor. Incluso eufórica. Pensé que era por el final del trimestre. Es una época frenética: preparativos para las cenas navideñas, nuestros bailes tradicionales; todo el mundo disfruta. Canturreaba algo por lo bajo mientras caminábamos. No reconocí la melodía, pero se me quedó grabada, me persiguió después. Se ofreció a comprar el vino. Le dije que tenía en casa, que no hacía falta. Claro, no quería que entrara en una licorería, era ilegal que comprase alcohol, y esperaba que cuando llegáramos a mi piso, olvidara la idea y se conformara con un café. Vivo en el centro, cerca del museo. La niebla parecía aún más espesa allí. Incluso con las luces de las calles habría sido fácil perderse.

»Cuando llegamos a mi piso estaba completamente tranquila. Miró mis estanterías y eligió un CD. Era hija única. Quizá estaba más acostumbrada a la compañía de los adultos que a la de sus compañeros. Tenía casi diecisiete años, pero en nuestra conversación no sentí que estuviera hablando con alguien más joven que yo. Después de todo, solo nos llevábamos ocho años. En todo caso, yo era el que estaba nervioso. Habló mucho sobre cine. Estaba entusiasmada con un director que yo no conocía. Me hizo sentir poco sofisticado e ignorante. Entonces, me pareció natural abrir el vino y ofrecerle una copa. Incluso me preocupaba, recuerdo, qué pensaría del vino. Sospechaba que sabía más que yo. —Scott se quedó en silencio por un momento.

—¿Hablaron de libros? —preguntó Perez, cuidando de no romper el ambiente introspectivo. Quería que Scott siguiera imaginándose a sí mismo en aquella habitación, con las cortinas corridas frente a la niebla del exterior, con la hermosa joven y el vino.

—Oh, sí. Acababa de terminar *Afinidad* de Sarah Waters. Estaba profundamente impresionada por la escritura, por la voz victoriana que había logrado la autora. Estaba contento porque yo le había recomendado el libro. Es un gran cumplido, ¿no? Cuando otra persona se apasiona por un libro que tú amas. Te da una conexión, una especie de intimidad.

—¿Eso fue lo que le dijo?

Scott se sonrojó, nervioso.

—No estoy seguro. Quizá no con esas palabras.

—Porque es el tipo de idea que podría malinterpretarse. Por eso pregunto. Quizá Catherine entendió algo diferente…

—Sí —respondió Scott con gratitud—. Sí, temo que podría haberlo hecho.

—¿De qué manera?

—No fue en ese momento. Fue cuando se iba. Estábamos en medio de una conversación sobre novela negra. Habíamos descubierto que compartíamos pasión por las primeras escritoras inglesas, aunque yo defendía a Dorothy Sayers y su favorita era Allingham. Entonces recibió un mensaje de texto. Dijo que tenía que irse. Pensé que el mensaje debía de ser de su padre e inmediatamente le ofrecí llevarla a casa. Había sido muy cuidadoso con el vino, así que podía conducir. Como ve, inspector, no fui un completo irresponsable. Pero dijo que no iba a casa. El mensaje era de un amigo. Iba a encontrarse con él en Lerwick. Debo admitir que sentí alivio. Hacía un tiempo terrible y no me gustaba la idea de conducir hasta Ravenswick.

»Fue cuando estaba en la puerta. La estaba ayudando a ponerse el abrigo. La besé. Me pareció lo correcto, como despedirme de una amiga. No hubo connotaciones sexuales, no realmente, pero ella reaccionó de forma exagerada. Como usted dice, quizá malinterpretó mis intenciones. Me apartó, durante un momento estiró el brazo apartándome, mirándome como si la repugnara. Luego se giró y salió antes de que pudiera disculparme. No parecía molesta. Quiero decir, no hubo lágrimas ni nada parecido. Simplemente se fue. Iba a ir tras ella, pero pensé que sería mejor no perseguirla. No quería montar ningún escándalo. Pensaba hablar con ella en la escuela al día siguiente, pero los últimos dos días del trimestre me evitó. No fue a clase. Me alegré cuando llegaron las vacaciones. Pensé que este trimestre podríamos empezar de nuevo, pero, claro, ahora eso ya no es posible.

—¿Por qué vino a Shetland a enseñar? —El cambio repentino en el tono de Perez pareció devolver a Scott al presente. El profesor sonrió débilmente.

—Supongo —dijo— que buscaba una aventura. Pensé que habría mucho margen para innovar… que sería un trabajo pionero.

«Ah, pensaste que traías cultura a estos nativos ignorantes», pensó Perez.

—Y no estaba seguro de salir adelante en una escuela de ciudad.

—Si Catherine no hubiera sido su alumna, ¿cómo habrían sido las cosas entre ustedes?

Perez lanzó la pregunta justo cuando Scott se disponía a irse. El profesor se detuvo un momento, reflexionando.

—Habría sido honesto con ella y le habría dicho lo que realmente sentía. Que la adoraba y que estaba dispuesto a esperar. —Recogió su bolsa y salió del despacho.

Perez sabía que la respuesta era un ejercicio de dramatismo, pero no pudo evitar sentirse conmovido. Había una cierta dignidad en las palabras de Scott. Se dijo a sí mismo que era otra muestra de su incontinencia emocional. Realmente, no tenía ninguna razón para sentir compasión.

Un nuevo golpe en la puerta interrumpió sus pensamientos. Se abrió, y un chico delgado, con un anorak doblado bajo el brazo, entró. Otra voz inglesa.

—Perdón, señor. Dijeron que quería verme. Acompañé en coche a Catherine a Ravenswick en Nochevieja. Me llamo Jonathan Gale.

Mientras tomaba asiento, Perez vio lo afectado que estaba. Sus ojos estaban rojos. «Otro que se había enamorado de Catherine». La muchacha parecía haberse burlado de todos ellos.

Capítulo 17

Fran esperó hasta media tarde antes de ir a buscar a Cassie a la casa de Duncan. Cuando se despertó, la policía seguía en el campo donde estaba el cuerpo. Hombres con impermeables caminaban por el páramo detrás de su casa en una línea desordenada. No quería que su hija empezara a preguntar qué hacían. Aún no estaba lista para explicárselo. Llamó a Margaret Henry para decirle que Cassie no iría a la escuela.

—Se quedó anoche en casa de su padre. Pensé que sería lo mejor…

—Claro —respondió Margaret—. Debe de ser terrible vivir tan cerca de Hillhead. Todos estaremos más tranquilos cuando esto acabe y ese hombre esté entre rejas.

Como si no hubiera dudas sobre la identidad del culpable.

Fran pensó que Duncan era lo más parecido que había a un príncipe heredero en Shetland. No se había dado cuenta cuando se casó con él, no había entendido que sería como una plebeya casándose con la realeza. Su familia había vivido en las islas durante generaciones. Poseían tierras, barcos y granjas. Vivía en una gran casa de piedra que era casi un castillo. Un castillo en ruinas hasta que llegó el petróleo y la familia arrendó terrenos a las compañías petroleras para los oleoductos, a precios que significaban que Duncan nunca más tendría que trabajar. Trabajaba, aunque Fran nunca estuvo segura exactamente en qué. Se llamaba a sí mismo consultor.

«Olvídate del petróleo», le había dicho poco después de conocerse. «El futuro de las islas dependerá del turismo, del ecoturismo». Había logrado establecerse para representar a Shetland por todo el mundo, asesorando a negocios locales, fomentando la artesanía autóctona. Tenía una oficina en Lerwick y asistía a reuniones con gente importante en Glasgow, Londres y Aberdeen. Parecía tener poder, y eso formaba parte de su atractivo. Había algo sexual en la velocidad de su conducción y en las llamadas internacionales en su móvil. Fran había quedado seducida por todo aquello.

Lo conoció cuando la enviaron a Shetland para hacer fotografías para un artículo sobre una joven diseñadora de Yell que estaba vendiendo su moderna ropa de punto a tiendas exclusivas en Nueva York y Tokio, pero no en Londres. Londres no las quería, aunque poco después de que apareciera el artículo, la diseñadora también empezó a recibir cartas de varias casas de moda británicas.

Duncan había propuesto la idea original de la historia —en su papel de consultor, suponía Fran— y la había recibido en el aeropuerto. La había deslumbrado. Era pleno verano. La había invitado a una comida en la ciudad y luego la había llevado al oeste. Habían caminado por los acantilados y visto el faro de Foula a lo lejos. Habían hecho el amor en una cama en el altillo de una casa flotante reconvertida, en Scalloway, con las ventanas abiertas para dejar entrar el sonido del agua y la luz perpetua. Fran creyó que él vivía allí; no se había dado cuenta entonces de que era solo uno de los edificios que poseía y alquilaba a turistas, solo una parte de su imperio.

Creyó que ahí acababa todo, y nunca había imaginado que volvería a verlo. Había volado de regreso a casa a la mañana siguiente, exhausta y algo avergonzada. Había sido su primera aventura de una noche. Luego, él apareció en su oficina en Londres con champán y uno de los hermosos suéteres hechos por la joven diseñadora, que ella sabía que le habría costado casi un mes de salario. «Necesitarás algo cálido para ponerte cuando vengas a vivir conmigo. Pero eso no significa que no pueda haber *glamour*…».

Y al final, ella se había ido a vivir con él, porque era tan vulnerable a los grandes gestos como cualquier otra mujer y, de todos modos, había amado las islas desde esa primera visita. ¿Se había enamorado de Duncan o del lugar? ¿Habrían bastado champán y un jersey para convencerla de mudarse y dejar Birmingham?

No se casaron hasta que Cassie estuvo en camino. No lo habían planeado, y Fran se había sorprendido por la actitud ambivalente de Duncan. Esperaba que estuviera tan emocionado como ella. Estar embarazada era un drama, ¿no?, y a él le encantaban los dramas.

—Supongo que deberíamos casarnos —dijo él, tentativo, casi como si esperara que ella sugiriera otra opción.

—¿Por qué? —exclamó ella. Después de todo, era una mujer independiente—. No tenemos que casarnos. Podemos quedarnos como estamos. Solo que habrá un bebé.

—No —dijo él—. Si hay un crío, entonces deberíamos casarnos.

Fue una especie de propuesta. Fran había soñado con que le pidiera matrimonio, pero había imaginado algo maravilloso. París, al menos.

Entonces, cuando Cassie tenía seis meses, Fran lo había encontrado en la cama con otra mujer, una mujer mayor, otra aristócrata de Shetland cuyo linaje se podía rastrear hasta la época de la dominación noruega, y también casada. Parecía que la relación llevaba años en marcha, ciertamente antes de que Fran llegara para su reportaje fotográfico. La mayoría de sus amigos lo sabían, lo daban por sentado. Fran conocía bien a la mujer, Celia, y la había considerado una amiga. Celia era el tipo de mujer que a Fran le habría gustado tener como madre: fuerte, independiente, poco convencional. Tenía un estilo inusual entre las mujeres de la isla: vestía mucho de negro, llevaba lápiz de labios rojo brillante y largos pendientes de plata, conchas o ámbar. Se había casado en contra de los deseos de su familia.

Fran recogió las cosas del bebé y tomó el primer vuelo al sur. Se negó a escuchar las explicaciones de Duncan. Pensaba que era patético. ¿Qué le pasaba con el complejo de Edipo? Estaba claro que nunca dejaría a Celia. Fran reconstruiría su vida en Londres. Se decía a sí misma que estaba más herida por la traición de una mujer a la que admiraba que por su propio marido.

Luego, cuando Cassie se acercaba a la edad escolar, Fran había experimentado algo así como una crisis personal. Una relación había terminado de forma dolorosa. Lo de siempre. Nada noble ni edificante. Simplemente sintió la necesidad de huir y esconderse. Fue orgullo, otra vez. Odiaba la idea de tener que revivir la humillación en conversaciones con sus amigos. Shetland era el lugar más lejano que se le ocurría, y no era justo para Cassie, después de todo, privarla de la compañía de su padre. Podía ser un jodido imbécil con problemas, pero amaba a su hija. Fran nunca había conocido a su propio padre. Se había separado de su madre cuando ella era un bebé, había comenzado una nueva vida y una nueva familia y no había querido saber nada de ella. Todavía le dolía. Quería algo mejor para Cassie.

Mientras conducía muy despacio por las carreteras heladas, cruzando la vasta y desnuda extensión del páramo de turba, volvía a repasarlo todo en su mente. Como siempre, se reducía a esto: ¿qué había visto Duncan en Celia? Sí, poseía una especie de atractivo peculiar, pero tenía un hijo adulto. Tendría el pelo gris, si no se lo tiñera. Seguramente Fran podría haber competido con eso. La pregunta, que aún la sumía en una mezcla de ira e inseguridad, le ayudó a desviar la mente de la muerte de Catherine Ross y del viejo loco de Hillhead.

Normalmente, cuando recogía a Cassie, no pasaba mucho tiempo con su exmarido. Decía lo justo para ser educada, para presentar un frente unido por el bien de la niña. Pero hoy sentía la inclinación de quedarse un poco más. No quería regresar de inmediato a la casa en Ravenswick. Ni siquiera con la policía y los guardacostas en la colina se sentía segura allí. En

Londres había habido asaltos y violaciones en su vecindario, una vez incluso un tiroteo en su calle. Sin embargo, nunca se había sentido tan expuesta como aquí.

La casa de Duncan estaba construida en un terreno bajo, cerca de una amplia bahía de arena. Era enorme, un edificio gótico de granito y pizarra de cuatro pisos, una casa sacada de un cuento de hadas, con una torreta en una esquina. Estaba incrustada en la ladera de la colina y protegida de los vientos predominantes. A un lado de la casa había un bosque amurallado, compuesto principalmente de sicomoros raquíticos que crecían al abrigo del valle, pero eran los únicos árboles en veinte millas a la redonda. Recordó la primera vez que había visto la casa. Duncan le había hecho cerrar los ojos hasta llegar a ese punto; luego los abrió y todo formaba parte del cuento de hadas. Se había imaginado viviendo allí cuando fuera una anciana rodeada de nietos.

Allí, al abrigo de la colina, la carretera estaba despejada de nieve. El sol empezaba a salir. Mientras conducía hacia la casa, Fran vio que Duncan estaba en la playa con Cassie. Recogían pedazos de madera flotante, arrastrándolos por encima de la línea de marea. Duncan siempre encendía una gran hoguera cuando llegaba el festival de Up Helly Aa. Se dio cuenta de que faltaba poco. Se celebraba en Lerwick el último martes de enero de cada año. Para algunas personas del sur, era todo lo que sabían de Shetland: el desfile de hombres vestidos como vikingos y el largo barco que se paseaba por las calles antes de ser quemado. Imágenes de postal promovidas por la oficina de turismo para aumentar el número de visitantes en invierno. El evento principal tenía lugar en la ciudad, pero otras comunidades celebraban sus propias festividades durante el invierno también. Mientras conducía entre los grandes postes de piedra de la entrada, perdió de vista a su esposo y a su hija en la playa. Aparcó junto a la puerta principal.

Celia pasaba tanto tiempo en el Haa como en la casa en las afueras de Lerwick que compartía con su marido. Parecía que no le importaban las numerosas aventuras de Duncan. Lo consentía como si fuera su hijo mayor. A Fran todavía le costaba ser amable con ella y, para evitarla, caminó alrededor de la casa hacia la playa. El jardín estaba separado de la arena por un muro de piedra encalado. Más allá del muro, alguien había acumulado un montón de algas para que se descompusieran y se convirtieran en abono.

Habían abandonado la búsqueda de madera. Duncan lanzaba piedras para que rebotaran sobre el agua poco profunda. Cassie dibujaba con un palo en la arena, frunciendo el ceño, concentrada. Oyó el sonido de las botas de Fran sobre los guijarros y se dio la vuelta con un chillido de alegría. Fran miró el dibujo en la arena, que se difuminaba en los bordes donde el agua se filtraba por debajo.

—¿Quién es? —Era el dibujo de una persona, una figura hecha con palos, con dedos enormes, cuidadosamente contados, y cabello de punta. Esperaba que Cassie dijera que era ella. Sabía que no debía competir por el cariño de su hija, pero siempre acababa apareciendo. La vieja inseguridad. No podía soportar que Cassie dibujara a Celia.

—Es Catherine. Está muerta —dijo la niña mirando el dibujo. ¿No lo ves?

Fran miró furiosa por encima de la cabeza de Cassie hacia Duncan. Parecía agotado. Tenía los ojos rojos y la cara demacrada. «Demasiado mayor para este estilo de vida», pensó. Duncan se encogió de hombros.

—Yo no dije nada. Estábamos en la tienda en Brae esta mañana y la gente hablaba. Ya sabes cómo es esto.

Cassie salió corriendo con los brazos extendidos, zigzagueando de regreso hacia la casa. Ellos la siguieron más despacio.

—¿Qué decían?

Duncan se encogió de hombros otra vez. Fran podría haberlo abofeteado.

—Todos están conmocionados. Es como cuando desapareció Catriona. Toda la comunidad está conteniendo la respiración, esperando que pase este momento horripilante para volver a la vida real.

—A Catriona nunca la encontraron —dijo Fran.

—La gente se olvida. La vida sigue.

—No se olvidarán de esto. Son dos chicas.

—¿Por qué no te quedas aquí un tiempo? —dijo de repente—. Las dos. Me sentiría más tranquilo. Podríamos llevar a Cassie al colegio por la mañana y recogerla. No está tan lejos. Solo hasta que todo esto pase.

—¿Y qué diría Celia de eso?

—No está aquí ahora mismo —respondió. Hizo una pausa—. Un lío doméstico con el niño. Se ha ido a su casa.

Algo en su tono le hizo sospechar que había algo más.

—¿Te sientes solo? —dijo con despecho—. ¿Necesitas un poco de compañía por las noches?

—Puedo conseguir compañía cuando quiera —respondió—. Lo sabes. Esta casa ha visto más fiestas que cualquier otro lugar en Shetland. Me preocupo por ti. Quiero que estés a salvo.

No le contestó.

Alcanzaron a Cassie en la puerta de la cocina. La niña intentaba quitarse las botas de agua, tambaleándose sobre una pierna. Duncan tomó a la niña en sus brazos y la lanzó al aire, atrapándola en el último momento. Fran contuvo un reproche por su imprudencia. Cassie se reía a carcajadas.

Duncan le preparó té. Cassie desapareció en busca de la televisión prohibida. Siempre la dejaba salirse con la suya.

—¿Es raro? —preguntó—. Ser una extraña en tu propia casa.

—No es mi casa. Ya no —respondió ella.

Miró alrededor de la cocina. Se preguntó cuánto tiempo llevaría Celia fuera. La habitación tenía un aire frío, descuidado. Había platos sucios esperando en el lavavajillas y manchas en las encimeras. Celia era más ordenada que ella.

—Podría serlo.

—No digas tonterías, Duncan. ¿Esperas que Celia y yo nos turnemos para preparar la cena?

—No va a volver.

Él estaba de espaldas a ella, pero Fran sintió su dolor. Y hubo un momento de compasión antes de la satisfacción. Todavía podía afectarla.

—¿Qué fue? ¿Un joven más brillante de la cuenta? Supongo que Celia es demasiado mayor para fiestas. —Aunque realmente no lo creía. Duncan y Celia ya habían discutido antes. Siempre volvía.

—Ojalá lo supiera. Algo así, supongo.

Abrió una lata azul de galletas que estaba sobre la encimera y pareció sorprendido al encontrarla vacía.

—Lo siento —dijo ella—. Tendrás que buscarte otra ama de llaves.

—Vamos, Fran, sabes que no es así.

—Es lo que parece.

Él estaba de pie de espaldas a la ventana. Más allá, ella podía ver la bahía. Por un momento sintió una intensa tentación. «Todo esto podría ser tuyo. La casa. La playa. Las vistas».

—Conocía a la chica —dijo de repente.

Ella, distraída por el deseo que sentía por el lugar, se sintió confundida.

—¿Qué chica?

—Catherine. La chica que fue asesinada.

—¿De qué la conocías?

—Vino aquí.

—¿Qué hacía Catherine Ross aquí? —pensó en Catherine como una colegiala. No era el tipo de persona con la que Duncan solía mezclarse. Pero, en Shetland, Duncan conocía a todo el mundo, incluso a los jóvenes.

—Vino a una fiesta —dijo lentamente—. No fue hace mucho. Un par de días después de Año Nuevo.

—¿Estuvo aquí con su padre?

—Nada tan respetable. Apareció una noche… Pensé que Celia la conocía, así que la dejé entrar. Ya sabes cómo es esto. Puertas abiertas. Tampoco la hubiera echado. En algún momento charlé con ella. Sobre cine. Dijo que eso era lo que quería hacer. Ser la primera gran directora británica de cine. En diez años todo el mundo conocería a Catherine Ross. Así fue como recordé su nombre. Tienen tanta confianza a esa edad, ¿verdad?

—Debió de venir con alguien.

«Le gustaba», pensó. «Solo tenía dieciséis años, pero eso no le importaba. Cincuenta o quince, daba igual».

—Quizá. Realmente no lo recuerdo, o no me fijé. Hablamos al final de la noche. Había bebido mucho. Celia acababa de decirme que se iba y que no volvería.

—¿Catherine pasó la noche aquí?

—Probablemente. La mayoría de los invitados lo hicieron. —La miró con severidad—. Pero no conmigo, si eso es lo que estás pensando. Era solo una niña.

—La vi al día siguiente, bajándose del autobús. Y a la mañana siguiente encontré su cuerpo. Tendrás que decírselo a la policía. Están rastreando sus movimientos.

—No —dijo él—. ¿De qué serviría? ¿Qué podría decirles?

No volvió a pedirle que se quedara y, cuando Fran buscó a Cassie para recoger sus cosas, Duncan no hizo ningún intento de detenerla.

¿verdad?

Capítulo 18

Sally Henry vio al inspector Perez salir del edificio. Ella acababa
de salir de un aula e iba de camino al autobús, y él estaba allí,
de pie justo dentro de la puerta principal. Parecía ensimismado
en sus pensamientos. Había visto a algunos estudiantes de sexto
año haciendo cola a primera hora del día para hablar con él. Le
habría gustado preguntarle si le había servido de algo estar en la
oficina del director, escuchando lo que le contaban sobre Catherine. Pero no tuvo el valor, y de todos modos era poco probable
que él le contestara la verdad. Finalmente, debió darse cuenta
de que estorbaba, bloqueando el paso de los chicos que salían,
y se marchó. Llevaba una chaqueta acolchada sobre su traje, y
la mayoría de ellos parecía no reconocerlo. Sally se preguntó si
debería seguirlo hasta su coche. Era más probable que hablara
con ella si no había nadie más escuchando. Ella era amiga de
Catherine. Tenía derecho a saber lo que habían descubierto.

Su teléfono sonó y, como de costumbre, tuvo que rebuscar
para sacarlo del bolso, así que no vio hacia dónde se dirigió el
policía. No tuvo la oportunidad de mirar la pantalla antes de
responder, por lo que fue una sorpresa, un deleite, escuchar la
voz de Robert. Solo lo había visto una vez desde Año Nuevo,
un breve y torpe encuentro una tarde en la que se suponía que
estaba en la ciudad comprando. Había reunido el valor suficiente para llamarlo y sugerirle que se vieran. No estaba segura
de que él supiera quién era al principio.

—Sally —le había dicho—. Sally. ¿Recuerdas, en Nochevieja?

Él estaba en el *pub* en ese momento, así que tal vez eso explicara por qué parecía tan confundido. Desde ese encuentro, ella le había enviado un par de mensajes, pero no había recibido respuesta. Aunque eso no significaba nada. Si estaba en el barco, podía estar fuera de cobertura, y había lugares en Shetland donde la señal era un desastre. La mayoría de las islas pequeñas eran imposibles.

—Hola —dijo. Sabía perfectamente que no debía preguntar por qué no se había puesto en contacto con ella antes. Había leído revistas. No había mejor manera de espantar a un hombre que quejarse. Intentó mantener su voz baja y ronca. Se apartó del vestíbulo abarrotado hacia un corredor vacío, salvo por una limpiadora con un cubo y una fregona, hacia el final del pasillo. Cerró los ojos para bloquear los aburridos detalles de la vida escolar, y lo imaginó.

—¿Alguna posibilidad de que nos veamos? —Él mantuvo un tono ligero, pero realmente quería verla. Sally se dio cuenta.

—¿Cuándo?

—Estoy en la ciudad —dijo—. ¿En diez minutos?

—No sé… —¿Cómo podía explicarle lo del autobús escolar y que su madre llamaría a la policía si no estaba en él, porque siempre había sido paranoica, pero después de la muerte de Catherine se había vuelto completamente loca? ¿Cómo podía explicarlo sin sonar como una niña de seis años?— Puede que sea complicado.

—Por favor, cariño. Es importante. —Y entonces pareció adivinar el tipo de problema que ella podía tener, lo cual para Sally demostraba lo sensible que era, lo diferente que era del bruto que todos decían. No era así en absoluto—. Solo una copa y luego te llevo a casa. Llegarás antes que el autobús.

Y probablemente fuera cierto, porque el autobús zigzagueaba por doquier para dejar a los niños, y Archie, el conductor, tenía como ciento cuatro años y conducía tan despacio que a veces Sally pensaba que iría más rápido andando.

—Vale —dijo—. ¿Por qué no? Una copa.

Se encontraron en el bar trasero de uno de los hoteles del centro, no en el sitio cerca de los muelles donde él solía beber. Arriba, en el comedor, había un velatorio. A través de la puerta abierta vio una mesa plegable cubierta con un mantel blanco y platos de sándwiches resecos por los bordes, y gente mayor vestida de negro. Las voces eran cada vez más elevadas y un poco desesperadas. Una de las mujeres estaba llorando.

Robert la esperaba, y eso le gustó. Sus únicas visitas a pubs habían sido con Catherine en alguna escapada ilícita a la ciudad. No habría tenido el valor de entrar sola. Antes de salir, se detuvo a ponerse un poco de maquillaje, solo un poco de polvo para ocultar el grano que parecía estar saliendo a un lado de su nariz, y algo de máscara de pestañas. Pero, aun así, era evidente que había salido directamente de la escuela. Llevaba su bolso con todos sus libros y carpetas. Miró el establecimiento. Era estrecho como un pasillo, con paneles de madera, cuatro mesas sucias y una variedad de sillas desparejadas. El olor aceitoso de la fritura del almuerzo y el humo de los cigarrillos invadía el lugar. Robert se levantó en cuanto la vio.

—¿Qué vas a tomar?

Pensó en su madre, de pie junto a la estufa, cocinando. Ojos y nariz de rayos X para detectar alcohol.

—Coca-Cola light.

Él asintió y fue directamente a la barra, sin tocarla. Supuso que pensaba en ella, siendo discreto, pero no había nadie más en la sala, excepto un hombrecito gris dormido en una silla junto al fuego. Robert regresó con la Coca-Cola y un *whisky* para él. Entonces sí, le tocó la mano. Ella agarró la suya, frotando los finos vellos dorados con el pulgar.

—¿Cómo va todo? —preguntó. Parecía ansioso. Por lo general entraba en un bar como si fuera el dueño del lugar. Eso era lo que más le gustaba a Sally de él, su confianza. De alguna manera se le contagiaba. Lograba olvidar todos los comentarios sarcásticos de los chicos en la escuela sobre «la hija de la profesora». Cuando estaba con él, sentía que ella también era la dueña del lugar.

—Un poco extraño —dijo—. ¿Te has enterado de lo de Catherine Ross?

—Sí.

—Era mi mejor amiga, vivía cerca de mi casa. ¿Recuerdas? Estuvo en el coche la noche de Año Nuevo.

—Lo recuerdo —dijo él.

—¿La conocías? —Sally lo miró por encima de su Coca-Cola—. Quiero decir, aparte de esa vez, ¿la habías visto?

—La había visto por ahí. Ya sabes, en fiestas.

Sally estaba a punto de insistir para obtener más detalles, pero decidió no hacerlo y continuó:

—La encontraron en la colina que hay junto a la escuela, tendida en la nieve. Un detective vino anoche a casa para entrevistarme, y ha estado en la escuela todo el día, hablando con los alumnos.

—¿Cómo la mataron? —preguntó él. Había retirado su mano suavemente y jugaba con el vaso, girándolo una y otra vez sobre la mesa.

—Nadie dice nada. En la radio dijeron que tienen que hacer pruebas forenses, pero que consideran que es una muerte sospechosa.

Él encendió un cigarrillo, entrecerrando los ojos mientras jugaba con el encendedor. De repente, Sally se preguntó qué estaba haciendo allí. Era diferente a las fantasías, a los libros románticos en los que se refugiaba cuando las cosas en la escuela se ponían realmente difíciles. Una vez, su padre la había llevado a los acantilados en el extremo norte de Unst. Era primavera, el aire estaba lleno de aves marinas revoloteando y chillando, y del olor penetrante de sus nidos desordenados. Mirando desde los acantilados, incluso a una distancia segura, había sentido vértigo y dificultad para respirar. Veía las olas rompiendo contra las rocas abajo, pero no podía creer que existieran realmente. Era como mirar hacia el vacío. Había pensado que estaba al final del mundo y que no había otro lugar al que ir. Ahora, sentada frente a Robert Isbister, tenía la misma sensación de pánico. ¿Qué esperaba realmente de todo esto? ¿Que él la amara? Oh, por supuesto. Era lo que había estado soñando. Los pequeños gestos de afecto —su mano en su cuello, acariciándole el pelo—, los regalos. Pero ¿que hiciera el amor con ella? ¿Quizá de camino a casa esta noche, en la parte trasera de su camioneta? ¿Y luego entrar en casa como si hubiera bajado del autobús, preparada para responder a las preguntas de su madre sobre su día en la escuela? ¿Era eso lo que imaginaba? Se sentía fuera de lugar. Realmente fuera de lugar, como si el agua la cubriera por completo y ella jadeara, sin aire para respirar.

Se dio cuenta de que él le había hecho una pregunta.

—¿Perdón?

—Todos dicen que Magnus Tait lo hizo. ¿Qué te dijo Perez?

—Nada sobre eso —respondió ella—. Tampoco me lo contaría, ¿verdad? Solo quería que le hablara de Catherine.

—¿Qué quería saber?

—Todo. Si tenía novio, quiénes eran sus amigos. Tratan de averiguar dónde había estado la noche antes de regresar a Ravenswick en el autobús.

Robert se recostó en su silla. El hombrecillo junto al fuego roncó, un fuerte soplido de aire por la nariz, tan ruidoso que se despertó. Miró a su alrededor con expresión ausente y luego volvió a dormirse de inmediato.

—¿Y tenía novio? —preguntó Robert.

—No que yo supiera.

—Y lo sabrías, ¿verdad?

—No estoy segura —dijo ella—. Ya no sé qué pensar.

Deseó entonces que él pusiera su brazo alrededor de ella, la abrazara, la consolara, le dijera que todo estaba bien, que era natural sentirse así. En una película, eso sería lo que haría el héroe. Quería contarle lo difícil que era para ella estar allí. Que alguien podría entrar, alguien que conociera a sus padres. Ella no era como las otras chicas jóvenes con las que él solía estar. Pensaba que él lo sabía, que por eso le gustaba.

—¿Te dijo dónde estaba la noche antes de morir?

—¿Cómo podría? No la vi ese día.

—¿Quién crees que lo hizo? —preguntó él—. Quiero decir, ¿te dijo algo antes de morir? ¿Sobre algún tipo raro que estuviera rondándola?

—No —dijo ella—. Nada de eso. De todos modos, no podías creer todo lo que decía. A veces era bastante rara. Estuvo muy mal después de la muerte de su madre. No creo que viviera en el mundo real.

—Ah. —Parecía que iba a preguntar algo más, pero solo añadió—: Entiendo.

Y se quedó mirando al anciano dormido junto al fuego.

—Mira —dijo ella—, tengo que irme. Mi madre espera que regrese en el autobús.

—Ah. Está bien. —Bebió su *whisky*, pero no se movió.

—Dijiste que me llevarías.

—Cierto. —Sonrió. Era algo de su antigua sonrisa, galante y un poco burlona al mismo tiempo, pero ella sintió que no lo decía en serio. Entonces pensó que en realidad, no había querido verla. Había organizado el encuentro simplemente para averiguar qué sabía ella sobre la muerte de Catherine. No era mejor que los chicos de su clase.

La furgoneta estaba aparcada cerca del puerto. Bajaron por el empinado callejón hasta llegar a ella. Robert le pasó un brazo por encima del hombro. Sally miró ansiosa a su alrededor, por si algún amigo de su madre estuviera cerca, pero estaba muy oscuro, con un ligero aire húmedo y brumoso, y, de todos modos, no había nadie. Antes de abrir la puerta de la furgoneta para que ella subiera, la besó, y Sally sintió un dolor sordo entre las piernas y tensión en los pechos. Recordó por qué había soñado con él desde Año Nuevo. Pero, desde aquel momento de pánico en el *pub*, le costaba más engañarse a sí misma. ¿De verdad él sentía algo por ella? No, no realmente. Para él, solo sería otra conquista. Se apartó suavemente.

—Debería volver.

—¿Sí? —Robert se quedó quieto un momento, decidiendo si debía insistir, y decidió que no valía la pena. La nueva Sally, más lúcida, se daba cuenta de que sopesaba las posibilidades y que decidía optar por el sentido común. Mejor llevarla de vuelta a Ravenswick sin escándalo. De todos modos, no era su tipo. Al menos, eso fue lo que Sally interpretó del pequeño encogimiento de hombros y del resignado—: Bueno, si estás segura.

Pasaron junto al autobús justo antes del desvío a Ravenswick, cerca de la vieja capilla. No preguntó nada acerca de la ruta. Robert llevó la furgoneta lentamente cuesta abajo, pasando por Hillhead. Sally vio que el viejo había colocado un pedazo de cartón en la ventana. Quizá le molestaba que la gente mirara dentro.

—¿Dónde quieres que te deje? —preguntó Robert.

—Junto a la casa de Catherine. Ahí es donde para el autobús, y mi madre lo verá bajar por la colina.

¿Era una prueba? Si lo era, la pasó.

—No sé dónde es.

—Justo aquí.

Él detuvo la furgoneta junto al coche de Euan Ross.

—Bonito lugar —dijo.

Más que nada en el mundo, Sally no quería hablar ahora de Catherine ni de Euan Ross. No le importaba si su madre la veía frente a la casa de Catherine antes de que llegara el autobús. Abrió la puerta de la furgoneta.

—Gracias por el paseo.

Él se inclinó para besarla, pero ella ya estaba saliendo.

—¿Te volveré a ver? —Esta vez, ella no pudo descifrar por su voz lo que realmente quería.

—Seguro que nos cruzaremos —respondió. —En un lugar como este… —Estaba orgullosa de no mostrarse demasiado ansiosa, y esta vez no era un juego. Ya no sabía qué quería. Las cosas no eran tan sencillas. Por primera vez desde la muerte de Catherine, sintió ganas de llorar.

Él no dijo nada más. Arrancó la furgoneta y se fue. Sally se quedó temblando, mirando hacia la ventana de la habitación donde una vez había dormido Catherine, hasta que el autobús bajó traqueteando por la colina.

Capítulo 19

Esa noche, en casa, Sally no podía dejar de pensar en la primera vez que había conocido a Robert. Conocido de verdad. Por supuesto, sabía quién era y lo había visto antes. Todo el mundo sabía quién era. Su padre era el líder del consejo y ese año sería el Guizer Jarl durante las celebraciones de Up Helly Aa. Robert estaría en su grupo, siguiendo de cerca a su padre en la procesión. Todos decían que Michael Isbister era una elección natural. Un buen hombre. Robert había hablado de eso, y Sally sabía que estaba orgulloso de su padre. Orgulloso y un poco celoso. Algún día, dijo, él también sería Jarl. Imagínate cómo sería caminar por la calle, y que todos te miraran.

La primera vez que Sally había hablado con Robert, que lo había tocado, fue en otoño, en un baile en el salón para apoyar una causa benéfica en la que colaboraba su padre. Algo relacionado con plantas raras. O delfines. Siempre era una causa así con su padre. Sally no había querido ir. ¿Qué dirían en la escuela cuando se enteraran? Ya no la trataban tan mal desde que Catherine había llegado, pero aun así podían hacerle la vida bastante imposible. A su madre tampoco le había entusiasmado la idea, pero aunque Margaret parecía la fuerte, cuando se trataba de decisiones, su padre solía salirse con la suya, y Margaret había terminado asistiendo. Con actitud de mártir, claro.

Sally no se había esforzado demasiado en arreglarse. Llevaba ese horrible vestido que su madre le había comprado, por catálogo, la Navidad pasada. Sin maquillaje. Ni siquiera se había molestado en usar corrector para los granos. Y había sido tan aburrido como se había imaginado. Un par de viejos tocando violines. Una chica gorda presionando un acordeón. La cena compartida. Había comido más de lo que debía, no había podido evitarlo. No había nada más que hacer.

Entonces apareció Robert. Obviamente, algo bebido. Listo para pasar un buen rato. ¿Qué hacía allí si no? Había sido la primera noche fría de la temporada, y cada vez que se abría la puerta del salón, entraba una ráfaga de aire helado. Y una de esas ráfagas lo había traído a él, con la cara roja, riéndose, acompañado de un par de amigos. Grande y hermoso, como un enorme dios nórdico. A los mayores no les había gustado. Sally los vio murmurando sobre el estado en el que estaba y lo vergonzoso que era, cómo decepcionaba a su padre. Pero ¿qué se podía esperar, decían, con una madre que se comportaba como lo hacía?

Sally lo había observado desde su dura silla de madera, inclinándola hacia atrás para apoyarla contra la pared. Sus padres bailaban, su madre disfrutaba a pesar de todas sus quejas, y estaba hasta guapa para su edad. Era una buena bailarina, ligera de pies, aunque tenía una figura cuadrada y sólida. Al final del salón había un bar, y allí fue donde acabó Robert. Sally no había bebido, aunque había estado tentada a hacerlo a escondidas de sus padres. Su padre la miró por encima del hombro de su madre y le sonrió. Sally pensó que parecía feliz. Le habría gustado entenderlo mejor y saber qué pensaba. Le devolvió una breve sonrisa, pero en realidad, tenía los ojos puestos en Robert.

Fue entonces cuando Robert se apartó de la barra, se lanzó hacia adelante y cruzó la pista hasta donde estaba Sally. Se apoyó en la pared junto a ella. A pesar de las corrientes de aire que entraban por la puerta, de repente Sally sintió mucho calor, incluso sudaba.

—¿Quieres bailar? —Se había agachado, le había cogido la mano y había tirado de ella para ponerla en pie, justo cuando uno de los violinistas llamaba a la gente para un baile rápido. Sally todavía recordaba el tacto de su mano, firme contra su espalda, guiándola a través de los pasos, aunque se sabía el baile tan bien como él. Y viéndolo tan cerca, con sus anchos hombros, la tensión de los músculos en sus brazos, sus piernas ligeramente flexionadas como si estuviera equilibrándose en la cubierta de un barco, pensó que así era un hombre, no como los chicos flacos del aula de la escuela o los profesores blandengues. Más tarde, cuando sus padres estaban concentrados en su propio baile, Robert la había sacado afuera y la había besado, agarrándola por las nalgas y presionándola contra él. No había podido disfrutarlo del todo porque le preocupaba que su madre apareciera por la puerta y la viera, y mientras la música se desaceleraba, ella se apresuró a volver al interior, frotándose los labios con el dorso de la mano.

Desde entonces, Sally había soñado con él. Después de un mal día en la escuela, solo pensar en Robert lograba mantenerla cuerda. Y ahora esos sueños volvían. No importaba que en el *pub* hubiera tenido dudas sobre él; necesitaba las fantasías más que nunca. Llegó a casa exactamente a la misma hora que lo habría hecho si hubiera tomado el autobús, tomó té con su madre como hacía todas las tardes. Luego, mientras su madre corregía los ejercicios de matemáticas de los alumnos de sexto, ella se sentó en su habitación, fingiendo hacer deberes, y soñó con Robert.

Cuando fue a la cocina, su padre ya había vuelto del trabajo. Se había quitado las botas y estaba justo en la puerta, en calcetines. Su madre también estaba ahí, en la misma habitación, pero no se hablaban ni se miraban. Quizá estaban discutiendo y se callaron al oírla salir de su habitación, aunque era poco probable. Sally nunca los había escuchado levantarse la voz. Por lo general, su madre hacía lo que quería, pero si Alex insistía Margaret cedía rápidamente. Sabía que no valía la pena resistirse. En los asuntos que realmente le importaban, Alex era terco, inamovible como una roca.

Lo que más le importaba era su trabajo. Eso era lo que Margaret decía de vez en cuando, entre dientes como una colegiala desafiante, sin ser lo suficientemente valiente para decirlo en voz alta. Sin embargo, Sally la oía. Quizá Margaret quería que la oyera. De todos modos, Sally percibía el trabajo de Alex como una presencia que separaba a sus padres, como el experimento que habían hecho en Física en primer año, cuando los imanes no podían juntarse por mucho que los empujaras.

Ahora, la madre de Sally hacía todo lo posible por ser amable.

—¿Has pasado un buen día? —preguntó, hablando con Alex, no con Sally. Ya le había hecho las preguntas sobre su día en la escuela.

—Todo bien —respondió él—. Han encontrado algo de petróleo en una playa cerca de Haraldswick. Algún capitán lavando su bodega. Uno pensaría que a estas alturas ya lo sabrían...

—En esta época del año, no puede hacer mucho daño. Para la primavera, cuando las aves regresen a anidar, ya habrá desaparecido todo —dijo Margaret, incapaz de evitarlo. Siempre pensaba que Alex exageraba con su trabajo. Todas esas aves marinas. ¿De verdad importaba si se perdían una o dos?

—Esa no es la cuestión —gruñó Alex, sacudiéndose la chaqueta antes de colgarla en el perchero del porche. Sally a veces se preguntaba por qué se había casado con su madre. Sin Margaret, podría trabajar todo el tiempo, pegado al ordenador en invierno, y salir a pasear por las islas cuando llegaban los días largos.

Suponía que se querían, o que al menos lo habían hecho en algún momento. Por supuesto, no creía que siguieran teniendo sexo. A su edad, uno no lo esperaba. Probablemente no lo hacían desde que ella nació, pero pensó que su padre seguramente lo echaba de menos. Veía cómo miraba a las mujeres. Mujeres más jóvenes. Y a veces tocaba a Margaret, deslizaba su mano sobre su cuerpo, y Sally pensaba que había algo desesperado en ese gesto. Desesperado y un poco patético.

Su madre había cocinado pollo para la cena, un lujo a mitad de semana. «Algo para animarnos un poco», le había dicho cuando Sally llegó a casa. Sally olió el pollo cocinándose mientras estaba en su habitación y lo había estado esperando con ansia, pero ahora que estaba sentada en la mesa no podía comerlo. Por lo general su madre habría montado un número, hablando de lo mal que estaba desperdiciar comida, pero hoy solo parecía preocupada. Sally se disculpó y se levantó de la mesa, dejando a sus padres allí, comiendo en silencio.

Capítulo 20

Jimmy Perez sabía que tenía que regresar a la estrecha casa junto al malecón y hablar con su madre por teléfono. Cuando Sarah se fue, solo quiso volver a Fair Isle, donde siempre se había sentido seguro. La promoción en Shetland había sido lo mejor que podría haber conseguido, pero se había dicho a sí mismo que solo esperaría hasta que una granja quedara vacante en casa. Era típico de él que ahora, cuando se le ofrecía lo que siempre había soñado, no pudiera tomar una decisión. El drama de la investigación lo confundía. Ya no podía pensar con claridad.

Mientras se acercaba a la casa de Fran Hunter en el camino a Ravenswick, la furgoneta de Robert Isbister subía la colina. El vehículo tuvo que detenerse en el cruce y Perez vio la matrícula personalizada, y alcanzó a vislumbrar la melena de Robert a la luz de los faros. Todo el mundo conocía a Robert. ¿Qué hacía allí? ¿A quién había estado visitando? ¿Hillhead? ¿La casa de Euan Ross? ¿La escuela? ¿Era él el amigo del que Scott había hablado? Pero Catherine, seguramente, tendría mejor gusto. Era atractivo si te gustaba el tipo macho vikingo, pero Perez pensaba que Catherine querría algo más que eso.

Había una luz encendida en la casa de Fran. Perez no se detuvo, aunque imaginaba cómo sería por dentro. Muy cálida. La madre y la niña acurrucadas juntas en el gran sillón junto al fuego, leyendo un libro ilustrado. La niña, de olor dulce tras su baño, aún con el cabello húmedo; la madre, finalmente relajada, casi dormida. Pensó: «Eso es lo que quiero». Luego, casi de inmediato, «¿pero sería suficiente?».

Seguía pensando en eso mientras bajaba por el camino a Ravenswick y pasó por Hillhead sin fijarse si Magnus estaba por allí. El coche de Euan estaba aparcado frente a la gran casa, pero no había señales de vida. Las enormes ventanas estaban oscuras y con las cortinas abiertas. Al principio, cuando tocó el timbre, no hubo respuesta. Pensó que tal vez algunos conocidos habrían venido a buscar al maestro para llevarlo lejos de todos los recuerdos de su hija. Después de todo, debía de tener amigos en la escuela.

Entonces, una luz apareció en la parte trasera de la casa —Perez la vio a través del cristal como una cuña a través de una puerta abierta— y se oyeron pasos, lentos, pasos de alguien mayor. Luego, se abrió la puerta principal.

—Lamento molestarle —dijo Perez—. ¿Podría hablar con usted?

Euan permaneció un momento parado, parpadeando como si no reconociera al inspector o como si acabara de despertar y no estuviera seguro de dónde estaba. Luego hizo un esfuerzo por recomponerse y, cuando habló, fue tan cortés como siempre.

—Pase —dijo—. Lamento haberlo hecho esperar.

—¿Lo desperté?

—No exactamente. Me cuesta dormir. Caigo en una especie de ensoñación, tal vez, reviviendo viejos tiempos, tratando de captar algo de ella mientras aún queda algo de su esencia en la casa. Algo real, ¿sabe? Un perfume. El champú que usaba, creo. Algo más que no logro identificar. Sé que no durará mucho tiempo. —Se giró y se dirigió al interior de la casa. Perez lo siguió.

Terminaron en la cocina, aunque no era donde Euan había estado. Encendió las luces, llenó la tetera y trató de volver al presente.

—¿Está bien aquí? —preguntó.

La cocina era un espacio de trabajo, moderna, con mucho acero inoxidable y mármol. Allí no habría muchos recuerdos de Catherine, poco para que Perez pudiera contaminar con sus preguntas.

—Por supuesto. —Sin esperar a que lo invitaran, Perez se sentó en uno de los altos taburetes cromados junto a la encimera.

—¿Café?

—Por favor.

—¿Ha venido con información —preguntó Euan— o con preguntas?

—Mayormente preguntas. No tendremos detalles de la autopsia hasta mañana.

—Me alegra que se vaya al sur en el ferri —dijo Euan—. Le encantaba ir en barco y nunca disfrutó volando. —Levantó la vista—. Qué tontería decir eso.

—No lo creo. Yo también prefiero el ferri, irme a dormir en un lugar y despertarme en otro. Te hace darte cuenta de lo lejos que estamos de todo.

—Pensé que aquí estaría segura. De verdad pensé que era diferente. —Se giró bruscamente para preparar el café—. Bueno, ¿qué preguntas tiene?

—El oficial que registró su habitación encontró un bolso, pero aún no hemos encontrado las llaves de Catherine. ¿Era habitual que saliera sin ellas?

—No estoy seguro. Yo siempre cierro la casa con llave. Por costumbre, supongo. Quizá ella era un poco más descuidada con eso.

—He estado todo el día en la escuela, hablando con el personal y los estudiantes. Hablé con un chico llamado Jonathan Gale. La llevó a casa en Hogmanay. ¿Lo conoce?

—No es de mis alumnos, pero sé quién es. Un chico inglés brillante. Vino a casa una o dos veces. Siempre pensé que le gustaba Catherine. ¿No creerá que él la mató?

—Para nada. Solo estoy verificando su versión. —Hizo una pausa—. ¿Le suena el nombre de Robert Isbister?

Euan frunció el ceño.

—No, ¿debería? Hay Isbisters en la escuela, pero no creo que haya ningún Robert.

—Probablemente no sea nada —dijo Perez—. Es mayor que Catherine, pero podría haberse cruzado con él en alguna fiesta. Lo vi subir por la carretera hace un momento. Me preguntaba si había venido a visitarlo.

—Algunos colegas vinieron más temprano. Fueron muy amables, trajeron comida, algún tipo de guiso. Supongo que debería comer en algún momento. Pero desde entonces, no, no he tenido visitas.

Aún no había tomado asiento. Había servido el café y se lo bebía de pie. Perez comprendió que Euan estaba desesperado por quedarse solo en la casa, antes de que el escurridizo aroma de su hija desapareciera por completo.

—Eso es todo —dijo Perez—. Volveré mañana cuando tengamos noticias del patólogo. ¿Tiene alguna pregunta para mí?

No esperaba nada. Pensó que Euan lo acompañaría agradecido y rápido a la puerta, pero el maestro se detuvo, con su taza en la mano.

—El viejo de Hillhead…

—Sí. —Perez lo miró, esperando.

—La gente dice que es el responsable. Que no era la primera vez. Que había matado antes a otra…

—Rumores. Nunca lo acusaron formalmente, y mucho menos lo condenaron.

—Cuando me lo dijeron al principio, apenas me importó. Catherine ya no está viva. ¿Qué más da? Pero si es verdad, significa que la muerte de Catherine podría haberse evitado—. Miró directamente a Perez. A través de las gafas, sus ojos parecían anormalmente grandes, fijos—. Eso sería imperdonable.

Luego, cuidadosamente, dejó su taza y acompañó a Perez hasta la puerta.

Perez estaba sentado en su coche, pensando en ello, cuando sonó su teléfono. Era Sandy Wilson desde la Sala de Incidentes.

—Hemos recibido una llamada de Fran Hunter, la mujer que encontró el cuerpo.

«¿Mujer? ¿Cuándo se deja de ser una chica y se convierte una en mujer?».

—¿Qué dijo?

—No lo sé. No quiso hablar con el tipo de Inverness que atendió el teléfono. Solo quiere hablar contigo.

Perez ignoró el tono burlón de la voz de Sandy. Era automático, no significaba nada.

—¿Cuándo llamó?

—Hace diez minutos. Dijo que estaría en casa toda la noche.

—Estoy en Ravenswick ahora mismo. Pasaré de camino a casa.

Llamó a la puerta suavemente porque pensó que Cassie podría estar en la cama, pero todavía estaba despierta, tal como se la había imaginado, con bata y pantuflas, sentada a la mesa. Estaba bebiendo chocolate caliente y tenía un bigote de color marrón claro en el labio superior. Fran había mirado por la ventana antes de abrirle la puerta. En toda Shetland la gente estaría haciendo lo mismo. «Aquí más que en cualquier otro lugar, pensó, ese poema de John Donne que se habían aprendido en la escuela era cierto». La muerte de una persona los afectaba a todos, les hacía ver el mundo de manera diferente. Y quizá eso no era algo malo. ¿Por qué deberían estar protegidos? ¿Qué los hacía especiales?

—No lo esperaba tan pronto —dijo Fran—. Espero que no haya venido corriendo por algo que no valga la pena. Probablemente no sea importante… Mire, ¿le importa esperar un momento mientras arreglo a Cassie?

Perez se sentó en el sillón donde la había imaginado sentada. Fran le trajo una copa de vino tinto, que sabía que debía rechazar, pero no lo hizo, y una porción de quiche de queso y espinacas.

—Supongo que no ha tenido tiempo de cenar —dijo, sin darle demasiada importancia.

Las escuchó a las dos charlando en el baño, canturreando una canción absurda sobre un zorro en una caja, y luego las palabras susurradas de una historia, demasiado bajitas para que él las entendiera.

—Disculpe por la espera. —De repente, estaba detrás de él y se había servido su propia copa de vino. Perez se dio cuenta de que probablemente se había quedado dormido—. Quería hablar conmigo.

Se puso de pie para cederle el sillón, pero ella negó con la cabeza y se sentó en el suelo, mirando al fuego, de manera que él no podía ver su rostro.

—Probablemente no sea nada. Seguro que ya tiene esta información.

—Dígamelo de todas formas.

—Cassie se quedó con su padre anoche. Fui a recogerla esta tarde. —Dudó—. Sé dónde estaba Catherine la noche antes de que la viera bajarse del autobús con Magnus Tait. Duncan me lo dijo.

—No se ha puesto en contacto con nosotros —dijo Perez, sin comprometerse—, al menos que yo sepa.

—Claro que no. Lo vería como una molestia. Tener que ir a Lerwick, tal vez hacer una declaración. Así es él. Siempre ocupado. Siempre negociando.

—Por ahora solo hemos lanzado una solicitud general de información —dijo Perez—. Habrá una gran conferencia de prensa mañana. Todo lleva mucho más tiempo de organizar de lo que la gente piensa.

—Estaba en una fiesta en el Haa. Una de esas veladas a puertas abiertas de Duncan. Medio Shetland debió de estar allí. Podrá confirmarlo.

Perez había estado en las fiestas de Duncan. Eran legendarias. No había invitaciones, nunca nada formal. Se corría la voz. «Una reunión en el Haa esta noche». Las fiestas comenzaban tarde. Cuando los bares empezaban a cerrar, entonces uno se subía a un taxi, o iba con un amigo que no estuviera tan borracho como los demás, y para la isla. Nunca sabías a quién te ibas a encontrar allí. A menudo, músicos. A Duncan le gustaba fomentar el talento local. Así lo describía él, aunque Perez nunca estaba seguro de qué obtenían los chicos con sus violines y guitarras, aparte de una resaca y la sensación de haber rozado la celebridad. Porque, ocasionalmente, te topabas con una estrella menor mientras pasabas la botella de Highland Park de Duncan. Un actor de vacaciones, o un político que estaba allí por alguna conferencia, un director o productor de poca monta que solo el círculo artístico conocía. A Duncan le gustaba atraer a ese círculo. Y la sofisticación. Quizá los jóvenes sentían que sacaban sofisticación de todo aquello. Los invitados vestían diferente, hablaban de cosas distintas. No era como ir a un baile de la fiesta del pueblo.

—¿Duncan dijo con quién estaba?

—No parecía saberlo. Creo que estaba más ido de lo habitual. Se había peleado con Celia.

Celia Isbister. La madre de Robert. Así funcionaban las cosas en Shetland. No significaba necesariamente nada importante. Las personas estaban relacionadas de formas complicadas e íntimas. Las coincidencias no podían parecer siniestras.

—¿Sabes si Robert estaba allí?

—No lo sé. Duncan no lo mencionó. Muchas veces está. —Su voz era seca, ligeramente hostil.

—No te cae bien.

—Es un niño rico mimado. Supongo que no es culpa suya.

—Ya no es un niño.

—Lástima que aún se comporte como uno. —Se giró, rozando la rodilla de Perez con su hombro—. Mire, no me haga caso. Es difícil que yo tenga una opinión imparcial sobre esa familia. Su madre destruyó mi matrimonio. Bueno, Duncan lo destruyó. Ella fue cómplice. Aunque parece que ya tuvo bastante porque también se fue. Volvió con Michael a tiempo completo. Conveniente, justo antes de Up Helly Aa. Estará allí para apoyarlo frente a las cámaras. Todos alabarán la familia tan encantadora que son. Duncan está solo otra vez. Pobre y solitario Duncan.

Por primera vez pensó que probablemente ella había empezado a beber antes de que él llegara.

—¿Alguna vez Catherine mencionó conocerlo?

—¿A Robert? No.

—¿Y a Duncan?

—No, pero tampoco lo haría, ¿verdad? Debía de saber que era mi ex. Incluso siendo nueva en el lugar, le habría llegado el chisme. ¿Y se imagina a Duncan teniendo un lío con Catherine? Solo era una niña.

Pero mientras hablaba, Perez vio que consideraba la posibilidad y no la descartaba por completo. Quizá ya lo había pensado antes.

—¿Puede decirme algo más sobre la fiesta? ¿Duncan mencionó a alguno de los otros invitados?

—No, pero tuve la impresión de que estaba tan afectado por lo de Celia que los mismísimos David y Victoria Beckham podrían haber aparecido y él ni siquiera se habría dado cuenta. No es nada propio de él.

Perez se levantó a regañadientes. En otras circUnstancias, se habría quedado a compartir el resto de la botella con ella, y le habría sugerido que salieran alguna vez. Al cine, tal vez. Era una mujer muy artística. Quizá sería el tipo de plan que a ella le gustaría. Al final de la semana, conociéndolo, probablemente ya le habría dicho que la quería. Quizá era mejor que estuviera implicada en un caso de asesinato y que él ni siquiera pudiera darle un beso en la mejilla al salir.

Capítulo 21

Magnus se sentó erguido en su silla y escuchó. No podía ver el exterior de la casa. Eso era culpa suya. Durante el día la gente curioseaba mirando hacia dentro, y por la tarde ya no había podido soportarlo. El primer visitante había sido un joven policía que le pidió sus botas.

—¿Qué botas?

No lo había entendido. ¿Era un truco para evitar que saliera?

—Las botas que llevaba cuando vio a la chica —dijo el hombre—. Le dijo al inspector Perez que cruzó el campo y la vio.

—Sí.

—Las necesitamos. Para compararlas con las huellas que encontramos.

Magnus seguía sin comprender, pero señaló las botas, que estaban en un saco en el porche. El policía se inclinó, las metió en una bolsa de plástico y se las llevó.

Poco después hubo otro golpe seco en la puerta. Magnus abrió, esperando más policías, pero era una mujer de un periódico con una libreta, hablando tan rápido —clac, clac, clac— que no podía entender lo que decía. Lo asustó con su voz estridente, su nariz puntiaguda casi metiéndose en su cara, y el bolígrafo que empujaba hacia su pecho. Después de eso, no respondió más a los golpes en la puerta. Se sentó a la mesa, fingiendo leer una revista vieja que había estado rondando por allí desde que su madre había muerto. ¿Por qué la había guardado? En algún momento había habido una razón, pero ahora no podía recordarla.

Lo habían visto a través de la ventana, inclinándose para distinguirlo, y golpearon el cristal para llamar su atención, asustando al cuervo en su jaula. Entonces actuó. Aplastó un par de cajas y clavó el cartón sobre la ventana. Ahora nadie podía mirar hacia dentro, pero él tampoco podía ver hacia fuera, y eso lo hacía sentirse como un prisionero ya condenado. No podía saber qué tiempo hacía, ni si el equipo de la guardia costera había terminado de recorrer la colina. Debía de ser de noche. Eso lo deducía por la hora en el reloj de su madre.

En su cabeza todavía había gente esperando fuera de la casa, esperando para gritar obscenidades y empujar sus caras contra el cristal y sus hombros contra la puerta. No había oído a nadie fuera desde hacía un rato, pero podrían estar ahí, en silencio, esperando para sorprenderlo, como los monstruos de una pesadilla que había tenido de niño.

Después de la muerte de Agnes, las pesadillas empeoraron.

En sus sueños, la veía, pálida y delgada como estaba cuando la tos ferina se convirtió en neumonía y finalmente la llevaron al hospital. Escupía sangre al toser. Sus brazos y sus piernas, blancos y huesudos, le recordaban los huesos de una oveja, cuando el cadáver se quedaba al aire y era devorado por los animales y las aves. Pero en sus sueños, ella seguía en Hillhead, haciendo las cosas que siempre hacía, ayudando a su madre con la cocina —pelando patatas u horneando; ordeñando la vaca que entonces tenían en el establo junto a la casa, agachada junto al animal, tirando y apretando las ubres, murmurando una pequeña canción para sí misma mientras trabajaba—. Y cada vez más delgada, hasta que al final del sueño, justo antes de despertarse sudando, todo lo que quedaba de ella era su sonrisa manchada de sangre y sus ojos grises entrecerrados.

Ahora, sentado en la silla de su madre, mirando las manecillas de su reloj, esas pesadillas volvieron. Las personas que imaginaba esperando afuera no eran extraños. Tuvo una visión de su hermana, golpeando la ventana, sacudiendo la puerta, sorprendida de que estuviera cerrada con llave.

Se levantó y se sirvió un vaso de *whisky*. Le temblaban las manos. Se estaba volviendo loco, sentado allí. Cualquiera estaría igual, encerrado en una habitación sin vista al exterior, limitándose a esperar a que la policía viniera a buscarlo. Sacudió la cabeza para despejarla de tonterías y trató de recordar cómo era Agnes cuando estaba bien. Él siempre había sido torpe y lento, pero ella era delicada como un pájaro, cruzando los campos volando por el atajo hacia la escuela, con su cabello ondeando detrás de ella.

—Mira a tu hermana —le decía su madre, tratando de avergonzarlo—. Es más joven que tú y no rompe todo lo que toca. No es una necia patosa. ¿Por qué no te pareces más a ella?

La imaginó en el patio de la escuela saltando la comba. Dos niñas sostenían los extremos de una cuerda larga y Agnes estaba saltando, no cantando la rima, sino frunciendo el ceño concentrada, contando los pasos en su cabeza. Él la había observado, orgulloso de ella, tanto que la sonrisa se había extendido por su rostro y se había quedado ahí todo el día. Llevaba un vestido de algodón estampado, descolorido por tanto lavado y tan corto que, cuando saltaba, casi se le podían ver las bragas.

¿Había sido Catriona de las que saltaban a la comba? Le molestaba no poder estar seguro. La había visto algunas veces en el patio de la escuela, cuando encontraba una excusa para bajar hasta la orilla, para recoger un trozo útil de madera a la deriva, algo de red o un barril. La mayoría de las veces ella estaba de pie, rodeada de dos o tres de sus amigas, charlando y riendo. «Eran otros tiempos», pensó. No era como cuando él y Agnes eran niños. Cuando Catriona estaba creciendo, tenía televisión en la casa y había catálogos para comprar ropa moderna. Había más cosas con las que jugar que un viejo pedazo de cuerda. El petróleo había llegado a las islas y había dinero para ordenadores y juegos sofisticados, y los maestros llevaban a los niños de viaje al sur. Una vez hubo una excursión escolar a Edimburgo. Algunas madres habían ido, todas arregladas para la aventura, y la señora Henry, la maestra, estaba allí con su lista cuando llegó el autobús para llevarlos al aeropuerto, marcándolos uno por uno, aunque seguramente debía de conocerlos a todos. A Catriona le había encantado la ciudad. Habló de ello durante días cuando volvió a casa. Subió hasta Hillhead especialmente para contárselo a Mary Tait, y él dejó su trabajo para escucharla. Nunca había salido de Shetland y le hizo tantas preguntas —sobre los autobuses, las grandes tiendas y cómo era viajar en tren— que Catriona se rio de él y le dijo que algún día debería ir a Edimburgo. Solo era una hora en avión.

La siguiente vez que fue a Hillhead fue el día que desapareció. Hacía un tiempo horrible, un viento espantoso para esa época del año; no era frío, pero era fuerte, y soplaba del suroeste. Y su madre la había enviado fuera, y como estaba aburrida, terminó allí, burlándose y liándolo, traviesa, como si el viento se le hubiera metido dentro y la hubiera vuelto alocada y salvaje.

Pero no quería pensar en ese día. No quería pensar en el banco de turba y en el montón de rocas en la colina. Eso solo traerá de vuelta las pesadillas.

Capítulo 22

Roy Taylor había convocado la reunión a media mañana, no al amanecer. Para entonces contaba con haber recibido ya el informe del patólogo, aunque sabía que estaba forzando las cosas, y ahora eran las diez y media y seguía esperando. Había pedido a Billy Morton que lo llamara desde Aberdeen tan pronto como tuviera algo sobre lo que informar. Al menos ya tenía el informe del investigador de la escena del crimen. Todavía no había llegado nada del laboratorio. Eso tardaba días, incluso tratándose de casos prioritarios.

Jimmy Perez estaba sentado tranquilamente sobre un escritorio en la parte de atrás de la sala, escuchando a Taylor explicar el retraso y lo frustrado que se sentía por ello. Tenía que escuchar con atención debido al acento escocés que no le resultaba familiar, esas vocales extrañas y distorsionadas. El inspector había captado la atención del equipo desde el principio. Tenía la presencia escénica de un gran actor o un comediante. Era hipnótico. Perez deseó tener ese tipo de presencia, la misma capacidad para motivar a su equipo. Fuera, el clima era más templado y empezaba el deshielo. En los momentos de silencio de la conversación, Perez creyó escuchar el goteo de la nieve derretida. Las nubes que acechaban en el mar durante toda la noche se habían desplazado hacia la costa, y la sala estaba casi tan oscura como en la última reunión al amanecer.

Taylor estaba repasando las pruebas del investigador de la escena del crimen.

—Además del agente que llegó en primer lugar a la escena del crimen, hay tres conjuntos de huellas —dijo. «Agente». Estaba siendo más educado de lo habitual. Perez pensó que, en su territorio, Taylor tendría otro nombre para los uniformados que hacían el trabajo rutinario. Aquí, tenía cuidado de no ofender—. La nieve era lo suficientemente profunda como para obtener buenas impresiones y no se derritió durante el día, así que la investigadora tuvo suerte. Es una especie de experta en botas y zapatos, al parecer.

»Un juego pertenece a la señora Hunter. Botas de agua talla seis. Por supuesto, en cada caso realmente hay dos rastros: uno que entra a la escena y otro que sale. Otro, más reciente, que en algunos puntos se cruza con las huellas de la señora Hunter, pertenece al señor Alex Henry, el esposo de la profesora de Ravenswick. Botas de montaña talla nueve. De nuevo, algo que ya esperábamos. Sabemos que la señora Hunter le hizo señas, él cruzó el campo para unirse a ella y usó su móvil para llamarnos. El tercer conjunto pertenece a Magnus Tait. Sus huellas no son muy claras. Es difícil determinar cuánto tiempo estuvo allí y qué estuvo haciendo. Eso se debe a que los otros rastros están superpuestos a los suyos. Estuvo allí antes que cualquiera de los otros. La investigadora nos lo ha dejado muy claro.

Sandy Wilson lanzó una exclamación de júbilo, levantando el puño en el aire, pero guardó silencio cuando los demás se limitaron a mirarlo.

—¿Te parece esto motivo de celebración, Sandy? —preguntó Taylor. Su tono parecía amable, pero había un filo de sarcasmo que Perez y el equipo de Inverness reconocieron de inmediato. Sería cortés solo por un tiempo limitado.

—Bueno, eso significa que lo tenemos —dijo Sandy—. ¿No?

—Ya admitió haber estado en la escena —respondió Perez—. No intentó ocultarlo. Me lo dijo en mi primera visita. Está en el informe del día, Sandy, pero quizá no has tenido tiempo de leerlo.

—Claro, lo diría, ¿no? Sabía que encontraríamos sus huellas, así que se inventaría una razón…

—No estoy seguro de que sea capaz de pensar de esa manera —dijo Perez, deseando que Sandy admitiera la derrota y dejara de hacer el ridículo frente a los demás.

—Además —intervino Taylor—, si mató a Catherine, ¿cómo llegó ella allí, Sandy? No hay huellas de ella. Dime, ¿voló? ¿Esos malditos pájaros la levantaron con sus garras y la llevaron?

—Quizá Tait lo hizo.

—Catherine era una mujer joven y alta. Tait es un hombre mayor. Quizá fuera un tipo fuerte en su momento que aún está acostumbrado a ciertos trabajos físicos, pero no creo que pudiera haberla cargado a través de dos campos sin detenerse a descansar. Incluso si ya estaba muerta.

—Entonces, ¿cómo llegó hasta allí? —preguntó Sandy.

La pregunta iba dirigida a Taylor, pero el inspector de Inverness solo miró a Sandy durante un largo rato en silencio.

—Díselo tú, Jimmy —dijo al fin—. Tú ya lo has descubierto, ¿verdad? —Quizá sentía que no podía explicárselo a Sandy sin perder la paciencia y decir algo de lo que luego se arrepentiría.

—Catherine caminó —dijo Perez—. Caminó al lado de quien la mató. Luego nevó y sus huellas quedaron cubiertas. Hubo una fuerte tormenta de nieve alrededor de la medianoche. Llamé a Dave Wheeler, el meteorólogo de Fair Isle. Había nieve en parte del cuerpo, aunque según la investigadora de la escena del crimen, la habían apartado cuidadosamente del rostro y la parte superior del torso. Por eso Fran Hunter la divisó desde la carretera.

—Entonces Tait sigue siendo sospechoso, ¿no? No hay razón para descartarlo. Podría haber vuelto más tarde, o temprano por la mañana al día siguiente. Podría haber quitado la nieve de su rostro.

—Podría ser el asesino —interrumpió Taylor, ya incapaz de contenerse—. Claro que podría. Sigue siendo el principal sospechoso. Pero imaginemos la escena. Está oscuro. Llevó a la chica a su casa para tomar el té a primera hora de la tarde. Eso lo sabemos. Lo ha admitido, y los vieron bajarse del autobús juntos. Supongamos, solo por un momento, que logró entretenerla toda la tarde. ¿Cómo la convenció para salir al campo con él en plena oscuridad? Era una joven inteligente. Criada en la gran ciudad. No era ingenua. Conocía las calles. Incluso si no había oído los rumores sobre él y Catriona Bruce, ¿de verdad crees que simplemente se iría con él en mitad de la noche? Eso es lo que dirán los abogados defensores. Y a mí también me preocupa.

Taylor se giró rápidamente, dándole la espalda a Sandy, como si no valiera la pena prestarle más atención.

—Jimmy, ¿tú qué opinas?

—No creo que fuera de las que se asustan fácilmente. Y aquí, en Shetland, hay una cierta sensación de seguridad, ¿no es así? Las cosas malas no pasan aquí. No las cosas que pasan en otros lugares. Dejamos que nuestros hijos vayan solos por ahí. Quizá nos preocupamos si se acercan demasiado a los acantilados, pero no pensamos que los vaya a secuestrar un pervertido —hizo una pausa, reflexionando—. Excepto ahora. Ahora somos como cualquier otro lugar. En todas las islas mantienen a los niños dentro de casa y les dicen que tengan cuidado con los hombres viejos y extraños. —Miró al grupo, más serio ahora—. Es posible que se fuera con él, sí. Si pensó que tenía algo interesante que mostrarle. O por un reto, una apuesta. Algo con lo que entretener a sus amigos al día siguiente. Pero no se habría quedado ahí quieta mientras él la estrangulaba. Se habría defendido. Y no hay señales de eso. No hay marcas de arañazos en las manos ni en el rostro de Tait. Le tomarán una muestra de posibles restos debajo de las uñas a la víctima. Quizá sepamos más entonces.

—¿Entonces cómo lo ves, Jimmy? —preguntó Taylor—. Dibuja la escena para mí. Dime qué crees que pasó.

—Creo que salió a caminar con alguien que conocía y con quien se sentía cómoda. Alguien con quien estaba familiarizada, quizá incluso iban agarrados para protegerse del frío. Cuando llegó el ataque, fue sin previo aviso. La bufanda que llevaba puesta empezó a apretarse con fuerza alrededor del cuello. Probablemente intentaría luchar, pero fue tan repentino que no tuvo oportunidad. O era alguien con suficiente fuerza como para pillarla desprevenida.

—¿Estás pensando en un chico, entonces? ¿Un novio?

—Quizá. Probablemente. Pero no necesariamente.

—Háblanos sobre el aspirante a novio que investigaste, el chico que las llevó de vuelta en Nochevieja.

—Jonathan Gale. Su familia es inglesa, se mudaron a Quendale hace poco. Es un año mayor que Catherine. También está en el instituto. Vino a verme mientras estaba allí. Su padre es escritor de viajes. En fin, ambos eran forasteros, así que era lógico que conectaran. Y él, sin duda, bebía los vientos por ella. Se notaba, aunque él no decía mucho. Por lo visto, ella no sentía lo mismo. Según Sally Henry, Catherine apenas le dirigió la palabra en el coche de vuelta de Lerwick. Y Euan dijo que no parecía interesada. Pero Gale no pudo haberla matado. Según sus padres, estuvo con ellos toda la noche del día 4. Vieron una película.

—¿Hasta medianoche?

—No, pero aseguran que no podría haberse ido de casa sin que lo escucharan. —Quiso decir que había hablado con el chico y le había caído bien, pero pensó que eso no impresionaría a Taylor. En cambio, continuó—: No tiene por qué ser un novio. Podría haber sido cualquiera con quien se sintiera en confianza.

—¿Su padre?

—Supongo que encajaría. ¿Pero no estuvo en Lerwick toda la noche? ¿Y cuál sería el motivo?

—Ni idea, pero hemos comprobado con sus colegas que ha sido un poco impreciso con sus horarios. No salió de la ciudad tan tarde como dijo en su declaración. No es necesariamente sospechoso, pero podría haber matado a su hija antes

155

de que comenzara a nevar. —Taylor empezó a pasearse de un lado a otro como solía hacer. A Perez le irritó y pensó que deberían darle algo para calmarlo. ¿Valium? ¿O esas galletas de cannabis que Sarah hacía cuando estaba en la universidad? ¿Cómo las llamaba? *Brownies* de marihuana.

—Sé dónde estuvo Catherine la noche antes de que la vieran en el autobús con Magnus Tait. Eso podría ayudar.

Taylor se detuvo abruptamente.

—Por el amor de Dios, hombre, ¿por qué no lo dijiste antes? ¿Dónde?

Perez estuvo tentado de decir que no había podido meter baza, pero dejó pasar el comentario.

—En el Haa. En una de las fiestas de Duncan Hunter.

Hubo un murmullo de reconocimiento, casi de diversión, entre los policías locales. Taylor, sin embargo, no parecía divertido.

—¿Se supone que debería de significar algo para mí?

—Duncan es una especie de *playboy* local. Empresario. Emprendedor. Organiza fiestas muy conocidas. Todos hemos estado en alguna en algún momento. Aunque pocos recordamos gran parte de lo que pasó.

—¿No se llama Hunter la mujer que encontró el cuerpo?

—Duncan es su exmarido.

—¿Algún significado ahí?

—Solo el hecho de que fue ella quien me dijo que la chica estuvo en el Haa esa noche. Duncan no tenía intención de molestarse en avisarnos.

—Difícil mantenerlo en secreto, supongo. —Taylor fruncía el ceño, tratando de entenderlo. Perez pensó que parecía un antropólogo intentando asimilar los rituales y costumbres de una tribu remota—. Quiero decir, supongo que no era la única persona allí. Nos habríamos enterado tan pronto como lanzáramos una solicitud de información en la conferencia de prensa.

—No creo que debamos suponer que Duncan intentaba ocultarlo —dijo Perez—. Es del tipo de persona que piensa que las reglas son para los demás. Como dije, simplemente no le dio la gana levantar el teléfono.

—¿Un bastardo arrogante?

—Sí, algo así.

—¿Debería alguno de nosotros ir a hablar con él? —preguntó alguien. «Uno de nosotros. Uno de los forasteros». El espíritu de equipo no había durado mucho.

—Dejadme hablar con él primero —dijo Perez—. Si sospecho que está jugando conmigo, uno de vosotros puede intentarlo.

Se quedaron sentados un momento en silencio. Incluso los pensamientos de Taylor eran vistosos, enérgicos. Al mirarlo, frunciendo el ceño, uno se imaginaba las sinapsis saltando y chisporroteando. Sonó un teléfono. Sandy contestó.

—¿Jefe? —dijo con tono vacilante, aunque todavía no estaba del todo seguro de qué había hecho mal—. El profesor Morton de Aberdeen.

El inspector tomó la llamada en su oficina y, mientras esperaban, se hizo un silencio tenso. Perez se acercó a la ventana y contempló la ciudad. Las líneas rectas de las casas grises se difuminaban por la lluvia, que caía ahora en líneas duras y rectas. Cuando Taylor regresó, llevaba un bloc de notas tamaño A4. Había tomado notas, muy detalladas, según vio Perez, con una letra pequeña y apretada.

—Catherine Ross fue estrangulada —dijo—. No manualmente, sino con la bufanda que encontramos con ella. Tal y como pensábamos. No hay señales de lucha. ¿Hora de la muerte? No muy útil. Entre las seis de la tarde y la medianoche del día 4. Había bebido bastante poco antes de morir. Apenas nada de comida. Casi con total seguridad fue asesinada donde la encontraron. —Miró hacia Sandy—. Y si un científico dice «casi con total seguridad», significa un ciento diez por ciento seguro. Por lo demás, era una joven sana y en forma. —Hizo una pausa—. ¿Alguna pregunta?

—¿Algún indicio de actividad sexual reciente? —preguntó Perez antes de que Sandy pudiera formular otra pregunta, probablemente de forma menos delicada.

—No —dijo Taylor—. Nada de eso. —Hizo otra pausa—. Era virgen.

Los dos se reunieron después de que el resto del equipo se hubiera dispersado. Había sido idea de Taylor.

—¿Hay algún sitio donde se pueda tomar un café decente en este lugar?

Perez lo llevó al Peerie Café, en una estrecha calle cerca del puerto. La planta baja estaba llena de mujeres de mediana edad con anoraks, tomándose un descanso de las compras y del mal tiempo. Un par de madres jóvenes conversaban en un rincón. Una de ellas estaba amamantando discretamente, con la cabeza del bebé casi oculta por un suéter holgado, y Perez se preguntó cómo podía respirar. Arriba encontraron una mesa. Había tanto ruido de fondo que era imposible que alguien pudiera escuchar su conversación.

—Entonces —dijo Taylor—. ¿Qué opinas? Quiero decir, siempre supuse que si Tait estaba implicado, el motivo sería sexual. Pero no había nada.

—Eso no significa que no la matara.

—Quizá le gustaban inocentes —dijo Taylor—. Pensábamos que Catriona y Catherine no tenían nada en común, pero tenían eso. Ambas intactas.

—No lo parecería, viendo a Catherine.

—Los nombres de ambas empiezan con C —Taylor estaba entrando en calor—. Ambas vivían en la misma casa. Eso es una coincidencia.

—Quizá —dijo Perez—, pero eso no significa que fuera Tait.

—¿Qué tal es ese Duncan Hunter?

Perez se encogió de hombros.

—No me cae bien, pero eso no significa que se divierta matando chicas.

—¿Estaba por aquí cuando desapareció Catriona Bruce?

—Siempre ha estado por aquí. Un pez grande en un estanque pequeño. Su ego no sobreviviría en el mundo exterior.

158

La sonrisa de Taylor era burlona.

—Entonces, ¿qué te hizo?

—Íbamos juntos al colegio. Éramos grandes amigos, hace años.

—¿Y después?

Perez se encogió de hombros de nuevo.

—Será mejor que vaya a verlo. A ver qué me cuenta sobre Catherine.

—¿Quieres que lo haga yo?

—No. No te dirá nada.

Taylor parecía ligeramente nostálgico, como un exfumador disfrutando el olor del humo. Le gustaba ser el inspector jefe, pero echaba de menos estar en el terreno, hablar con la gente, entender el caso.

—Ven a verme cuando vuelvas —dijo—. Cuéntame cómo te ha ido.

Perez asintió, se levantó de la silla y salió a la calle.

Capítulo 23

En aquel momento, Perez pensó que Duncan le había salvado la vida. Eso era lo que sentía. Tenía trece años. Era septiembre, el comienzo de un nuevo curso escolar, y era como tener que acostumbrarse de nuevo al instituto. Las clases, vivir en el internado y hablar con su familia solamente por teléfono. Después de un verano en la isla, ayudando a su padre con las ovejas y el barco, era como estar en prisión. Lo peor de todo era volver a estar con los dos chicos de Foula que le habían hecho la vida imposible durante el primer año y que no habían olvidado lo divertido que había sido eso durante las vacaciones. Durante la semana no estaba tan mal. Había otros niños que se alojaban todas las semanas, como él; había un poco de bullicio en el lugar. Más personal de servicio. Los fines de semana eran una pesadilla. Otros niños esperaban con ansia los fines de semana. Jimmy Perez los odiaba. Los esperaba con terror. Se imaginaba a sí mismo al volante de un pequeño bote y una enorme ola elevándose en el horizonte y acercándose hacia él. Inevitable. Ineludible. Y cuando llegaba el viernes por la noche, contaba los minutos hasta que fuera lunes por la mañana, calculando mentalmente como un niño el porcentaje de tiempo de tristeza que había pasado y la pesadilla que aún quedaba por delante.

Entonces Duncan Hunter le cogió cariño. ¿Cómo había sucedido? ¿Hubo un momento de reconocimiento, la comprensión de que podrían ser amigos? Perez no podía recordarlo. Tenía una imagen en su cabeza. Un día ventoso y soleado. El agua del puerto azotaba contra la marea en pequeñas olas apretadas. Duncan y él tendrían casi catorce años y alguien había hecho una broma. Perez no podía recordar quién de los dos la había contado, pero recordaba a los dos riéndose. Duncan se había estado riendo tanto que tuvo que poner su brazo alrededor del hombro de Perez para no caerse. Perez había echado la cabeza hacia atrás y parecía que el cielo giraba a su alrededor, porque las nubes se movían muy rápido. Y cuando se enderezó, exhausto y mareado, ahí estaban los dos chicos de Foula, sombríos y resentidos, porque él tenía un amigo, un aliado, y tendrían que encontrar a otro a quien atormentar.

Entonces Perez también empezó a esperar con impaciencia los fines de semana. Los viernes por la noche iba con Duncan en el autobús a North Mainland y caminaban juntos por el largo camino hacia Haa. Cuando vio la casa por primera vez, no pudo asimilarlo todo. Era más grande que nada que hubiera visto jamás.

—¿En qué parte vives? —preguntó. Duncan no entendió del todo.

—Las habitaciones cerca de la orilla están muy húmedas. No las usamos mucho. Y no hay personal, en realidad. Así que nadie duerme en la parte de arriba.

Y en aquellos días, en el apogeo del auge del petróleo, el padre de Duncan estaba demasiado ocupado o demasiado aturdido por las posibilidades, o demasiado cauteloso para gastar mucho en la casa, que seguía siendo muy oscura y primitiva. A menudo el generador no funcionaba y no había electricidad. Entonces cenaban a la luz de las velas en la larga mesa del comedor. Perez se emborrachó por primera vez en Haa y allí tocó los pechos de una chica por primera vez. Fue cuando los padres de Duncan estaban en Aberdeen. Para celebrar que tenían la casa para ellos solos, organizaron una fiesta, la primera fiesta de Duncan. Era en pleno verano y había luz casi hasta el amanecer. Perez se llevó a la chica a la playa. Se llamaba Alice, una chica inglesa que estaba de vacaciones. Se sentaron a ver la puesta de sol, apoyados contra la pared blanca que rodeaba la casa, y Perez deslizó su mano bajo su camisa. Ella dejó que la acariciara unos minutos, luego lo apartó con una risa.

Una vez le preguntó a Duncan:

—¿A tus padres no les importa que esté aquí todos los fines de semana?

Duncan pareció sorprendido por la idea.

—No, ¿por qué habría de importarles? Saben que me gusta que vengas.

Quizá fue la primera vez que Perez fue consciente de la distancia entre ellos. Todo lo que a Duncan le gustaba, lo conseguía. Lo consideraba su derecho. Esa brecha se hizo más evidente cuando Duncan pasó unos días con él en Fair Isle. No era algo concreto. Duncan era encantador, educado con sus padres. Hubo un baile en el salón y se unió, haciendo girar a las mujeres de mediana edad hasta que se reían y decían que era un pillo y que volviera en otra ocasión. Pero, de vez en cuando, Perez notaba que se aburría. Algunos comentarios eran condescendientes. Sabía que toda la familia, incluido él mismo, se sintieron aliviados cuando despidieron a Duncan en el Loganair.

¿Y ahora? Ahora, como le había dicho a Roy Taylor, no soportaba a Duncan Hunter. Odiaba las falsas muestras de amistad cuando se encontraban, los recuerdos de incidentes de la infancia que siempre surgían porque en el presente no tenían nada en común de qué hablar. Pero esa no era la única razón de su antipatía. Había algo más concreto también: chantaje, aunque de eso nunca se hablaba.

Llamó a la puerta principal del Haa, sin esperar encontrar a Duncan en casa. Estos días Duncan pasaba tanto tiempo en Edimburgo como en Shetland. Quizá Celia habría regresado. Duncan tenía habilidad con las mujeres. La mayoría de ellas terminaban volviendo. Perez esperaba que fuera Celia quien abriera la puerta. Siempre le había caído bien y ella podría hablarle sobre Catherine Ross y qué había estado haciendo la chica allí. No tendría que jugar a fingir ser viejos amigos antes de obtener algo útil.

Al principio pensó que la casa estaba vacía y que tendría que volver. La capa de nubes parecía retener el olor a sal y a algas podridas de la playa. La lluvia era más intensa que nunca y, quieto frente a la casa, llamando a la puerta, terminó empapado. El agua se derramaba del canalón y salpicaba desde el desagüe. Luego escuchó otro sonido. El golpe de unas zapatillas contra el suelo de losas. El giro de una llave en la cerradura. Duncan estaba allí. La personificación de la resaca: sin afeitar, con un olor agrio, parpadeando contra la luz.

—Por el amor de Dios, hombre. ¿Qué quieres?

Al menos, pensó Perez, se había librado del habitual abrazo masculino y la referencia a los viejos tiempos.

—Es un asunto oficial —dijo tranquilamente—. Un asunto policial. ¿Puedo pasar?

Duncan no respondió. Se dio la vuelta y arrastró los pies hacia la cocina. Junto a la cocina de leña había una silla de Orkney, con su respaldo alto y de mimbre, diseñado para protegerse de las corrientes de aire. Perez recordó que siempre había estado ahí. Duncan se hundió en ella. Perez pensó que probablemente había pasado toda la noche allí, después de vaciar la botella de Highland Park que estaba a sus pies. El policía llenó una tetera y la colocó sobre la placa caliente.

—¿Té o café?

Duncan abrió los ojos lentamente y mostró esa sonrisa que hacía que Perez quisiera golpearlo.

—El bueno y viejo James —dijo—. Siempre ahí para salvarnos a todos.

—Se trata de un asesinato. No hay nada que pueda hacer para que desaparezca.

Era como si Duncan no lo hubiera oído.

—Té —respondió—. Una buena taza de té, bien fuerte.

La cocina tenía el mismo aspecto que si media docena de estudiantes hubieran acampado allí durante todo un semestre. Duncan vio cómo Perez observaba el desorden.

—Ya no se consigue buen personal —comentó.

—¿Y Celia?

—Se fue.

La sonrisa y la actitud frívola desaparecieron.

—Pensé que estaba obsesionada contigo.

—Yo también.

La tetera hirvió. Las bolsitas de té estaban donde siempre. Perez enjuagó dos tazas. Había justo suficiente leche en la nevera.

—Catherine Ross —dijo—. ¿La conocías bien?

—No la conocía.

—Pero estuvo aquí, en tu fiesta, la noche antes de que la mataran.

—Has estado hablando con Fran.

—La señora Hunter encontró el cuerpo.

Duncan terminó el té, luego se levantó de su asiento y se sirvió un vaso grande de agua. Se quedó allí, apoyado en el mármol para sostenerse.

—Debería de haber hecho que funcionara con Fran —dijo—. Realmente la amaba, ¿sabes? No había razón para que no funcionara.

—Excepto Celia.

—Bueno, Celia. Eso era diferente. Nunca iba a casarme con ella. Ella nunca habría dejado a Michael. Aquí las apariencias importan. Lo sabes. En realidad, no había competencia. Me había casado con Fran, ¿verdad? Teníamos una hija. De todas formas, ahora también he perdido a Celia.

Perez se dejó distraer.

—¿Qué pasó? Pensé que lo tenías todo controlado. Una relación de conveniencia para ambos.

—Yo también lo pensaba, pero últimamente estaba un poco posesiva. Insegura. Quizá fue cosa de la edad. De repente empezó a ponerse pesada con otras mujeres. Un verdadero dolor de cabeza.

Tomó un sorbo de agua y miró melancólicamente hacia afuera. La lluvia salpicaba contra la ventana.

—Pero no le pediste que se fuera. Ella te dejó. ¿Por qué?

164

—¿Honestamente? No estoy seguro. Fue todo muy repentino. Sucedió la noche que la chica estuvo en la fiesta. No estaba haciendo nada que no hubiera hecho docenas de veces antes. Charlando. Coqueteando, tal vez. Algo inofensivo. Estábamos en medio de una conversación. Nada serio. Ella me dijo: «Sabes que ya eres demasiado viejo para esto. ¿Por qué no te deshaces de ellos? Quedémonos la casa para nosotros». Lo mismo que había dicho cientos de veces antes. Y yo prometí como siempre lo hacía: «Esta es la última vez. La última fiesta en el Haa. Tienes razón. Debería pensar en sentar la cabeza». Entonces dijo que se iba y que no volvería. No montó un escándalo. Eso no va con ella. Celia siempre ha sido digna. Hizo su maleta y luego oí su coche. Sabía que lo decía en serio. Sabía que esta vez lo habría estropeado de verdad.

—¿Pasó algo mientras hablabais que la hiciera irse de repente? —«¿Era esto relevante? ¿Por qué le interesaba tanto al fin y al cabo? Porque disfrutaba con placer del abatimiento de Duncan. Se lo merecía».

Duncan negó con la cabeza. Había cerrado los ojos por un momento, como si una oleada de dolor por la resaca lo golpeara. Luego los abrió.

—Recibió un mensaje de texto. Lo leyó mientras yo todavía seguía hablando, y luego anunció que se iba. —Miró a Perez, de repente horrorizado—. ¿Crees que podría haber sido de otro hombre? ¿Que tuvo un amante todo el tiempo que estuvo conmigo?

—¿Recibía mensajes de texto a menudo?

—Solo de su hijo. Robert no puede limpiarse el trasero sin consultarlo con ella primero.

—¿No estaba Robert esa noche?

—Creo que estuvo antes. No cuando Celia se fue a toda prisa. Me odia a muerte, pero aun así viene a mis fiestas.

—¿Llegó con la chica que murió?

—Venga, ya sabes cómo son estas fiestas. La puerta está abierta y la gente entra y sale.

—Le dijiste a Fran que dejaste que Catherine se quedara porque Celia la conocía.

—¿Eso dije? La habría dejado quedarse de todas formas. Era jodidamente guapa.

—¿Entonces hablaste con ella?

—Sí, hablé con ella.

—¿Antes o después de que Celia se fuera?

—Probablemente ambas cosas. Sí, ambas.

—¿Estaba con alguien? Me refiero a un chico.

—No.

—¿Le preguntaste?

—Tal vez, pero te das cuenta, ¿no? Hay una joven atractiva y miras para ver si está con alguien. No hace falta preguntar.

—¿No estaba con Robert?

—No de esa manera. Quiero decir, creo que los vi hablando cuando llegó. De todas formas, ¡por favor! ¿Robert Isbister? Era una chica hermosa e inteligente. ¿Qué haría hablando con Robbie? Quiero decir, lo único que quiere en el mundo es ser tan famoso como su padre.

«¿Y qué hacía hablando contigo?».

—De todas formas, hablaste con ella. ¿De qué?

—De cine. Le dije eso a Fran. Era una fanática del cine. Incluso llevaba una videocámara con ella. Me mostró cómo funcionaba.

—¿Estaba filmando la fiesta?

—No lo sé. Quizá. Hablaba del cineclub. ¿Por qué todo lo que tenían eran éxitos de taquilla? ¿Por qué no podíamos ver algo europeo de vez en cuando? Dijo que era lo único que echaba de menos de vivir en Shetland. El buen cine de autor. Era pretenciosa, ya sabes, como lo son los jóvenes brillantes, pero no se tomaba a sí misma demasiado en serio.

—¿Le tiraste los tejos?

—No en serio.

—¿Qué significa eso?

—Dejó claro que no estaba interesada. Ya me conoces. No necesito esforzarme. Hay muchas mujeres por ahí.

Pero Perez recordó otras conversaciones con Duncan, el esfuerzo que había puesto en conquistar a Fran. Si realmente se hubiera encaprichado con Catherine, habría insistido.

—¿Cómo la viste? Quiero decir, ¿en qué estado de ánimo estaba?

—Estaba eufórica, realmente exultante. Le dije: «Sea lo que sea lo que estás tomando, quiero un poco de eso».

—¿Crees que había consumido algo?

—No. Solo era joven, eso es todo. Joven y satisfecha consigo misma. Como yo solía estarlo.

—¿Se quedó a pasar la noche?

—Al parecer. Según Fran, la vieron en el autobús desde el pueblo al mediodía del día siguiente, pero no estaba conmigo. Yo me sentía fatal, me puse sentimental con la borrachera y perdí el conocimiento. Me pasa mucho últimamente. Ayer solo aguanté porque Cassie estaba aquí. —Se detuvo—. ¿La viste en casa de Fran? ¿A mi preciosa Cassie?

—Sí.

—No estaba seguro de querer un hijo cuando Fran me dijo que estaba embarazada. No creí que estuviera preparado para ello. Ahora no puedo imaginar la vida sin ella. No soportaría que Fran se la llevara de nuevo.

—¿Hay peligro de que eso suceda?

—No estoy seguro. Parece bastante asentada aquí, pero nunca se sabe, ¿verdad? Al final encontrará a alguien. Ahora tienes que irte. Necesito ducharme y cambiarme. Tomaré el vuelo de la tarde al sur. Trabajo.

Perez se levantó.

—¿Cuándo volverás?

—Mañana por la noche. No necesitas preocuparte. No planeo escapar.

Antes de volver a su coche y a pesar de la lluvia, Perez rodeó la casa hasta la parte trasera, que daba hacia la costa. Se quedó un momento, tratando de encontrar refugio bajo los sicomoros torcidos por el viento, y miró hacia la playa donde se había sentado con Alice. En aquel entonces estaba convencido de que la amaba y no podía entender por qué ella no respondía a sus cartas una vez que regresó a casa.

Capítulo 24

Era sábado. No había escuela, pero tampoco descanso. Normalmente, los sábados Sally iba a Lerwick para ensayar con la orquesta juvenil. Su padre a menudo la llevaba en coche y se quedaba en la ciudad para trabajar en su oficina. Al menos, eso decía. Sally no estaba segura. El sábado era el día de Margaret para la limpieza y la colada, y nadie quería estar cerca cuando se dedicaba a eso. Esa mañana Sally se despertó mareada y sintiéndose extraña. Había tenido una noche agitada. Demasiados sueños. A veces le preocupaba que su vida consistiera solo en eso: sueños. Nada en ella era real. La vida familiar que su madre había creado —la iglesia los domingos; cenar juntos cada noche; todo sosegado, ordenado y calmado— era una farsa. Sally seguía el juego para llevar una vida tranquila. Fingía ser una hija obediente, pero había veces en que deseaba que su madre estuviera muerta. Incluso su amistad con Catherine no había sido lo que parecía, más bien había supuesto un verdadero esfuerzo mantener el resentimiento y los celos bajo control. A veces, el esfuerzo de fingir tanto la hacía sentirse rara, desconectada. Como si se mirara a sí misma desde arriba. Trató de explicárselo una vez a Catherine, pero no lo entendió en absoluto.

En el desayuno seguía sin apetito. Era consciente de que sus padres estaban preocupados, y casi disfrutaba con la idea de que estuvieran inquietos por ella. Era un cambio. Todo ese tiempo en que los chicos de la escuela se habían metido con ella había intentado explicarles a sus padres lo que le pasaba, pero no lo habían entendido. «No les hagas caso» había dicho su madre. «Son solo palabras».

—¿Por qué no te saltas la orquesta hoy? —Margaret estaba dejando las cacerolas en remojo con agua jabonosa. Incluso los fines de semana no creía en desayunos plácidos, y retiraba los platos en cuanto alguien terminaba—. Es un *shock* retardado, supongo. Tal vez deberíamos pedirle al médico que te mire. Quédate en casa hoy.

Pero eso era lo último que Sally quería.

—Probablemente me sentiré mejor si salgo.

Su padre se sirvió una última taza de té de la tetera.

—¿Por qué no vienes conmigo? Hoy me toca hacer el recuento de aves varadas. Aire fresco y un poco de ejercicio. Quizá te siente bien.

No pudo encontrar ninguna razón para negarse. Notaba que él quería que fuera, de verdad, y, como le sucedía a su madre, le resultaba difícil oponerse a él. Fue a su habitación, se puso unos vaqueros y un suéter viejo, y luego se detuvo en el porche para calzarse las botas de agua. Su padre ya la estaba esperando. Margaret salió con un termo y un paquete de bocadillos y se quedó para despedirlos con la mano. Saltaba a la vista que deseaba tener la casa para ella. Solo servían para desordenarla.

La lluvia había cesado durante la noche y hacía un poco más de calor. Una falsa promesa de primavera. Sentada en el asiento delantero del Land Rover, en una posición elevada, tenía una vista que se extendía por los campos hasta el lugar donde habían encontrado el cuerpo de Catherine. Uno de los trozos de precinto policial se había soltado. Los cuervos danzaban en el aire, aprovechando las corrientes térmicas en lo alto del acantilado.

—¿Qué aspecto tenía? —preguntó Sally.

Él sabía a qué se refería, pero hubo un momento de silencio mientras reflexionaba. Ella creyó que le diría que no pensara en Catherine, que debía apartar de su mente todo lo relacionado con el asesinato. Al final, dijo:

—Estaba muerta. Nunca había visto un cadáver. Crees que se parece a cuando alguien está dormido, pero no es así. No debes preocuparte por lo que le pasó ahí fuera. Por los pájaros. Todos esos rumores que circulan. Todo lo que hacía que Catherine fuera Catherine ya había desaparecido. Hacía tiempo. —Hizo una pausa—. ¿Entiendes lo que quiero decir?

—Sí, creo que sí.

Cada mes, Alex recorría un tramo de la costa buscando aves que hubieran aparecido muertas, arrastradas por el mar. No era el único. Por todas las islas había personas cubriendo sus propias zonas: Pete del RSPB, Paul, Roger, todos los voluntarios. Era un censo, una instantánea de la salud de la población de aves de las islas. Le explicó esto a Sally mientras conducía el Land Rover por un sendero estrecho hacia una pequeña granja. Ella escuchaba, agradecida por la distracción. Había algo reconfortante en las obsesiones de su padre. Siempre eran las mismas. La casa al final del sendero estaba recién encalada y una fila de trapos ondeaba detrás de ella. Al acercarse, una mujer joven salió y esparció grano para las gallinas que picoteaban en el jardín. Saludó a Alex antes de desaparecer en el interior.

—Una pareja joven acaba de mudarse aquí —dijo él—. Forasteros. Al menos se han quedado a vivir. Fue un alquiler vacacional durante unos años.

Le sorprendió que supiera algo sobre la nueva familia. Pensaba que no se fijaba mucho en la gente.

Su padre la guio más allá de la casa hasta una playa de guijarros. Se inclinaba abruptamente hacia el agua, y había una línea de algas amontonadas que marcaba la marea alta. El olor llegaba hasta donde estaban.

—Puede que encontremos algunas aves cubiertas de petróleo —dijo—. Hubo algo de contaminación más al norte.

Estaba hablando consigo mismo. Sally bajó a la playa tras él, y casi tropezó cuando los guijarros resbalaron bajo sus botas. Él se giró y le sujetó el codo justo a tiempo para evitar que cayera. Sus manos eran firmes y el contacto físico la sobresaltó. No recordaba que la hubiera tocado ni siquiera cuando era pequeña. Nunca había sido propenso a los abrazos. En cuanto se hubo cerciorado de que estaba afianzada, retiró la mano y caminó delante de ella, con la cabeza inclinada para mirar la orilla. Casi de inmediato encontró un pato colicorto, que acababa de morir, y lo sostuvo, extendiendo con cuidado el ala para que ella pudiera ver las plumas individuales.

—Petróleo —dijo—. No mucho, pero lo bastante para matarlo.

Ella no supo qué decir. No podía fingir estar triste por un pato marino muerto. Se acercó al agua y dejó que le mojara las botas; él siguió adelante. Se quedó mirando el mar gris, dejando que su mente se quedara en blanco.

Cuando lo alcanzó, él tenía otro cadáver en la mano.

—Alca común —dijo.

La giró, palpó el hueso entre las alas.

—No tiene nada de grasa. Muy poco músculo.

Sally esperaba que lo tirara en la bolsa negra y siguiera caminando, pero él no podía evitar explicar algo al respecto. Habló sobre el cambio climático, el derretimiento del hielo polar, el efecto que parecía estar teniendo sobre el plancton y las anguilas de arena.

—La comida para las aves marinas está desapareciendo —dijo—. El verano pasado los frailecillos, los colimbos árticos y los págalos árticos no engendraron ni una sola cría.

Sally entendió por qué su madre no aguantaba la pasión de su padre. Se preocupaba demasiado. Y todo era demasiado grande. ¿Cómo podían competir con su preocupación por todo el planeta? Incluso el brutal asesinato de una compañera de colegio parecía insignificante en comparación. Sally recordó entonces que Catherine había querido entrevistar a su padre. Lo había oído hablar en Radio Shetland y le había impresionado. Y pocas personas lograban impresionarla. Estaban sentadas en la pequeña sala de estar en la casa de los Ross, haciendo los deberes, con la radio de fondo, cuando la voz de Alex llenó de repente la habitación. A su pesar, Sally se había emocionado.

—Es mi padre.

No podía recordar ahora de qué hablaba. Quizá de la explotación de los pastos. Ese era su tema estrella. Y Catherine había dicho:

—Está muy comprometido. De verdad le importa todo eso, ¿no? ¿Crees que me dejaría entrevistarlo?

Y había sonado tan apasionada como él. Muy viva. Era difícil creer que ahora todo eso se había apagado.

Parecía como si Alex le hubiera leído el pensamiento.

—Debes de echarla de menos. A tu amiga, Ross.

Sally recordó lo sola que se había sentido esperando el autobús escolar.

—Sí —dijo—. La echo mucho de menos.

—Yo no la conocía, en realidad, pero parecía una chica un poco rara.

—Me caía bien.

—No debes tener miedo —dijo—. No dejaré que te pase nada malo.

Era la primera vez que pensaba que podría haber algo que temer.

—¿Llegó a entrevistarte para su proyecto? —preguntó Sally. Suponía que Catherine se lo habría contado de haberlo hecho, pero con ella nunca se sabía. Tenía sus propios secretos.

Él frunció el ceño.

—¿Qué proyecto?

—Algo para la escuela. Sobre Shetland. Su impresión como persona que acababa de instalarse aquí, creo. Quería hablar contigo sobre tu trabajo.

—No —dijo—. Nunca lo hizo.

Algo en su tono hizo que Sally pensara que le habría gustado que lo hiciera y que lamentaba que nunca hubiera ocurrido.

Robert la llamó cuando regresaron al Land Rover. Estaba sentada en el asiento del copiloto, sola, jugando con la radio, tratando de encontrar algo de música decente. Alex había ido a charlar con la mujer de la granja. Los nuevos vecinos estaban interesados en la historia natural, había dicho. Les pediría que

173

buscaran más aves afectadas por el petróleo en la playa. Ella lo vio caminar hasta la puerta principal. La abrió sin llamar, se quitó las botas y las dejó en el escalón. Fue entonces cuando Robert la llamó. No podría haber sido más oportuno. Casi como si hubiera estado observándola, esperando a que estuviera sola.

—¿Quieres salir esta noche?

—No puedo.

No tenía ganas de inventarse una excusa para alejarse de sus padres. Sería una pesadilla sin Catherine para cubrirla.

—¿Entonces cuándo?

—No lo sé —dijo ella—. Llámame la semana que viene, durante el día. Si estoy en clase, te devolveré la llamada después.

Quería preguntarle qué había estado haciendo, charlar, mantener una conversación normal. Pero él solo dijo:

—No sé cuándo será. Estoy sacando el barco.

Y colgó.

Quince minutos después volvió su padre, y para entonces Sally tenía mucho frío. Se preguntó qué había hecho en la casa con esa joven mujer. Se sentía orgullosa de no haber aceptado de inmediato los planes de Robert, pero deseaba tener algo en el horizonte, algo más que esperar.

A la mañana siguiente fue a la iglesia con sus padres, porque no tuvo la energía para oponerse. Mientras rezaban por la paz en el mundo, ella pensaba en Robert Isbister. Por supuesto. Siempre estaba ahí, distrayéndola, metiéndose en su cabeza. ¿Por qué no había ido con él cuando se lo había pedido? ¿Por qué no había fijado una cita concreta para la semana siguiente? Las palabras familiares la envolvían, y participaba en las respuestas, pero no escuchaba nada. Se preguntó si su padre, vestido con traje, limpio y pulcro, prestaba atención o si su mente estaba en otro lugar también. Después, mientras sus padres se quedaron charlando, el pastor se acercó a ella y le dio una palmadita en la mano. Era un hombre obeso, tan gordo que el esfuerzo de caminar lo hacía jadear.

—Si necesitas a alguien con quien hablar, ya sabes dónde estoy. Debe de ser un momento muy difícil.

No podía decirle que él sería la última persona en el mundo en la que confiaría, así que simplemente le dio las gracias y se apresuró a esperar afuera.

Los domingos seguían siempre el mismo patrón. Después de la ceremonia venía el almuerzo dominical. Margaret siempre ponía el asado en el horno y pelaba las patatas antes de salir para la iglesia, así que cuando volvían no quedaba mucho por hacer. Volvían en coche y bajaban por el camino hacia la escuela después de la misa; Sally estaba absorta en sus pensamientos cuando Margaret dijo:

—¿Deberíamos invitar al señor Ross a comer con nosotros? Debe de ser horrible para él estar solo en esa casa tan grande. Tenemos comida de sobra.

Sally se horrorizó. Trató de imaginarse al señor Ross sentado en la mesa de su cocina mientras su madre cortaba la carne demasiado cocida y lo interrogaba.

—Creo que es demasiado pronto —dijo Alex—. Lo vería como una intrusión. Quizá más adelante.

Su madre pareció aceptarlo y comieron, como siempre, solos.

Estaban sentados junto al fuego cuando sonó el teléfono. Margaret estaba tejiendo, pero tenía los ojos pegados a la edición especial de una telenovela que fingía despreciar, pero que siempre veía. Sally acababa de lavar los platos. Su padre se había cambiado de ropa y estaba leyendo. Se levantó para contestar el teléfono, pero Margaret dejó de tejer y dijo:

—No te preocupes. Voy yo. Probablemente sea uno de los padres.

A Margaret le gustaba hablar por teléfono incluso más que ver telebasura. Se sentía segura con el auricular en la mano. Importante. Tenía una voz especial, calmada y ligeramente condescendiente para los padres. Pero regresó casi de inmediato y parecía algo molesta.

—Es para ti —dijo, mirando a Alex—. Es ese detective.

Capítulo 25

Perez se reunió con Roy Taylor para almorzar en el bar del hotel donde se hospedaban los policías de Inverness. Taylor lo había sugerido.

—Solo una charla —había dicho—. Me cuentas qué tal fue tu reunión con Hunter y pensamos en los próximos pasos.

A Perez no le importaba. El domingo era el día de la larga llamada telefónica con su madre, y aún no tenía una respuesta para ella. De camino al pueblo pasó por la Sala de Incidencias. Taylor había dado la conferencia de prensa y los teléfonos no habían dejado de sonar desde entonces, pero no había nada útil todavía. En su mayoría eran personas denunciando coches que no reconocían en la carretera al sur de Lerwick la noche del 4, o gente que había visto a Catherine en la fiesta en el Haa.

El bar estaba lleno de personas almorzando. La mayoría reconoció a Perez, pero al ver que estaba ocupado, no lo molestaron. Taylor parecía deprimido. Escuchó en silencio el relato de Perez sobre la entrevista con Duncan Hunter. Había pedido bebidas tan pronto como entraron, pero casi no había tocado su pinta. Estaban sentados en un rincón discreto, donde nadie podía oírlos.

—Llamé al señor Ross y le pedí que buscara la cámara —dijo Perez—. Si Catherine estaba grabando la fiesta, podríamos identificar a las personas que estuvieron allí.

Taylor levantó la vista de su cerveza.

—Creía que para hoy habríamos avanzado más. Esperaba que todo estuviera resuelto para este fin de semana. Ha resultado ser más complicado de lo que esperaba.

Perez comprendió que el inglés había venido a Shetland pensando que sería un caso simple, que lo resolvería rápido y regresaría a casa cubierto de gloria.

Taylor dio un trago rápido a su pinta.

—¿Hay algo que hayamos pasado por alto?

—Alex Henry —dijo Perez—. El marido de la maestra. Le tomamos declaración porque fue la segunda persona en llegar a la escena, pero nadie ha hablado con él realmente. Si creemos que el asesinato de Catherine Ross está relacionado con la desaparición de Catriona Bruce, tal vez deberíamos hacerlo. Vive justo al lado de la casa donde ambas chicas vivieron.

—¿Vivía allí cuando desapareció Catriona?

—Margaret Henry ha sido maestra en Ravenswick durante años. Fue maestra de la niña. Hay una declaración suya en el expediente. Incluso podría haber sido la última persona en verla viva antes de que desapareciera. Dijo haber visto a Catriona correr hacia la colina esa tarde. Era sábado. No había clases.

—¿Lo interrogaron entonces también?

—Solo brevemente. Todos estaban convencidos de que Magnus Tait era el asesino.

—Háblame de él.

—No hay mucho que contar. Es científico. Oficial de Conservación del Consejo de las Islas Shetland. Su trabajo es monitorizar la historia natural, evaluar solicitudes de planificación. El puesto se creó originalmente con dinero del petróleo. Parece que es concienzudo. Se ha ganado algunos enemigos. Ya sabes, cosas como oponerse a la construcción de viviendas porque eso implicaría drenar un pantano con plantas raras. Los pescadores lo odian porque ha amenazado con denunciarlos por disparar a las focas. Es tranquilo. Un hombre de familia. Tal vez un poco solitario.

—Entonces iremos a verle, ¿te parece?

—¿Quieres venir?

—Anda, Jimmy. Déjame. —Taylor sonrió, fingiendo ser un niño que ruega que le dejen entrar en el grupo de los mayores. Perez no dijo que, siendo el oficial al mando, podía hacer lo que quisiera.

—Lo llamaré. ¿Te parece bien esta tarde?

—¿No tienes vida, Jimmy? ¿Alguien con quien quieras pasar la tarde del domingo?

—Nada que no pueda esperar.

Alex Henry tenía una oficina en el museo, un sólido edificio gris cerca de la biblioteca, colina arriba desde el puerto. Dijo que los recibiría allí. Cuando llegaron, la luz estaba encendida y la puerta abierta. Se encontraba junto a una bandeja, en un rincón, con una tetera en la mano.

—Estaba preparando té —dijo—. ¿Os parece bien? Solo hay leche en polvo.

Era un hombre robusto y corpulento. Perez podía imaginarlo en un bote. Tendría un centro de gravedad bajo y mantendría el equilibrio en una tormenta. Llevaba un jersey de lana hecho a mano y unos vaqueros holgados que había comprado por catálogo sin habérselos probado antes.

—Espero que no te importe no subir a casa, Jimmy —dijo—. Ha sido difícil, especialmente para Sally. Dondequiera que vamos hay recuerdos.

—Para nada.

Su oficina era muy pequeña y se sentaron en el museo, rodeados de exhibiciones, maquetas de estructuras y barcos vikingos, sillas y ruedas de hilar. Había una presentación especial sobre el Up Helly Aa. «No falta mucho para eso», pensó Perez. Siempre era una pesadilla para la policía. Las islas llenas de visitantes. El fuego. El alcohol.

—¿En qué puedo ayudaros?

—Es posible que la muerte de Catherine esté vinculada con la chica Bruce —dijo Perez—. Estamos hablando con todos los hombres que viven en la zona de Ravenswick. Sabes que debemos explorar todas las posibilidades.

—Por supuesto.

—¿Puedes decirnos qué recuerdas de Catriona?

—Ahora, después de tanto tiempo, muy poco. Entonces fue algo terrible. Muy impactante. Ya teníamos a Sally, aunque era muy pequeña, y no podía imaginarme lo que estarían pasando los Bruce. Cuando sucedió, pensaba que sería imposible olvidarlo. Solo se hablaba de eso.

A Perez le sorprendió que el hombre expusiera tan abiertamente su opinión. No lo conocía bien, pero le parecía que Alex nunca había sido de los que ofrecían información voluntariamente. Cuando los Henry salían como pareja, era Margaret quien llevaba la conversación. La única vez que no podías hacerlo callar era cuando hablaba de la fauna de las islas.

—¿Qué decía la gente?

—Que Magnus la había matado. Su padre había muerto. Solo quedaban él y su madre. Era Mary, la anciana, quien mantenía la granja unida. Tenía más de ochenta años cuando murió, pequeñita, pero fuerte como un buey. Formidable. Él hacía la mayor parte del trabajo, pero solo lo que ella le decía. Ella no permitía que nadie hablara mal de él. Recuerdo un día que había gente reunida fuera de la casa, pidiendo que Magnus se entregara y dijera dónde estaba el cuerpo de la chica. La anciana salió. Les gritó: «Mi Magnus es un buen chico. No ha hecho daño a nadie». La admiraban por defenderlo, pero no sirvió de nada. Seguían creyendo que era culpable.

—¿Y tú? ¿Qué pensabas?

—Me cuesta tener opiniones firmes sobre algo, a menos que me ofrezcan pruebas. Supongo que soy demasiado científico. No creí que hubiera indicios suficientes para condenarlo. Pensé que, si la había matado, tal vez en un momento de rabia o, más probablemente, por accidente, lo habría admitido. No me lo imaginaba mintiendo, pero no tengo otra explicación sobre lo que le pasó a la chica.

—¿Catriona fue a tu casa alguna vez?

—Sí, de vez en cuando. Éramos amigos de sus padres. No me refiero a ir y venir todos los días. Margaret y yo no vivimos así, pero sí en las ocasiones especiales. Solían venir a tomar el té el día después de Navidad. Nosotros íbamos a su casa en Nochevieja, llevábamos a Sally con nosotros, la acostábamos arriba y luego la sacábamos todavía dormida cuando volvíamos a la nuestra. Ya sabes.

«Oh, sí», pensó Perez. «Sé cómo es. ¿Así será la vida en Fair Isle? Todo planeado, igual durante años».

—¿Cómo eran los padres?

—Personas tranquilas. Amables. El padre de Kenneth había trabajado esa tierra, y era lo único que había querido hacer desde niño. Pero tras la desaparición de Catriona, no pudo seguir. Vendieron la casa y las tierras por separado, y luego se mudaron al sur.

—¿No hubo problemas? ¿Nunca sospechaste que los padres estuvieran implicados?

—Jamás. Siempre se te cruza por la cabeza, ¿verdad? Cuando ves a padres en la televisión y un niño ha desaparecido. Te preguntas si podrían ser ellos, si todo es una puesta en escena. A eso hemos llegado. Ya no confiamos en nadie. Pero con Kenneth y Sandra, no, nunca pensamos eso. Ni una sola vez.

—¿Tenían más hijos?

Perez ya lo sabía, claro. Había leído el expediente una y otra vez, pero obtenía más información sobre la familia escuchando a Alex que leyendo páginas de declaraciones.

—Había un niño pequeño. Brian. Dos años menor que Catriona. Margaret también había sido su maestra.

—¿Dónde estabas tú ese día, Alex? El día que Catriona desapareció.

—Estaba trabajando aquí, preparando documentos para una comisión de planificación. No volví a casa. Tenía una reunión al día siguiente en Kirkwall y fui directamente a Sumburgh para tomar el avión. No supe que Catriona había desaparecido hasta que llamé a Margaret esa noche. Dijo que todos estaban buscándola. Estaba seguro de que encontrarían a la chica, ya fuera muerta en el fondo de Raven's Head o viva en la colina, perdida y asustada. Nunca pensé que simplemente desaparecería.

—¿No pudo habérsela llevado la marea? Si hubiera caído del acantilado. —Taylor habló por primera vez.

—Solo con una marea alta de primavera y un fuerte viento a favor. Hay una plataforma de roca y una playa de guijarros que solo se cubre dos veces al año. El clima era malo, pero era una marea muerta y el viento soplaba hacia tierra. Si se hubiera caído, habría estado allí cuando el equipo de rescate la buscó al día siguiente.

—¿Qué tipo de niña era Catriona? —preguntó Perez—. Margaret debió de hablarte de ella. ¿Era de las que se escapaban?

—Quizá por eso no me preocupé mucho cuando supe que había desaparecido. Por lo que decían, era muy traviesa. Un poco precoz, en todo caso. Siempre llamando la atención en clase, decía Margaret. Pensaba que Sandra la malcriaba. Pero ella y Kenneth eran una pareja mayor. Habían tenido que esperar bastante para tener hijos.

—Entonces, ¿Catriona no era fácil?

—Vivaz —concedió Alex—. Eso, sin duda.

—¿Se había escapado antes?

—No, pero armó un buen revuelo la semana antes de desaparecer. No la encontraban por ninguna parte. Kenneth fue a la escuela a ver si estaba allí. La descubrieron en Hillhead. Mary Tait estaba horneando y Catriona quería esperar hasta que los bollos salieran del horno. Mary dijo que insistió, pero simplemente se negó a irse. Por eso todos supusieron que estaba allí cuando volvió a desaparecer.

—¿Dónde vive la familia ahora?

—No lo sé. Quizá Margaret se acuerde. Recibimos una tarjeta de Navidad el primer año, pero nada más.

—¿Y qué pensabas de Catherine Ross?

Hubo una larga pausa.

—Era una mujer joven —dijo Alex—. No una niña.

—Tenía la misma edad que tu hija.

—Bueno, quizá Sally también sea una mujer joven, solo que no queremos verlo. Margaret no, al menos. Sally nunca ha tenido mucha confianza en sí misma. Es una chica bonita, pero no está tan delgada como las famosas que copan la atención de los medios. Siempre le ha preocupado engordar. Catherine era diferente. Más segura de sí misma. Más sofisticada. A Margaret no le gustaba. Pensaba que dominaba a Sal, que Catherine la estaba llevando por el mal camino.

—¿Y qué pensabas tú?

—Me alegraba que Sally tuviera una amiga de su misma edad viviendo tan cerca. Al principio, los dos estábamos contentos por eso. No habrá sido fácil para Sally ser la hija de la maestra. Eso te aparta de los demás desde el principio. Le costaba hacerse amiga de los demás niños. Me preocupaba, llegué a pensar que la acosaban. Margaret no creía que hubiera motivos para inquietarse y lo dejamos pasar. Esperábamos que fuera mejor cuando se mudara al Anderson, pero allí tampoco parecía feliz. En todo caso, fue peor. Parecía que Sally no tenía ningún amigo. Hasta que llegó Catherine. Tal vez se esforzaba demasiado por encajar y eso alejaba a los otros niños.

—¿Y Catherine marcó la diferencia?

—Sally ya no estaba tan sola. No estoy seguro de si eran muy amigas. —Hizo otra pausa—. Quizá Margaret tenía razón y Catherine solo se aprovechaba de ella. Pero yo no lo veía así, pensaba que era una muchacha infeliz. Tampoco se le daba bien hacer amigos. Y también era hija de un maestro.

—¿Hay algo más que puedas contarnos sobre ella?

—No lo creo. No era una chica fácil de conocer. Siempre era educada. Estaba claro que la habían educado bien. Pero nunca estaba relajada. Quería causar impresión. Quizá su padre sabía lo que le pasaba por la cabeza. No estoy seguro de que nadie más lo supiera.

Perez pensó que la chica lo había fascinado. No era el tipo de cosas que uno normalmente decía sobre la amiga de su hija. Alex había querido entenderla.

—¿Alguna vez te encontraste con ella a solas?

Alex pareció horrorizarse.

182

—No, claro que no. ¿Por qué iba a hacerlo?

—¿Qué hiciste la noche antes de que la señora Hunter encontrara su cuerpo?

—Fue otra noche larga. Una reunión de la Sociedad de Historia Natural. Su conferenciante invitado los dejó plantados, así que di una charla. —Miró hacia arriba—. Había treinta personas. No fue un discurso brillante, pero lo recordarán.

—¿A qué hora llegaste a casa?

—Fui a tomar algo con ellos después. Una bebida. Así que probablemente llegué a eso de las diez y media. Quizá un poco más tarde.

—¿Estaba nevando entonces?

—No. Incluso hubo un claro en las nubes, algo de luz de luna. La nieve llegó después.

—¿Viste algo inusual al bajar la colina?

—¿Un cuerpo en el campo, te refieres? Lo siento, he pensado en eso. No vi nada, pero eso no significa que no estuviera allí. La carretera estaba muy resbaladiza. Estaba concentrado en bajar la cuesta sin caerme.

—¿Había luz en Hillhead?

Él pensó.

—Lo siento, no lo recuerdo. —Hizo una pausa—. Había luz en la casa de Euan. Está esa gran extensión de vidrio. Las cortinas no estaban cerradas.

—¿Viste a alguien dentro?

—No. A nadie.

—¿Es todo, señor Henry? ¿O hay algo más que crea que deberíamos saber?

Alex volvió a hacer una pausa, así que Perez pensó que esta vez la pregunta abierta podría dar algún resultado. A veces funcionaba, pero, simplemente, negó lentamente con la cabeza.

—No —dijo—. Siento no poder ayudar más.

Lo cual, pensó Perez, no respondía del todo a la pregunta.

Capítulo 26

Fran tenía ahora un perro. Una de las madres de la escuela se lo había traído la noche anterior. Se lo había propuesto con mucho tacto.

—No queremos molestarte, pero pensamos que podría serte de consuelo. Es inofensivo, pero hace un ruido terrible cuando algo lo pone nervioso. Pensamos que, estando sola y tan cerca de donde encontraron el cuerpo…

Fran había invitado a la mujer a entrar. Le ofreció vino, que rechazó, y té, que aceptó. Fran había planeado rechazar el regalo de forma educada. En Londres siempre había odiado a los perros. Ensuciaban las aceras y lloriqueaban. La mujer habló sobre sus respectivos hijos, sobre la escuela.

—Oh, es una gran profesora, Margaret Henry. No tolera tonterías.

Fran no dio su opinión, tampoco habló del asesinato, pero cuando la mujer se levantó para irse, el perro se quedó. Fran tuvo de repente la sensación supersticiosa de que si rechazaba el regalo estaría condenándose a que algo terrible le ocurriera. Un ataque a la casa, a ella y a Cassie. Imaginó a los padres comentándolo después en el patio del colegio. «Ha sido por su orgullo, ¿sabes? Le ofrecimos el perro para que la protegiera y lo rechazó».

Así que ahora Fran tenía una perra llamada Maggie. Una mestiza con mucho de *collie*. Negra y blanca. Cassie estaba encantada —había insistido muchas veces en tener una mascota— y se pasó la tarde atormentando al animal, quien aceptó el maltrato con tal ecuanimidad que Fran pensó que era poco probable que sirviera como perro guardián.

Ahora era domingo por la tarde y Cassie estaba en la fiesta de cumpleaños de una amiga de la escuela. Se había puesto su vestido favorito, lleno de volantes rosas y purpurina, y casi se echa a llorar cuando su pelo no le quedó recogido como ella quería. «¿Qué pensarán las otras de mí viéndome así? Las madres de los demás tienen planchas y rizadores». Por lo tanto, Fran era una madre terrible. Fran intentó comprender los berrinches. Era la primera vez que Cassie asistía a una fiesta de pijamas propiamente dicha. Un rito de iniciación. La habían acercado en coche a la fiesta y Fran se había quedado en la puerta despidiéndola con la mano, pero Cassie ni la vio. Ya estaba riéndose y charlando con las otras niñas en el coche. Maggie estaba dormida frente a la cocina de leña.

Fran volvió a trabajar en un dibujo a pluma y tinta que había comenzado a principios de semana. Estaba inspirado en Raven's Head, en los patrones de la pared rocosa y la playa de guijarros. Había empezado con una visión clara de cómo esperaba que el dibujo funcionara, pero ahora le resultaba imposible concentrarse. Sentía una inquietud punzante, como una sobredosis de cafeína. Había absorbido el ánimo frenético de Cassie. En un momento de frustración, arrugó el papel en una bola y lo arrojó al fuego.

Se sentía como si hubiera estado atrapada en esa habitación durante días. «Si estuviera en Londres, pensó, llamaría a alguien. Nos encontraríamos en un bar para almorzar tarde, con un par de copas de vino. Habría gente alrededor, ruido, charlas. Si hubiera encontrado un cadáver allí, ya lo habría procesado hablando del tema. La imagen no estaría en el fondo de mi mente, contaminando cada pensamiento. No flotaría frente a mis ojos cuando intentara dibujar».

Se puso unas botas de agua y un abrigo y abrió la puerta. La perra la siguió. Durante la noche se había producido un asombroso cambio de temperatura afuera. Era como si Ravenswick se hubiera convertido en un lugar diferente, más suave,

185

menos hostil. La policía seguía en el camino junto a Hillhead, pero ya no eran tantos en la colina. Desde esa distancia, los hombres parecían dibujos de palitos hechos por niños, como el que Cassie había hecho en la arena en la playa del Haa.

También se distinguía la casa de Euan. Su coche seguía afuera. Pensó, impulsivamente, que debería visitarlo. «Si yo me siento asfixiada, ¿cómo de difícil debe de ser para él?». Caminó colina abajo con la perra ladrándole a los talones. Cuando llamó a la puerta, Euan la abrió inmediatamente, con una mirada severa. Ella retrocedió un paso, sorprendida.

—Lo siento —dijo él—, pensé que eras un reportero. La policía los detiene en la cima de la cuesta, pero uno o dos se han colado. No son locales. Los medios nacionales también deben de haberse enterado del caso.

—No estaba segura de si querrías recibir visitas. Si lo prefieres, puedo irme…

—No. Debería estar revisando las cosas de Catherine. La policía ha pedido ver su cámara de vídeo, pero no estoy seguro de poder hacerlo aún. ¿Tomamos un té?

Dejó a la perra en el jardín y lo siguió al interior. Cuando la llevó a la cocina futurista, vio cuánto le costaba mantener la compostura. Le temblaba la mano al sostener la tetera bajo el grifo.

—Quiero saber algo más sobre la otra chica —dijo él, aún de espaldas a ella.

—¿Qué otra chica?

—Catriona Bruce. La otra chica que vivió aquí. La otra chica que desapareció.

Se giró y tomó dos tazas de un estante.

—Al principio no importaba quién había matado a Catherine. No era eso lo importante. Lo importante era lograr seguir adelante sin ella. Superar su ausencia. Sonará muy egoísta, estoy seguro, pero en ese momento eso era todo lo que me importaba. Luego me hablaste de la otra chica y me di cuenta de que eso lo cambia todo.

—¿Cómo?

186

—Si la muerte de Catherine es parte de un patrón, se podría haber evitado. ¿Entiendes lo que quiero decir?

Fran no estaba segura de entenderlo en absoluto, pero asintió lentamente.

—Así que necesito saber qué le pasó a la chica de hace ocho años. Es una forma de darle sentido a las cosas. Una forma de entender por qué murió Catherine.

—Nunca encontraron el cuerpo de Catriona.

—Lo sé. —La tetera eléctrica había hervido, pero él la ignoró. Su tono era impaciente, y la ira había regresado—. Por supuesto que lo sé.

Pasó junto a Fran.

—Ven aquí —dijo—. Ven aquí.

Parecía a punto de agarrarla del brazo, pero se contuvo. La llevó a un pequeño lavadero con un fregadero, lavadora y secadora. Era un lugar oscuro que había escapado a las mejoras del resto de la casa. Olía a humedad.

—Esto debía de ser la cocina antigua —dijo—. Y esto la despensa.

Abrió la puerta de un armario.

—Mira. —Su tono se había elevado a un chillido agudo—. Mira.

El interior de la puerta de la despensa no se había pintado en años. La abrió de par en par para que Fran pudiera ver las marcas hechas con rotulador que mostraban la altura de los niños que habían vivido allí. Junto a cada marca había una inicial y una fecha. Señaló la marca más baja.

—«B» —dijo—. Es de Brian, su hermano pequeño. Pregunté al detective. Me dijo su nombre. Esta es Catriona.

La marca era rosa.

—Así de alta era un mes antes de morir.

—Era bajita para su edad —Fran se conmovió a su pesar. Cassie solo sería un par de centímetros más baja.

Euan parecía haber olvidado que le había ofrecido té. Vagó de vuelta a la cocina y se sentó en un taburete con la cabeza entre las manos. Ella se quedó un momento de pie, impotente, pero se dio cuenta de que no podía hacer nada por él. Cuando dijo que tenía que irse, él pareció no darse cuenta.

Fran subió la cuesta. Necesitaba alejarse de la visión de ese hombre educado desmoronándose frente a ella, buscando una explicación en patrones y viejas marcas de rotulador en una pared, obsesionándose con otra niña. ¿Lo impulsaba la culpa? ¿La culpa de saber que no había sido un buen padre? La perra brincaba a su lado y luego corría delante. Llegó a una zona de terreno llano antes de que la tierra comenzara a elevarse abruptamente. Todo allí estaba empapado, las zanjas llenas de nieve derretida, la turba húmeda y esponjosa. Había un sol pálido que se reflejaba en el agua estancada, en los charcos que habían aparecido durante la noche. El agua se juntaba formando un lago ancho y poco profundo. Fran lo cruzó chapoteando, pensando que a Cassie le encantaría.

«No creo que pueda con todo esto sola», pensó. No se trataba solo de las cosas importantes, como Catherine y su padre. Había otras cosas de las que le hubiera gustado hablar con amigas. Los hombres, por ejemplo. Echaba de menos tener un hombre en su vida, poder admitirlo entre risas, evaluar posibilidades. Aquí era imposible hablar de eso. La gente no lo entendería. Incluso echaba de menos las conversaciones triviales sobre ropa, dietas, vacaciones, esas cosas que despreciaba cuando formaban parte de su vida. Siempre se había considerado una mujer independiente. Fuerte. Ahora, por primera vez desde que había vuelto a Shetland, añoraba la compañía de sus amigas.

Aquí siempre sería una extranjera. Siempre. Cassie podría crecer con un acento de Shetland, casarse con un hombre local, pero la gente nunca olvidaría que su madre era inglesa. Habría sido diferente si Fran hubiera seguido casada con Duncan. Habría habido una especie de aceptación, en ese caso. Ahora no podía imaginar cómo iba a funcionar.

Por supuesto, había otros forasteros, expatriados ingleses. Cientos de ellos, como Euan y ella, tratando de forjar una vida en las islas. Algunos se esforzaban tanto por encajar que se volvían ridículos, con sus clases de hilado, de música y de lengua, para hablar el dialecto local. Los veía reunidos en los cafés y restaurantes del pueblo, con elaborados cardiganes de Fair Isle y jerséis de lana tejida a mano. Estaban en el cineclub y en el festival de libros. Otros preferían mantenerse apartados. Para ellos, Shetland era un exilio temporal, y pronto regresarían a la civilización con anécdotas sobre el frío y el aislamiento. Ambos grupos se mezclaban sobre todo con los de su misma clase. No se imaginaba encajando con ninguno de ellos. «¿Así es como terminaré?», pensó. «Seré una mujer patética, sola y de mediana edad, y viviré únicamente a través de mi arte».

Pero el ejercicio ya comenzaba a levantarle el ánimo. Sentía un placer infantil al patear el agua mientras caminaba. Su último pensamiento le pareció una burla hacia sí misma. «¿Y qué tiene de malo, después de todo, vivir a través de mi arte?».

Comenzó a subir la colina, siguiendo un muro de piedra seca. Nunca había llegado tan lejos. Generalmente, en sus caminatas llevaba a Cassie, y la niña no podía caminar a ese ritmo. Se quejaba y lloriqueaba para regresar apenas salían de la casa. Aquí, en lo alto del páramo, el efecto de la lluvia y la nieve derretida era espectacular. Corría en cascadas por los surcos en las rocas y a través de la turba, arrastrando tierra y esquistos, abriendo un camino cuesta abajo. Bastaría con una tormenta fuerte para provocar deslizamientos más graves. Alex Henry había hablado de eso en la radio. Parte del problema era la sobreexplotación de los pastos, había dicho. Había demasiadas ovejas, que aflojaban las raíces del pasto y deshacían la estructura del suelo. Era bueno que el sistema de subsidios cambiara y ya no se pagara por cada animal individualmente. Fran pensó que había sido un comentario valiente. Sin embargo, no le haría ganar amigos entre los granjeros. Él era de allí y, tal vez, estaba todavía más aislado que ella. Había escuchado a los padres murmurar sobre él en el patio de la escuela y se preguntó si tenía amigos de verdad.

La perra había seguido adelante, indiferente a la pendiente. Ahora se había detenido y ladraba. Fran la llamó, pero se negó a regresar. La siguió colina arriba, resbalando ocasionalmente donde el suelo estaba descubierto y fangoso. Maggie estaba en la cima de un empinado banco de turba. La lluvia parecía haber aflojado un montón de rocas y guijarros, dejando al descubierto la turba negra que había debajo. La perra estaba escarbando en los escombros. Fran la llamó de nuevo. Maggie se volvió, pero seguía sin moverse. El sol salió de detrás de una fina capa de nubes y brilló más intensamente que en todo el día. Ahora estaba bajo, cerca de la colina, y la luz parecía antinatural, sulfúrea. La perra, las rocas y la ladera parecían tener bordes definidos, como si los hubiera dibujado una mano firme y pesada.

Respirando agitadamente, Fran alcanzó a la perra. Comenzó a maldecirla y le dijo que nunca la había querido. Luego se detuvo, la agarró por el collar y tiró de ella. Había algo debajo del montón de rocas. Un zapato. El cuero estaba descolorido y la hebilla oxidada. Era un zapato infantil. La perra se volvió loca, ladrando y saltando, y Fran pensó que se iba a ahogar. Todavía intentaba mantenerla sujeta por el collar. Había algunos jirones de ropa. Algodón amarillo. Y luego, el contorno ceroso de un pequeño pie, pálido contra la turba negra y fibrosa.

Capítulo 27

El móvil de Perez sonó mientras hablaba por el fijo con su madre. Acababa de regresar de la conversación con Alex Henry y decidió que ya no podía aplazar más la llamada. No sabía qué le diría, pero sabía que se merecía que la llamara. Se sirvió una cerveza y marcó el número.

—¿Y bien? —dijo ella, sin preguntar primero por el caso, aunque seguramente sabía de él, al menos habría escuchado algo en Radio Shetland—. ¿Qué hay de Skerry? ¿Te has decidido?

Su voz era tranquila. No quería presionarlo, pero Jimmy notaba que estaba emocionada. Más que nada, quería que volviera a casa. Quizá incluso más que tener nietos.

Si le hubiera preguntado primero por el caso, si hubiera comprendido lo importante que era su trabajo, no solo para él sino también para las familias de las víctimas, Perez habría reaccionado de otra manera. Pero sintió una punzada de resentimiento porque el mundo de su madre fuera tan limitado. Sus fronteras eran las costas de una isla de tres millas de largo y dos de ancho: el Faro del Norte, el Faro del Sur, Sheep Craig y Malcolm's Head. Así que cuando sonó el móvil y vio el número de Fran Hunter en la pantalla, dijo:

—Mira, lo siento, mamá. Me acaba de entrar una llamada urgente. Algo relacionado con el caso Ross. Ya te imaginarás cómo está todo por aquí, es una locura. Tengo que atenderla.

—Por supuesto —dijo ella, apenada, porque efectivamente se lo imaginaba—. Lo siento. Sé que tienes otras cosas en qué pensar.

—Te llamaré después. Esta noche, si puedo. —Ya se arrepentía de haber sido tan brusco—. Hablamos entonces.

—Hay alguien más interesado —dijo rápidamente, encajando las palabras mientras su móvil reproducía su absurda melodía de fondo—. En Skerry. El nieto de Willie. El que fue a la facultad de Agronomía. Quiere regresar. —Luego colgó. Ella siempre tenía un papel protagónico en la obra de teatro navideña. Era la reina de las salidas dramáticas.

—¡Hola!

Instintivamente, había presionado el botón de respuesta y oía a Fran Hunter, pero su mente estaba en otra parte. Le tomó un par de segundos, mientras ella exclamaba «¡Hola, hola!» como un pasajero en un tren que entra en un túnel, antes de poder responder.

—He encontrado a la otra chica —dijo ella cuando se dio cuenta de que la escuchaba. Las palabras llegaron una a una, cayendo en su oído como piedras arrojadas desde un acantilado al agua. «He / encontrado / a / la / otra / chica».

Para entonces, Jimmy ya entendía la gravedad de la situación. Lo sabía por el tono plano y apagado de su voz, así que no necesitó preguntarle qué quería decir.

Perez la encontró en la carretera frente a su casa, esperándolo. Había encerrado a la perra, que ahora saltaba contra la ventana. Casi había oscurecido. Solo quedaba una franja de luz gris sobre el horizonte, al oeste.

—Te acompañaré —dijo ella—. Te llevará una eternidad encontrarla por tu cuenta.

Él pensó que parecía una niña, encogida dentro de su chaqueta, con la capucha tirada hacia abajo sobre la frente y la cremallera subida hasta la barbilla, dejando entrever solo los ojos.

—Tengo que esperar a un colega —dijo. Había dejado un recado en el hotel para Roy Taylor. Su teléfono comunicaba. Perez sabía que no valía la pena seguir sin el detective inglés—. No tardará.

—Ah —dijo ella, visiblemente pálida—. ¿Esperamos dentro?

—¿Estás bien?

—¿Tú qué crees? Acabo de encontrar un cadáver. El segundo en una semana. —Él se sorprendió por lo cortante de su tono y no supo qué decir—. Lo siento. Es solo que es extraño. Quiero decir, ¿por qué yo? Otra vez.

—¿Dónde está Cassie? —La coincidencia del nombre lo golpeó, sorprendido por no haberlo notado antes. Otra niña con un nombre que empezaba con C.

—En una fiesta. Si no, habría estado conmigo. —Ella se giró hacia él, intentando hacerle entender qué pesadilla habría sido eso.

Jimmy se preguntó si debía decirle algo, advertirle que no dejara a la niña fuera de su vista, pero entonces apareció Taylor, conduciendo el coche a tanta velocidad que lo oyeron mucho antes de verlo. Perez se sintió decepcionado por la llegada del policía. Le gustaba el interior de la casa de Fran. No le habría importado esperar allí con ella, junto al fuego, en el calor.

Cuando Taylor bajó del coche, su primera preocupación fue Fran. Se acercó rápidamente hacia ella, muy solícito, de una manera entusiasta y torpe, claramente sincero. Le tomó una de las manos entre las suyas.

—Qué horrible —dijo—. Qué terrible impacto, otra vez.

No había rastro de sospecha en su actitud. Nada que indicara que pensara que encontrar dos cuerpos en menos de una semana era más que una desafortunada coincidencia. Perez se dio cuenta de que contemplaba a su jefe casi como a un rival. Quería que Fran lo prefiriera a él, que pensara que era el más considerado. ¿Tendría Taylor pareja? Nunca había mencionado a una esposa ni a una novia estable, pero quizá había alguien. Había estado hablando por teléfono mucho rato mientras Perez intentaba contactarlo.

Perez pensó que su propia reacción hacia Fran tuvo que parecerle fría e indiferente en comparación, y trató de remediarlo.

—La señora Hunter se ha ofrecido a llevarnos al lugar en la colina —dijo—. No creo que sea necesario, ¿verdad? Podríamos traer a más hombres y cubrir la colina nosotros mismos.

Para entonces estaba completamente oscuro, pero el cielo se había despejado y había luna. Taylor pareció reflexionar sobre el tema con mucha seriedad. Se volvió hacia Fran.

—Si realmente no le importa —dijo—, sería de gran ayuda.

Incluso en la oscuridad, Perez vio que ella sonreía. Incluso si una niña yacía muerta en la colina, Roy Taylor podía hacer que Fran se sintiera bien consigo misma.

—En realidad, no me importa en absoluto. Es mucho mejor que quedarme sola esperando.

La expedición a través de la colina fue una experiencia a la vez extraña y sorprendentemente agradable. Más tarde, Perez la recordaría como una serie de escenas. Fran iba delante y los dos hombres la seguían uno detrás del otro. Él iba el último. En un momento, miró hacia arriba y vio que los tres debían estar silueteados contra el cielo iluminado por la luna. Desde la carretera, parecerían personajes de unos dibujos animados infantiles. Algo extraño, producido en Europa del Este cuando él era niño, pensó. Tres excéntricos en busca de un tesoro escondido. En la base de esa película siempre había una búsqueda, una reacción.

El siguiente momento que quedó grabado en la memoria de Perez fue cuando Taylor se plantó en el Gillie Burn. Debió de haberlo visto, lechoso bajo la luz de la luna, pero no había manera de rodearlo. No llevaba botas de agua, y el agua helada se coló casi de inmediato por encima de sus botas, empapando los gruesos calcetines de lana hasta llegar a la piel. No soltó una maldición, aunque claro que lo habría hecho si Fran no hubiera estado presente. Perez disfrutó de su incomodidad, y luego pensó que era una reacción infantil. No era mejor que los chicos de Foula.

Entonces, justo cuando llegaron al deslizamiento de tierra que había dejado al descubierto el cuerpo de la niña, la luna se ocultó tras una nube, y la colina quedó repentinamente a oscuras. Perez encendió su linterna, y así vieron a Catriona Bruce por primera vez, atrapada en el haz de luz. Muy teatral. La estrella, en el centro del escenario, iluminada por un único foco. Su ropa estaba hecha jirones, pero ella estaba perfectamente preservada. Perez pensó en el cuento de hadas «La Bella Durmiente». También ahí había hielo y sangre. «Si la beso», pensó, «despertará. Se convertirá en una princesa».

Capítulo 28

Magnus Tait supo que vendrían a por él en cuanto vio los coches en la carretera de Lerwick y los pequeños puntos de luz moviéndose por la colina. No habría sabido que la policía estaba allí si no hubiera salido. No había oído ningún ruido fuera de lo habitual. Se había despertado de repente de una de sus pesadillas, jadeando y sudando, y se había levantado porque no podía soportar la idea de volver a dormir y revivir el sueño. Pensó que a esa hora, las dos de la mañana según el reloj de su madre, no habría nadie fuera. Los periodistas seguramente ya estarían durmiendo en sus camas. Sería una oportunidad para salir. Necesitaba recordar cómo era estar ahí fuera. Se estaba volviendo loco encerrado en casa. La situación lo alteraba, y las pesadillas siempre eran peores cuando estaba alterado.

Regresó al dormitorio y se vistió. Luego salió. No podía recordar la última vez que había pasado tanto tiempo encerrado. Incluso cuando estaba enfermo con la garganta irritada y la tos que sufría a veces, le gustaba estar al aire libre. Quizá la última vez había sido el día después de la desaparición de Catriona. Ese día también estuvo encerrado todo el día. La gente se había congregado fuera de la casa, más enfurecida que la de ayer, porque Catriona era de allí, ¿no? Kenneth era un hombre de Ravenswick, su familia siempre había estado en el valle. No era como Ross, que había llegado hacía solo seis meses. Ese día, la multitud estuvo alrededor de las ventanas, golpeando los cristales, hasta que su madre salió y les gritó que lo dejaran en paz.

«Es un buen hombre».

Eso fue lo que dijo, y lo dijo tan alto que incluso él, acurrucado en el dormitorio, llegó a oír las palabras. Se preguntó si diría lo mismo ahora.

Abrió la puerta lentamente, apenas un poco al principio, para que, si había alguien allí, poder cerrarla rápidamente y echar el cerrojo. Había un coche aparcado en el camino de abajo, pero al principio no le prestó atención. Llenó un cubo de lata con turba y pensó en lo ingenioso que era al recordar hacerlo. Si la gente regresaba al amanecer, al menos tendría combustible. Colocó el cubo en el porche y se quedó fuera, disfrutando del aire, pensando en lo templado que estaba. Ni siquiera llevaba chaqueta y apenas sentía el frío.

Entonces vio que había un hombre en el coche. Estaba en el asiento del conductor. Magnus podía distinguir la sombra de su cabeza. «Debe de estar vigilándome. Ha estado sentado allí toda la noche, mirándome». Y a su pesar, eso lo hizo sentirse importante, que un hombre se quedara despierto toda la noche solo para vigilarlo. ¿Tenían miedo de lo que pudiera hacer? ¿Le temían? ¿De verdad?

Caminó un poco hacia la carretera. No tanto como para no poder correr de vuelta a la casa si era necesario. Quizá a mitad de camino hacia el coche donde estaba el vigilante. Así lo llamó, «el vigilante», aunque no sabía qué hacía exactamente. Caminó hasta allí para ver qué haría el hombre y para estirar las piernas.

Entonces algo lo hizo darse la vuelta. Miró hacia la colina, más allá de la carretera de Lerwick, y vio los coches frente a la casa de la esposa de Hunter, que tenía luces en todas las ventanas. Y vio la gran furgoneta que había estado aparcada fuera de su casa cuando encontraron a Catherine, y los destellos de las linternas moviéndose por la colina. Entonces supo que habían encontrado a Catriona. Y que pronto vendrían a buscarlo.

Cuando llegaron, él ya estaba preparado. Tenía un traje colgado en el armario pintado del dormitorio. Lo había usado para ir a la capilla cada domingo con su madre. La última vez que se lo había puesto había sido el día de su funeral. Mientras lo colocaba en la cama, recordó la ceremonia. El olor a humedad seguía ahí, junto con el aroma del pulidor que usaban en los asientos. Se había sentado solo en la parte delantera. Todos sus parientes estaban muertos. Su tío y sus primos. Sin embargo, el lugar estaba lleno. Había vecinos, personas con las que su madre había crecido. Había escuchado los murmullos, lo bastante altos como para asegurarse de que los oyera. «Él fue su ruina. La pobre no pudo soportar la vergüenza. Mary siempre fue una mujer orgullosa».

Encontró una camisa blanca. Estaba desgastada en los puños, pero limpia. Le había prometido a su madre que se mantendría limpio, y la mayoría de los días soleados tendía ropa detrás de la casa. Creía que tenía una corbata, pero no logró encontrarla. En el primer cajón de la cómoda vio las cintas que había tomado del cabello de Catriona. Las sacaba con frecuencia. No para recordarla, porque nunca la olvidaría, sino porque la imaginaba mejor cuando pasaba las cintas sedosas entre los dedos. Su textura suave lo excitaba, lo hacía pensar en la combinación rosa de seda que llevaba debajo de su vestido.

La camisa y el traje le iban grandes. La chaqueta le colgaba de los hombros y tuvo que buscar un cinturón para sostener los pantalones. «Debí haber sido un hombre grande entonces, pensó sorprendido. Un hombre grande y fuerte». No tenía otro traje, así que se los dejó puestos, pensando que a su madre le habría gustado. «Adecuado», habría dicho ella. «Una muestra de respeto». Colocó las cintas sobre la mesa. No estaba seguro de qué hacer con ellas. Las había robado. Quizá Kenneth y Sandra las querrían de vuelta. Luego se preparó un té y se sentó en la silla junto al fuego a esperar. Se levantó dos veces, una para ir al baño y otra para ponerle agua al cuervo. Se le ocurrió que debería afeitarse, pero de alguna manera estaba demasiado cansado como para hacer el esfuerzo.

Todavía estaba oscuro cuando el policía vino a buscarlo, pero ya era por la mañana. El reloj marcaba las siete y treinta y ocho.

Como en la ocasión anterior, el hombre llamó y esperó. No intentó entrar hasta que Magnus le abrió la puerta. El policía parecía agotado. A Magnus le recordó a los hombres que salían toda la noche a pescar y volvían con el cabello tieso por la sal y las manos rojas y agrietadas. Cuando llegaban a casa, solo querían echarse en la cama. Estaban demasiado cansados hasta para desvestirse.

—Pase —dijo Magnus— y caliéntese con el fuego. Seguro que está helado después de pasar la noche allá en la colina, aunque ya no haga tanto frío. —Se le ocurrió una idea—. ¿Ha ido a pescar a Fair Isle? Debe de ser un buen sitio para conseguir pescado.

—No está mal —respondió el policía—. Conseguimos algunas langostas. Las pagan bien.

—¿Tenemos prisa? —preguntó Magnus—. ¿Puedo preparar un té?

El policía sonrió con tristeza y Magnus vio que no había ninguna prisa, que más bien quería retrasar el momento en que tendrían que marcharse.

—Tengo algunas preguntas —dijo—. Sobre Catriona. Y me encantaría un poco de té.

—Podríamos echarle un poco de alcohol.

—Sí, ¿por qué no? Pero solo un poco. No quiero que nos salgamos de la carretera.

—¿Está solo? La última vez enviaron a dos hombres.

—Hay otro tipo esperando en el coche, pero no querrás que conduzca él. Es más seguro que yo conduzca borracho que él sobrio.

Magnus comprendió que era algún tipo de broma y sonrió por cortesía.

—¿Querrá té también?

—No, está dormido. Dejémoslo tranquilo, ¿te parece?

Magnus puso agua en la tetera y la colocó sobre la placa caliente. Al girarse, vio que el policía había visto las cintas.

—Eran de Catriona —dijo Magnus—. Se las quité. Pensé que su cabello era más bonito suelto. Más elegante así, pensé.

—No deberíamos hablar de Catriona. No aquí. No hasta que lleguemos a la comisaría.

—No me gusta la comisaría —dijo Magnus.

—No te harán daño. Yo estaré ahí y no dejaré que nadie te haga nada malo.

—¿Cree que me dejarían quedarme con las cintas?

—No. —La pregunta pareció molestar al policía—. No, claro que no.

Cambió de opinión sobre el té y dijo que era mejor que se fueran, porque pronto amanecería y los niños irían de camino a la escuela y los reporteros llegarían.

—¿Volveré aquí? —preguntó Magnus, justo cuando estaban en la puerta.

—No lo sé. Es probable que por el momento no.

—¿Quién alimentará al cuervo?

Hubo un silencio. Magnus esperaba que el policía dijera que él se haría cargo, pero no dijo nada. Magnus se quedó ahí, esperando a que el policía hablara.

—Si nadie va a cuidar del cuervo —dijo Magnus por fin—, tendrá que matarlo. La mejor manera es golpear su cabeza contra una pared. No puede dejar que muera de hambre en la jaula. Y si lo suelta, morirá de hambre. No sabe cómo buscar comida.

El policía seguía en silencio.

—¿Lo hará?

—Sí —dijo el detective de Fair Isle—. Lo haré.

—Come comida para perros. Si encuentra a alguien que lo cuide, eso es lo que come.

Habían pintado la habitación desde la última vez que había estado allí —tan recientemente que Magnus podía oler la pintura—, pero seguía siendo del mismo color. El color de la nata de la leche cuando se separa en la mantequera. Eso le hizo pensar en Agnes otra vez, por la vaca. Había un radiador grande y también era color crema. Hacía mucho calor. Al entrar, Magnus había oído a los agentes detrás del mostrador hablando de ello. Uno decía que debía de haber algo mal con los controles, pero el otro pensaba que nadie se había molestado en bajar la calefacción desde que había helado. Le habría gustado quitarse la chaqueta. Podría colgarla en el respaldo de la silla para que no se arrugara, pero no estaba seguro de que eso fuera respetuoso. Así que se la dejó puesta.

El detective de Fair Isle estaba ahí, junto con una mujer más joven, que no era de Shetland. El detective la presentó, pero Magnus no recordó el nombre. Si le hubieran dado su nombre de pila, probablemente lo habría recordado. Le gustaban los nombres de pila de las mujeres. A veces, cuando no podía dormir, los repetía en su cabeza. El detective se presentó con aquel extraño nombre extranjero que Magnus había escuchado antes y que ahora quedó grabado en su memoria. También había un abogado, que parecía tener resaca, con un traje mucho más elegante que el de Magnus. Los cuatro estaban apretados alrededor de la pequeña mesa. Magnus sabía que debía evitar sonreír. A veces no escuchaba lo que le decían porque estaba demasiado concentrado en mantener la cara seria.

—No te estamos acusando —dijo Perez—. Al menos, no todavía. Solo te haremos algunas preguntas.

El abogado le había dicho que no tenía que responderlas todas y, una vez más, Magnus recordó las palabras de su madre: «No les digas nada».

—¿Cuándo conseguiste las cintas del cabello de Catriona? —preguntó Perez—. ¿Te las dio ella?

Magnus pensó por un momento.

—No —dijo al fin—. Le pregunté si podía quedármelas, pero no me dejó —cerró los ojos recordando la voz burlona: «¿Para qué querrías cintas, Magnus? Si apenas tienes pelo».

—¿Entonces se las quitaste?

—Sí, se las quité.

«¿Debería de haber dicho eso?». De repente se sintió confundido. Quizá eso era algo que debía guardar en secreto, pero cuando miró al abogado, su cara estaba inexpresiva.

—¿Catriona estaba viva cuando te quedaste con las cintas, Magnus?

Esta vez sabía exactamente cómo responder.

—No, hombre. Si hubiera estado viva, no se las habría quitado. Las habría necesitado ella. Ya estaba muerta. ¿De qué le iban a servir?

—¿Te quedaste con algo más de Catherine Ross, después de haberla matado?

Estaba desconcertado y por un momento no supo de quién estaban hablando. Entonces se dio cuenta. Catherine. Su cuervo.

—No la maté —dijo, enderezándose en su asiento para que le creyeran. La idea era tan impactante que dejó de pensar en su expresión y sintió cómo la sonrisa volvía a aparecer en su rostro—. Era mi amiga. ¿Por qué iba a matarla?

Capítulo 29

En el desayuno, la madre de Sally estaba entusiasmada con la detención de Magnus Tait.

—Qué alivio —dijo—. He estado con los nervios de punta toda la semana, sabiendo que estaba justo ahí, en la colina.

Sally supuso que también era un alivio para ella, aunque, por supuesto, eso no le devolvería la vida a Catherine.

—¿Viste cómo lo arrestaron?

—No. Maurice vio cómo se lo llevaban esta mañana cuando bajaba en coche. Dijo que había tantos coches por todo el camino de arriba que apenas podía pasar. —Maurice era el conserje y limpiador de la escuela.

Alex entró en la cocina. Acababa de salir de la ducha y tenía el pelo mojado. Llevaba una camiseta de manga corta y el jersey sobre el brazo para ponérselo antes de salir. A Sally le pareció que tenía buen aspecto así, con los vaqueros y la camiseta blanca, más joven y en forma. Tan joven, sin duda, como el señor Scott de la escuela. Margaret le sirvió un plato de gachas y lo puso en su lugar en la mesa. Alex le echó leche y empezó a comer. Margaret dejó de hablar de Magnus Tait y comenzó a quejarse de uno de los niños de la escuela que no se portaba bien. Todo era tan normal y ordinario que Sally pensó que debía de haberse imaginado toda la locura que los había rodeado. Cuando caminara hasta la parada del autobús frente a la casa de los Ross, Catherine estaría esperándola. Su padre volvería a ser él mismo, aburrido y de mediana edad. Pronto despertaría del sueño.

El teléfono sonó. Dejaron que Margaret contestara. Sally pensó que la noticia del arresto de Magnus ya habría corrido por el pueblo y que todo Ravenswick querría enterarse. No sería correcto estropearle la diversión a su madre. Puso su plato en el fregadero y comenzó a recoger sus cosas para la escuela. Alex seguía en la mesa, untando mantequilla en una tostada. Cuando Margaret regresó, tenía la cara enrojecida. Se quedó justo en la puerta esperando que la miraran.

—Era Morag —dijo—. Pensó que deberíamos saberlo. De todos modos, pronto estará en las noticias.

En el pasado, pensó Sally, Alex habría preguntado a su esposa qué había averiguado, pero hoy solo se quedó sentado, masticando su tostada, esperando que ella lo soltara. No le daría el gusto de preguntar. Sally tenía curiosidad, pero tampoco dijo nada.

Margaret parecía al borde de las lágrimas por la falta de interés.

—Es Catriona —dijo—. Han encontrado su cuerpo en una de esas turberas en la colina. Morag dijo que estaba perfectamente conservado. Cualquiera diría que murió ayer. —Hizo una pausa por un momento—. Por eso arrestaron a Tait. Ahora tienen las pruebas. ¿Quién más podría haber sido?

Alex dejó el cuchillo.

—¿Cómo la encontraron?

—La lluvia y la nieve derretida debieron causar un pequeño deslizamiento de tierra. Catriona estaba en un lecho de turba, y el deslizamiento la movió. La madre de Cassie Hunter estaba allí con ese perro de los Anderson. Fue ella quien dio la alarma.

Sally estaba observando la cara de su padre. Era impenetrable.

—Pobre mujer —murmuró él—. Qué terrible coincidencia tropezar en dos ocasiones con un cadáver.

A Sally eso le pareció tremendamente divertido. Le vino a la cabeza una imagen ridícula, la madre de Cassie Hunter tropezándose y cayendo de culo, pero sabía que no podía reírse.

—Al menos Kenneth y Sandra ahora sabrán qué le pasó a la niña —dijo Margaret—. Quizá incluso se sientan capaces de regresar a casa.

En la escuela, Sally volvió a ser el centro de atención, porque nadie más había oído la noticia sobre Magnus Tait y la niña muerta. Cuando pasaron lista, le dijo al señor Scott que habían arrestado al asesino de Catherine. Su reacción la sorprendió. Fue como si le hubiera dado un regalo. Le dio las gracias, no de esa forma educada y seca que habría usado si le estuviera entregando un trabajo, sino como si realmente estuviera agradecido.

—Es muy amable por tu parte avisarme tan rápido. No me habría gustado enterarme en la sala de profesores.

Se le ocurrió que quizá Robert Isbister aún no se habría enterado de la noticia. Sería una buena excusa para llamarlo. Después de todo, él había mostrado interés, y así no tendría que esperar a que la llamara. No podría soportar la tensión de esperar. La primera clase era Francés, y no le gustaba nada. Le dijo a Lisa que las noticias la habían hecho pensar de nuevo en Catherine y que no podría concentrarse. ¿Lisa se lo podría decir a la profesora? Era la primera vez que se saltaba una clase sin una excusa válida. Entró en los baños, cerró con llave la puerta de un cubículo y llamó a Robert.

Él respondió rápido. La recepción no era muy buena y su voz sonaba como la de un extraño. No sintió la habitual respuesta física al oírlo.

—Han arrestado a Magnus Tait —dijo—. Por el asesinato de Catherine. Han encontrado el cuerpo de la otra niña. Pensé que te interesaría saberlo.

¿Por qué sabía que le interesaría? No estaba segura de la razón por la cual Robert estaba tan fascinado con el tema. Simple morbo, pensó. Como todos los demás.

—¿Podemos vernos? ¿Puedes escaparte? —Sonaba muy ansioso, y Sally pensó que lo tenía enganchado. Quería todos los detalles, aunque realmente no tenía mucho más que contarle.

Repasó el horario del día en su cabeza. Nada importante. Lisa les diría a todos que estaba alterada. Supondrían que se había ido a casa.

—Claro. ¿Por qué no?

Robert la recogió con su furgoneta en el puerto. Tuvo que esperarlo un cuarto de hora, con las gaviotas chillando alrededor, y de repente se puso nerviosa. Pensó que él quería algo más de ella que charla y té. Incluso más que información sobre los asesinatos. ¿Estaba preparada para eso? Esa mañana no se había esforzado en arreglarse antes de salir, ni siquiera se había duchado porque la conversación sobre Tait la había retrasado. Se vio a sí misma como él la veía: una colegiala un poco desaliñada, algo rellenita, con una mochila llena de libros.

Cuando subió a la furgoneta, le puso la mano en la nuca, la atrajo suavemente hacia sí y la besó. Sally percibió algo diferente en él. Alivio. Quizá eso era lo que sentían todas las personas tocadas por el drama. No solo alivio porque un asesino había sido detenido, sino porque la policía dejaría de husmear en sus vidas. Todos tenían secretos. El señor Scott, Robert. Quizá incluso sus padres. Ahora, el policía de Fair Isle los dejaría en paz.

Condujo hacia el norte sin hablar. Sally acariciaba los vellos rubios de su muñeca, y Robert jugaba con su mano, frotando la palma con el pulgar. Quería que la besara otra vez pero era demasiado tímida para pedírselo, y además había algo emocionante en esperar.

—¿A dónde vamos?

—Pensé que podríamos ir al *Wandering Spirit*. ¿Te gustaría verlo?

Su barco estaba amarrado en Whalsay. Eso significaba tomar el ferri a la isla. Trató de pensar si conocía a alguien que trabajara en el ferri y que pudiera contarle a sus padres que los había visto, pero Robert parecía tan animado que tuvo que seguirle el juego.

Estaban en la primera fila para el ferri y se sentaron en la furgoneta en el muelle, cogidos de la mano, viendo cómo se acercaba. Era bajo y de fondo plano, y se inclinaba hacia adelante con cada ola. Solo había un par de camiones y otra furgoneta esperando. Durante la travesía se sentaron en el salón. Robert le compró un café de la máquina. Conocía al hombre de la otra furgoneta, que también estaba allí, pero no se lo presentó. Mientras los dos hombres charlaban sobre pesca y una fiesta en uno de los bares de Whalsay, ella miraba por la ventanilla y veía cómo la isla se acercaba. No recordaba si había estado allí antes. Seguramente hacía años que no.

El barco era tan impresionante como todos decían, de un blanco reluciente y lleno de antenas y mástiles de radar, mucho más grande de lo que ella había imaginado. Robert estaba muy orgulloso, se notaba cuánto significaba para él. No era solo una forma de ganarse la vida. Era lo que lo definía. Él era ese barco. Cuando Sally pensó en eso, decidió que era algo que Catherine podría haber dicho, y eso también la hizo sentirse orgullosa.

La llevó abajo y le mostró la sala donde se sentaba la tripulación cuando no estaba trabajando. Tenía asientos de cuero y un televisor grande. Había una nevera. Sacó un par de latas de cerveza y le ofreció una. Sally la aceptó. Notaba el movimiento del barco bajo ella. Su peso hundía levemente la embarcación, y el mar gris se veía próximo a través del cristal. El horizonte se inclinaba con un ritmo regular e hipnótico.

—¿Te atraía Catherine? —preguntó de repente—. Quiero decir, entiendo por qué podría haberte gustado. Era muy guapa.

—No —respondió él—. ¿Honestamente? No le habría deseado una muerte así. Por supuesto que no. Pero me parecía una engreída. Todo eso de las películas y el arte. Toda esa cháchara.

—¿Me llevarás a una de las fiestas en el Haa algún día?

—No la llevé —respondió rápidamente—. Ya estaba allí. Estuvimos charlando. Eso fue todo.

—¿Pero a mí me llevarás?

—Claro, ¿por qué no?

Sally se había bebido la cerveza demasiado rápido y era más fuerte de lo que estaba acostumbrada. El movimiento del barco la desorientaba. Robert trajo otra lata. Hablaron. Sobre su trabajo, su familia. Más tarde, recordaría cómo describió a su madre. «La gente no la entiende. Todo es culpa de Hunter. Es tan blanda que no sabe decir que no». Y de su padre, aunque aquello no sonaba como si hablaran sobre un hombre de verdad. Más bien como del héroe de algún libro. Pero su mente no estaba realmente atenta. Era consciente de su cuerpo bajo la ropa, de su lengua contra los dientes, de la piel de sus pies contra la plantilla de sus zapatillas. Todo contenido, atado. Se inclinó y desató los cordones de los zapatos. Se quitó uno y luego se quitó el otro empujando el talón con el pie. Se sacó los calcetines y los enrolló en una bola. Había una alfombra en el suelo con una textura áspera, casi tan dura como el esparto. Flexionó los pies contra ella. Robert, que seguía hablando sobre un temporal que había surgido de la nada cuando estaban cerca de Stavanger, se quedó en silencio.

—Perdón —dijo ella—. Hace un poco de calor aquí.

Él se inclinó y tomó su pie en la mano, girando su cuerpo al hacerlo, de modo que ella quedó casi recostada a lo largo del asiento. Le frotó la planta del pie con el pulgar, de la misma manera con la que había estado jugando con su mano en el coche. Ella sintió que podría desmayarse.

Más tarde pensó: «¿Es así para todos? ¿Es igual para los mayores?». Se preguntó sobre su padre y su madre, si de vez en cuando lo hacían. Parte de ella pensó que quizá sería mejor para ellos, menos apresurado y torpe. Su padre sería más paciente. No tan brusco ni exigente. Pero descartó esa idea como desleal y ridícula. ¿Qué otra cosa podía esperar de su primera vez? Robert estaba recostado fumando un cigarrillo. Le habría gustado que hablara, pero parecía perdido en sus pensamientos. Quizá todos los hombres eran así después. Le habría gustado preguntar: «¿Estuvo bien? ¿Hice lo correcto?». Pero sabía que era más prudente quedarse callada.

Por fin dijo:

—Debería volver o perderé el autobús.

Tenía tiempo de sobra, pero estaba hambrienta. Ya no soñaba con sexo, sino con KitKats, patatas fritas, tal vez un sándwich de beicon.

Robert se levantó lentamente y volvió a ver lo que le había resultado atractivo de él. Observó sus anchos hombros y los músculos de sus brazos y su espalda. Después de todo, no había sido un gran error. En el salón del ferri, ella se sorprendió al notar la sonrisa que se le había formado en el rostro. Él se sentó a su lado con su amplia mano sobre su pierna y cuando la dejó en la escuela, la besó. Todavía no habían hablado de lo que había pasado.

Era demasiado temprano para decir que había terminado la escuela, así que fue a la tienda de la esquina y compró chocolate y una revista. Fue directa a la página del consultorio, pero ninguna de las cartas publicadas allí podía ayudarla.

En el autobús de camino a casa, sonó su teléfono. Contestó de inmediato, segura de que sería Robert. Le diría algo dulce y tranquilizador. Le diría cuánto había disfrutado al estar con ella. Pero era una voz de mujer, al principio desconocida.

—¿Sally? ¿Eres tú? Tu madre me dio tu número. Siento molestarte. Soy Fran Hunter. Ya sabes, de la casa junto a la capilla.

«La exesposa de Duncan Hunter», quiso decir. Pero, por supuesto, no lo hizo. ¡Qué grosero habría sido!

—Me preguntaba si te interesaría hacer de canguro de Cassie. Me han pedido que dé un par de clases nocturnas en el colegio. La profesora va a estar de baja unas semanas. Tal vez te parezca incómodo porque Catherine solía hacerlo, pero tu madre dijo que te preguntara de todas formas… —La voz fue apagándose.

—No —dijo Sally rápidamente—. De verdad, me encantaría.

Se le ocurrió que sería una forma de encontrarse con Robert sin que su madre lo supiera. Arriesgado, pero mejor que salir con él en Lerwick.

—Cuando sea.

Capítulo 30

Los Bruce llegaron desde Aberdeen en el mismo avión que Jane Meltham, la forense especialista en escenas del crimen. Parecían pequeños y desorientados mientras cruzaban la pista desde el avión, más mayores de lo que Perez había imaginado. Esperaba que tuvieran la edad que tenían cuando Catriona murió. Así era como los tenía grabados en su mente. Pero, por supuesto, ellos no quedaron preservados en la turba como ella. Era difícil adivinar que estaban regresando a casa; parecían más bien refugiados llegando a un país extraño. El niño que iba con ellos, el hermano menor de Catriona, era más alto que ellos. Roy Taylor llevó a la familia en un coche, y Perez llevó a Jane en otro.

—La turba es interesante —dijo ella mientras pasaban junto al Hotel Sumburgh—. ¿Qué aspecto tenía la niña?

—Intacta —dijo él—. Como si hubiera estado viva en algún lugar y la hubieran enterrado hace solo unas horas. Tenía un leve tinte marrón en la piel y su cabello se había vuelto de color castaño. Eso era todo. Llevaba un vestido de algodón que no se había deteriorado en absoluto.

Era imposible sacar de su mente la imagen de la niña. Le habían limpiado algo del barro del rostro, sabiendo que no debían tocar nada en la escena, pero con la intención de identificarla, para tener algo definitivo que decirles a los padres. Después de todos esos años de espera, sería intolerable no poder darles una identificación. Estaba tendida boca arriba. Su cabello rubio, ahora sucio, estaba dispuesto suelto alrededor de su rostro. ¿Había hecho eso Magnus? ¿Pensaba que estaba más bonita así? ¿O solo quería quitarle las cintas? Perez no lograba entenderlo. ¿La había matado solo por eso?

El fiscal había decidido que tenían pruebas suficientes para acusar a Magnus, al menos por el asesinato de Catriona Bruce. Y, por supuesto, tenía razón. Estaban las cintas. Una confesión en cierto modo, aunque después de esa primera entrevista, Magnus había dejado de hablar. Permanecía sentado con una sonrisa nerviosa, sacudiendo la cabeza. Incluso en conversaciones privadas con su abogado, aparentemente no decía nada. Conseguirían una condena. Quizá homicidio involuntario por responsabilidad disminuida. Habría informes médicos que demostrarían un coeficiente intelectual bajo, posible daño cerebral, pero Magnus Tait iría a prisión. Saldría de Shetland por primera vez en su vida para ser encerrado.

Eso no era suficiente para Jimmy Perez. Quería saber qué había pasado el día en que Catriona corrió por el sendero hacia Hillhead. Quería saber qué había llevado a Magnus a apuñalarla. Porque había sido apuñalada. Incluso antes de la llegada de la investigadora de la escena del crimen, estaba claro. El cuerpo estaba tan bien preservado que se veía la herida en el pecho de la niña, la tela del vestido marcada con manchas oxidadas. Y por encima de todo, Perez quería saber por qué, después de ocho años, Magnus había decidido matar de nuevo. ¿Por qué Catherine Ross? ¿Solo porque, por casualidad, había entrado en su casa en la víspera de Año Nuevo y le había gustado? ¿Era por su nombre? Si se hubiera llamado Ruth o Rosemary, ¿la habría dejado en paz? ¿Y por qué, esta vez, la había estrangulado?

Jane estaba hablando de los cuerpos en turberas encontrados por arqueólogos.

—Tenían miles de años y aún estaban intactos —dijo—. ¿No es sorprendente obtener el mismo resultado después de ocho años? Fascinante.

Saltaba a la vista que estaba deseando llegar a la escena y echar un vistazo. Apenas le prestó atención al magnífico paisaje costero que pasaba por la ventanilla.

La dejó con el equipo en la colina y volvió a Lerwick. No podía enfrentarse a la Sala de Incidentes, a Sandy con su sonrisa de «te lo dije», ni a la celebración. Probablemente ya estarían bebiendo, brindando por el arresto y el inminente regreso de los muchachos de Inverness a la civilización. Ambos grupos celebrarían eso. Necesitaba dormir y ducharse.

En casa, el contestador parpadeaba. Su madre, por supuesto. No había tenido oportunidad de llamarla el domingo por la noche. Estuvo tentado de llamarla ahora, sin pensarlo más. «Sí, me voy a casa. Estoy harto. Avisa al administrador de que estoy interesado en Skerry». Pero no lo hizo, se quedó bajo el triste goteo de su ducha y se dejó caer en la cama, donde se quedó dormido inmediatamente.

Cuando se despertó, ya era entrada la tarde y afuera estaba oscuro. No había descansado. Despertó tal y como se había quedado dormido, inquieto por la ansiedad que lo consumía. Sobre Fran y Cassie. Sobre Magnus. Temía que se hubieran cargado todo el maldito caso. Quizá el viejo había matado a Catriona. ¿Pero a Catherine? Revisó los mensajes en el contestador. Una especie de penitencia o castigo. Había uno de su madre, breve y de disculpa. «Perdón por molestarte. Sé que estás ocupado. No quiero ser pesada». Eso no lo hizo sentirse mejor.

El siguiente era de Duncan Hunter. «He oído lo de Magnus Tait. Buen trabajo. Supongo que ya no importa, pero recordé algo sobre esa fiesta en el Haa. Llámame. Estaré en la oficina todo el día». Sin dejar número, como si supusiera que todo el mundo se sabía el número de Hunter Associates. Como si fuera imposible vivir en Shetland sin él.

Perez lo buscó en el directorio y marcó. Una joven respondió diciendo que el señor Hunter estaba en una reunión y no estaba disponible. ¿Podía dejar un mensaje? Perez se la imaginó: joven, delgada, con uñas largas y rojas, labios finos y pintados del mismo color, una falda diminuta que apenas le cubría el trasero.

—Estoy devolviendo la llamada del señor Hunter —dijo—. Inspector Perez. Dijo que era urgente.

—Un momento.

Hubo un estallido de música. No el habitual ruido electrónico genérico de Hunter Associates. Era algo contemporáneo, con un ritmo como los que la gente joven baila en las discotecas. Probablemente Duncan había pagado para que la compusieran especialmente. Se detuvo tan repentinamente como había empezado, a mitad de frase.

—Jimmy. Gracias por devolverme la llamada. Mira, quizá ya no te interese.

—Me interesa.

—No puedo hablar ahora. Quedemos más tarde. Monty's. Te invito a cenar. Estará tranquilo un lunes por la noche. Sobre las ocho. —La línea se cortó antes de que Perez tuviera la oportunidad de responder.

Monty's era probablemente el mejor lugar para comer en Lerwick. Era donde los turistas iban todas las noches una vez que lo descubrían, junto con los expatriados ingleses, que alababan los productos locales a sus amigos. Era un poco caro para la gente local, si no era una ocasión especial. La sala era pequeña y las mesas estaban muy juntas, pero como había dicho Duncan, un lunes por la noche en enero, estaba tranquilo. Ya le esperaba cuando llegó Perez. Había pedido una botella de tinto y ya llevaba bebida una copa grande. Cuando vio a Perez, se levantó y le tendió la mano.

—Felicidades.

—Aún no está cerrado.

—No es lo que la gente dice.

Perez se encogió de hombros.

—¿Qué tienes para mí?

Duncan tenía mejor aspecto que la última vez que se habían encontrado, pero no mucho mejor. Estaba afeitado, vestido con elegancia y se había cortado el pelo, pero Perez pensó que no dormía mucho. Había perdido la antigua arrogancia marca de la casa Hunter.

—He estado pensando en esa fiesta en el Haa.

—¿En la que estuvo Catherine Ross?

—Sí. —Hubo una pausa mientras la camarera les tomaba nota—. Mira, yo estaba fuera de juego, ¿de acuerdo?

—¿Pero has recordado algo?

—Me preguntaste por Robert. Él no vino con Catherine. Estaba antes, hablando con Celia antes de que llegara nadie más. No estoy seguro de qué. Asuntos familiares, supongo. Bastante intenso, al menos… —Duncan se interrumpió de repente—. Quizá estaba tratando de convencerla de que se fuera a casa con él. Nunca le caí bien, y siempre lograba que ella hiciera lo que él quería con solo chasquear los dedos.

Perez lo miró, preguntándose de qué iba realmente el encuentro. Seguro que no tenía nada que ver con ayudar a la policía en sus investigaciones. Duncan no le vería sentido a algo así. Con él, siempre había una agenda oculta. Sabía cómo manejar las cosas a su favor en Shetland.

—Catherine y Robert se conocían —dijo Duncan—. Quiero decir, cuando ella llegó, se notaba. Me di cuenta.

—¿Cómo? —Perez estaba perdiendo la paciencia.

—Robert estaba hablando con Celia en la cocina. Ella estaba preparando algo de comida. Ahí estaban las bebidas, así que ahí estaba yo también. Catherine entró con un grupo de gente y Robert la vio. Fue un *shock*. No la esperaba. Interrumpió la conversación con su madre y se quedó mirándola. Completamente atónito. Como si no pudiera creer que estuviera ahí.

—¿Le alegró verla?

—Creo que sí. Contento, pero un poco nervioso tal vez. Ansioso.

—¿Y cómo reaccionó ella?

—No reaccionó. No dio ninguna señal de conocerlo, al menos no entonces. Se sirvió una bebida y empezó a hablar conmigo. Flirteando, supongo. Era de esas mujeres que te hacen sentir especial. Te hacen creer que eres interesante, divertido. Fran nunca lo hizo. Nunca le importó hacer ese esfuerzo. Pero Catherine, oh, era muy buena.

—Solo tenía dieciséis años.

—Pero era sofisticada —dijo Duncan—. Experimentada. «Y virgen».

—¿Eso es todo lo que tienes que contarme? No sé si vale una cena en Monty's.

—Mientras coqueteaba conmigo, tenía un ojo puesto en Robert. No sé por qué. Quiero decir, no puedo imaginarme ni por un minuto que estuviera interesada en él, pero en algún momento desaparecieron juntos. Al menos, creo que así fue. Quiero decir, estoy bastante seguro. Fue antes de que Celia me soltara la noticia de que se iba, pero ya sabes cómo son las fiestas. Al menos, las buenas. Te metes en una conversación interesante y todo lo que hay a tu alrededor se desvanece. Oyes la música, pero no estás escuchando. Sabes que hay más gente, pero no eres consciente de lo que están haciendo. Son solo cuerpos moviéndose, bailando.

—¿Vomitando?

—No tan temprano —respondió Duncan, molesto. Hizo una pausa—. No hace falta que te burles, hombre. Estoy tratando de ayudar. De verdad. Hubo un momento en que me di cuenta de que ninguno de los dos estaba. Me había gustado la compañía de la chica. Vale, la estaba buscando. La busqué por todas partes. De alguna forma, me había llegado. Tenía estilo. Y después, reflexionando, me di cuenta de que Robert tampoco estaba. Te dije que podría no ser importante.

La camarera llegó con la comida. Perez no la reconoció, aunque tenía más o menos su edad y parecía local. Durante un momento se distrajo, tratando de ubicarla. Duncan empezó a comer de inmediato, algo enfurruñado porque Perez no mostraba más gratitud por la información.

—¿A dónde fueron?

—No estoy seguro. No busqué por toda la casa. No era tan importante.

—¿Pero seguían allí?

—Por el amor de Dios, no lo sé. Quizá salieron a dar una vuelta. Y tuvieron sexo salvaje y apasionado en la parte trasera de la furgoneta de Robert. Pero no lo veo. Como dije antes, era una mujer joven y atractiva. Robert es un bruto. Un niño mimado de mamá. Guapo, supongo, si te gustan los rubios al estilo vikingo, pero ella era demasiado avispada para caer en eso.

«¿Y tú qué eres?», pensó Perez. «Un matón».

No fue para tanto, lo que hizo que Perez viera a Duncan bajo una luz distinta. Podría haber pasado en cualquier lugar. Aquí, donde la red de relaciones te atrapaba y te retenía sin dejarte ir, era el tipo de cosas con las que tenías que lidiar a diario. Duncan había estado conduciendo deprisa, muy deprisa. A velocidades disparatadas por la carretera desde el norte. Sandy Wilson lo detuvo. Se dio cuenta de que había estado bebiendo y le dijo que tendría que hacerle una prueba. Pero el padre de Sandy trabajaba para la empresa de Duncan. Era un carpintero que podía hacer de todo y trabajaba en las renovaciones de los edificios que Duncan compraba. Duncan amenazó con despedir al padre si Sandy lo acusaba de conducir ebrio. Perez no estaba seguro de que hubiera llegado a hacerlo; los buenos artesanos eran difíciles de encontrar. Pero Sandy le creyó, y Duncan se salió con la suya con solo una multa por exceso de velocidad. «Chantaje». Perez se enteró más tarde. Sandy se emborrachó una noche y le soltó toda la historia. Perez se lo guardó para sí. Sandy era un cabeza hueca, pero no merecía que le hicieran eso. Y, de todos modos, Perez le debía algo a Duncan, ¿no? Le había salvado la vida cuando estaban en la escuela, al menos lo había salvado de los chicos de Foula, pero esa deuda estaba saldada y sentía que ya no le debía nada. Esa era la razón por la que odiaba a Duncan. No porque fuera un matón, sino porque le había obligado a verlo como tal. Porque cuando tenía catorce años, Duncan había sido su mejor amigo.

—¿Cuánto tiempo estuvieron fuera Robert y Catherine? —preguntó Perez.

Duncan se encogió de hombros.

—¿Una hora? No más que eso. Quizá menos. No era tan tarde. Al menos, antes de que Celia dijera que ya había tenido suficiente. Yo todavía estaba lo bastante sobrio como para mantenerme en pie. Y recuerdo que Catherine regresó. Quizá habían estado fuera. Estaba sonrojada, le ardían las mejillas, como si hubiera estado pasando frío, fuera. Y parecía exultante. Ya te lo dije. Fue cuando me dijo que quería dedicarse al cine. Que tenía tantos sueños, dijo, tantos proyectos en la cabeza que no estaba segura de tener tiempo para trabajar en todos... —Se interrumpió, y por un momento, Perez hasta creyó que Duncan estaba triste. Por la chica. No solo apenado por sí mismo.

—¿Y Robert Isbister? ¿Cómo estaba?

—No lo sé. No lo volví a ver. No regresó.

Después de la comida, se quedaron juntos fuera del restaurante, en un callejón estrecho al pie de unos escalones empinados.

—¿Por qué no vamos a algún sitio? —propuso Duncan—. Tomemos unas copas. Como en los viejos tiempos.

Perez se sintió tentado. Le habría gustado emborracharse mucho con alguien que no trabajara para la policía. Pero Duncan estaba demasiado ansioso, y Perez se preguntó de nuevo de qué iba aquella noche. ¿Podría ser, acaso, que Duncan también se sintiera solo? ¿Que, en la escuela, hubiera necesitado al chico tímido de Fair Isle tanto como Perez lo había necesitado a él?

Capítulo 31

Observó a Duncan alejarse por el callejón hacia el mercado y su coche. Era temprano y Perez no tenía ganas de ir a casa. La noticia del arresto de Tait ya estaría recorriendo las islas. La gente volvería a sentirse segura, convencida de que todo había sido una aberración y que los crímenes violentos solo ocurrían en otros lugares. Dormirían tranquilos. Excepto las familias de las víctimas.

Los Bruce se alojaban en casa de unos parientes en Sandwick. Supuso que Euan Ross estaría solo en la gran casa cerca de la costa. Perez había enviado a un agente para informarle de que Tait estaba bajo custodia, pero ahora pensó que debía ir él mismo. Ross se había mostrado preocupado por la liberación de Tait después de la desaparición de Catriona. Le parecía cobarde no ir a verlo y responder a sus preguntas. La policía le debía al menos eso.

Al pasar por Hillhead, recordó al cuervo. ¿Debería matarlo ahora y acabar con ello? El equipo forense tenía que haber terminado porque el precinto policial había desaparecido y la casa estaba a oscuras. Cuando encontró la puerta cerrada con llave, se sintió aliviado. Alguien del equipo se habría llevado la llave. Tal vez incluso habían encontrado un hogar para el cuervo. Recordó que había una mujer en Dunrossness que cuidaba de aves enfermas y heridas. Quizá lo habían llevado allí. Tendría que comprobarlo. Volvería más tarde.

Euan Ross estaba furioso. Su rostro estaba enrojecido, y eso se reflejaba en la violencia con la que abrió la puerta. Perez pensó que había estado esperando todo el día para hablar con alguien.

—Inspector —dijo—. Por fin. He vivido aquí el tiempo suficiente para darme cuenta de que en Shetland no hay mucho sentido de urgencia, pero creo que habría sido cortés responder a mi solicitud más rápido que esto. Al fin y al cabo, fue su llamada la que lo desencadenó todo.

Se giró y caminó hacia el interior de la casa, dejando que Perez cerrara la puerta detrás de él y lo siguiera.

Se sentaron en la sala grande, con la pared de vidrio, mirando hacia Raven's Head. Euan no había encendido la luz central. El espacio estaba iluminado por un par de focos en la pared. Había grandes áreas de sombra. En algún momento del invierno debió de recoger madera a la deriva, porque había un trozo de pino resinoso en el fuego. Su olor cubriría los últimos rastros del perfume de Catherine.

Por un momento, Perez se sintió confundido. No entendía a qué se refería.

—Lo siento. Nadie me dijo que había pedido verme.

—¿Entonces qué hace aquí?

—Pensé que podría tener preguntas después del arresto de Tait. No quería que se enterara de todos los detalles a través de la prensa. A menudo se equivocan. —Estuvo a punto de añadir que le parecía un gesto de cortesía visitarlo, pero se detuvo. Era un padre de luto. Tenía derecho a estar enfadado y ser grosero.

Hubo un momento de silencio. Euan Ross luchaba por recuperar la compostura.

—Deberían haberme pasado su mensaje —dijo Perez en voz baja—. Quizá pueda explicarme por qué quería verme.

—Me pidió que buscara la videocámara de Catherine.

—Así es. ¿La ha encontrado?

Euan no respondió directamente.

—¿Tiene pruebas de que Tait mató a mi hija?

—Aún no. Hay indicios que lo relacionan con la muerte de Catriona Bruce. Por ahora solo ha sido acusado del primer asesinato. Por supuesto, haremos todo lo posible para lograr una condena por ambos casos.

—No pensé que importara —dijo Euan—, pero creo que no podría soportar no saber qué le pasó. No tiene nada que ver con la venganza. Es el desconocimiento. —Hizo una pausa—. Y algo de justicia para Catherine, quizá. Hacer lo correcto por ella al fin.

—¿Puedo ver la videocámara, señor Ross?

Aun así, parecía reacio a abordar el tema directamente. Dijo que prepararía té. El inspector Perez tenía tiempo para una taza de té, ¿no? Desapareció en la cocina, dejando a Perez mirando hacia la noche. Finalmente volvió con dos tazas en una bandeja y comenzó a hablar de inmediato. Se sentaron frente a frente en sillones cerca de la gran ventana, pero Euan no miraba a Perez. Tenía el rostro girado hacia la oscuridad exterior.

—No fue una niña fácil. Uno de esos bebés que parece no necesitar dormir. Para Liz fue muy difícil. Yo intentaba ayudar, pero trabajaba todas las horas posibles, corrigiendo, planeando, con actividades extracurriculares. En general, intentaba ser indispensable. Era ambicioso en esos días. Ahora parece ridículo. Liz no pudo con la idea de tener más hijos. Yo decía que la próxima vez tendríamos uno tranquilo, pero ella no estaba dispuesta a arriesgarse. No fue un gran problema. No discutimos por eso. Yo adoraba a Liz. Habría hecho cualquier cosa que quisiera. Ahora desearía que lo hubiéramos considerado. Cuando Catherine fuera un poco mayor, quizá. No por mí, sino por Catherine. Se quedó muy sola cuando Liz murió y yo me derrumbé. Le habría hecho compañía.

Perez no dijo nada. Bebió su té y escuchó. Pensó que Ross se había olvidado de la videocámara. Solo necesitaba hablar.

—Catherine era muy parecida a mí —continuó Ross—. Muy intensa. Quizá el hecho de ser hija única le dificultaba el hacer amigos de su edad. Era demasiado honesta, demasiado directa. No se daba cuenta de que podía herir los sentimientos de otros niños. Le encantaban los proyectos. Incluso cuando era muy joven se perdía por completo en su trabajo y era bastante competitiva. Eso no siempre la hacía popular. Le gustaba ganar. —Por fin se giró y miró a Perez—. No sé por qué le cuento esto. Probablemente no sea relevante. Solo quiero hablar de ella. Decir la verdad, como ella habría hecho. Habría odiado que la gente dijera cosas dulces y falsas sobre ella solo porque está muerta.

—Me interesa. Es útil.

—Cuando nos mudamos aquí, al principio se aburría mucho. Decía que no tenía nada en común con los demás jóvenes. Eso no era cierto, pero no se esforzaba mucho. Parecía altanera y engreída. Oí a los maestros hablar de ella en la sala de profesores cuando no sabían que yo estaba escuchando. También se quejaban de su actitud. Me preocupaba que terminara muy sola, siendo un blanco para el acoso. Por supuesto, gran parte fue por culpa mía. Dependía de ella después de que Liz murió. No la trataba como a una niña.

—Pero se hizo amiga de Sally.

—Sí, Sally fue amable con ella y Catherine disfrutaba mucho de su compañía. Era una amistad improbable, pero se llevaban bien. —Hizo una pausa—. La amistad con Sally era importante, pero no fue eso lo que la ayudó a esforzarse por pertenecer aquí. Fue algo completamente diferente. Encontró un nuevo proyecto… —Volvió a quedarse en silencio, con la taza de té intacta en el suelo junto a la silla. Parecía tan perdido en sus pensamientos que Perez se dio cuenta de que, por un momento, había olvidado que tenía un invitado.

—¿Cuál era el proyecto, señor Ross?

—El cine. Y ahí es donde entra la videocámara. Se la regalé para su cumpleaños. Le encantaba el cine. Su ambición era convertirse en la primera gran directora británica. Era una observadora nata, quizá porque le costaba relacionarse con personas de su edad. Estaba encantada con el regalo. Al principio jugaba con él, supongo que para entender cómo usarlo, hasta dónde podía llegar. Tengo una película de ella. La grabé en su cumpleaños y la guardamos en su ordenador. Me alegro tanto de haberlo hecho. Siempre estará ahí… —Pareció darse cuenta de que se estaba desviando del tema otra vez—. Luego comenzó a tomarse más en serio sus grabaciones. Como digo, era un proyecto. Esperaba presentarlo como parte de su solicitud de ingreso a la universidad. El curso al que aspiraba era muy difícil de conseguir.

—¿De qué trataba su película?

—De Shetland. Del lugar y su gente.

—¿Un documental?

—Algo así, supongo. Decía que quería subvertir el estereotipo. No sería sobre el paisaje hermoso, ni la dura forma de vida. Eso serviría como telón de fondo. Pero quería mostrar que la gente es igual donde sea que viva. Al menos, creo que era eso. Hablaba mucho sobre ello. No siempre le prestaba atención.

—¿Tuvo oportunidad de terminar la película?

—Creo que sí. Al menos, casi. Estaba editándola las semanas antes de Navidad. A veces la oía hablar en su habitación y pensaba que Sally estaba con ella, pero resultaba ser ella misma, grabando la voz en *off*.

—Entonces tendrá eso también. Otra cosa para recordarla.

—¡No! Eso quería decirle. Me pidió que buscara la videocámara, pero no la encontré. Ha desaparecido. Y el disco con la grabación de Shetland también falta. Los han robado.

—¿Está seguro?

—Catherine era obsesiva, inspector. En las semanas previas a su muerte, esta película era lo más importante en su vida. Había dedicado cientos de horas a trabajar en ella. Nadie podía entrar en su habitación. Le expliqué cuando estuvo aquí antes que la privacidad era muy importante para ella. Era la única habitación que la señora Jamieson no limpiaba, aunque siempre estaba ordenada. Guardaba todo el material en una estantería junto a su ordenador. Y falta el del documental.

—Tal vez aún esté en su ordenador.

—Lo he revisado. No está en el disco duro.

—¿Han forzado la entrada en la casa?

—No, pero el asesino no habría necesitado forzar la entrada. Si Catherine tenía sus llaves con ella, podría habérselas quitado. Quizá por eso no se han encontrado.

—¿Ha tenido la sensación de que alguien haya estado en la casa?

—Inspector, he visto fantasmas por todos lados, pero nunca se me ocurrió que una persona real pudiera haber estado aquí.

—¿Me enseñaría su habitación?

—Por supuesto.

La habitación había sido registrada el día que se había descubierto el cuerpo de Catherine, pero no por Perez. Le pareció que se parecía más a una oficina que a un dormitorio. Tenía un suelo laminado claro, un puesto de trabajo con un ordenador y un pequeño archivador. La cama individual estaba cubierta con una colcha de algodón negra. Los armarios estaban empotrados y combinaban con el escritorio. Todo estaba limpio y ordenado. Había un único cuadro en la pared, un gran cartel de una película francesa de los años cincuenta en blanco y negro, enmarcado.

—Ella misma diseñó la habitación —dijo Euan—. Era donde se sentía más cómoda. Cuando era pequeña no disfrutaba demasiado del contacto humano. Nunca le gustó que la abrazaran, como a la mayoría de los niños. Liz y yo nos preguntamos si quizá podría ser ligeramente autista. No creo que lo fuera, o si lo era, lo gestionaba muy bien. Pero necesitaba estar sola durante largos periodos antes de poder salir y enfrentarse al mundo de nuevo.

—¿Qué guardaba en el archivador?

—Principalmente trabajos escolares. Mire usted mismo.

Perez abrió un cajón. Los archivos estaban etiquetados por asignaturas. Era muy diferente al caos de su propio escritorio en el trabajo.

—Habló de que ella leía una voz en *off* —dijo—. Me preguntaba si podría haber un guion.

—¡Por supuesto! —Euan parecía más animado que en todo el día—. Es posible que el ladrón no haya pensado en eso. Lo buscaré, ¿le parece bien?

—¿Quiere que le ayude?

—No, inspector. Si no le importa, prefiero encargarme yo mismo de esto.

En el recibidor, se quedaron un momento de pie. Perez se puso el abrigo, preparándose para salir. Euan extendió la mano torpemente y Perez se la estrechó.

—Gracias por tomarme en serio, inspector. Desde que Fran Hunter encontró su cuerpo, he estado buscando una explicación para la muerte de Catherine. El descubrimiento del cuerpo de Catriona en la colina proporcionó, de algún modo, una. No muy satisfactoria. Un loco que disfruta infligiendo violencia a chicas jóvenes. Es algo que no alcanzo a entender. Demasiado aleatorio. Demasiado arbitrario. Me parece que la película desaparecida podría ofrecer otra explicación. Si Catherine filmó algo que el asesino preferiría mantener oculto, eso podría proporcionar un motivo. Pero quizá me estoy engañando, quizá también me estoy volviendo loco.

Abrió la puerta y la sostuvo para que Perez saliera. Mientras caminaba hacia su coche, Perez recordó una conversación que había tenido con Magnus al comienzo de la investigación. Magnus había dicho que Catherine le había tomado una foto el día que fue a tomar el té. El día después de la fiesta en el Haa. Quizá no fue una foto. Quizá quería que Magnus apareciera en su película.

Capítulo 32

Cuando Jimmy Perez llegó a la comisaría al día siguiente, vio que la mayoría de los policías de Inverness se habían marchado, pero Taylor seguía allí. Perez lo oyó mientras subía las escaleras. Taylor se había apropiado de un escritorio en la Sala de Incidentes y estaba sentado en él, con la silla inclinada hacia atrás, las piernas estiradas, gritando por teléfono. Era la única persona en la sala, lo cual transmitía una sensación de abandono, como el ferri de Northlink después de que los pasajeros desembarcaran. Había restos de basura en el suelo y vasos de poliestireno usados en los escritorios. Era media mañana y el sol intentaba abrirse paso. Dos gaviotas posadas en un tejado cercano se chillaban mutuamente. Perez se quedó de pie, esperando, hasta que Taylor colgó el teléfono.

—Quieren que dé por cerrado el caso y vuelva a Inverness. No puedo, no estoy convencido de que Tait matara a Catherine, y mucho menos de que consigamos una condena. No hay ningún indicio forense que lo vincule con ella. Ni siquiera fueron asesinadas de la misma manera.

—Pero las pruebas circunstanciales son fuertes. Dos chicas asesinadas en el mismo lugar…

—Les he dicho que me quedo. Si insisten, me tomaré unos días de vacaciones. —Miró hacia arriba y sonrió—. Siempre he querido estar aquí para el festival Up Helly Aa.

—Es un espectáculo para turistas —dijo Perez—. Una excusa para emborracharse.

—Es una excusa para no volver al sur todavía.

Perez se preguntó otra vez si Taylor tenía a alguien en casa con quien regresar. Tal vez, después de un par de cervezas, se atrevería a preguntárselo.

—Hay algo más… —Le explicó su visita a la casa de Euan, la película desaparecida, y de inmediato percibió el escepticismo de Taylor.

—Podría ser un motivo —dijo Perez, preguntándose por qué le importaba tanto—. Quizá la chica grabó algo que se suponía que no debía ver.

—¿Euan está seguro de que no está allí? —Taylor inclinó la silla hacia adelante hasta que quedó firme en el suelo—. Quiero decir, estará afectado. Sería fácil pasarlo por alto.

Perez se encogió de hombros.

—Parecía bastante convencido. También ha desaparecido la videocámara. Magnus dijo que Catherine le tomó una foto el día antes de que encontraran su cuerpo. Tal vez habló con ella sobre Catriona. Valdría la pena enviar el ordenador al sur, a los expertos. Para ver si hay alguna forma de recuperar el material borrado.

Hubo un silencio y entonces Taylor levantó la vista de repente desde su escritorio.

—¿Qué piensas? ¿Crees que Tait las mató?

Perez quería decir que no importaba lo que él pensara. Todo lo que importaba era conseguir una condena. Pero Taylor seguía mirándolo.

—No lo sé —dijo por fin—. Realmente, no lo sé.

Perez percibió que había decepcionado a Taylor con su respuesta y continuó buscando las palabras adecuadas.

—Creo que ahora entiendo mejor a Catherine, después de hablar con su padre. Estaba sola, veía la vida a través del cine. Así era como sobrevivía aquí. Era como disfrutaba, como se divertía.

—¿Una *voyeur*?

—Una observadora, una comentarista. —Perez hizo una pausa, recordando lo que Duncan había dicho de ella—. Una directora.

—¿No es el director quien hace que las cosas sucedan? Eso es más que ser un observador, ¿no crees?

—Quizá trató de hacer que algo sucediera. Quizá por eso la mataron.

Celia Isbister vivía en la casa que su esposo, Michael, había construido una vez que empezó a ganar dinero. Estaba en las afueras de Lerwick, con vistas al pueblo y al mar. Cuando se casaron, las malas lenguas decían que él era un hombre afortunado. La novia parecía tener dinero. Ciertamente, Celia traía consigo un aire de opulencia. Había estudiado en el sur, en una escuela cara. Tenían una gran casa en Unst. Pero la escuela se la había pagado una tía rica y, cuando sus padres murieron, la gran casa pasó a su hermano mayor. No quedaba nada más que repartir, salvo deudas.

Si Michael se había sentido decepcionado por la pobreza de su nueva esposa, nunca la culpó por ello. Durante toda su vida, había sentido asombro de que hubiera aceptado casarse con él, y asumió la tarea de ser digno de ella. Desarrolló un negocio de transporte y carga. Cuando llegó el petróleo, sus camiones llevaron cemento, tuberías y cerveza a la terminal de Sullom Voe, y sus taxis recogían ejecutivos en el aeropuerto de Sumburgh. Si conocía la relación de Celia con Duncan —y seguramente lo sabía— nunca la cuestionó. Celia siempre estaba a su lado en los actos cívicos. Cuando la presentaba a los visitantes, a los ministros y funcionarios que venían ocasionalmente de Londres y Edimburgo, Michael irradiaba orgullo.

Celia había dejado que Michael decorara la casa a su gusto. Quizá era una penitencia. Sin duda, a ella no le gustaba. Era un extenso *bungalow,* como un rancho, con una sala de estar abierta a la cocina. Solo puso un límite: nada de grifos dorados para los baños en suite. Jimmy Perez volvió a preguntarse qué pensaría Robert del matrimonio de sus padres. Se movía entre ambos mundos. Era el hombre más joven en el comité del Up Helly Aa y asistía a las fiestas en el Haa. Tenía que saber que el romance de Celia con Duncan era de dominio público. En Shetland, la información sobre la vida de los demás se asimilaba de forma inconsciente, como por ósmosis. Desde que Perez tenía memoria, la gente esperaba que Celia dejara a Michael y se mudara al Haa con Duncan Hunter. Pero ella seguía viviendo en el *bungalow* con su esposo y con Robert. Mientras repasaba estos hechos en su mente, Perez pensó que era ingenuo creer que Catherine había sido asesinada porque haber filmado algún secreto. En Shetland había muy pocos secretos. Simplemente no se reconocían abiertamente. Había algo de victoriano en esa necesidad de mantener las apariencias.

Había llamado con anticipación para asegurarse de que Celia estuviera en casa. Ella le había dicho que sí, que estaría todo el día. No le preguntó qué quería, tal vez asumió que estaba allí para hablar en nombre de Duncan.

Celia estaba sola en el *bungalow.*

—¿Michael no está? —preguntó Perez. Le habría gustado hablar también con él.

Celia negó con la cabeza.

—Está en Bruselas. Una conferencia europea sobre comunidades periféricas. Después irá a una reunión en Barcelona sobre dialectos en peligro de extinción. Se fue el día tres y no volverá hasta justo antes de Up Helly Aa.

Condujo a Perez a la cocina y comenzó a preparar café sin preguntar primero si él quería. Le pareció que estaba pálida, distraída. Era una mujer atractiva, acercándose a los cincuenta, con pómulos finos y una boca generosa. Entendía por qué Duncan la encontraba tan atractiva y se descubrió mirándola mientras estiraba el brazo para alcanzar unas tazas en un estante alto.

—Supongo que no es una visita social —dijo ella.

«Por supuesto que no. Nunca te visité, ni siquiera cuando Duncan todavía era mi amigo. Eras un secreto que todos conocíamos, pero que no podíamos reconocer».

—Pero no puede ser sobre la chica muerta. Eso ya está resuelto, ¿no?

—Aún quedan algunos cabos sueltos por atar. ¿Está Robert en casa?

Ella lo observó detenidamente y luego negó con la cabeza.

—Está en el *Wandering Spirit*. Un viaje largo, más allá de las Feroe. No estoy segura de cuándo volverá.

«¿Era demasiada información?».

—Era amigo de Catherine Ross, ¿verdad?

Celia se inclinó para sacar leche del frigorífico. Llevaba vaqueros y un suéter negro.

—Nunca la mencionó.

—Estuvo con ella la noche antes de que la mataran en la fiesta de Duncan.

—Ah, ¿sí? No me fijé, tenía otras cosas en la cabeza.

—¿Sabe si Robert tiene novia ahora mismo?

Se rio brevemente.

—Robert siempre tiene novia, al menos una. No soporta estar solo, y es un hombre atractivo.

—Entonces, ¿con quién está saliendo?

—¿Cómo iba a saberlo? Nunca trae a sus chicas a casa.

Perez sacó una silla de la mesa de la cocina y se sentó.

—¿Qué hizo Duncan esa noche para molestarte tanto?

La pregunta la sorprendió, la consideró una falta de educación, pero decidió responderla de todos modos. Tal vez sintió la necesidad de explicarse. Quería que él lo entendiera.

—No fue nada concreto. Me di cuenta de que si no lo dejaba entonces, nunca lo haría. A esta edad todavía puedo llevarlo bien. La relación, quiero decir. Ser la mujer mayor. Pero ¿cuando tenga sesenta? Sería ridículo. Y no soporto la idea de parecer ridícula. —Se detuvo un momento y luego continuó—. Ya lo había dejado antes, pero siempre volvía con él. Soy adicta. Debe de ser lo mismo para los alcohólicos, cuando intentan dejar de beber. Crees que lo tienes bajo control, que una copa no hará daño, y luego te enganchas otra vez. Esta vez tiene que ser para siempre. —Soltó una pequeña risa—. Disculpa si sueno melodramática, me acaba de llamar. Es la tercera vez hoy. Es muy difícil no ceder.

—Está molesto.

—Se le pasará. Encontrará a otra mujer joven y bonita que lo consuele.

Se giró, de modo que Jimmy no supo cómo quería que respondiera a eso. Se sirvió café y luego se volvió para mirarlo.

—Me iría de Shetland —dijo—, pero creo que tampoco podría soportarlo. No sería justo para Michael, y me mataría. —Perez tomó un sorbo de café y esperó. Finalmente, ella continuó—. Me casé demasiado joven. Pensé que amaba a Michael. Mi familia lo consideraba inadecuado, lo que, por supuesto, lo hacía más atractivo. Es un hombre muy amable, y en nuestra familia no había mucha amabilidad. Al final, la amabilidad no es suficiente, pero ese fue mi error. Tengo que vivir con ello.

Perez no dijo nada.

—Nunca habría tomado la decisión de romper con Duncan si no hubiera sido por la chica —dijo de repente.

—¿La chica? —preguntó Perez, aunque sabía perfectamente a quién se refería.

—La chica muerta. Catherine.

—¿Qué podría haber dicho ella para que dejaras a Duncan?

—No dijo nada. Pero de repente me vi a mí misma a través de sus ojos. Una mujer de mediana edad renunciando a su vida por un hombre más joven que daba por hecho que siempre la tendría ahí. Una tonta.

—¿Cómo lo hizo? —La pregunta sonó educada. Daba la impresión de que simplemente estaban conversando, nada más.

—Nos grababa. Era muy discreta. No escondía el hecho de que lo estaba haciendo, y después de un rato, todos dejamos de ser conscientes de ello. ¿Sabes esos documentales realistas en televisión? Miras a la gente haciendo el ridículo y piensas: «¿Qué hacen? Saben que la cámara está grabando». Pero con ella entendía lo que sucedía.

—Duncan mencionó la cámara.

—Ah, ¿sí? Desde luego, él salía bastante en la película. Hizo el ridículo más absoluto. Tal vez, a medida que avanzaba la noche, olvidó que estaba grabándolo. O estaba demasiado borracho para que le importara el espectáculo que estaba dando. Yo era consciente de ella todo el tiempo porque imaginaba cómo saldría yo. Ridícula. Al final no pude soportarlo. Le dije a Duncan que se había acabado y me fui.

—¿Esa fue la única razón? —La voz de Perez era tímida, casi disculpándose—. Pensé que habías recibido un mensaje de texto.

—Ah, ¿sí? —Estaba ganando tiempo.

—Según Duncan, dijo que recibiste un mensaje en tu móvil, lo leíste y te fuiste inmediatamente después.

—Lo siento, no lo recuerdo.

—¿A quién más estaba filmando Catherine?

—Estaba grabando la fiesta, a toda la gente que estaba allí.

—¿A Robert también?

Celia frunció el ceño.

—Supongo que sí, junto con todos los demás.

—Pero se fueron juntos un rato. Catherine y Robert.

Ella dejó su taza.

—¿Quién te ha dicho eso?

—¿Acaso importa?

Celia sostuvo su mirada, y finalmente Jimmy cedió.

—Duncan. Dijo que se fueron juntos, que ella regresó con las mejillas encendidas y alterada. Robert no volvió. Poco después recibiste un mensaje de texto y te fuiste.

—Bueno —dijo ella—, Duncan solo quiere provocar. No deberías creer lo que dice. No soporta a Robert, nunca le ha gustado.

—¿Por qué no?

—Quién sabe qué pasa por la cabeza de Duncan. El chico era un estorbo para él cuando era más joven, porque era mi responsabilidad. Yo lo anteponía a todo. Duncan se molestaba por eso. Será interesante ver cómo se las arregla cuando Cassie sea lo suficientemente mayor como para empezar a pedirle cosas. La adora ahora que no le da problemas.

—¿Y ahora que Robert es mayor, más independiente?

Ella le lanzó una sonrisa.

—Ahora simplemente le recuerda la diferencia de edad entre nosotros. Duncan está mucho más cerca en edad de Robert que de mí.

—¿Hay alguna otra razón por la que Robert no le guste?

Se dio cuenta de que había ido demasiado lejos. Celia se levantó, formidable y elocuente en su enojo.

—¿A qué viene toda esta intromisión, Jimmy? Siempre he pensado que es una forma desagradable de ganarse la vida, juzgar a tus amigos. ¿Sigues celoso de Duncan? ¿Se trata de eso?

Perez no tenía respuesta para ella. Se sintió tímido e incómodo, como el chico de Fair Isle enfrentándose a los sofisticados de Lerwick en el albergue Janet Courtney del instituto Anderson.

Celia puso fin a su incomodidad.

—Será mejor que te vayas —dijo, despidiéndolo—. No responderé a más preguntas sin un abogado.

Mientras caminaba de regreso a su coche, sintió la mirada de Celia, siguiéndolo.

Capítulo 33

Sally tenía un rato libre y se sentó en la sala común. Un grupo de chicos había colocado los bancos en ángulo alrededor de una mesa baja y jugaban a las cartas. Había música que no reconocía saliendo del reproductor de CD. Antes odiaba venir aquí, prefería pasar su tiempo libre en la biblioteca. Ahora le costaba recordar por qué le asustaba esa sala, por qué las miradas y los gestos despectivos de los grupitos más populares le causaban tanto pánico. Había intentado explicárselo a Catherine. «Me odian».

—Claro que no te odian —le había dicho Catherine—. Te necesitan. No podrían sentirse superiores sin alguien a quien despreciar. Son unos inseguros.

A Catherine no le importaba. Caminaba entre las mochilas del grupo, se sentaba en sus asientos favoritos, ponía su propia música en el CD. Se acercaba a ellos protegida por su videocámara, apuntándoles con ella, disfrutando de su hostilidad, capturándola mientras los grababa. Luego se giraba hacia Sally, como diciendo: «¿Ves? El mundo no se ha acabado. ¿Qué pueden hacerte?». Y eso había ayudado. Sally también les había hecho frente, pero nunca había sido fácil.

Ahora Sally se sentía casi como en casa en la sala común de sexto. Miraba con lástima a los marginados que se quedaban en el pasillo, sin atreverse a entrar. Cotilleaba con Lisa sobre ellos. Lisa era una amiga más fácil que Catherine, le decía a Sally lo que quería oír. Sally estuvo tentada de hablarle de Robert. Estaban sentadas solas en una esquina de la sala; Lisa, grande, cómoda y comprensiva, recostada en un sillón destartalado. Había salido la noche anterior y se quejaba de la resaca. Sally estuvo a punto de decirle: «¿Adivina con quién estoy saliendo?». Sabía que Lisa estaría muy impresionada, y anhelaba ver su reacción. Pero Lisa no era discreta, todo el colegio lo sabría en minutos. Sally no podía correr el riesgo. Se lo contaría a sus padres a su debido tiempo, cuando estuviera lista.

En cambio, hurgó en su bolso y encendió su teléfono. Había un mensaje de texto. Robert había regresado de pescar y quería verla. Se dio la vuelta para que Lisa no viera lo que hacía y empezó a escribir: «Estoy de canguro con Cassie Hunter esta noche. ¿Nos vemos ahí?». Sintió un repentino escalofrío de emoción. Era aún más emocionante planear un encuentro con Robert en casa de Fran.

—¿Algo interesante? —preguntó Lisa, con los ojos cerrados para mostrar lo mal que se sentía.

—No. Solo que voy a hacer de canguro esta noche.

Supuso que debería sentirse culpable por sus planes con Robert, a escondidas y en casa de otra persona. Su madre estaría horrizada. Sin embargo, no creía que a Fran le importara. Tampoco a su padre. De repente, se le ocurrió que quizá él también tenía una amante secreta, que quizá él también planeaba encuentros así. Sonrió para sí misma por lo ridículo de la idea. Incluso si tuviera el valor de tener una aventura, alguien lo sabría. El rumor habría salido a la luz. Como ocurriría con ella y Robert, tarde o temprano.

A la hora del almuerzo, el clima pareció mejorar y pensó en salir a la calle para comprar algo de comer. Perez estaba en la recepción. La vio venir por el pasillo y le hizo señas.

—Acaban de enviar a alguien a buscarte —dijo Perez—. Quería charlar un rato.

—¿Por qué? Pensé que todo había terminado.

—Solo unas preguntas más.

—Iba de camino a almorzar.

—Te invito —dijo él—. Vamos al centro.

Le compró pescado con patatas fritas y se sentaron en un banco frente al puerto mientras comían. Cuando lo sugirió, ella pensó que no era gran cosa, pero el pescado estaba bueno y, al final, no estaba tan mal hablando con él. Al menos, mejor que estar en la sala común. La nueva Sally ya no se ponía nerviosa con los desconocidos. Pensaba que había cambiado, como el sapo al que la princesa besa en el cuento. Aunque Robert sería una princesa bastante extraña.

—Debes de echarla de menos —dijo Perez—. Me refiero a Catherine.

Eso era lo que había dicho su padre también. No le gustaba que todos pensaran que había dependido de Catherine. Trató de elegir sus palabras con cuidado y de ser lo más honesta posible.

—No estoy segura de cuánto tiempo más hubiéramos sido amigas. Me sentía un poco eclipsada por ella. Era demasiado intensa para mí.

—¿En qué sentido?

—Cuestionaba todo lo que la gente decía o hacía, escarbaba para encontrar el significado detrás de todo —se encogió de hombros—. Al principio eso me impresionaba. Después de un tiempo, resultaba pesado. Una solo quiere seguir con su vida.

—¿De eso trataba el documental? ¿De esa manera de escarbar?

—Sí, supongo.

—¿Por qué no mencionaste la película que estaba haciendo?

—Era solo un proyecto escolar. Nada importante.

—¿Pero era importante para ella?

—Sí, supongo que sí. Era lo que más le importaba.

—Háblame de eso.

—¿Por qué? Pensaba que ya habían arrestado a Magnus Tait.

—Así es.

Sally esperó que él diera más detalles, pero no dijo nada. Arrugó el papel de las patatas fritas en una bola y lo lanzó hacia la basura.

—La película era su opinión sobre nosotros. Sobre Shetland.

—¿Un documental? Es decir, no una historia. Hechos.

—Su versión de los hechos —Sally sabía que no debía sonar tan crítica con una amiga fallecida, pero no podía evitarlo—. Es decir, nada objetivo.

—¿Qué había en él? ¿Te lo enseñó?

—Fragmentos.

—Entonces, ¿no estaba terminada?

—Casi.

—¿Pero no lo viste entero?

—No. Como dije, solo fragmentos mientras lo hacía. Escenas de las que estaba especialmente orgullosa.

—¿Cómo cuáles?

—Había una escena filmada en la sala común, donde nos reunimos para los descansos en el colegio.

—Ya sé cuál es —dijo él—. He estado ahí, no lo olvides.

—Salían dos chicos hablando. No se habían dado cuenta de que los estaba filmando. La gente estaba acostumbrada a verla con la cámara. A veces estaba encendida. Por lo general, no. Después de un tiempo dejamos de prestarle atención. Esos chicos estaban hablando de forasteros. Ya sabe, a veces en verano llegan visitantes… Que no tienen la piel blanca… —Sally sintió que se ruborizaba; se sentía tan incómoda como cuando Catherine le mostró la escena—. Y hablaban de cuánto odiaban a los extranjeros, de que Shetland no era lugar para ellos y de lo que les gustaría hacerles. No era tanto lo que decían, sino cómo Catherine los reflejó en la película. Quiero decir, parecían violentos y enloquecidos. —Sally hizo una pausa—. Dijo algo como: «Tendré que llevarle esto a Duncan Hunter, ¿no? Para que lo incluya en la última campaña turística. Así mostramos lo acogedores que sois los de Shetland». Ella pensaba que todos éramos así. Ignorantes, cargados de prejuicios, estúpidos. Eso era lo que mostraría la película.

—¿Viste algo más?

—Creo que había algo sobre el señor Scott. Lo filmó en secreto. Habló de cómo podría hacerlo: metiendo la cámara en un bolso con una abertura en la costura. Luego decía que sería muy gracioso reproducirlo en clase. Pero no estoy segura de que lo hiciera de verdad. Con Catherine nunca se sabía. A veces hablaba de una manera realmente cruel, pero no lo decía en serio. Tenía un humor raro. No creo que se propusiera herir a la gente deliberadamente.

Sally recuperó el papel de las patatas fritas y lo sacudió, y, por un momento, las gaviotas los rodearon.

—¿Te dijo qué contenía la escena con el señor Scott?

—No. Dijo que no quería estropear la sorpresa.

Perez se puso de pie, dando a entender que la conversación estaba terminando. Sally se preguntó de qué iba realmente aquella charla. Ya en el coche, Jimmy se detuvo.

—No encontramos la cámara ni la grabación. ¿Sabes dónde podrían estar?

Sally pensó en la última vez que había estado en la gran casa de Ravenswick.

—Siempre guardaba la grabación en una caja de lápices metálica en su habitación. Decía que, si la casa se incendiaba, así se conservaría segura. Si no está allí, no sé qué habría hecho con ella.

Cuando Sally bajó del autobús esa tarde, su madre seguía en la escuela. La vio cruzar el patio y le hizo señas para que entrara. Dentro, estaba el olor familiar a plastilina, cera para suelos y pintura en polvo.

Sally no había disfrutado el tiempo que había pasado en la pequeña escuela. Desde el primer día, un par de chicos mayores se habían burlado de ella. La habían hecho llorar, y cuando fue a decírselo su madre, esta le dijo que no se portara como una cría, pero de todas formas había gritado a los chicos. Después de eso, cada vez que su madre tomaba una decisión impopular, de alguna manera era culpa de Sally. La llamaban

«Sally la soplona». Le destrozaban su trabajo cuando no estaba mirando y la hacían tropezar en el patio de recreo. En aquella época era una niña redonda como una albóndiga, y eso no ayudaba. Pero ahora, hasta el instituto no parecía tan malo. Sentía que controlaba más las cosas desde que había entrado a estudiar allí.

Los niños habían preparado unas pinturas relacionadas con Up Helly Aa. Un barco vikingo hecho de cartón corrugado estaba colocado sobre varios pupitres. Hacían la misma exposición todos los años; Sally lo recordaba de cuando iba a séptimo de primaria. Margaret Henry no tenía mucha imaginación cuando se trataba de arte.

—Tengo que colgarlo en la pared. Échame una mano, ¿quieres?

—Deberías preparar antorchas para acompañarlo. Como un *collage*. Que recorten todo lo que encuentren rojo, naranja o amarillo en revistas. O algo más brillante, como celofán o papel de regalo.

—Sí. Quizá debería. —Margaret retrocedió para verificar que el barco estuviera recto. Sally comprendió que no iba a pedirles a los niños que hicieran nada diferente.

—¿Papá llegará a tiempo esta noche?

—No. Tiene una reunión en Scalloway.

—Voy a hacer de canguro de la niña de la señora Hunter.

—No se me ha olvidado —dijo Margaret, secándose las manos con una toalla de papel—. Esperemos que la niña no te dé problemas. Es un torbellino, esa Cassie Hunter. Se cree el centro del mundo. —Y añadió, hablando casi para sí misma—. Hay algo en ella que me recuerda a Catriona Bruce.

Sally llegó a la casa de Fran con una bolsa de libros y algo de maquillaje. Esta vez quería esforzarse un poco más por Robert. Cassie ya estaba en la cama.

—Está agotada —dijo Fran—. A veces se inquieta por la noche, pero suele ser más tarde. No deberías de tener problemas.

Aunque Fran solo llevaba unos vaqueros, se notaba que también se había arreglado. Llevaba pintalabios y Sally notó su perfume. Su top era de tela sedosa, ajustado y con un escote bajo. Sally nunca se habría puesto algo así; el tamaño de su barriga no se lo permitía.

—Gracias por venir —dijo Fran—. No me siento tan mal ahora que ya han arrestado a alguien, pero debe de hacerte pensar en Catherine.

—He estado pensando en ella todo el día. El inspector vino a la escuela a mediodía para hablar conmigo y me hizo preguntas.

—Ah, ¿sí? —Fran estaba cepillándose el cabello frente al espejo sobre la repisa de la chimenea. Se detuvo, con el cepillo en alto, como congelada. Sally notó que se moría de ganas por preguntar qué le había preguntado el inspector, pero no quería parecer demasiado curiosa.

—Algo sobre la película que estaba haciendo. Al parecer, ha desaparecido —dijo Sally.

Fran guardó el cepillo en un cajón y se arregló el cuello de la camisa.

—Me habló de la película. Un proyecto, ¿no? Una pena que se haya perdido; serviría para recordarla.

—Sí.

—Hay una botella de vino abierta en la nevera —dijo Fran desde la puerta. De repente parecía reacia a irse—. Sírvete lo que quieras. También hay algo de comer.

Entonces pareció convencerse de que era seguro dejar a su hija, agarró su bolso y se marchó. La casa quedó en silencio.

Sally rara vez estaba sola en su propia casa por la noche. Margaret no tenía una vida social activa y, si salía, solía ser a una reunión en la escuela, tan cerca que Sally podía escuchar los aplausos o las voces elevadas a través de las paredes. La escuela parecía infiltrarse en todo lo que hacían. Había pasado tiempo en la casa de Catherine, pero nunca se había imaginado viviendo allí. Era demasiado grande. Demasiado ostentosa.

Este lugar era diferente. Se paseó por la sala, mirando las fotografías y bocetos, echando un vistazo a la música, imaginando cómo sería tener su propia casa. Imaginando cómo sería vivir allí con Robert.

En la nevera había un elegante queso francés, un recipiente de plástico con aceitunas negras y una bolsa de ensalada. Se sirvió una copa de vino blanco de la botella que había en la puerta de la nevera. Si su madre notaba el olor a alcohol en su aliento, diría que Fran había insistido.

Bebió rápidamente, y la copa estaba casi vacía cuando escuchó una suave llamada en la ventana. Giró la cabeza y lo vio, con la cara aplastada contra el cristal, haciendo una mueca ridícula que lo hacía parecer un monstruo de dibujos animados. Abrió la puerta. Estaba allí, llenando el marco de la puerta, sosteniendo el plástico que unía cuatro latas de cerveza.

—¿Dónde has aparcado?

—No te preocupes. Detrás. Hay un espacio entre la colina y la casa. Nadie lo verá.

Le gustó que entendiera la necesidad de mantenerlo en secreto, que no se burlara de ella por eso.

—Entra, entra —dijo, y lo mencionó de una manera muy parecida a como lo había hecho el anciano cuando las invitó a ella y a Catherine a su cabaña en Hillhead en Año Nuevo.

Capítulo 34

Cuando Fran llegó a casa, pensó que Sally había recibido la visita de un hombre. Había un olor extraño. Nada desagradable. Ciertamente, él no había estado fumando; no se lo habría permitido. Quizá era colonia. ¿Los chicos jóvenes usaban colonia ahora? No le importaba que Sally hubiera invitado a un chico —debía de ser un infierno ser joven aquí, sin privacidad, con todo el mundo metido en tus asuntos—, pero le habría gustado que la chica hubiera tenido el valor de pedirle permiso. Le divertía un poco la idea de actuar como una especie de celestina. Y esperaba que hubieran sido discretos. No sería adecuado que Cassie entrara y los encontrara teniendo sexo desenfrenado en el sofá.

Fran no habría rechazado acostarse temprano con un gran vaso de *whisky* —tenía mucho en qué pensar—, pero Sally no parecía tener prisa por irse.

—Cassie se ha portado bien —dijo Sally—. Ni un ruido. Asomé la cabeza una vez para asegurarme de que estaba bien. Es una niña encantadora, debe de estar muy orgullosa.

Y, solo por eso, Fran decidió abrir otra botella de vino, le ofreció un vaso a Sally y se sentó para charlar. Catherine nunca había dicho nada halagador sobre Cassie.

—¿Se lo ha pasado bien esta noche? —preguntó Sally. Sus ojos estaban muy brillantes mientras miraba por encima del borde de su copa, y Fran recordó de repente, con mucha claridad, lo que era tener dieciséis años. Los cambios de ánimo irracionales entre la euforia y la desesperación, la sensación de que ningún adulto podía entender la intensidad, la pasión, el terror. Se dio cuenta de que Sally la miraba, esperando una respuesta.

—Mucho, gracias. —Luego, al notar que Sally esperaba algo más, añadió—: Como estudié arte, pensaron que podría sustituir al profesor. Estuvo bien. Algunos de los estudiantes eran muy buenos.

—Oh, sí, claro. Bueno, siempre que le haga falta…

—La próxima semana, el mismo día. —Fran ya había tenido suficiente. Buscó en su bolso un billete de diez libras—. ¿Estarás bien bajando la colina tú sola? Te llevaría, pero no puedo dejar a Cassie. Te prestaré una linterna y vigilaré desde aquí para asegurarme de que llegas bien. O puedes llamar a tu padre para que te recoja, si crees que aún está despierto.

—Iré andando —dijo Sally—. No estoy segura de si está mi padre. Tenía una reunión en Scalloway, pero debería de haber terminado hace horas. Y no se preocupe por mí. Estamos todos a salvo, ¿no? Ahora que Magnus está detenido.

Pero Fran se quedó en el porche y la observó bajar la colina. Nunca se había preocupado por Catherine y se preguntó por qué lo hacía ahora. Como Sally había dicho, Magnus estaba preso. Se dijo a sí misma que tenía derecho a estar nerviosa. Había descubierto dos cadáveres. Aquí, en Shetland, donde había creído que nada malo podía pasar. Cualquiera estaría nervioso.

Era una noche clara y, aunque la luna era tenue, vio la silueta de Sally hasta que desapareció tras Hillhead. Luego siguió la chispa de la linterna todo el camino colina abajo, la vio girar alrededor de la curva frente a la casa de Euan y desaparecer en la escuela. Vio una luz encenderse en la ventana de la cocina de la casa del maestro y, finalmente, se dio la vuelta para entrar.

Cassie estaba de pie en el marco de la puerta de su habitación. Estaba pálida y temblando, todavía medio dormida. Fran la rodeó con el brazo y la llevó de vuelta a la cama.

—No pasa nada —le repetía una y otra vez—. Solo fue una pesadilla. Todo está bien.

Se acostó junto a su hija y esperó hasta que su respiración volviera a ser tranquila y regular.

A la mañana siguiente, Cassie no mostró señales de que la pesadilla la hubiera afectado. Cuando Fran lo mencionó casualmente, Cassie no sabía de qué estaba hablando. Pero un indicio de la causa de la pesadilla apareció de camino a la escuela, cuando pasaron frente a Hillhead.

—Ahí vivía el monstruo —dijo Cassie.

—¿Qué quieres decir?

—El monstruo que le gusta matar a las niñas pequeñas.

—¿Quién te dijo eso?

—Todos. Todo el mundo lo dice en la escuela.

—Magnus vivía ahí. Tú recuerdas a Magnus. A veces te daba caramelos. La policía cree que él mató a Catherine. Y a una niña llamada Catriona. Es un hombre mayor que ha hecho cosas terribles, pero no es un monstruo.

Cassie parecía algo confundida.

—¿La policía cree que Magnus mató a Catherine?

—Sí.

—Pero Catherine no era una niña pequeña.

Fran empezaba a sentir que no podía manejar la situación.

—No debes pensar en eso.

—Pero…

—De verdad, no te preocupes por eso. Magnus está encerrado. Ya no puede hacerle daño a nadie.

En el patio de la escuela, Fran se preguntó si debería hablar con la señora Henry para explicarle la pesadilla y las historias que circulaban, pero sospechaba que la maestra ya la consideraba una madre demasiado ansiosa y neurótica. Probablemente era mejor no armar un escándalo, pensó. Se las arreglaría para ayudar a Cassie, sola. Además, ansiaba tener un día de trabajo sin interrupciones. No podía olvidar la imagen de los cuervos en la nieve, quizá porque la tragedia con la que ahora estaba vinculada se había quedado grabada en su mente. El fuego del amanecer, la nieve blanca brillante y los cuervos negros la habían perseguido desde que los vio por primera vez. La imagen contenía todos los elementos de un cuento de hadas tradicional y del sacrificio primitivo. Esperaba poder plasmarla en el lienzo con la misma fuerza con la que la veía en su imaginación.

Cuando giró para regresar colina arriba, vio a Euan a través de la gran ventana de vidrio en la parte frontal de su casa. Estaba de pie, mirando hacia fuera. Llevaba gafas y tenía un aspecto despeinado que le daba el aire de un profesor distraído, como los que salían en libros infantiles. Pensó que estaba demasiado ensimismado para notar su presencia, pero debía de haber penetrado sus pensamientos, porque de repente la saludó efusivamente. Fran subió el sendero hasta su puerta.

—Entra —le dijo—. Justo estaba descansando. Acompáñame con un café.

Su depresión parecía haber desaparecido. Ahora parecía dominado por una especie de necesidad maníaca de actividad. De cerca, Fran notó que tenía el rostro demacrado y los ojos enrojecidos. No se había afeitado. Quizá no había dormido en toda la noche.

—¿Tomándote un descanso? ¿Estás trabajando?

—Estoy revisando las cosas de Catherine.

—Euan, ¿es necesario que lo hagas ahora?

—Absolutamente —dijo él—. Es vital. Solo me detuve porque sentí que estaba perdiendo la concentración. Además, se lo prometí al inspector Perez. Vamos, te serviré un café y luego subimos.

Llevó a Fran por un pasillo en la parte superior de la casa hasta la habitación que debía de ser el dormitorio de Catherine. Era cuadrada, inusualmente ordenada, salvo por los archivos apilados sobre la cama. Uno de los cajones de un pequeño archivador estaba abierto y vacío. Una persiana blanca cubría la ventana, y él trabajaba bajo la luz de una lámpara de escritorio de brazo articulado. Fran se sintió incómoda. Le recordó a la habitación de un hospital privado. Quizá un psiquiátrico, donde las puertas estarían cerradas con llave.

—¿Te importa? —preguntó Fran, mientras levantaba la persiana y dejaba entrar la fría luz de la mañana. Desde ahí, se divisaba la escuela y más allá, la bahía. Distinguió a la señora Henry a través de la ventana del aula, pero no alcanzaba a ver a los niños.

Había esperado que estuviera revisando la ropa de la chica. El escrutinio sistemático de sus papeles no tenía sentido. ¿Qué importancia tenía su trabajo escolar ahora?

—¿Qué estás buscando?

—El guion de la película de Catherine. Al menos, eso era lo que empecé buscando, pero pronto me quedó claro que no está. Creo que lo habría guardado con la grabación. Era una joven muy organizada. Quizá logré enseñarle eso, la necesidad de orden. Así que quien le robara la película, probablemente se llevó también el guion. Aunque podría haber notas, algún apunte sobre una idea o un tema. Algo que nos dé una pista.

—Lo siento —dijo Fran—, pero no lo acabo de entender.

—Catherine estaba rodando una película, una especie de proyecto para la escuela, un documental.

—¿Y has perdido la película?

—No. No se perdió. No es eso. La película ha desaparecido. Ha sido robada. No se ha extraviado.

—¿Cómo puedes estar tan seguro?

Euan levantó la vista.

—Te lo expliqué. Era una joven organizada. Nunca perdía cosas. Mucho menos algo tan importante para ella como esto. Y han borrado la película de su ordenador.

—¿Es importante?

—Por supuesto que lo es. Es un motivo para su asesinato. Da sentido a su muerte.

—¿Crees que Magnus Tait robó la grabación?

—Ah —dijo él—. Ahora entiendes lo importante que es esto. Parece poco probable, ¿verdad? Es posible que él robara la copia física y el guion, pero no me imagino a un hombre de su edad y de su nivel de educación borrando material de su ordenador.

Sus ojos ya habían vuelto a posarse sobre el montón de papeles apilados en la cama. Fran percibió que estaba ansioso por volver al trabajo. Pensó que si lo dejaba solo, perdería toda perspectiva. Y si lo abandonaba, se pasaría toda la mañana pensando en él. Le sería imposible concentrarse en la pintura.

—¿Quieres que te ayude?

—¿De verdad lo harías? —Colocó su taza en el alféizar de la ventana y miró la cama—. La policía acaba de llamar. Los Bruce quieren venir. Supongo que esperan captar algo de la esencia de su hija aquí. Especialmente si ya han visto su cuerpo; necesitarán recordar cómo era realmente. Me hago cargo. Pero no quiero seguir trabajando en esto cuando lleguen. ¿Lo comprendes? Ellos creen que saben qué le pasó a su hija. Quizá tengan razón. Al menos eso les dará algo de paz. Estoy planeando revisar los archivos cajón por cajón. Estoy bastante seguro de que el guion no está aquí. Lo busqué anoche, pero pensé que podría haber algo. Sus notas originales, un indicio que nos dé alguna pista.

—¿No te habló sobre ello?

—No, al menos no con mucho detalle. No que yo recuerde. Creo que no la escuchaba lo suficiente. No después de la muerte de Liz.

Hubo un silencio, roto solo por los chillidos de las gaviotas en el exterior.

—Creo que organizaré los archivos aquí mismo —dijo Euan, de repente, con un tono práctico y decidido—. Le asignaron el proyecto en la segunda mitad del trimestre pasado. Cualquier trabajo escrito antes de eso no será relevante. El resto lo podemos llevar abajo y trabajarlo con más detalle. ¿Te parece razonable?

—Sí, mucho.

Así que se sentaron juntos en la estrecha cama y revisaron los ensayos y las notas de clase, devolviendo los documentos antiguos al archivador. Era una suerte que Catherine fuera meticulosa. Cada trabajo estaba fechado. El resto lo apilaron en una caja de plástico amarilla que Euan trajo de otra habitación, y que en otro tiempo podría haber contenido los juguetes de Catherine.

Estaban a punto de llevarla abajo cuando sonó el timbre de la escuela. Fran se quedó un momento junto a la ventana, observando a los niños salir corriendo al patio. Vio a Cassie con su anorak rosa. Parecía sola, mirando a su alrededor, hasta que corrió hacia un par de niñas que se tomaban de la mano y comenzó a unirse a su juego.

Capítulo 35

La caja amarilla estaba en el centro de la mesa de la cocina. Euan llenó la tetera, esperando a que Fran se uniera a él antes de empezar la búsqueda. Ella pensaba que sería una completa pérdida de tiempo, pero no sabía cómo decírselo. En el breve vistazo que había echado a los ensayos arriba, no había visto nada relacionado con una película.

—¿Catherine tenía mochila? —La idea le vino de repente—. Es decir, los chicos ya no usan carteras, pero debía llevar todos sus libros en alguna parte. ¿No estaría lo más reciente ahí?

—Debe de estar en algún lado. Un momento. Voy a buscarla.

Desapareció. Tardó tanto que Fran se preguntó si ir a buscarlo. Al final, volvió con una mochila de cuero que se parecía mucho a una cartera infantil antigua, pero que estaba pintada de verde, con una gran flor amarilla estampada en la solapa.

—Lo siento. No la encontraba. Al final llamé a la señora Jamieson. La había guardado en uno de los armarios del vestíbulo —dijo mientras se sentaba y miraba la mochila—. Recuerdo cuando Catherine la compró, antes de mudarnos. Fue en una de las tiendecitas de segunda mano de Corn Exchange, en Leeds. Me pareció una tontería vieja y desgastada, pero Catherine se pasó casi un día entero pintándola.

Desabrochó la solapa y comenzó a sacar el contenido, un objeto cada vez. Había un estuche de plástico de *Los Simpson,* tres carpetas de sobre, un bloc de taquigrafía, una caja de tampones y algunos papeles sueltos. Euan respiraba pesadamente.

Fran lo miró, a punto de preguntarle si se sentía mal, pero su rostro le indicó que probablemente ni la escucharía. Abrió el estuche, sacó una pluma estilográfica, un par de bolígrafos y algunos lápices de colores. Un bolígrafo fino para dibujo. Luego puso el bloc de taquigrafía frente a él y levantó la tapa de cartón.

En la parte superior de la página estaba escrito con la letra fina de Catherine: «Trabajo de Inglés: No ficción/documental. ¿Película? Consultar si estaría bien». Debajo, en letras puntiagudas lo suficientemente grandes como para cubrir el resto de la página: *FUEGO Y HIELO*.

—Eso sería el título de la película —dijo Euan—. Por supuesto.

—¿No es un poema?

—De Robert Frost. Un momento. —Desapareció de la habitación, pero esta vez volvió mucho más rápido—. El libro estaba en la mesa de su habitación de abajo. Lo había visto allí. —Pasó las páginas rápidamente hasta encontrar lo que buscaba.

—Es un buen título —dijo Fran. Pensó que sería un título brillante tanto para una pintura como para una película. En su mente aparecieron de nuevo los cuervos en la nieve, con el gran círculo rojo del sol detrás de ellos—. ¿Qué más hay ahí?

Extendió la mano para coger el cuaderno, pero Euan lo dejó sobre la mesa, fuera de su alcance.

—Quizá podríamos revisarlo juntos más tarde —dijo él—. La idea de que pueda haber algo importante ahí es un incentivo. Una recompensa por revisar el resto de sus archivos. No podemos pasar nada por alto, ¿entiendes?

No estaba segura de entender del todo ese control, pero asintió y levantó un montón de papeles de la caja amarilla. Podía percibir lo difícil que le resultaba a Euan mantenerse entero, y no quería llevarlo al límite. Comenzó con notas detalladas y tres ensayos sobre *Macbeth*. Supuso que sería una especie de lección. Una hora después había leído todo lo que tenía delante. Además de *Macbeth*, había luchado por entender las notas de historia de Catherine sobre la Contrarreforma y los ensayos de psicología sobre los estereotipos de género y la presión de grupo. Su película sobre Shetland no se mencionaba en ninguna parte. Solo una vaga referencia visual mostraba que pensaba en ella todo el tiempo. En el margen de un conjunto de notas y un plan de ensayo había un garabato recurrente. La primera vez, Fran lo había descartado como un patrón atractivo sin significado alguno. Cuando se repitió, lo miró más de cerca. El diseño era tan similar al primero que parecía un logotipo. Mostraba un cristal de ocho lados superpuesto a una lengua de fuego. *Fuego y hielo.*

Se lo mostró a Euan. Él rebuscó entre su propio montón de papeles y encontró otros tres ejemplos del mismo diseño.

—Los pasé completamente por alto —dijo—. Obviamente, no tengo tu imaginación visual. Me estaba concentrando en las palabras.

—¿Has encontrado algo? —preguntó Fran.

—No —respondió lentamente, reacio a admitir la derrota—. Nada.

—¿No estaría todo en lo que había estado trabajando recientemente en su bolso? En el cuaderno que tenía el título o en alguno de los archivos con sobres. —Empezaba a perder la paciencia con él. ¿Por qué no buscaba en los lugares más obvios? ¿Estaba esperando a que ella se fuera para revisarlos a solas?

—Quizá —dijo él. Levantó la mirada de la mesa—. O quizá me estoy engañando a mí mismo y nunca descubriremos por qué murió.

Ella extendió la mano y recogió los trozos de papel que estaban arrugados en el fondo del bolso. El primero era un billete de ferri. Se lo dio.

—Tomó el ferri a Whalsay justo antes de Navidad. ¿Tenía algún amigo allí?

—Creo recordar por qué. Fue a una fiesta. Algún chico de la escuela, dijo. No veo que tenga mucha importancia.

—Y esto —añadió ella—. Un recibo de supermercado. —Lo alisó sobre la mesa, pasando el pulgar por encima para aplanarlo—. De Safeway's, en Lerwick. Fechado el día antes de que encontraran su cuerpo. ¿Hizo compras ese día?

—No para mí. —Él se lo quitó de las manos, frunciendo el ceño—. No trajo ninguno de esos artículos a casa. No habría comprado salchichas ni pastel de carne. Prácticamente era vegetariana y, desde luego, nunca comía carne procesada.

Giró el papel. Fran miró la nota escrita en el reverso del recibo, pero desde donde estaba sentada no podía entender lo que ponía. Se lo deslizó a lo largo de la mesa.

—Mira lo que hay garabateado en el reverso. Es la letra de Catherine.

Trató de hallar sentido a esas palabras. «Catriona Bruce. ¿Deseo u odio?».

—¿Qué crees que significa?

—Es una referencia al mismo poema —dijo Euan, levantando nuevamente la antología y leyendo en voz alta, su voz temblando como si de repente hubiera envejecido—: *From what I've tasted of desire / I hold with those who favor fire. / But if it had to perish twice, / I think I know enough of hate / To say that for destruction ice / Is also great...*

—¿Qué quería decir Catherine? —preguntó Fran, olvidándose de su irritación con él. Estaba cautivada por el enigma. De repente, todo tenía poco que ver con la realidad de dos chicas muertas—. ¿Que Catriona fue asesinada porque alguien la deseaba o la odiaba? Esas emociones están en la raíz de la mayoría de las violencias. ¿Y qué tiene eso que ver con la película?

—Seguramente hay una pregunta más fundamental —respondió él, enderezándose en la silla. Su tono era seco, casi académico—. ¿Por qué estaba interesada en Catriona Bruce?

* De lo que he probado del deseo / estoy con los partidarios del fuego / pero si tuviera que perecer dos veces / creo conocer suficiente el odio / como para decir que para la destrucción, el hielo / también es poderoso. *(N. de la T.)*

Nunca había oído hablar de la chica hasta que Catherine murió. Creo que sabía que una familia llamada Bruce vivió aquí alguna vez, pero no que la hija había desaparecido. ¿Había descubierto Catherine algo sobre la desaparición de la chica? Si es así, eso podría ser un motivo poderoso para su asesinato.

Fran lo miró, tratando de comprender la magnitud de lo que estaba diciendo. Parecía absurdo deducir tanto de una nota garabateada, pero Euan tenía razón.

—¿Revisamos ahora el resto del cuaderno? ¿Los otros archivos de su bolso? —Se dio cuenta, demasiado tarde, de que sonaba demasiado interesada. No quería que Euan pensara que trataba la muerte de su hija como un juego. Se volvió hacia Euan, esperando no haberlo ofendido, pero un ruido en el exterior captó su atención.

—Un coche —dijo él—. Debe de ser la familia Bruce. No los esperaba tan pronto. —Guardó el recibo en el cuaderno, lo metió en el bolso de cuero verde y fue a abrir la puerta. Fran recogió los libros y ensayos de Catherine, los volvió a colocar en la caja de plástico y la empujó bajo la mesa.

Capítulo 36

Kenneth y Sandra Bruce habían esperado que la casa estuviera como la recordaban, y era tan diferente que parecían desorientados. Vagaban por el gran salón, mirando a su alrededor como visitantes poco sofisticados en una galería de arte, sin saber exactamente qué se esperaba de ellos.

—Es muy bonita —dijo Sandra—. Sí, muy bonita.

Fran percibía que la mente de Euan estaba en otro sitio. Seguía pensando en el recibo de Safeway's, en el cuaderno sin leer. Tal vez era su manera de sentirse cerca de la hija que había perdido. Era como si pensara que Catherine seguía tratando de comunicarse con él. Pero para los visitantes debía de parecer distante, algo arrogante. Fran acabó desempeñando el papel de anfitriona, ofreciendo café, recogiendo abrigos. Había una mujer con ellos, una oficial de policía de paisano. Quizá la conocían de cuando vivían en Shetland, porque la llamaban por su nombre de pila, Morag.

—¿Por qué no dan una vuelta solos? —dijo Fran al fin—. ¿Te parece bien, Euan?

Él levantó la cabeza, sobresaltado.

—Sí, sí, por supuesto.

El hijo, Brian, había seguido a sus padres y respondido con monosílabos a las preguntas de Fran sobre el café o algún refresco. Era un chico alto y desgarbado que parecía avergonzado por su tamaño y el tono inseguro de su voz. Ahora, cuando los demás subieron a mirar arriba, él se quedó donde estaba, sentado junto al fuego, sosteniendo su lata de Coca-Cola con sus enormes manos y mirando sus pies. Euan, de pie junto a la gran ventana y mirando hacia Raven Head, parecía ajeno al hecho de que el chico siguiera allí. Fran no podía soportar el silencio.

—Supongo que no recuerdas demasiado —dijo—. Debías de ser muy joven cuando te fuiste.

Levantó la cabeza para mirarla. Su barbilla estaba salpicada de acné.

—Recuerdo algunas cosas muy bien —dijo—. El día que Cat desapareció. Eso lo recuerdo.

Fran esperó a que continuara, pero él inclinó la cabeza hacia atrás y tomó un sorbo de la lata.

—Son los pequeños detalles los que recuerdas, ¿verdad? —dijo ella—. Como lo que cenaste o lo que llevabas puesto.

Él sonrió, y Fran vio que algún día podría ser guapo.

—Llevaba una camiseta del Celtic. No sé por qué, pero siempre fui del Celtic.

—Eran las vacaciones de verano, ¿no? No había escuela.

—Odiaba la escuela.

—¿De verdad? —Le hubiera gustado preguntar por qué, pero no quería asustarlo y que volviera a quedarse callado.

—Tal vez era por culpa de Cat. Ella odiaba la escuela, y me quitó las ganas antes de que yo empezara.

—¿Por qué lo pasaba tan mal en la escuela?

Se encogió de hombros.

—A la señora Henry no le caía bien. Eso decían mis padres. Ya sabes, hablan de cosas pensando que no los oyes, o que eres demasiado joven para entender. Mi padre quería cambiarla a otra escuela. Decía que nunca encajaría en Ravenswick, con la señora Henry fastidiándola todo el tiempo. Mamá dijo que sería incómodo. ¿Cómo se lo iban a explicar? —Miró a Fran—. No eran amigas, no de verdad. Solo vecinas, ya sabes, se visitaban de vez en cuando. Está claro que habría sido difícil mover a Cat. Cómo decirle, «Creemos que eres una profesora pésima». Después, cuando Cat se escapó, mamá se culpaba a sí misma. Pensaba que si le hubieran buscado otra escuela Cat todavía estaría aquí. Papá decía que era una tontería. Eran vacaciones. Lo último en lo que estaría pensando sería en la escuela.

—¿Por qué no le caía bien a la señora Henry? «¿Y qué pasaba si le tenía manía a Cassie?».

—No lo sé. Cat siempre estaba inquieta. Nunca se quedaba sin hacer nada, ni hacía lo que le decían. Siempre quería que estuvieran pendientes de ella.

—Debió de ser un poco difícil para ti.

—No mucho. Yo no quería que nadie me prestara atención. —Hizo una pausa—. La señora Henry decía que tenía que verla alguien. No sé. Un psicólogo. Alguien así. Mi padre se enfadó mucho. Decía que Cat no tenía nada malo. Que simplemente se aburría con facilidad. Que la señora Henry no sabía cómo manejar a una niña brillante. —Sonrió de nuevo—. Eso también era algo que se suponía que yo no debía haber escuchado.

Los Bruce estaban en el piso de arriba. Fran oía sus pasos en el techo, voces tenues. Debían de estar en el dormitorio de Euan ahora, donde ellos habían dormido, donde habían concebido a sus hijos. Pensó que Brian había terminado de hablar, pero a pesar de todos los cambios, la casa debía de haberle despertado recuerdos.

—El día que ella desapareció, estaba dándole la lata a mi madre. Era un día soleado y ventoso, de esos raros, y ella estaba lavando cortinas. Me acuerdo de ella aquí, subida a una silla, quitando las cortinas. La ventana era más pequeña entonces, pero era una tarea igual de incómoda. Cat correteaba de un lado a otro y chocó con la silla. Mamá se cayó y la tela se rasgó. Nos gritó a los dos que saliéramos a jugar. —Hizo una pausa—. Ya había colgado una tanda de ropa en el tendedero. Toallas y fundas de almohada. Lo recuerdo como si fuera ayer, el viento como tirando de ellas. Es raro, ¿no?, cómo se te quedan esas imágenes en la mente.

—Como una película —dijo Fran, pensando en Catherine.

—Sí, como una película.

—¿Fue entonces cuando Cat se escapó?

—No, jugamos un rato. No recuerdo a qué. Cat siempre mandaba. Siempre era así. Luego empezó a recoger flores del jardín. Había algunas creciendo al abrigo de la casa. Eran el orgullo de mamá. Le dije que se iba a meter en problemas. Ella dijo que eran para Mary y que mamá no se enfadaría. Que le había dicho que fuera amable con Mary.

—¿Mary era la madre de Magnus? ¿La que vivía en Hillhead?

—Era muy vieja —dijo—. Yo pensaba que debía de tener como cien años porque Magnus ya era viejo y ella era su madre, pero él tendría como sesenta y Mary debía de estar en los ochenta. Entonces Cat ató una de sus cintas en un lazo alrededor de las flores y subió corriendo la colina con ellas. Yo me fui a la playa. Había otros niños allí. Mamá debió de pensar que Cat estaba conmigo, porque bajó a llamarnos para la cena. —Hizo una pausa—. El resto es confuso. Eso es todo lo que recuerdo con claridad.

Oyeron a Sandra y Kenneth Bruce bajar las escaleras; sus pasos resonaban con fuerza en los peldaños de madera desnuda. Se quedaron en la puerta, con Morag detrás. Sandra sostenía un pañuelo contra sus ojos.

—Vamos, hijo —dijo Kenneth—. Ya nos vamos.

Brian se levantó, saludó con una inclinación de cabeza a Fran y a Euan, quien se había vuelto hacia la habitación, y los siguió. Euan no los acompañó hasta la puerta. Fran caminó con la familia hasta el coche y sintió que debía disculparse por su descortesía.

—Ha sido un golpe terrible para el señor Ross —dijo—. Seguro que lo entienden.

Cuando regresó a la casa, Euan ya estaba sentado en la mesa de la cocina. Había colocado la bolsa verde frente a él y había sacado el cuaderno. Estaba sobre la mesa, sin abrir. Lo miraba fijamente. Esperó hasta que Fran se sentó a su lado y entonces extendió la mano para abrirlo. Su mano temblaba. Fran estaba muy cerca de él, lo suficiente como para leer al mismo tiempo. Además del olor a café, su aliento era ligeramente ácido.

La primera página ya la habían visto: *FUEGO Y HIELO,* no tanto escrito como dibujado, muy grande, diseñado como si las letras fueran carámbanos. En la página siguiente estaba escrito de nuevo, pero esta vez cada palabra estaba vinculada a otras palabras y frases, una especie de mapa mental. De *Fuego* surgían: «pasión, deseo, locura, sol de medianoche, Up Helly Aa, sacrificio». De *Hielo:* «odio, represión, miedo, oscuridad, frío, invierno, prejuicio». Las líneas que unían las palabras eran gruesas y fuertes.

—Los temas de la película, supongo —dijo Euan.

—Quizá esperaba vincular imágenes con la exploración de esas emociones —dijo Fran—. ¿Algo relacionado con los extremos del paisaje y la luz? Un proyecto ambicioso.

Euan levantó la vista del papel, sensible a cualquier crítica implícita.

—Tenía dieciséis años. A esa edad se puede ser ambicioso.

Pasó a la siguiente hoja. No había nada. Hojeó las páginas restantes. También estaban vacías. Lanzó el cuaderno lejos de él y golpeó la mesa con la palma de la mano. La violencia de la reacción asustó a Fran.

—Esto no es suficiente —exclamó—. Necesito saber qué le pasó.

Fran no sabía qué hacer. Era un hombre adulto en pleno ataque de rabia, y no podía decirle simplemente que se controlara.

—No hemos terminado —dijo—. Ahí están las carpetas de la bolsa. ¿Por qué no las revisamos?

Euan se levantó, y Fran pensó que iba a salir y dejarla sola. Había notado el tono condescendiente en su propia voz y no le habría sorprendido que se marchara. En lugar de eso, fue al fregadero, abrió el grifo, juntó agua fría con las manos y se la echó en la cara. Aún secándose con una toalla, regresó a la mesa.

—Tienes razón —dijo, más calmado—. Claro que tienes razón.

Era difícil creer que el estallido de antes hubiera ocurrido.

—Revisemos las carpetas.

Había tres. Una estaba etiquetada como «Historia», otra como «Psicología» y la última como «Inglés». Fran dejó que Euan eligiera. Hojeó rápidamente las dos primeras y las descartó. Eran apuntes recientes de clase, escritos a mano. La carpeta de «Inglés» era muy delgada. A Fran le preocupaba que estuviera vacía. Luego vio en el exterior del cartón una serie de garabatos de *FUEGO Y HIELO*. Euan abrió la carpeta y sacó una única hoja de papel. Era de tamaño A3, doblada en dos para caber en la carpeta. La desplegó y se colocó junto a ella para examinarla juntos.

Al principio, Fran no entendió nada. Pensó que debía de ser solo un primer intento de plasmar ideas al azar en el papel. La hoja estaba dividida en pequeños cuadros. Cada rectángulo contenía una serie de bocetos hechos con tinta negra. Había palabras garabateadas. Parecía completamente diferente a la forma habitual y organizada de Catherine. La escritura era apretada y casi ilegible.

—¿Qué opinas? —dijo Euan. Luego, más desesperado—. Es todo lo que hay. Solo contamos con esto.

—Podría ser un guion gráfico —dijo Fran—. Cada escena dibujada de forma visual. No exactamente eso, porque a veces usa palabras en lugar de dibujos, pero un plan de cómo quería que saliera la película.

—Un plan maestro. Así sabría qué escenas necesitaba grabar.

—Tal vez.

Fran se centró en un cuadro cada vez, bloqueando los demás a su alrededor con las manos y una hoja en blanco arrancada de la parte trasera del bloc.

—¿Cómo empieza? Esto es un boceto de los cuervos. En realidad, están muy bien hechos. Así que la película empezaría aquí, en casa. Al menos eso creo. —Pasó al siguiente cuadro—. ¿Esto te dice algo?

—Dice «sala común». Es la sala donde se reúnen los alumnos de sexto curso en la escuela. Supongo que sería una escena allí.

—¿Y esto?

Euan negó con la cabeza.

—Un par de figuras de palo, como si las hubiera dibujado un niño. Obviamente significaba algo para ella. Una especie de taquigrafía, tal vez. A mí no me dice nada. Aun así, este plan nos da algo con lo que trabajar. Debería ser posible descifrar lo que pretendía.

Fran pensó que era poco probable que llegaran a saber a ciencia cierta lo que Catherine tenía en mente, pero no lo dijo. Estaba contenta porque Euan parecía más animado. Continuó avanzando lentamente. En un cuadro distinguieron representaciones de ovejas, en otro, focas. Quizá esas imágenes fueran el fondo para su narración. No veía cómo encajaban con los temas de hielo y fuego.

Había iniciales esparcidas por todo el esquema. La mayoría no significaban nada para ella. Hasta que encontró RI. No esperaba que Euan se diera cuenta, pero lo hizo.

—Robert Isbister —dijo él—. Podría ser Robert Isbister.

—También podría ser mucha otra gente.

—Pero el inspector Perez me preguntó por él. Me preguntó si lo conocía. Había visto su furgoneta por aquí una noche, pero eso fue después de que Catherine muriera, así que supongo que no es relevante.

«A menos que hubiera venido aquí para robar la película y el guion», pensó Fran. Eso podría haber ocurrido después del asesinato. Euan no empezó a buscar la película hasta varios días después. Pero guardó silencio, no quería explicar cómo conocía a Robert. ¿Qué diría? «¿Es el hijo adulto de la amante de mediana edad de mi marido?». En el mismo cuadro que las iniciales, había algo más garabateado.

—¿Qué crees que es? —preguntó Fran.

En el guion gráfico, la escritura de Catherine era mucho menos clara. Parecía que había querido plasmar sus ideas rápidamente, antes de perder el hilo.

Euan giró la página para verla con mayor claridad.

—Una fecha. Tres de enero. Parece que la han añadido después. ¿No está en una tinta diferente? —Se enderezó y se estiró—. Nos estamos perdiendo algo. No veo nada aquí que pudiera llevar a alguien a asesinarla.

—Quizá no haya nada —respondió Fran. Sonaba brutal, pero no sabía cómo decirlo de otra manera—. Quizá Magnus Tait es el responsable desde el principio. Quizá la película y el guion no están en la casa porque ya los había terminado. Los llevó a la escuela al final del trimestre pasado y los dejó allí. Quizá deberíamos haberlo comprobado antes de hacerte pasar por todo esto.

—No —dijo él—. No puedo aceptar eso. Si la película estaba editada y terminada a mediados de diciembre, ¿por qué esa fecha, el tres de enero? ¿Por qué la referencia al festival de Up Helly Aa en el cuaderno? No se celebra hasta mediados de enero. —Recogió el recibo con su propio mensaje—. ¿Por qué se interesaba por Catriona Bruce?

—Esto no es algo que podamos decidir nosotros —dijo Fran, temiendo que Euan se volviera loco si seguía obsesionándose. Lo imaginó pasando otra noche sin dormir, viendo conspiraciones y mensajes ocultos en palabras que alguien habría anotado sin pensar—. Tienes que mostrárselo a Jimmy Perez. Él sabrá qué hacer.

Su reacción la sorprendió de nuevo. Se levantó tan bruscamente que la silla detrás de él se volcó.

—No —dijo—. Esto es asunto mío. No tiene nada que ver con la policía.

Entonces debió de darse cuenta de que la había asustado. Recogió la silla, se sentó y volvió a convertirse en el profesor cortés y controlado que era.

—Lo siento. Por supuesto, tienes razón, pero tendré que hacer una copia antes de dárselo. Esta escritura es muy íntima. No puedo soportar la idea de que otras personas la vean. Es otra forma de violación.

Capítulo 37

Magnus estaba sentado en la celda de la comisaría. Aún le quedaba una comparecencia más ante el tribunal antes de ser trasladado a la prisión en el continente escocés, aunque él aún no lo había comprendido del todo. Sabía que en algún momento lo cambiarían de sitio, y cada vez que un oficial se acercaba, con las llaves tintineando en su cinturón y las botas resonando con firmeza contra el suelo de baldosas, Magnus pensaba que había llegado la hora de abandonar Shetland. A veces sentía que el futuro era como una enorme ola negra lista para ahogarlo, pero era peor que eso. Comprendía la ola. No sabía nadar, así que sabía que no sobreviviría, pero podía entenderla. En cambio, esto era inabarcable, un vacío. Estaba tan aterrado ante la idea de que lo trasladaran que cuando abrían la puerta para llevarle comida o para recibir la visita de su abogado, comenzaba a temblar. Nadie lograba sacarle nada coherente y ya habían desistido de hablar con él.

Afuera llovía. Se oía la lluvia repiquetear contra la ventana, pero estaba demasiado alta como para ver el exterior. En su mente, era verano, y estaba segando heno con una guadaña, a la manera antigua, porque tenían tan poca tierra que no valía la pena pedirle ayuda a un vecino con maquinaria. Se detuvo para recuperar el aliento y secarse el sudor de la frente con la manga. Había un viento fuerte del oeste, que levantaba las olas más allá de Raven's Head hasta convertirlas en picos blancos, pero el esfuerzo de agacharse y cortar lo acaloraba. Veía a una niña pequeña subiendo la colina bailando. Llevaba flores atadas con una cinta, que flotaba al viento detrás de ella. Apoyó la guadaña con cuidado contra la pared. Había estado trabajando desde el desayuno. Pensaba terminar el campo antes de detenerse, pero ahora decidió tomarse un breve descanso, beber una taza de té y comer uno de esos pastelillos que su madre había horneado el día anterior.

En el pasillo exterior se escuchaban gritos. No podía distinguir las palabras; se había perdido en su ensoñación. Dos agentes se llamaban entre sí. Contuvo la respiración, se mareó de pánico, pero tenía que ser solo una broma. Hubo una repentina explosión de risas y escuchó cómo se alejaban hacia la oficina. Magnus comenzó a respirar de nuevo.

Había hablado con Catherine sobre Catriona la última vez que vino a visitarlo, el día que había ido a Safeway's y la había visto en el autobús. No era su intención hacerlo. Solo la había invitado a tomar té. Ella quería té. No un trago, porque era demasiado temprano para eso, había dicho. Pero se moría por una taza de té.

Catherine le había sacado fotos. Primero afuera, con él de pie junto a la casa mirando hacia la escuela. Luego dentro de la casa, moviendo la cámara por todos lados y deteniéndose un rato junto al cuervo, apuntando muy cerca de los barrotes de la jaula. Desde que lo habían encerrado, Magnus había pensado de vez en cuando en el cuervo y en que quizá habría sido mejor matarlo en cuanto lo encontró herido. Tal vez eso habría sido más amable que mantenerlo encerrado.

Catherine le había mostrado las fotos que le había sacado, señalándolas en una pantallita. «Mira, Magnus, estás en la televisión». Pero su vista ya no era buena últimamente y no había podido distinguir las imágenes. Parecía que saltaban delante de él, ¿y cómo podían hacer eso las fotos? Sin embargo, fingió que las veía porque no quería herirla.

Pensó que ella se iría entonces, pero se sentó en la silla de su madre, recostándose como si estuviera exhausta. Se había quitado el abrigo y lo había tirado al suelo junto a ella Llevaba pantalones negros, muy anchos en la parte inferior. Su madre nunca había llevado pantalones, pero allí, con la calidez del interior, mientras afuera empezaba a oscurecer, era casi como hablar con su madre.

¿Por qué había empezado a hablar de Catriona? Porque había pensado mucho en la chica desde Año Nuevo, cuando Sally y Catherine habían irrumpido en su casa. Eran mayores que Catriona, más bien mujeres que niñas, con sus labios brillantes y las líneas negras alrededor de los ojos, pero le hacían sentir lo mismo. Era la manera en que se reían, la rapidez con la que hablaban y cómo jugaban con su cabello. Los diminutos pies y las delgadas muñecas de Catherine, los suaves brazos regordetes de Sally, sus brazaletes y collares. Pero ahora Catherine estaba sentada en la silla de su madre, con las piernas cruzadas y los pies enfundados en medias, estirados hacia la chimenea. Y no se reía. Hacía preguntas amables y escuchaba sus respuestas. Magnus olvidó las palabras de su madre, «No les cuentes nada» y describió lo que había pasado ese día después de que Catriona fue a visitarlo.

Más tarde, claro, lo lamentó. Más tarde, supo que había hecho mal.

Capítulo 38

Estaban sentados en casa de Jimmy Perez. De alguna manera, Taylor seguía en Shetland. Perez no estaba seguro de cómo había logrado evitar regresar a Inverness. Había esquivado llamadas telefónicas, hablado vagamente sobre tomarse unos días libres, había dicho que tenía problemas de espalda, y puesto excusas sobre detalles del caso. «Aún quedan cabos sueltos por atar». Las mismas excusas que Perez daba cuando trataba de explicar por qué seguía investigando el asesinato de Catherine Ross. Porque eso ya estaba resuelto, ¿no? El viejo estaba bajo custodia. Cualquier día lo enviarían al sur y podrían olvidarse de todo hasta que el caso llegara a juicio.

Solo que Perez no podía olvidarlo. Y Taylor tampoco. Por eso estaban sentados allí, en casa de Perez, y no en la comisaría, donde podrían pillar a Taylor mintiendo por teléfono a sus superiores en Inverness. Y por eso se había evaporado cualquier resentimiento que Perez pudiera tener por la llegada de un forastero que se había hecho cargo del caso. El rango ya no importaba. Ahora eran aliados.

Fuera, el clima había cambiado de nuevo, había mejorado un poco. La lluvia había cesado y el viento había amainado. El pronóstico para el 25 de enero era de altas presiones y heladas. Sería perfecto para Up Helly Aa: una noche clara en la que se podría ver la hoguera a kilómetros. En el pueblo, solo se hablaba de eso: el barco, la procesión y quién encabezaría el evento. Y ya habían comenzado a llegar los turistas.

Estaban sentados en la habitación revestida con paneles de madera y un sol lechoso se reflejaba en el agua. Perez había hecho café, una gran cafetera que se suponía que les duraría, pero que ya estaba casi vacía y, de todos modos, estaba fría. La cafetera y dos tazas estaban sobre una bandeja en el suelo. En la mesa baja reposaban el cuaderno, la gran hoja de papel con el plan de Catherine para su película y el recibo arrugado de Safeway's.

Euan Ross los había traído la noche anterior. Venía directamente de la biblioteca, donde había sacado copias. «Conozco su letra mejor que ustedes. Algo podría cobrar sentido para mí de repente». El papel y el cuaderno estaban en un sobre de plástico transparente tamaño A4, que había sostenido lejos de su cuerpo, con cuidado, como si fuera una bomba. Se había negado a entregárselo a nadie más en la comisaría.

Cuando Taylor lo cogió, Perez sintió el impulso de arrebatárselo. Las manos del inglés eran tan grandes que Perez temía que pudiera dañarlo, y era cierto que la impresión de la caja registradora ya estaba desgastada. Taylor miró la nota escrita por Catherine: «Catriona Bruce. ¿Deseo u odio?». Luego le dio la vuelta.

—Está fechada el 4 de enero a las diez cincuenta y siete —dijo Perez, intentando mantener la voz calmada, esperando que Taylor dejara el pedazo de papel en su lugar—. Las compras son: galletas de avena, leche, té, galletas, salchichas de cerdo económicas, un pastel de carne individual, dos latas de guisantes, dos latas de frijoles, un pan de molde blanco, un pastel de jengibre y una botella de Famous Grouse. He estado en la casa de Magnus... —No por primera vez. Había ido el día después del arresto del viejo, cargando al cuervo en su vieja jaula chirriante para llevárselo a la mujer en Dunrossness y que lo cuidara. No se lo había contado a sus colegas. Ya pensaban que estaba lo suficientemente loco. Pero no podía dejarlo allí para que muriera de hambre, y tampoco podía matarlo él mismo—. Había dos salchichas de la misma marca en su nevera junto con el pastel, una lata de frijoles en su despensa y la otra, vacía, estaba en su cubo de basura.

—De acuerdo —interrumpió Taylor—. Entonces el recibo era de Magnus. —Finalmente dejó el papel sobre la mesa, y Perez sintió cómo su cuerpo se relajaba.

Perez continuó:

—La fecha, por supuesto, es lo más significativo. 4 de enero. El día antes de que encontraran el cuerpo de Catherine. El día que se encontraron en el autobús. Catherine garabateó una nota en el recibo cuando estaba en casa de Magnus. Algo que quería recordar. Volveremos a eso. Se lo llevó con ella, tuvo que hacerlo, porque Euan lo encontró en su habitación. Eso significa que estaba viva cuando dejó Hillhead.

—Eso no significa que Magnus no la matara —dijo Taylor—. Podría haberla seguido hasta la casa de los Ross. O quedar con ella fuera. Siempre pensamos que lo más probable es que la mataran donde encontraron su cuerpo. Es casi seguro, según dijo la forense.

—Sí —dijo Perez—. Quizá. Pero ¿por qué la seguiría? ¿Por qué matarla?

—Porque le habló sobre Catriona Bruce. Debe de ser un hombre muy solitario. Vivía solo en esa casa desde que murió su madre. De repente, tenía compañía. Alguien comprensivo, que quería que hablara, que lo escuchaba. Quizá Catherine tenía sus propias razones para alentarlo a hablar. Quería sus historias para su película. Tal vez solo era una chica amable que sentía lástima por él. Y la tentación fue demasiado para Magnus. Quizá se había tomado un *whisky* o dos y eso le soltó la lengua. Sea como sea… —Taylor dejó la frase en el aire.

—Puedo entender eso —dijo Perez—, incluso imaginar que la matara después para ocultarlo todo, pero no me lo imagino entrando en la casa de los Ross, buscando en su habitación, encontrando la grabación, el guion, y borrando el rastro en el ordenador. Eso no me cuadra.

Se quedaron mirándose en silencio por un momento. Taylor se estiró, incómodo en la silla. Le había dicho a Perez que tenía problemas de espalda, una lesión en un disco, y que por eso no podía quedarse quieto, pero Perez no estaba convencido. No era su cuerpo el que no sabía cómo descansar, era su mente.

—¿Qué hacemos al respecto? —dijo Taylor—. Se me acaba el tiempo. He prometido que estaré de vuelta al final de la semana. Si tardo más, empezarán a hablar de abrirme un expediente disciplinario.

—Voy a darme otra vuelta por el Anderson —dijo Perez—. Verificaré si entregó la película antes, si se la dio a un amigo para que la mirara. Si la película está a salvo, tenemos que dejarlo ir. Como dijiste, la nota en el reverso del recibo incrimina a Magnus. Demuestra que le habló sobre Catriona. Euan dice que es la única forma de que Catherine se enterara de la desaparición de la niña.

Taylor se levantó, con el plano en ambas manos mientras caminaba hacia la ventana, donde la luz era mejor.

—Esto es una locura —dijo—. Quiero decir, si presentamos esto como prueba pensarán que era una psicótica. ¿Qué significa? ¿Algún tipo de código secreto? Es como esa escritura que usaban los egipcios. Jeroglíficos.

—Euan cree que era una forma de planificar la película, de organizar las escenas en el orden correcto.

—¿Tú entiendes algo?

—Creen que estaba usando el poema de Robert Frost, «Fuego y hielo», como estructura para la película.

—¿Creen? —Taylor frunció el ceño.

—La señora Hunter estaba con Euan cuando lo revisaron.

—¡Por el amor de Dios! ¡Ella encontró ambos cuerpos! Si el caso fuera más sencillo, sería una maldita sospechosa.

Deambuló alejándose de la ventana. Perez sabía que tenía razón al sentirse perturbado, pero no podía imaginarse a Fran matando a nadie. Pensaba en ella a veces, de noche, cuando el viento arrojaba lluvia contra su ventana. La imaginaba acurrucada junto al fuego, con Cassie en su regazo, leyendo cuentos.

Perez se levantó y fue hacia la estantería. Allí había una colección de poesía que tenía desde la escuela. La había robado; todavía tenía el sello de la biblioteca del instituto Anderson dentro. No había planeado robarla, simplemente nunca había encontrado el momento para devolverla antes de marcharse. Y luego, cuando dejó su casa, terminó empaquetada, junto con el resto de sus libros. ¿Volvería a meterla en una caja, para dejarla en un estante en Skerry, en la habitación con la gran ventana que daba al sur sobre Fair Isle?

Buscó en el índice y encontró «Fuego y hielo». Se lo entregó a Taylor.

—Bueno, ¿qué te parece?

Taylor se quedó inusualmente quieto durante varios minutos. Estaba junto a la ventana, encorvado sobre el libro, feroz en su concentración en el poema. Por fin, se enderezó.

—No sé cuál es más destructivo —dijo—, pero el hielo es peor.

—¿Qué quieres decir?

—Puedo entender la violencia que surge del fuego. Pasión, falta de control. No digo que lo apruebe, pero tiene sentido para mí. Alguien que de repente pierde los estribos, ese tipo de ira ciega. Pero la violencia que es fría y calculada, planificada de antemano. Helada. Eso debe de ser peor, ¿no crees?

Perez iba a decir que el resultado para la víctima sería prácticamente el mismo, pero Taylor seguía atrapado en algún pensamiento o recuerdo, y se dio cuenta de que sería inútil decirlo.

Cuando Perez llegó a la escuela secundaria, acababa de sonar la campana para las clases de la tarde. Se quedó en la entrada principal hasta que los alumnos se dispersaron y los pasillos quedaron vacíos. En la oficina preguntó si el señor Scott estaba dando clases. No tuvo que identificarse. La secretaria había trabajado allí desde que él era un niño. Lo miró por encima de sus gafas con montura de plástico azul que siempre había usado, luego revisó un horario pegado en la pared.

—No. Tiene un rato libre. Debería de estar en la sala de profesores.

Nunca había sido amable.

Scott estaba sentado en un pupitre, de espaldas a la sala, corrigiendo cuadernos de ejercicios. Cuando Perez golpeó la puerta, una mujer gritó, molesta:

—Sí, ¿qué pasa?

Esperaba que fuera un alumno, y al ver a Perez se sintió avergonzada. Dijo algo sobre que tenía que hablar con el director y dejó a Perez y a Scott a solas. Scott dejó su bolígrafo rojo y se puso de pie a medias.

—Inspector —dijo—. ¿En qué puedo ayudarle?

Parecía más tranquilo que la última vez que Perez había estado en la escuela. Tal vez había tenido tiempo para superar el dolor por la muerte de Catherine, o tal vez pensaba que el arresto de Magnus significaba que ya no habría más preguntas incómodas sobre su relación con la chica.

—Solo algunos cabos sueltos.

—Por supuesto. ¿Té?

Perez asintió y se sentó en una de las sillas bajas de color naranja. De nuevo, tuvo la sensación de ser un impostor. No debería estar allí. Debería estar esperando fuera, con deberes atrasados en la mano.

—Es sobre la película de Catherine.

—El proyecto del trimestre pasado. Le pedí al grupo un trabajo de escritura documental. Tenían que captar el espíritu contemporáneo de las islas Shetland. Ella preguntó si podía hacer una película. Dijo que presentaría el guion junto con la grabación, así que acepté.

—¿Era el proyecto del trimestre pasado? Entonces, ¿lo entregó antes de Navidad?

Scott le ofreció a Jimmy una taza de té. Parecía muy claro. Perez sabía, antes de probarlo, que no tendría sabor.

—No exactamente.

Perez pensaba que prefería al maestro de inglés cuando estaba nervioso. Esta nueva confianza pomposa era más irritante. Esperó, y finalmente Scott continuó:

—Pidió una prórroga. Por lo general, era buena cumpliendo los plazos y obviamente se había entusiasmado con la película, así que me sorprendió.

—¿Hizo la solicitud antes o después de su cita romántica?

Scott pareció repentinamente furioso, justo lo que Perez había previsto, pero el maestro mantuvo el control. Cuando habló, su tono dejó claro que consideraba el comentario de Perez indigno de una respuesta.

—Fue justo antes de que viniera a mi piso. Yo ya había aceptado darle más tiempo. No había ninguna posibilidad de que viniera para convencerme de aceptar su petición.

—¿Qué razón dio para necesitar una prórroga? —preguntó Perez.

—Quería incluir una pieza sobre el festival Up Helly Aa. Para los forasteros, el festival vikingo del fuego es emblemático. Me pareció que sería un añadido interesante para la película. Sin embargo, insistí en que me entregara una sinopsis antes del final del trimestre. Había gente que sentía celos mezquinos de Catherine. No quería más acusaciones de favoritismo.

—¿Y le entregó la sinopsis?

—No en persona, no. Ya he explicado que no la vi durante los últimos días del trimestre. Debió de dejarla en la sala de profesores cuando estaba vacía, o se la dio a otro miembro del personal. La encontré en mi casillero, aquí.

—¿Puedo verla, por favor?

Por un momento, Perez pensó que el profesor se negaría, pero Scott solo suspiró profundamente por la interrupción y le pidió que lo siguiera al departamento de Inglés. Su aula estaba en la parte vieja del edificio. Allí parecía hacer más frío, a pesar de la pálida luz del sol que entraba por una claraboya polvorienta. Perez lo siguió escaleras abajo hasta una sala vacía. Scott abrió un armario y sacó una caja archivadora gruesa.

—He estado reuniendo todo el trabajo de Catherine. Pensé que a Euan le gustaría tenerlo —dijo Scott, colocando la caja sobre una mesa en la parte delantera del aula y mirando el archivo un momento antes de abrirlo.

Por alguna razón, Perez había esperado que la sinopsis estuviera escrita a mano, con la misma letra apretada que el plan de edición. Sin embargo, había sido mecanografiada en un ordenador. Llevaba el mismo título, *Fuego y hielo,* en negrita en la parte superior. Perez la leyó lentamente, consciente de que Scott lo observaba.

Esta película utiliza las imágenes estereotipadas del paisaje y la historia de Shetland y las subvierte para comentar la vida contemporánea en las islas. No hay una línea narrativa; más bien, las imágenes y las conversaciones reales se cortan para permitir que el espectador llegue a sus propias conclusiones sobre los valores que moldean esta comunidad única. La historia es contada por los verdaderos habitantes de Shetland, nativos y forasteros, con sus propias palabras. Mi voz en off *establece la escena y el tono. No emite juicios morales.*

—¿Esto es todo? —dijo Perez—. No es gran cosa para una sinopsis, ¿verdad? Quiero decir, no contiene muchos detalles.

—Exactamente —respondió Scott—. Era un aspecto que pensaba señalarle a Catherine cuando la viera. Lamentablemente, no tuve esa oportunidad.

Saliendo por la puerta principal, Perez vio a Jonathan Gale, el chico que había llevado a Catherine y Sally en coche la noche de Año Nuevo. Aceleró el paso y lo alcanzó.

—Hola. ¿Cómo van las cosas?

El chico se encogió de hombros.

—Estaré encantado de irme. Voy a la universidad el año que viene. Tengo una plaza en Bristol. No puedo esperar.

—Debe de ser difícil con lo de Catherine. Perder a alguien a quien apreciabas.

—No sé por qué. Ella parecía haberse propuesto hacerme quedar como un tonto.

Perez pensó de repente que entendía a qué se refería Jonathan.

—La noche de Año Nuevo. ¿Catherine estaba con Robert Isbister?

Pensaba que quizá estuviera flirteando con Robert para demostrar algo.

Jonathan soltó una risa amarga.

—No. No era nada de eso. Robert estaba con Sally en el coche, no con Catherine. Fue horrible, la verdad. No sabía a dónde mirar.

Entonces Perez se preguntó si había sido Robert quien intentaba demostrar algo. ¿Tal vez era un intento de poner celosa a Catherine? ¿Acaso estaba tan obsesionado con la chica como para matarla?

Capítulo 39

Cassie quería pasar el 25 de enero con su padre. Siempre celebraba el Up Helly Aa el mismo día que el festival en Lerwick. Había una gran hoguera en la playa y luego todos volvían al Haa. No era como el gran espectáculo para turistas en Lerwick; era una reunión comunitaria. Fran rechazó el plan de inmediato. El Up Helly Aa en casa de Duncan era una borrachera monumental. La fiesta de todas las fiestas. ¿Cómo iba a responsabilizarse Duncan de una niña, especialmente sin Celia para mantenerlo bajo control?

Era domingo por la tarde y Duncan había llevado a Cassie a Unst a visitar a un tío anciano. Ahora estaban en la puerta de Fran, discutiendo, pero tratando de mantener un tono de voz civilizado porque Cassie estaba dentro viendo la televisión.

—Vamos —dijo él—. Le encantará. Le hará olvidarse de todo lo que ha pasado aquí.

—Estás de coña —respondió Fran, con una visión pesadillesca del Up Helly Aa de Duncan, desde la perspectiva de una niña pequeña. Se imaginó a Cassie abandonada en la playa mirando a los desconocidos que la rodeaban, mientras Duncan se lo pasaba bomba con sus amigos. Las llamas proyectarían sombras extrañas en sus rostros. Cassie ya soñaba demasiado con monstruos—. Estaría aterrorizada. Y tú demasiado borracho para cuidarla como es debido.

Su rostro palideció y parpadeó violentamente, como si le hubieran abofeteado. Fran dio un paso atrás, esperando un estallido de ira, pero cuando habló fue casi en un susurro:

—¿De verdad piensas tan mal de mí?

Luego se dio la vuelta y se fue sin decir una palabra, y ni siquiera entró para despedirse de Cassie. Fran lo observó marcharse con una punzada de culpa. Tal vez lo había juzgado mal. ¿Debería llamarlo y decirle que podía llevar a Cassie al festival, si prometía cuidar de ella? Pero luego recordó que Duncan siempre encontraba maneras de manipularla. Quizá la culpa era justo la respuesta que había buscado.

Duncan debía de haberle prometido ya a Cassie que pasaría Up Helly Aa con él, porque en casa no hablaba de otra cosa. Él se lo habría vendido como algo mágico; tenía un don para crear ilusiones con sus palabras. Cuando Fran le dejó claro que eso no iba a suceder, Cassie tuvo un berrinche monumental. Se tiró en la cama, llorando, jadeando, asustando a Fran hasta el punto de pensar que tenía algún tipo de ataque. También había palabras, enredadas, empujadas entre los sollozos. «Nunca podré volver a la escuela. Todos van a Up Helly Aa. Pintamos la galera. El tío de Jamie está en el escuadrón del Guizer Jarl. ¿Qué les diré? ¿Qué pensarán de mí?».

El cabello alrededor de su rostro estaba empapado de lágrimas. Fran lo apartó de sus mejillas y de su frente.

—Iremos a Lerwick —dijo—. Veremos la procesión y cómo queman el barco. Ese es el verdadero Up Helly Aa. Más emocionante que una hoguera en la playa del Haa.

El llanto se detuvo de golpe. Hubo un par de dramáticos espasmos. Fran se preguntó si la habilidad de manipular se heredaba en los genes, transmitida, por supuesto, a través de la línea paterna.

Parecía que Euan Ross también había pensado en el Up Helly Aa. Al día siguiente, Fran lo visitó después de dejar a Cassie en la escuela. Él le preparó un café y la llevó a la sala de estar, con la enorme ventana puntiaguda que daba a la bahía.

—Según la policía, Catherine no había terminado su película. Había pedido una prórroga para poder incluir el festival de fuego. Encajaría con el tema, ¿no crees?

Fran vio que no había pensado en otra cosa desde que había encontrado el cuaderno y el guion gráfico. Las ideas sobre la muerte de su hija bullían en su mente, impidiéndole dormir o comer, volviéndolo loco lentamente. Había pegado el plano en la pared de la cocina y, mientras preparaba el café, no podía apartar los ojos de él. Estaba a punto de preguntarle si había consultado a un médico, pero comenzó a hablar de nuevo.

—Sabía que Catherine había ido a la biblioteca a investigar la historia del Up Helly Aa. Era muy crítica al respecto. Todos hombres, por supuesto, en los grupos que desfilan, lo cual le parecería inconcebible a una joven independiente en la actualidad. El festival comenzó, al parecer, como una especie de juego. En el siglo XVIII rodaban barriles ardientes de alquitrán por las calles de Lerwick para celebrar el solsticio de invierno. Sonaba increíblemente peligroso. Catherine habría estado allí mañana. Lo discutimos, aunque no me di cuenta de que tuviera algo que ver con su película. Sospecho que le habrían interesado más los incidentes ridículos que rodean el evento que el espectáculo en sí mismo.

Parecía atrapado de nuevo en sus propios pensamientos, luego se giró desde la ventana para mirar a Fran.

—Probablemente vaya a Lerwick mañana por la noche. Le dije a Catherine que estaría allí. Fue una de las últimas conversaciones que tuvimos. Puede parecer una estupidez, pero siento que adquirí un compromiso. A ella no le habría importado, pero lo prometí, así que creo que debería ir.

—Puedes venir con nosotras si quieres. Le prometí a Cassie que la llevaría. Los otros niños en la escuela están tan emocionados que se sentiría excluida si no va.

—No —dijo lentamente—. Es muy amable, pero no creo que sea buena compañía.

Hubo un silencio incómodo. Fran pensó que quizá preferiría estar solo, pero no creía que fuera bueno para Euan quedarse con su obsesión. Además, todavía le quedaba medio café, y no estaba segura de cómo irse sin generar una situación incómoda.

—¿Cuáles son tus planes? —preguntó al final—. Me refiero al futuro. ¿Te quedarás aquí? ¿O venderás la casa y te mudarás al sur?

—No puedo pensar a tan largo plazo.

Su atención parecía atrapada por un pequeño bote que cruzaba la bahía y vio que no podía concentrarse en otra cosa en ese momento. Solo podía concentrarse en extraer algún sentido de los escritos de su hija, algo que pudieran explicar su muerte.

—¿Crees que el inspector Perez es un hombre inteligente? —preguntó de repente.

Ella reflexionó por un momento.

—Creo que confiaría en que va a hacer las cosas bien. Al menos parece tener la mente abierta.

—Le mostré toda la información que descubrimos sobre la película de Catherine. El recibo y el cuaderno. El plan. Lo tiene todo. Yo solo tengo copias.

Vio lo difícil que debía de haber sido para él desprenderse de esos pedazos de papel.

—*Fuego y hielo* —continuó—. Espero que el detective haya captado todo su significado. Traté de explicárselo…

Fran no sabía qué decir. ¿Cómo podía hablar en nombre de Perez? Además, no estaba segura de entender completamente las intenciones de Catherine con la película. Probablemente no tenía ningún significado en absoluto. Ross estaba construyendo una teoría elaborada a partir de un poema y un trabajo escolar.

Euan continuó, casi para sí mismo:

—Esa noche había hielo, por supuesto. Hielo. Odio frío. Destructivo. Y mañana por la noche es el festival del fuego. Fuego por pasión…

Ella esperó a que continuara, pero él pareció darse cuenta de que estaba divagando.

—Probablemente no sea nada —dijo—. Nada siniestro en absoluto. Una excusa para que los hombres se vistan con disfraces ridículos y se luzcan. Y luego beban demasiado.

Cuando Fran dijo que se iba, no estaba segura de si él la había oído.

Capítulo 40

Era lunes por la mañana y Sally se despertó en la oscuridad. Encendió la luz de la mesilla, tanteó su despertador y miró la hora. Desde la cocina oyó a su madre, el golpe de la puerta de un armario, el tintineo de una cuchara en una taza. Su madre parecía levantarse más temprano cada día, aunque ya no tenía nada más que hacer. Siempre lo dejaba todo listo antes de acostarse: la pila de cuadernos naranjas estaba corregida y cuidadosamente ordenada. ¿Por qué no podía relajarse de vez en cuando? A veces Sally incluso sentía lástima por ella. Después de todo, no tenía amigos. Solo los demás padres, que le tenían miedo.

En el baño, Sally se miró en el espejo que había sobre el lavabo. Sonrió. El grano en el costado de su nariz había desaparecido. Lunes por la mañana y se sentía bien. Los calambres del estómago, la migraña y el pánico de los viejos tiempos habían desaparecido. Ahora casi esperaba con ganas ir a la escuela y encontrarse con todos. Se metió en la ducha y echó la cabeza hacia atrás para lavarse el pelo.

Durante el desayuno, su madre parecía distraída. Había dejado que la avena se pegara en la cacerola y no quedaba pan en el congelador para tostar. Sally echó muesli en un bol, añadió leche y soñó con el Up Helly Aa. Sería una gran noche para Robert, apoyando a su padre como el Guizer Jarl, siguiéndolo en la procesión por las calles de Lerwick y por la sala de los recintos públicos. Ella debería estar con él.

Por supuesto, estaría en la ciudad para la procesión y la quema del barco. Eso no era un problema. Sus padres la habían llevado a Lerwick para ver el espectáculo desde que era un bebé. Pero en cuanto el fuego se apagase, querrían que volviera a casa con ellos. Mañana por la noche no estaría de vuelta en Ravenswick, metida en la cama de la casa de la escuela a las diez en punto. Ni de broma.

—Voy a cuidar a la niña de la señora Hunter otra vez esta noche.

—¿Cómo? —Margaret estaba en el fregadero, restregando la cacerola quemada. Sus codos desnudos parecían rojos y huesudos, como muslos de pollo crudo. Sally ni siquiera estaba segura de que su madre hubiera procesado las palabras. De fondo sonaba Radio Shetland. Una voz emocionada, masculina pero aguda, daba el pronóstico del tiempo para la noche siguiente.

—Me preguntó si podía pasar directamente después de la escuela, darle la cena a Cassie mientras ella se prepara para salir. Me dejará algo para cenar. ¿Te parece bien?

—No veo por qué no.

Fue sorprendentemente fácil. No hubo preguntas, ni comentarios sarcásticos sobre las habilidades parentales de Fran. A Sally se le cruzó por la mente que tal vez algo le pasaba a su madre. ¿La menopausia, quizá? ¿A qué edad ocurría eso? ¿Estaba su madre en esa edad? No se detuvo mucho en la posibilidad. Tenía otras cosas en las que pensar. Aunque era temprano para el autobús, salió de casa antes de que su madre pudiera cambiar de opinión.

La primera clase era Inglés con el señor Scott. Seguían con *Macbeth*, leyéndolo en voz alta en clase, cada uno interpretando un personaje diferente. Desde la muerte de Catherine, las clases eran más fáciles para Sally. Los profesores habían mostrado más paciencia, más disposición para explicarle las cosas. Era como si por fin se fijaran en ella. Y Sally hablaba menos, pensaba más cuidadosamente antes de decir algo. Eso era porque ya no estaba tan nerviosa.

Habían tenido que escribir un ensayo para el señor Scott sobre lady Macbeth y su relación con su esposo. El trimestre pasado habría estado hecha polvo esperando que el profesor le devolviera el ejercicio, parloteando sobre cualquier cosa con quienquiera que la escuchara, solo para no pensar en lo que él diría. Ahora solo sentía curiosidad por saber qué había pensado el profesor de su trabajo. No era como si fuera a echarle la bronca, aunque fuera un desastre. Scott no era tan malo, pensó. No era *sexy* como Robert, pero sí amable y sensible. Catherine había sido dura con él.

Ahora él se sentó en su mesa, justo como solía hacer en la de Catherine. Su mano, apoyada plana sobre la madera, estaba muy cerca de la de ella. Llevaba una chaqueta vieja, y Sally podía oler la lana.

—Un trabajo excelente, Sally. Algunos puntos son muy interesantes. Realmente parece que has encontrado tu voz este trimestre. Quizá pueda recomendarte algunas lecturas adicionales.

A su lado, sabía que Lisa estaba sonriendo con sorna. Todos se burlarían de ella en el recreo en la sala común, pero no pudo evitar sentirse halagada.

—Gracias, señor Scott. Me encantaría.

Durante todo el día la escuela tuvo un ambiente diferente, como cuando eran niños pequeños en la época previa a Navidad, con ese aire ligeramente frenético. Todos con demasiada energía, incapaces de concentrarse. Todo giraba en torno al Up Helly Aa. Los de sexto año se burlaban de la festividad, pero incluso en su sala común había una emoción contenida, una tontería colectiva. A la hora del almuerzo, como había esperado, se metieron con ella.

—A Scottie le gustas mucho —dijo Lisa—. Se nota.

Luego alguien añadió:

—Ten cuidado. Le gustaba Catherine y mira lo que le pasó.

La sala se quedó en silencio por un momento hasta que James Sinclair lanzó los restos de su sándwich a Simon Fletcher y el caos estalló de nuevo.

Sally no tenía clase a última hora y caminó hacia el centro de la ciudad, al salón donde estaban dando los toques finales al barco vikingo que iban a quemar. Robert ya estaba allí. Parecía que hubiera estado allí todo el día. Tenía manchas de barniz en el pelo. Aunque habían quedado, pareció brevemente sorprendido de verla y Sally se preguntó qué les pasaba estos días a las personas que conocía: su madre, Robert, incluso su padre. Todos parecían envueltos en sus propios sueños o preocupaciones, de modo que las demandas de la vida cotidiana les pillaban por sorpresa.

Pensó que el barco era impresionante. Era enorme, y la cabeza de dragón en la proa se alzaba sobre ella, con sus fosas nasales pintadas y los ojos ardientes, casi hipnóticos, captando toda su atención. Robert sonrió. Tomó un casco con cuernos de un estante que había a su lado y se lo puso, luego sostuvo el escudo contra su pecho.

—¿Y bien? ¿Qué te parece? Mi padre vuelve más tarde. Quiero que todo esté perfecto a su llegada.

Pensó que era como un niño pequeño presumiendo. Una imagen del señor Scott leyendo Shakespeare apareció en su mente y, en un momento fugaz y desleal, se preguntó si quizá Robert no era la persona adecuada para ella, después de todo. Pero luego vio lo guapo que era, con su barba rubia y su cabello dorado. ¿Cómo podía competir Scott con eso?

Él levantó el escudo por encima de su cabeza y Sally pensó en lo fuerte que era. Podría alzarla fácilmente, como si no pesara nada, o romperle la muñeca con una sola mano.

—Esta noche vuelvo a hacer de canguro. ¿Podrás venir? Te lo dije. ¿Recuerdas?

Por el gesto de confusión en su rostro, se dio cuenta de que lo había olvidado por completo.

—No estoy seguro —dijo él, en voz baja—. Hay una reunión de última hora con el escuadrón. La foto oficial. Mi padre me necesitará. Confió en mí para encargarme de todo mientras él estaba fuera. Pero mañana podremos estar juntos.

Tengo una entrada para uno de los salones. Pero esta noche…
ya sabes cómo es. Tengo que estar allí.

No, pensó ella. No sé cómo es.

—Por favor—. Se acercó, le tocó el rostro y luego lo besó
rápidamente en la boca, empujando la punta de su lengua entre sus labios. Vio que él miraba por encima de su hombro a
los dos hombres que trabajaban en la galera. Estaban agacha-
dos en el casco, ajustando la base del mástil en su soporte, y
no lo vieron. «¿Qué le importa?» pensó ella. «Yo tengo que
preocuparme por mis padres, pero él es un adulto, libre. ¿Por
qué quiere mantener esto en secreto?».

—Intentaré llegar más tarde —dijo él. No podía decir si
realmente lo intentaría o si habría prometido cualquier cosa en
ese momento solo para quitársela de encima.

Al final regresó a la escuela a tiempo para tomar el autobús a casa, y no necesitó la excusa que había inventado esa
mañana para explicar su ausencia. Pero no podía enfrentarse
a su madre, que estaría aún de peor humor después de un día
con niños hiperactivos. Sally recordaba cómo era en la escuela
primaria justo antes del Up Helly Aa: todos los niños se volvían locos, golpeándose entre ellos con espadas de cartón. Su
madre estaría de un humor terrible. Se bajó del autobús en la
carretera principal y fue a casa de Fran de todas formas.

—Pensé que podría darle la cena a Cassie y así podrías arre-
glarte tranquilamente —dijo, frente a la puerta, como una niñera
modelo, ansiosa por agradar—. Si te parece bien. No tengo muchos deberes esta noche. —Esa fue la historia que le había contado a su madre. Sally era buena mintiendo; sabía la importancia
de ser fiel a la misma mentira. Y de conseguir corroborarla siempre que fuera posible—. Pero puedo volver más tarde si quieres.

—No —Fran abrió la puerta para dejarla pasar—. Sería
genial. Cassie está como una moto. Le prometí llevarla a Lerwick mañana para el festival. Es su primera vez. ¿Estarás allí?

—Oh, sí, estaré allí. —Estuvo a punto de decir, presumiendo: «Mi novio está en el escuadrón del Guizer Jarl», pero

algo la detuvo. De pie justo en la puerta, se le ocurrió una idea. Una historia que mantendría a su madre alejada y le daría la oportunidad de una noche libre. «La señora Hunter me ha pedido que la acompañe mañana para ayudarla a vigilar a Cassie. Dice que, si puedo, me quede a dormir para que ella pueda ir a una fiesta en el gran salón. Está bien, ¿verdad?». Por supuesto que Margaret descubriría lo de Robert tarde o temprano, pero Sally quería tiempo para preparar bien su historia, decidir exactamente qué decir.

Cassie seguía despierta, inquieta y difícil cuando Fran se fue. Sally pensó que nunca había conocido a una niña tan llena de preguntas e imaginación. ¿Cómo se podía tener paciencia para responder a todo aquello? Tan pronto como su madre se fue, Cassie se levantó, inquieta e hiperactiva, pidiendo agua y un libro para leer, hablando todo el tiempo, agotando a Sally. A Sally le costaba mantener la calma; entendió por primera vez por qué su madre era tan cortante con los niños en la escuela. Robert podría llegar en cualquier momento y quería que Cassie estuviera dormida para entonces. Finalmente, logró acostar a la niña y la observó hasta que cayó en un sueño ligero e inquieto.

Cuando Robert llegó, Cassie tuvo que haberse despertado por los golpes en la puerta o por la voz del hombre extraño, porque apareció nuevamente en la puerta de su habitación, con el cabello revuelto y el pijama desarreglado. Sally pensó que la interrupción lo enfurecería, pero había bebido lo suficiente como para estar relajado, y se sentó en el gran sillón junto al fuego, tomando a la niña en su regazo. Ella se resistió por un momento, pero luego se rindió. Sally no podía decir si el hombre extraño en su casa la había asustado hasta dejarla en silencio o si lo estaba disfrutando. Cassie permaneció sobre sus rodillas hasta que se quedó dormida. Luego Robert la llevó en brazos hasta su habitación y la acostó suavemente en la cama. En sus brazos, parecía tan floja e inerte como una muñeca.

Cuando Fran llegó a casa, Sally pensó que debería contarle que Robert había estado allí. No sería bueno que se enterara a través de Cassie.

—Espero que no te importe. Un amigo pasó a verme. No se quedó mucho rato.

Sally esperaba preguntas. Tenía su historia preparada, pero Fran también parecía ensimismada y perdida en sus propios pensamientos.

—Bien —dijo—. Está bien. No hay problema.

Capítulo 41

Fran no había pensado que pudiera haber tanta gente en Shetland. Parecía que todos, cada persona del campo, de las islas del norte, de Bressay, Foula y Whalsay, se habían apretujado en la ciudad esa noche. Y no solo era la gente de Shetland la que invadía las calles; había turistas de todo el mundo. Los hoteles, casas de huéspedes y pensiones debían de estar al máximo de su capacidad. En medio de la multitud, escuchó voces americanas y australianas, además de idiomas que no entendía. Pero ahora la banda de gaitas que lideraba la procesión estaba cada vez más cerca, y solo se oían la música y los vítores, y todas las voces uniéndose en un único sonido abrumador.

Cassie estaba a su lado, inquieta porque no podía ver nada. Algunos niños se habían colado hasta la primera fila de la multitud, pero Fran temía que si Cassie se soltaba de su mano nunca volverían a encontrarse. Cassie había estado de un humor extraño todo el día, cargando con algún secreto que le habían contado en la escuela. Alternaba entre el silencio y el misterio, sin responder a las preguntas de su madre, y de repente se excitaba, soltando una corriente de palabras que apenas tenían sentido. Ahora estaba inquieta, mirando hacia los lejanos destellos de las antorchas. Apareció el Guizer Jarl, magnífico enfundado en su traje, con el escudo y el casco con cuernos brillando, seguido por su escuadrón de vikingos. Fran levantó a Cassie sobre sus hombros para que pudiera verlo, pero algo del espectáculo —los vikingos, tan fieros y guerreros, o los escuadrones de *guizers* vestidos con disfraces de carnaval o el fuego— pareció asustarla, porque pronto se retorció para que la dejara bajar. Fran vio que había un elemento de pesadilla en la escena. Una docena de Bart Simpsons seguía a una docena de James Bonds, seguidos por una docena de burros de dibujos animados con enormes dientes brillantes. Todos los hombres hacían ruido, y los que no llevaban máscaras de carnaval estaban enrojecidos por las antorchas y por el alcohol.

La procesión tardó en pasar más de lo que esperaba. Tuvo que avanzar por la calle estrecha, atrapada a ambos lados por altas casas grises.

—¿Has visto suficiente ya? —se inclinó para gritarle al oído de Cassie—. ¿Deberíamos irnos a casa?

Cassie no respondió de inmediato. Fran pensó que estaba lista para marcharse, pero sabía que al día siguiente tendría que enfrentarse a los demás niños en la escuela, jactándose de lo tarde que se habían quedado, burlándose de ella por haberse perdido el clímax de la noche.

—Tenemos que ver cómo queman la galera —dijo al fin, tercamente, esperando una discusión. Pero Fran sabía lo crueles que podían ser los niños.

Así que se quedaron, y fueron arrastradas por la multitud hacia el campo de juego del rey Jorge V, donde prenderían fuego a la galera, y otra vez Fran pensó que todo Shetland debía de estar allí, porque, mirara donde mirara, veía gente conocida. A veces solo vislumbraba a alguien a lo lejos, y otras viajaba un rato junto a ellos hasta que la masa apretada los separaba.

Vio a Euan Ross de pie en el umbral de una puerta. Estaba en lo alto de un pequeño tramo de escalones, observando los acontecimientos, sin formar parte de ellos. Justo como Catherine, pensó Fran. Exactamente como habría actuado Catherine si estuviera aquí. Tiró de Cassie, apartándola de la corriente de personas, y se acercó a él. Allí se estaba más tranquilo. La banda había avanzado. Podía hablar sin gritar.

—¿Qué te parece?

285

Él no respondió enseguida. Se unió a ellas en la acera, se agachó para saludar a Cassie y le ajustó la bufanda, anudándola más firmemente alrededor del cuello. Mientras lo observaba, Fran pensó: «Está recordando a Catherine a esa edad. Cuando tenía una esposa y una hija».

—Es bastante divertido, ¿no? —dijo, enderezándose—. Uno sabe que es una invención victoriana, pero le han dedicado tanto tiempo y esfuerzo para que sea un éxito, que sería mezquino criticarlo. Al fin y al cabo, reúne a la gente. Espero que Catherine reconociera eso en su película.

—¿Vendrás a ver cómo queman la galera?

—Por supuesto —dijo—. Tengo que verlo hasta el final. Pero no me esperes. Llegaré a mi propio ritmo.

Había empezado el cántico. Un canto masculino fuerte y bullicioso, como una canción de rugby o un grito de fútbol. Fran dejó a Euan en su puerta, pero cuando miró hacia atrás, ya se había ido. Cassie le metió prisa, preocupada por quedarse atrás y perderse la acción en el campo, pero de regreso a la calle, la procesión continuaba, una corriente de grotescos rostros sonrientes. Allí se encontraron con Jan Ellis, la mujer de Ravenswick que les había dado el perro, y su hija Shona. Jan pareció contenta de verlas y empezó a preguntar por Maggie, pero Fran no tuvo oportunidad de responder porque el esposo de Jan pasó marchando, vestido como el resto de su escuadrón: como un bebé, con pelele, pañal y un gorro de punto rosa en la cabeza. La multitud rio y vitoreó.

—Me ha vuelto loca tejer ese disfraz —gritó Jan—. ¿Qué les pasa a los hombres que les gusta tanto disfrazarse?

Y luego desapareció también, arrastrada por Shona, que quería volver a ver a su padre con ese aspecto ridículo.

Fran se quedó quieta un momento. El ruido le hizo sentirse mareada y un poco enferma. Temió desmayarse, así que inclinó la cabeza y respiró profundamente. Al enderezarse, le pareció ver a Duncan al otro lado de la calle, en una intensa conversación con una mujer corpulenta vestida con un anorak rojo. Sabía que no podía ser Duncan. Él ya estaría en el Haa con sus compañeros de bebida, preparando la hoguera en la playa. Se preguntó si en el fondo deseaba verlo. Esta noche, en su imaginación, todo era posible. Toda la velada era como un elaborado truco de magia. Una invención victoriana disfrazada de festival nórdico de mitad de invierno, un barco que nunca zarparía, hombres disfrazados de bebés. Esto era fantasía disfrazada de realidad, el sueño de un prestidigitador. Le daba vueltas la cabeza.

El festival de Up Helly Aa en la casa de Duncan antes del nacimiento de Cassie había sido muy diferente. Se llevaba a cabo con cierto estilo. Duncan siempre había sido un buen anfitrión. Incluso lograba que el festival fuera romántico. Casi deseaba estar allí, lejos de la gente, de pie en la playa helada. Las llamas de la hoguera se reflejarían en el mar. Miró de nuevo al hombre al que había confundido con Duncan, pero ahora no había señal de él ni de la mujer de rojo entre las personas en la acera opuesta. «Estoy volviéndome loca. ¿Así es como se siente Magnus Tait? ¿También ha perdido el contacto con la realidad?».

Entonces se dio cuenta de que Cassie había desaparecido. Tuvo unos instantes de incredulidad. Miró a su alrededor, esperando que Cassie apareciera con la misma facilidad con la que el doble de Duncan había desaparecido. Luego se obligó a pensar con claridad y lógica. Cassie había soltado su mano cuando se encontraron con Jan y Shona. Solo los bebés se aferraban a las manos de sus madres. Fran lo entendía, por eso no había insistido. Ahora miraba frenéticamente a través del gentío tratando de distinguir el gorro azul de Cassie. Nada. Intentó recordar si había visto a Cassie después de que Jan y Shona se hubieran ido. Se había distraído con el supuesto doble de Duncan. Había asumido que su hija estaba a su lado.

Se dijo a sí misma que Cassie debía de haber seguido a Shona. Probablemente estaban juntas, dirigiéndose al campo para ver la quema de la galera. Jan cuidaría de ella. El pánico que sentía era ridículo. Menos mal que Margaret Henry no podía verla ahora. Sacó su teléfono móvil del bolsillo y lo miró con impotencia. No sabía el número de Jan. La multitud en la calle se estaba dispersando. Un grupo de muchachos estaba de pie, con latas de McEwan's en la mano, cantando una versión subidita de tono de la canción de la galera. Pasó junto a ellos, siguiendo la dirección de la procesión.

En el parque, las diferentes cuadrillas con sus antorchas rodeaban la galera. No había más luces. Las farolas se habían apagado a las siete y media. Hacía mucho frío. Olía a humo y a hierba aplastada. Avanzó entre la gente que reía, las familias y los grupos de adolescentes, buscando a Jan. Todos se lo estaban pasando bien. Llevaban anoraks, bufandas y gorros, y era tan difícil distinguirlos como a los *guizers* con sus máscaras. A la luz parpadeante parecían sombras, todos exactamente iguales. De vez en cuando se convencía a sí misma de que veía a Cassie a lo lejos, pero cuando se acercaba, veía que era otra niña. La hija de otra persona.

El momento de la hoguera había llegado. Esto era lo que hacían con las brujas. Mujeres extrañas que tenían visiones. Alguien inició una cuenta atrás desde diez. Mientras seguía buscando, creyó ver a Celia, una figura alta y erguida con un abrigo negro largo y la cabeza inclinada hacia un lado. Por supuesto, estaría allí para apoyar a su esposo. «Pensé que eras una bruja». Quizá Celia habría visto a Cassie. Al menos sería una figura familiar; si Cassie estaba deambulando, asustada y perdida, alguien más que pudiera cuidar de la niña. Fran empezó a abrirse paso entre los presentes hacia la mujer, pero entonces el Guizer Jarl levantó su antorcha y la arrojó sobre la galera. Todos los demás lo siguieron. Hubo una explosión de luz, y en el momento antes de que se desvaneciera vio a Jan, de pie al borde de la gente. Fran caminó hacia ella, empujando a los organizadores, demasiado cerca del fuego. Notaba el sabor de la pintura y el barniz quemándose al fondo de su garganta. Jan estaba absorta en una conversación con otra madre.

—¿Has visto a Cassie?

El pánico en su voz hizo que se detuvieran inmediatamente y se volvieran hacia ella.

—He perdido a Cassie. ¿Está con Shona?

—No —dijo Jan—. No la he visto desde que estuvimos juntas antes.

La galera se desplomó sobre sí misma. Las largas tablas se arquearon y se rompieron, envueltas en llamas. Todo lo que quedaba era la cabeza del dragón, sostenida por la caja torácica de madera carbonizada, elevándose sobre la multitud.

Capítulo 42

—Otra niña desaparecida.

Estaban en la calle, se alejaban del mercado y cruzaban hacia el muelle, donde había un poco más de tranquilidad. Sobre el agua, el ferri se dirigía al sur hacia Aberdeen, como un marco de luz en movimiento. Habían observado la procesión como turistas normales hasta que llegó la llamada al móvil de Jimmy Perez. Debería de haber sido la última noche de Taylor, y se habían tomado unas cervezas. No era una celebración. Ninguno de los dos estaba de humor para eso, pero sentían la necesidad de conmemorar la ocasión de alguna manera.

Ahora podían hablar sin gritar, mirando el agua negra y aceitosa.

—Otra niña cuyo nombre empieza con C. —Ambos lo habían estado pensando. Perez lo puso en palabras.

—Podría ser coincidencia. Podría haberse alejado de su madre. En una noche como esta, ¿cuántos niños desaparecidos suele haber? —El acento de Liverpool de Taylor parecía más fuerte, más tenso. «¿A quién intenta convencer?», pensó Perez.

Intentó mantener la voz tranquila.

—Fran Hunter está histérica, por supuesto. Ya encontró dos cuerpos. Ya es bastante difícil de asimilar. Ahora esto… —Perez sintió que él mismo estaba a punto de perder el control. Podía sentir el miedo como un líquido en su estómago, lo imaginaba subiendo por su garganta hasta ahogarlo. Era una tontería pensar en Fran, ponerse en su lugar. Si lo hacía, también entraría en pánico como ella, y entonces no sería útil para nadie. Tenía que mantener la calma, pensar racionalmente—. La multitud se está despejando un poco ahora que todos van hacia los salones y centros comunitarios para bailar. Si la niña se ha perdido y está en la calle, la encontraremos en la próxima hora. Tengo a gente buscando. Si no la encontramos pasado ese tiempo, podemos asumir que ha sido secuestrada. Aunque no creo que debamos esperar tanto. No creo que podamos permitírnoslo.

—¿Qué dice el resto del equipo?

—Piensan que estoy exagerando y que la madre está montando un número por nada. Después de todo, el asesino está bajo custodia, ¿no? ¿Cómo podría estar en la calle, secuestrando a otra niña?

—Ahora podemos estar seguros de que la señora Hunter no tuvo nada que ver con el asesinato de Catherine —dijo Taylor.

—Nunca pensé que estuviera involucrada.

—¿Dónde está ahora?

—Con Euan Ross. La ha llevado de vuelta a su casa. Era donde quería estar. Por si algún vecino de Ravenswick encuentra a la niña y la lleva allí. Morag también está con ellos.

—¿Qué hacía Ross en Lerwick? No pensé que estuviera con ánimo para una fiesta.

Estaba buscando el fantasma de su hija, pensó Perez. Una figura delgada y oscura inclinada sobre una videocámara en un trípode. ¿Qué estaría filmando ahora, si estuviera aquí? ¿Y qué puede tener eso que ver con la desaparición de Cassie? *Fuego y hielo.* Nos dejamos llevar por la obsesión del padre con un rompecabezas. Se nos habrá pasado por alto algo más obvio.

—Fran dice que creyó ver a su exmarido en la calle, justo antes de que la niña desapareciera —dijo, dejando sin responder la pregunta de Taylor.

—Entonces estará con él. Eso lo explica. No se habría ido con un extraño, ¿verdad? No sin armar un escándalo. Quizá estás exagerando. ¿Has contactado con el padre?

—Por supuesto. Teléfono fijo y móvil. Nada. No contesta.

—Eso no significa que no la tenga. Tal vez hubo algún malentendido con los planes. Un problema de comunicación…

—No según la madre. Duncan quería que Cassie estuviera en su casa para el Up Helly Aa. Fran se negó. Le dejó muy claro que no iba a pasar. Tuvieron una pequeña discusión al respecto.

—¿Así que se la llevó por despecho?

«Seguramente no», pensó Perez, «ni siquiera Duncan sería tan cruel». Pero no podía descartar la posibilidad.

—¿Quieres que vaya a casa del padre de la niña? —Taylor empezaba a impacientarse. No entendía qué hacía Perez allí, soñando despierto.

—No. Conozco el camino y seré más rápido. Quédate aquí y coordina la búsqueda en el terreno.

El tráfico era denso al salir del pueblo, de punta a punta al pasar por la central eléctrica, hasta que de repente se despejó y pudo acelerar. Iba demasiado rápido. Probablemente justo en el límite, si le hicieran un control de alcohol. Redujo un poco la velocidad al pasar por Brae, y luego se dirigió colina abajo y pudo ver la hoguera encendida en la playa y las siluetas negras contra las llamas. Si Duncan estaba allí, no respondería su teléfono. Esa parte de la costa era un agujero negro para los móviles. No había cobertura en absoluto.

Parecía que todas las ventanas de la planta baja de la casa estaban iluminadas. Le recordó a los viejos tiempos antes de que Duncan se casara, cuando todos los jóvenes y la gente de relumbrón querían estar allí para el Up Helly Aa, y dejaban Lerwick para los turistas y los ancianos. A Perez le encantaba que le invitaran, en aquel entonces. Había traído a Sarah con él desde Aberdeen, su primera visita a Shetland, y ella había quedado impresionada. Duncan había coqueteado con ella, por supuesto, y ella había respondido de manera educada y amistosa. Halagada, pero sin dejarse engañar. Siempre había sido una mujer de buen juicio. Se había divorciado de Jimmy Perez, ¿no? Eso demostraba cierto sentido común.

Entró en el patio amurallado y aparcó el coche. A pesar de todas las luces, no se oía ningún sonido procedente de la casa. Desde allí veía la cocina, con la pila de latas y botellas sobre la mesa, pero la habitación estaba vacía. Todos estarían en la playa.

Perez trató de ensayar lo que le diría a Duncan si Cassie estaba allí. Si Duncan se la había llevado de una calle concurrida para demostrar algo. Para sugerir que Fran no era una buena madre. O, como había dicho Taylor, simplemente por despecho, porque Fran no había querido que la niña estuviera en el Haa. Perez sabía que sería importante mantener la calma. Tenía un pasado con esa familia, pero no podía dejar que eso interfiriera. Quizá incluso tendría que dejar que Cassie se quedara allí. Simplemente llamaría a Fran para informarle que la niña estaba a salvo. Dejaría que ella decidiera qué hacer a continuación. Pero incluso mientras repasaba los posibles escenarios en su cabeza, no creía realmente que Cassie estuviera allí, sana y salva. Eso sería tentar al destino. Lo deseaba tanto, que no podía permitirse creer que fuera verdad.

La primera persona que vio en la playa fue a Celia. ¿Qué hacía allí? La adicción a Duncan debía de haber sido demasiado al final. Estaba apartada de los demás, bebiendo cerveza directamente de la botella. Tenía la cabeza echada hacia atrás, vació el último cuarto de un trago y lanzó la botella al fuego. Se rompió en pedazos sobre los grandes guijarros lisos que contenían las brasas. Perez no quería entrar en una discusión sobre si ella y Duncan estaban de nuevo juntos. Celia oyó sus pasos sobre la grava detrás de ella y se giró de repente. Cuando vio quién era, pareció decepcionada. Nadie más, en medio de las risas y la bebida, notó su presencia.

—¿Dónde está Duncan?

—Dios sabe —dijo ella—. Acabo de llegar. Quizá esté escondiéndose de mí. Podría estar en la cama con alguna de las jovencitas guapas que siempre invita a estas fiestas, pero es un poco temprano para eso, incluso para él. Normalmente se queda vestido el tiempo suficiente para recibir a sus invitados.

—¿Has visto a Cassie?

—No. ¿Está aquí? —Cogió otra botella de la caja a sus pies, sacó un abridor del bolsillo de su abrigo y destapó la botella—. Quizá esté haciendo eso, jugando a la familia feliz. Un vaso de leche con cacao y un cuento antes de dormir, todo un hombre reformado.

Le sorprendió la amargura en su voz.

—¿No lo has visto?

—No —dijo—. Estuve en el pueblo viendo a Michael en su momento de gloria como Guizer Jarl. Con Robert siguiéndolo en la cuadrilla, contando los años para que le toque a él. Lo ha deseado desde que era un niño. Solía representarlo, desfilando por la casa con una cacerola en la cabeza. —Estaba hablando consigo misma, el alcohol la volvía reflexiva, sentimental—. No sé por qué le importa tanto. Quizá, a veces, necesitas que alguien te diga que perteneces a algo.

—¿Estaba Duncan en Lerwick?

—No —dijo—. ¿Por qué iba a estar? Nunca va a Lerwick para el Up Helly Aa. Está por encima de todo eso. No soportaría bailar con las amas de casa de mediana edad en Isleburgh o en el instituto. No se da cuenta de que él también es casi de mediana edad.

—Cassie ha desaparecido —dijo Jimmy.

Pero Celia bebió más cerveza y miró con aire sombrío hacia el fuego. Parecía no haberlo oído.

Perez caminó hacia el grupo junto al fuego, pero enseguida vio que Duncan no estaba entre ellos. Un joven con un largo abrigo gris estaba sentado sobre una caja de cerveza tumbada, tocando muy mal la guitarra. Los demás se reunían a su alrededor fingiendo escuchar, como si posaran. Cuando preguntó por Duncan y Cassie, se limitaron a encogerse de hombros. No sabía si estaban drogados, borrachos o simplemente no les importaba.

Entró en la casa y comenzó a buscar, ahora frenético. Alguien había ordenado las cosas desde su última visita. Duncan tenía un equipo de mujeres en Brae que llamaba para limpiar, a cambio de un puñado de billetes y su sonrisa de niño perdido. Cuando llegaron los invitados, debieron de pasar directamente de la cocina a la playa, porque el largo salón estaba tranquilo y ordenado, aún con olor a humo de leña y cera de abejas. El fuego estaba bajo y, automáticamente, cogió un trozo de madera del cubo y lo echó al brasero. Aún tenía que estar húmedo porque chisporroteó vapor antes de encenderse.

Siguió buscando, porque no sabía qué más hacer y no podía volver al pueblo con su misión a medias. No esperaba encontrar nada. Entró en habitaciones que nunca había visto antes, ni siquiera en los fines de semana cuando él y Duncan escapaban del instituto y tenían la casa para ellos. En la planta más alta había todo un piso que parecía estar en desuso. Hacía frío allí, no había calefacción. El suelo estaba desnudo y muchas habitaciones estaban sin amueblar, inquietantes bajo la luz áspera de las bombillas solitarias, iluminadas brevemente mientras encendía y apagaba la luz al pasar. Algunas estaban completamente vacías, otras llenas de trastos. Entonces escuchó un ruido y se quedó quieto. Eran voces conversando, una risita. El ruido procedía de la última puerta del rellano.

—¡Duncan! —Su voz salió entrecortada y sin aliento.

Las voces se callaron, y se preguntó si las había imaginado, si había confundido la brisa que se había levantado afuera con susurros humanos. Pero la puerta no encajaba bien y una luz se filtraba por debajo. Caminó silenciosamente hacia ella y la abrió de golpe. Dentro había una buhardilla con un techo abovedado, como el de una catedral. Una larga ventana estaba cubierta con un pedazo de muselina tan endeble que se movía con la corriente de aire que entraba por el cristal mal ajustado. Había una cama tan ancha como larga, con postes tallados en las cuatro esquinas y cubierta de colchas y alfombras descoloridas. Y en la cama yacían dos jóvenes, un hombre y una mujer, aparentemente sin frío, aunque estaban medio desnudos y apenas tapados con una colcha. Compartían un cigarrillo postcoital. Eran muy jóvenes, ¿dieciséis? ¿Diecisiete? Su entrada los había sorprendido, pero lo miraron con una calidez presuntuosa que le dio envidia. Hizo un gesto de disculpa, cerró la puerta detrás de él y bajó corriendo los tres pisos hasta salir al exterior.

En la hoguera, la escena había cambiado. Los invitados empezaban a regresar a la casa, caminando junto a la línea de la marea. Al frente estaba Duncan. Llevaba el abrigo colgado sobre los hombros, abrochado con un solo botón, de modo que caía a sus espaldas como una capa.

Perez se acercó corriendo, bloqueándole el paso.

—¿Has visto a Cassie?

—Está con Fran. Esa bruja no me dejó tenerla esta noche. ¿Por qué?

—Ha desaparecido. Se separó de Fran en la calle en Lerwick.

Perez sabía que debía quedarse y explicar todo con más detalle. Duncan era el padre y tenía derecho a saber. Pero sentía que el tiempo se le escapaba. Ignorando las preguntas a gritos de Duncan, los dejó con su ridículo ritual y se deslizó sobre los guijarros hasta la casa y su coche. Lo puso en marcha y condujo demasiado rápido de regreso al pueblo.

Capítulo 43

Sally salió del centro comunitario para tomar un poco de aire. La puerta se cerró tras ella y la música se hizo más tenue. Sobre su cabeza, el cielo estaba salpicado de estrellas. La bebida se le había subido a la cabeza y se inclinó hacia adelante, no porque tuviera ganas de vomitar exactamente, sino para intentar detener esa sensación de vértigo, como si la tierra estuviera girando y tuviera que concentrarse para mantener el equilibrio, o de lo contrario, se caería. No llevaba abrigo. Solo iba a estar fuera un minuto y, de todas formas, el calor dentro del salón del centro comunitario era sofocante, con la calefacción a tope y todos esos cuerpos bailando.

No había visto a sus padres en toda la noche. Al menos, no para hablar con ellos. Había vislumbrado a Alex mientras veía la procesión y se había preguntado qué estaría haciendo, porque su madre no estaba por ningún lado. Sus padres se habían tragado lo de que pasaría la noche con Fran Hunter y Cassie. Cuando se lo dijo, parecían casi aliviados ante la idea de tener una noche para ellos solos. Si fueron a ver la quema del barco vikingo, no los vio en el campo de juego. Supuso que ya estarían en casa. Margaret estaría preparando una buena taza de cacao antes de acostarse, y llenando las bolsas de agua caliente. Sally se enderezó, levantó la cabeza y miró el cielo. Eso la mareó de nuevo, y luego el frío empezó a calarle, así que volvió a entrar.

Dentro del salón era como la primera vez que estuvo con Robert. Quizá un poco más ruidoso. Algunas chicas de la escuela estaban allí, haciendo el ridículo, y podía notar que estaban muertas de envidia porque ella estaba con Robert. La idea de mantenerlo en secreto había quedado atrás. Ahora, quería que el mundo lo supiera. Se sentía bien. Menos cohibida. Había perdido un poco de peso desde la muerte de Catherine, y eso la ayudaba. Quizá podría vender la idea a las revistas para adolescentes: «La dieta del asesinato de tu mejor amiga». Sabía que no era gracioso, pero no podía evitar sonreír para sí misma. Se acercó a Robert. Sus amigas estaban a su alrededor, pero él no les prestaba atención. No estaba coqueteando, al menos no desde que ella había salido del salón. No la había visto volver a entrar, y ella lo observó un momento para comprobarlo. Lisa estaba desesperada por llamar su atención, pero él simplemente la ignoraba. Todavía llevaba parte del disfraz, aunque había dejado el casco y el escudo en algún lugar. La daga seguía dentro de su funda en el cinturón. Antes, cuando habían bailado esa lenta danza, ella había sentido la daga contra su muslo. Se había sentido *sexy*. Nunca antes se había sentido así.

Le acarició el cuello. Robert también debía de haber bebido un poco, pero no lo parecía. Se había tomado lo del festival muy en serio. A Sally le gustaba eso. No era como los chicos de la escuela, que siempre veían la ocasión perfecta para burlarse de todo. Ahora, con la música de fondo, sentía que flotaba sobre la escena en el salón, mirándolo desde la distancia. Todas las cosas horribles que habían pasado, con Catherine, los problemas con sus padres y todo lo que había ocurrido en la escuela, todo había quedado atrás. Por fin podía creer que todo era posible. La música se detuvo para que la banda pudiera tomar algo. Robert se inclinó para hablarle al oído.

—Estaba pensando en volver a Brae. Hay una fiesta en el Haa. ¿Quieres venir?

—¿Por qué no?

—Creo que ya he cumplido con mi cometido aquí, ¿no crees?

—Claro. —Pensaba que no tenía nada que perder. Sus padres no la esperaban hasta por la mañana y, de todas formas, quizá sería más seguro estar lejos de Lerwick. No quería que sus padres aparecieran y armaran una escena si alguien les contaba lo que sucedía—. ¿Estás bien para conducir? —Quizá él podría enseñarle, pensó. Eso la haría útil para él. Podría mantenerse alejada del alcohol y llevarlo a casa después de las fiestas. Así no la dejaría.

—Ningún problema —dijo él, aunque cuando salieron hacia la furgoneta, olvidó que no la había cerrado, se le cayeron las llaves y comenzó a maldecir. Sally se preguntó por qué estaba tan nervioso. La noche había salido bien, y ella sabía que él esperaba que todo fuera así. No lo había admitido, claro, pero era como uno de los niños de la escuela de su madre, de los que tienen el papel principal en la función de Navidad. Quizá ahora que había terminado todo, era un anticlímax. Por primera vez pensó que ella era la más fuerte de la relación. A la hora de la verdad, sería ella quien lo cuidaría.

Mientras conducía en dirección al norte, Robert no habló demasiado. Iba muy rápido y, en una de las curvas, estuvo a punto de perder el control. Las máquinas de sal habían pasado más temprano, pero ahora las carreteras estaban resbaladizas. Sally estuvo tentada de decirle que no fuera tan rápido, pero lo último que quería era parecerse a su madre, siempre regañando y criticando. Además, había algo emocionante en ir a toda velocidad en la oscuridad por una carretera vacía. Robert había puesto un CD en el reproductor y sonaba música rock a todo volumen. La sensación era similar a la que tenía cuando miraba al cielo. Ya no era la tímida Sally. Todo había cambiado. Extendió la mano, la puso sobre su rodilla y le acarició la parte interna del muslo con el pulgar.

En Brae, todavía había luces encendidas en algunas casas, pero el lugar estaba tranquilo. Había oído hablar del Haa. Catherine le había hablado de una fiesta allí, aunque Sally nunca entendió cómo se las había arreglado para conseguir una invitación. Estaba pensando en eso, tratando de no reavivar viejos resentimientos, cuando Robert frenó bruscamente para girar fuera de la carretera principal. La furgoneta patinó y giró sobre sí misma. Sally cerró los ojos, imaginando que el vehículo salía de la carretera o se estrellaba contra el muro de la esquina, con el maletero destrozado, y uno o los dos muertos. No obstante, de alguna manera, Robert logró mantenerla en pie. Solo que ahora estaba orientada en la dirección equivocada.

—Mierda —dijo él—, justo lo que me faltaba. Que los polis anden husmeando, haciendo pruebas de alcoholemia. —Soltó una pequeña risita nerviosa, y Sally se dio cuenta de que él también había sentido un poco de miedo. De nuevo, pensó que probablemente ella era más fuerte que él. Robert dio marcha atrás lentamente hasta que estuvieron bien orientados y bajó la colina hacia la playa más despacio. Al acercarse a la casa, pudo ver que la hoguera en la playa seguía encendida.

Robert presentó a Sally a su madre. Quizá por eso la había llevado. Sabía que Celia estaría allí y quería que se conocieran. Sally esperaba que fuera así. Eso la hacía sentirse como una novia de verdad, como si Robert quisiera que conociera a su familia. Sin embargo, ahora no estaba segura de que fuera a funcionar. No creía que pudiera llevarse bien con Celia. Parecía estar disfrazada, con ese vestido negro largo y el trazo de carmín en su rostro pálido. Había sido la primera persona que habían visto al llegar al Haa, y Sally se había quedado impresionada. Había oído hablar de Celia Isbister, pero nunca la había visto. Se la había imaginado más parecida a una madre de verdad.

No podía dejar que Robert supiera lo que estaba pensando. Se notaba que él tenía muchas ganas de ver a Celia. Era como si estuviera atrapado entre su madre y su padre, desesperado por complacerlos a ambos. Por eso había conducido hasta allí como un loco. A Sally la relación entre ellos le parecía extraña. No era como la de una madre y su hijo, en absoluto. Más bien parecía que fueran amantes o algo así. Robert parecía muy contento de verla cuando entraron en la casa y Celia apareció en la puerta, como si fuera la dueña del lugar. Pasó un brazo alrededor de ella y la atrajo hacia sí. Sally nunca tenía ese tipo de contacto físico con sus padres. Ni siquiera lo habría querido. No le parecía sano.

Antes de seguirlo hacia el interior, esperó un momento en el patio. Afuera todo estaba en silencio, aunque imaginaba el ruido de las olas rompiendo en la playa. La marea habría cambiado. Al levantar la vista vio el rostro de un hombre en una ventana del piso de arriba, mirándola fijamente. Debía de haber oído la furgoneta. Reconoció a Duncan Hunter.

Todos estaban dentro de la casa, ahora. La hoguera seguía ardiendo porque alguien había puesto un gran trozo de leña, pero incluso eso estaba casi consumido, así que no quedaban más que brasas y cenizas. Celia los llevó a un gran salón alargado, casi vacío, para mostrarles el fuego a través de unas puertas acristaladas. El resto de la gente estaba en la cocina. Había una bandeja de horno con salchichas quemadas sobre el fogón, junto a unas patatas asadas que ya estaban frías, con la piel arrugada, marrón, como el cuello de una tortuga. Nadie comía. No parecía una fiesta. Todavía estaban allí, todavía bebían, pero la música estaba muy baja y el ambiente era tranquilo, apagado.

—La hija de Duncan ha desaparecido —dijo Celia—. La policía vino antes. No tenemos muchos detalles. Duncan ha llamado a Fran, pero no pudo decirle mucho. Seguramente no sea nada. Es de esas niñas que se despistan y se alejan. Pero, con todo lo que ha pasado últimamente, ya te imaginarás cómo está Duncan. Está esperando arriba, junto al teléfono.

—¿Cassie? —preguntó Sally—. A veces cuido de ella. —Le parecía bastante emocionante ser testigo del drama.

—Si le pasa algo, lo destrozará —añadió Celia.

—Entonces, ¿deberíamos estar aquí? —Sally no quería imaginar lo que sería perder a un hijo, pero tampoco imaginaba que un montón de extraños en tu casa fuera lo ideal.

—Claro que sí, no podemos irnos. Duncan odia estar solo.

Celia tenía una manera de hablar que te hacía sentir un poco tonta. A Sally no le caía nada bien, aunque por supuesto intentaría llevarse bien con ella, por Robert. Probablemente no era justo juzgarla. Celia, claramente, había bebido mucho. Además del lápiz labial, llevaba un delineador negro que se le había corrido, y de cerca parecía un desastre. Tenía algo pegajoso y desagradable en la manga de su cárdigan. Margaret quizá no era una madre brillante, pero al menos mantenía algo de dignidad. Sabía cómo comportarse en sociedad. Sally habría querido escapar. En lugar de eso, empezó a beber otra vez. Sabía que era un error y que debería mantener la cabeza despejada, pero al ver a Robert y a Celia susurrándose al oído, tan cerca que sus cabezas se tocaban, no pudo evitarlo.

Capítulo 44

Magnus estaba casi dormido cuando escuchó voces frente a su celda. Parecían discutir. Pensó: «Es el Up Helly Aa. Alguien lleva demasiado alcohol encima». Su tío lo había llevado a ver la procesión cuando era un niño, y ya entonces había mucho alcohol. Un año, Agnes había ido también. Ella era muy pequeña en ese entonces. Recordaba cómo le brillaban los ojos ante la emoción de una excursión hasta altas horas de la noche, y la bolsa de caramelos que su tío llevaba en el bolsillo.

Entonces, la pequeña trampilla en la gruesa puerta de metal se abrió con un clic, y Magnus vio la cara de un policía, iluminada por detrás con la luz fluorescente del pasillo. Magnus estaba tumbado en la cama estrecha y se impulsó hacia atrás con las nalgas, para que su cabeza quedara más alta y su espalda apoyada contra la pared. Se preguntó qué querrían ahora. ¿Iban a trasladarlo? Seguramente no. El ferri ya había partido hacía rato y no habría más aviones a esa hora. A menos que hubieran fletado uno. Eso a veces pasaba. Si alguien se ponía tan enfermo que necesitaba ir al hospital en Aberdeen, donde tenían todas las máquinas modernas, lo llevaban en un avión especial. A pesar de su pánico, sintió un pequeño escalofrío de emoción ante la idea de que contrataran un avión solo para él. Giró las piernas para sentarse en la cama.

Escuchó el tintineo de unas llaves y luego el sonido de la cerradura al girar. La puerta se abrió. El policía uniformado se hizo a un lado para dejar pasar a alguien.

—Tienes visita —anunció el policía. Sonaba de mal humor. Magnus no entendía qué había hecho para molestarlo.

Cuando el hombre había venido antes a recoger la bandeja del té, había estado bien, casi amistoso. Habían hablado de la procesión—. No tienes que aceptarla si no quieres.

Detrás del policía uniformado, Magnus vio al detective de Fair Isle. Todavía estaba vestido para el exterior, envuelto en una gran chaqueta acolchada, y tenía las manos en los bolsillos.

Entonces Magnus pensó que el policía estaba enfadado con el hombre de Fair Isle, y no con él.

—Lo veré —dijo, ansioso por agradar—. Sí, ¿por qué no?

—¿No quieres que esté presente tu abogado?

Magnus estaba completamente seguro de eso. No le gustaba nada el abogado.

Jimmy Perez se sentó frente a él en una silla de plástico. Magnus no escuchó los pasos del policía alejándose. Debía de estar allí, justo frente a la puerta. Como estaba pensando en por qué el policía seguía en el pasillo en lugar de regresar a su oficina, donde seguramente estaría más cómodo, se perdió la primera pregunta del detective. Hubo una pausa, y Magnus supo que debía responder algo. Miró a su alrededor, avergonzado y confundido.

—¿Has oído lo que he dicho, Magnus? —Había una impaciencia en la voz del hombre que Magnus no había escuchado antes, excepto quizá cuando le había mostrado las cintas de Catriona al detective en Hillhead—. Cassie ha desaparecido. ¿Sabes quién es Cassie? ¿La hija de la señora Hunter?

Magnus sonrió a su pesar. Esa sonrisa que siempre lo metía en problemas. Recordó a la niña a la que arrastraron en un trineo frente a su casa, aquel día nevado cuando los cuervos sobrevolaban el promontorio.

—Es una niña preciosa.

—¿Sabes dónde podría estar, Magnus? ¿Tienes alguna idea?

Magnus negó con la cabeza.

—¿Pero te gustaría ayudarme a encontrarla?

304

—¿Me dejarían salir? —dijo, inseguro—. Iría si me dejan, pero habrá muchos hombres ayudando en la búsqueda y yo ya no soy tan joven como antes.

Pensó en la otra vez, cuando la otra niña había desaparecido, y en la línea de hombres extendiéndose por la colina. Entonces también había ayudado, hasta que los dos policías habían llegado desde Lerwick para llevárselo.

—No necesito ese tipo de ayuda. Necesito que me hables sobre Catriona. ¿Qué le pasó a Catriona, Magnus?

Magnus abrió la boca, pero no salió ninguna palabra.

—¿La mataste, Magnus? Si lo hiciste y me lo cuentas, eso nos ayudaría a encontrar a Cassie. Y si no lo hiciste, pero sabes quién lo hizo, eso también sería de ayuda.

Magnus se levantó de la cama y se puso de pie. Sentía que no podía respirar.

—Lo prometí —dijo.

Sintió de nuevo la impaciencia del detective y retrocedió. ¿El policía seguía esperando frente a la puerta?

—¿A quién le hiciste la promesa?

—A mi madre.

«No les digas nada».

—Está muerta, Magnus. Nunca lo sabrá. Además, a ella le encantaban los niños, ¿verdad? Querría que ayudaras a Cassie.

—Ella quería a Agnes —dijo Magnus, y añadió, aunque sabía que no debía, porque no se debe hablar mal de una madre—. Pero no estoy seguro de que me quisiera a mí.

—Cuéntame qué pasó aquel día. Cuando Catriona subió corriendo la colina. Eran las vacaciones de verano, ¿no? Uno de esos días de viento y soleados.

—Yo estaba trabajando en el campo —dijo Magnus—. Cortando heno. Casi había terminado, y luego iba a hacer algo de jardinería. Entonces teníamos un jardín al lado de la casa, donde había algo de resguardo. Ahora no me esfuerzo tanto. Solo mantengo algunas patatas y nabos. Antes tenía verduras en primavera, más tarde repollo, zanahorias y cebollas. —Hizo una pausa. Sentía que el hombre de Fair Isle se estaba impacientando, aunque nada en su rostro había cambiado—. Vi a la niña corriendo colina arriba. Llevaba un ramo de flores en la mano. Siempre me gustaba cuando venía a visitarnos, y pensé en descansar. Tomarme un café en la casa. —Lo miró, a la defensiva—. No había nada de malo en eso, ¿verdad? Descansar y hablar con la niña.

—Claro que no, si eso fue todo lo que hiciste.

Magnus no respondió.

—¿Me lo dirás? —dijo Jimmy Perez. Su voz era muy baja, tan baja que Magnus tuvo que esforzarse para escucharla, y su audición era muy buena. No como la de algunos ancianos. No como su madre, que al final había perdido el oído.

Los pensamientos se agolpaban en su cabeza. Imágenes de Catriona y de Agnes cuando estaba enferma, y de su madre inclinada junto al fuego, con la aguja de tejer atrapada bajo un brazo, tejiendo de forma triste e implacable. Y recuerdos de estar sentado en la escuela dominical cuando era niño, en una silla tosca de madera llena de astillas que se clavaban en la parte trasera de las rodillas, mirando el polvo atrapado en la luz que entraba por la ventana larga. Escuchando las cosas que enseñaba el pastor. Que la única manera de encontrar la felicidad era a través del perdón de Dios. Sin entender realmente las palabras, no todas, pero vislumbrando su significado de vez en cuando, como formas en la niebla. Y luego, no creyendo en nada de eso.

Decidió no decirle nada al detective, pero cuando abrió la boca, todo salió.

—Subió bailando por la colina con las flores en la mano, y yo sabía que venía a vernos. Nunca habría pensado que no sería bienvenida. Llevaba el cabello atado con dos cintas… —Levantó las manos hasta la parte superior de la cabeza para mostrar lo que quería decir—. Como cuernos, tal vez. Para entonces yo ya estaba en la cocina, con las manos lavadas, listo para tomar un café. Entró directamente. Nunca se molestaba en llamar a la puerta. Y se notaba que ese día tenía ganas de hacer travesuras. ¿Podría ser el viento? Cuando hay viento, los niños corren por el patio del colegio y a veces son tan ruidosos que se oyen desde mi casa. Mi madre estaba tejiendo. Estaba claro que no quería que Catriona estuviera allí. Algunas noches no dormía bien. Creo que ese día quería estar sola. Había tenido una mala noche y quería sentarse a tejer en paz.

—¿Pero tú querías ver a la niña?

—Me gustaba verla —dijo—. Le di un vaso de leche y una galleta, pero dijo que no quería leche, que quería zumo. No teníamos zumo en la casa. Y no se conformaba. Algunos días, cuando venía, se sentaba a dibujar, o cuando mi madre estaba de humor, cocinaban juntas. Ese día no podía quedarse quieta, abría cajones y miraba en los armarios. Supongo que estaba aburrida. Dijo que estaba aburrida. —Hablaba con voz desconcertada. El aburrimiento era una idea que le costaba entender. Allí en la comisaría odiaba estar encerrado, y le preocupaba lo que le pasara a su terreno en Hillhead, pero no se aburría.

—¿Entonces, se fue? —dijo Perez—. ¿Eso es lo que me estás diciendo? ¿Que estaba aburrida y se fue? ¿A dónde fue? ¿A quién vio?

Hubo un silencio.

—¿Magnus?

—No se fue —dijo—. Entró en mi habitación y empezó a buscar cosas con las que jugar. —Recordó a la niña empujando la puerta, saltando sobre su cama, con la cabeza hacia atrás, riendo, los «cuernos» de su pelo volando. Su confusión al mirarla, observando el pequeño cuerpo moreno, vislumbrando sus braguitas mientras su falda se subía—. No debería haber hecho eso. No sin preguntar primero.

—No —coincidió el detective. Magnus esperaba que le hiciera otra pregunta entonces, pero no lo hizo. Se quedó mirándolo, esperando simplemente a que continuara con la historia.

—Había guardado algunas cosas que habían pertenecido a Agnes —dijo Magnus—. ¿Recuerda que le hablé de Agnes? Era mi hermana. Murió cuando todavía era una niña. Contrajo la tos ferina. Mi madre me había pedido que me deshiciera de ellas. No las quería en la casa, pero yo no lo soportaba. Estaban en una caja que guardaba bajo mi cama. —«Excepto cuando mi madre hacía la limpieza de primavera. Entonces tenía que moverlas». No le contó esos detalles al detective. Pensó que no entendería lo que era tener un secreto, una cosa que fuera solo para uno mismo—. Catriona las encontró. No eran gran cosa. Un peluche. Un conejo. Y una muñeca de pelo largo. Era todo lo que tenía Agnes. No era como ahora, que los niños tienen tantos juguetes.

—No querías que Catriona jugara con ellos —dijo Perez—. Porque habían sido de Agnes.

—¡No! —Magnus no estaba seguro de cómo lograr que el policía entendiera lo que había pasado—. Me gustaba verla jugar con ellos. Tenía miedo de que se riera de ellos, porque no eran como los juguetes a los que estaba acostumbrada. Pero no lo hizo. Cogía la muñeca en brazos y la abrazaba. La mecía como si fuera un bebé. Agnes solía hacer eso. Solía mecer al bebé y cantarle. Catriona no cantaba, pero fue dulce con ella. Preguntó si podía cepillarle el cabello. No era una niña mala. No, no era mala. Solo tenía demasiado brío. No sabían qué hacer con ella.

—¿Qué pasó después? —preguntó el detective.

Magnus cerró los ojos, no para rememorar la escena, sino en un intento de bloquearla. Pero no pudo. Ahí estaba, reproduciéndose frente a él, y cuando volvió a abrir los ojos, aún la veía. Su madre apareciendo de repente en la puerta, con el cinturón de crin que sostenía la aguja de tejer todavía alrededor de su cintura. «Dame eso». Extendió la mano y agarró la muñeca. La niña, desafiante, disfrutaba del escándalo que armaba, del alboroto a su alrededor, en una especie de danza burlona, con la muñeca levantada sobre su cabeza. Sin entenderlo, porque ¿cómo iba a entender que nunca más mencionaron a Agnes en la casa después de su muerte? Su madre debía de haber guardado el recuerdo de manera feroz e implacable, pero a Magnus nunca se le permitía hablar de ella, así que Catriona ni siquiera habría sabido de su existencia. «Ahora es mi muñeca. Magnus me la dio». El odio helado en los ojos de su madre cuando se volvió y lo miró. Luego la niña trató de salir de la casa bailando, saltando y riendo.

Pero nunca llegó hasta la puerta, porque su madre había cogido las tijeras. Eran las tijeras que usaba para cortar la lana cuando tejía, y para cortar la tela cuando cosía. No eran tijeras grandes, sino de hojas estrechas y muy afiladas. Y entonces, de repente, la niña estaba quieta y muerta, casi como una muñeca, tendida sobre la alfombra de retazos frente al fuego. Su madre había alzado las tijeras por encima de su cabeza y, con ambas manos, las había hundido para matar a Catriona. La niña emitió un pequeño sonido, apenas un grito, dio un pasito y cayó sobre la alfombra. Magnus recordó a su madre haciendo esa alfombra, cortando los retales de ropa vieja y pasando las tiras de material por un pedazo de arpillera con un gancho de croché. Se había arrodillado sobre la alfombra para mirar a Catriona y se había vuelto hacia su madre, en busca de orientación. ¿Qué debían hacer? No tenían teléfono, pero él podía correr a la casa de los Bruce. Su madre habló con su voz tranquila y firme. «No debería haber jugado con los juguetes de Agnes». Luego se sentó de nuevo en la silla y continuó tejiendo.

Magnus tuvo que encargarse de todo. Enrolló a Catriona en la alfombra y la llevó a su habitación. Había sangre, pero no mucha. Guardó la muñeca y el conejo en la caja debajo de su cama. Cuando vinieron buscando a Catriona, él estaba en el jardín, cortando las malas hierbas con su azada de mango largo. «No, no ha estado aquí». Y cuando volvieron más tarde y le preguntaron a su madre, ella dijo lo mismo. Nadie notó la ausencia de la alfombra. ¿Por qué iban a hacerlo? Rara vez entraban en la casa. Cuando oscureció, desenvolvió la alfombra para que Catriona estuviera tendida de espaldas en el centro. Le desató las cintas y extendió su cabello. Luego la cargó colina arriba. Era una noche nublada. Sin luna. Negra como un cuervo. Los hombres seguían buscándola en el cabo y a lo largo de los acantilados. Divisaba los destellos de sus linternas, pero nadie lo vio a él. Ellos estaban en la costa y él tierra adentro. Luego dejó a la niña allí, sobre el brezo, con la cara vuelta hacia la lluvia, y volvió a la casa a por una pala, una buena pala afilada. Subió nuevamente la colina, la enterró en el turbal y cubrió el lugar con piedras sueltas.

Amanecía cuando terminó y estaba de regreso a casa. Era verano y las noches seguían siendo cortas, pero aun así nadie lo vio. En la casa, cortó la alfombra con las tijeras de su madre y la arrojó al fuego trozo a trozo. Su madre permaneció en su habitación hasta que estuvo todo hecho, y luego salió y preparó la avena para su desayuno como hacía siempre. Nunca hablaron del tema. Solo cuando los policías vinieron a buscarlo, ella dijo: «No les digas nada».

—Así fue —dijo cuando, al fin, las palabras se detuvieron y la escena se desvaneció frente a sus ojos—. Eso fue lo que ocurrió.

El detective estaba decepcionado. No era lo que había esperado oír.

—Así fue —repitió—. Lo siento.

Y entonces, porque de alguna manera había adquirido la costumbre de hablar —después de tanto tiempo sin tener a nadie con quien hacerlo, empezaba a acostumbrarse—, volvió a abrir la boca y comenzó a contarle al detective de Fair Isle la última vez que había visto a Catherine Ross. De algún modo, ya no le importaban las instrucciones de su madre.

Capítulo 45

Toda la noche, Fran fue consciente del paso del tiempo. A cada minuto que transcurría, parecía menos plausible que Cassie simplemente se hubiera alejado y se encontrara a salvo con alguna familia que estuviera cuidando de ella. Ahora era casi medianoche, y en Lerwick las celebraciones de Up Helly Aa en los salones de los centros comunitarios estaban en pleno apogeo. En todos los rincones de la ciudad, la gente bailaba, reía y escuchaba música. Los hombres alborotaban, embebidos de alcohol. No era momento para niños. Todos los menores estarían ya en la cama desde hacía rato. Fran se había concentrado en desear que los minutos pasaran lentamente. Nunca había querido llegar a este punto. Miró el reloj, las dos manecillas acercándose, no pudo soportar verlas juntarse y apartó la mirada.

Fuera hacía un frío glacial. De ese que penetra la ropa y va directo a los huesos. Sentada en la casa en Ravenswick, Fran era consciente del frío, incluso aunque el fuego mantenía la habitación caliente. Tenía las cortinas abiertas por si aparecían las luces de algún coche en la carretera. De vez en cuando limpiaba el vaho del cristal y veía la escarcha, espesa y blanca en cada brizna de hierba. Pensaba en Cassie, esperaba que siguiera llevando su bufanda y sus guantes; prefería imaginarla fuera, a la intemperie, antes que encerrada en algún lugar. Cassie odiaba la oscuridad y siempre tenía una lámpara encendida cuando estaba en la cama. Fran pensó en las pesadillas que habían atormentado a su hija; recordó a Cassie, medio dormida, extendiendo la mano a ciegas hacia ella en busca de consuelo. Fran parpadeó, fue una respuesta involuntaria a la imagen, sintió las lágrimas rodando por sus mejillas, pero no encontraba la energía para limpiárselas.

Euan Ross estaba sentado con ella. La corpulenta policía estaba sentada a la mesa, incómoda, en silencio. Euan le había servido *whisky*, tal como ella se lo había servido a él después de la muerte de su hija. Ella le dio un sorbo por cortesía. Incluso ahora, mientras estaba volviéndose loca, presa del pánico, incapaz de pensar con claridad, todavía no quería ofenderlo. Euan sabía que su hija estaba muerta. Todavía había esperanza de que la suya estuviera viva. Se preguntó cómo había podido sentirse tan afectada cuando encontró los cuerpos de las otras niñas.

Había encerrado al perro en el dormitorio. Le recordaba demasiado a Cassie. No quería verlo; el olor del animal a sus pies le daba ganas de vomitar.

Sonó el teléfono. Se levantó de un salto, lo alcanzó antes del segundo timbre, sintió la adrenalina golpeando su cerebro, volviéndola repentinamente lúcida. Era Duncan.

—¿Alguna noticia? —preguntó.

—Te habría llamado —dijo.

Después de que Perez visitara el Haa buscando a Cassie, Duncan la había llamado, exigiendo una explicación. Ella no sabía cómo se sentía. Había esperado que la culpara por perder a su hija. En una situación similar, ella le habría arrancado los ojos, pero, en cambio, él parecía distante, glacial. Al principio pensó que estaba muy borracho y trataba de disimularlo, un esfuerzo intenso por parecer sobrio. Ahora creía que había algo más. Desde entonces, había estado llamando cada hora. No podía enfadarse con él. Era culpa suya, no de él. Si hubiera permitido que Cassie fuera con él al Haa, la niña estaría a salvo.

—Lo siento —dijo. Y lo decía cada vez que él llamaba.

Hubo un momento de silencio.

—No —dijo él—. No hay nada que pudieras hacer. No puedes culparte. ¿Quieres que vaya?

—No. Quédate ahí. Debería haber alguien en las dos casas. Por si acaso…

Duncan iba a responder, pero ella lo interrumpió.

—Por favor, voy a colgar. La policía podría estar intentando comunicarse conmigo. En cuanto sepa algo, te llamaré. Te lo prometo.

Al colgar, se vio reflejada en la ventana. Una figura oscura, sombría, irreconocible, de mediana edad. Una ola de autocompasión la tomó por sorpresa. Se había mudado allí para mantener a Cassie a salvo. Era todo lo que había querido. Una vida mejor para ambas. Era como si fuese objeto de una broma retorcida. Encontrar los cuerpos ya había sido lo bastante duro. No podía lidiar con esto también. Se dio cuenta de que estaba sollozando, pero no por Cassie esta vez, sino por ella misma.

Euan se acercó por detrás y le ofreció un pañuelo. Estaba limpio, blanco, planchado. Ella lo cogió. La sensación de la tela suave contra su rostro fue un pequeño consuelo.

—¿Cómo puedes pensar en planchar? ¿En un momento como este? —Fue lo primero que se le ocurrió decir.

Tardó un momento entender a qué se refería. Esbozó una pequeña sonrisa.

—No fui yo —dijo—. Tengo ayuda para la casa. Alguien que se encarga de mantener las cosas funcionando. Si dependiera solo de mí, ya me habría desmoronado. Ya lo has visto.

Ahora, a ella le parecía que él estaba completamente sereno.

—¿Encontraste algo en los escritos de Catherine? —le preguntó de repente—. ¿Algo que pueda ayudarles a descubrir quién está detrás de todo esto?

Antes de que pudiera responder, se oyó un ruido afuera. Su reflejo en la ventana se desvaneció cuando unos faros lo iluminaron desde atrás. Contuvo la respiración mientras el coche bajaba por la carretera, reduciendo la velocidad hasta detenerse frente a la casa. Era Jimmy Perez, y enseguida vio que estaba solo. Esperó, aún con la esperanza de que se moviera hacia el otro lado del coche para ayudar a salir a una niña del asiento trasero, pero el policía caminó directamente hacia la casa. «Ha venido a decirme que Cassie está muerta». Si hubiera sido una buena noticia, habría llamado. No habría perdido el tiempo conduciendo hasta aquí. Maggie lo escuchó acercarse y empezó a ladrar y saltar contra la puerta del dormitorio.

Lo primero que dijo, tan pronto como la puerta se abrió, fue:

—No tengo ninguna novedad. No la hemos encontrado. Todavía no.

Como se había convencido de que Cassie estaba muerta en el tiempo que tardó Jimmy en caminar desde el coche hasta la casa, se sintió aliviada. Podría haberlo besado.

—Tengo algunas preguntas —dijo él.

—Por supuesto. Lo que sea.

Jimmy miró por encima de su hombro hacia Euan Ross.

—Lo siento. Nos gustaría hablar con la señora Hunter a solas. ¿Lo entiende?

—Me voy a casa —dijo Euan—. Llámame si necesitas que vuelva. O ven conmigo, Fran, si prefieres. No te preocupes por la hora. Estaré despierto.

Fran no fue consciente de cuándo se fue. Sabía que debería haberle dado las gracias, despedirlo, ofrecer café y comida al detective, pero se sentó, esperando impacientemente las preguntas. Pensó que Perez tenía una idea, o varias. Había esperanza. Mientras esperaba, vio las luces de otro coche viniendo desde Lerwick, pero no se detuvo.

Jimmy sacó una dura silla de comedor y se sentó en ella, frente a Fran, con las largas piernas retorcidas bajo el asiento. La mujer policía movió su silla hacia un rincón. Fran percibió una sensación de urgencia. Él estaba desesperado por que respondiera rápido. Cuando se detenía a pensar un momento, no le decía que se diera prisa, pero ella sabía que era lo que quería.

Las preguntas no tenían sentido para ella. Le parecían completamente aleatorias. Le preguntó por Cassie y cómo le iba en la escuela, sobre la vida social de Fran y los amigos que había hecho lejos de Ravenswick. Fran no pidió saber qué sentido tenían las preguntas. No podía hacer nada más para encontrar a su hija. Estaba en sus manos. Y si el policía perdía tiempo explicándole sus ideas, podría ser demasiado tarde.

No tardó mucho. Después de un cuarto de hora, se levantó de nuevo.

—No debería estar sola aquí —dijo.

—Euan dijo que volvería.

—No. Ross está demasiado implicado en todo esto. Debería haber alguien más.

Fran pensó en Jan Ellis, que había sido tan amable con el tema del perro, a cuyo esposo no le importaba hacer el ridículo, y que se vestía de bebé si hacía falta. Escuchó a Perez llamarla por teléfono desde fuera, usando su móvil. Tan pronto como el coche de Jan se detuvo frente a la casa, él desapareció. No le dijo nada antes de irse y ella no lo miró partir. Entendió que Perez no quería decirle que todo estaría bien, ni hacer promesas que no podría cumplir.

Capítulo 46

Jimmy Perez se alejó de la casa de Fran Hunter y descendió por la colina hacia Hillhead. Se detuvo frente a la casa del anciano y limpió la condensación del parabrisas. Al pie de la colina, las luces seguían encendidas en la escuela y en la casa de Euan, pero no había señales de la actividad que había adentro. Roy Taylor entendía la necesidad de ser discretos. Los coches estaban aparcados fuera de la vista desde la carretera.

Era tentador bajar y unirse a ellos. Había algo tranquilizador en el dispositivo de una búsqueda. Le ayudaría a olvidar el pánico. Podría concentrarse en revisar objetos y pertenencias, confirmando una teoría que ya lo había convencido, pero eso no traería de vuelta a Cassie. Estaba seguro de que no estaba en Ravenswick.

Perez se obligó a respirar despacio, a pensar racionalmente en lo que debía hacer a continuación. Sus ideas se atropellaban y luchaba por ponerse en orden. Eran pensamientos extraños, que poco tenían que ver con el asunto en cuestión. Eran distracciones.

Los cuervos. Cada vez que había estado aquí a la luz del día los había visto volando sobre estos campos. ¿A dónde irían por la noche? Mirando hacia el promontorio helado, le costaba imaginar que se refugiaran en los salientes del acantilado, pero ¿dónde más podrían ir? ¿Dormirían juntos para protegerse del frío? No sabía cómo sobrevivían a un invierno como este. El cuervo de Magnus ya estaba muerto. Perez lo había llevado a la mujer que cuidaba de aves y animales heridos, y ella lo había alimentado tal como Magnus le había indicado, pero algo en el cambio de hogar lo había alterado. Había muerto la primera noche, sin razón aparente. A veces pasaba, dijo la mujer.

Luego pensó en Duncan. Que en el pasado había sido su amigo, pero que había acabado como su enemigo. ¿Cómo hablaría Perez con él si su hija estuviera muerta? Y eso lo llevó al asesino. Sabía lo que debía hacer. Encendió el motor y retrocedió hacia la entrada opuesta a la casa de Magnus para dar la vuelta. Volvió a conducir hacia el norte.

En Lerwick llamó a Taylor.

—¿Algo?

—Tenías razón. Las encontramos. Aunque estaban bien escondidas. Era fácil pasarlas por alto.

«Pero tú no las pasaste por alto», pensó Perez. Percibió el triunfo en la voz de Taylor, contenido porque probablemente se sentía culpable por sentirse así, pero ahí estaba de todos modos. Magnus Tait no había matado a Catherine. Un inglés los había dejado en evidencia. Un inglés y un poli de Fair Isle.

—Ve a Quendale. Habla con el chico de allí. Me perdí algo.

No debería ser él quien diera órdenes, pero no le importó.

Perez colgó y se puso en contacto con el resto del equipo que ya estaba buscando en los salones. A esas alturas, los bailes terminaban, la gente empezaba a irse a casa. Los más resistentes se habían trasladado a fiestas privadas.

—¿Alguna señal de él?

—Nadie lo ha visto en un buen rato.

—¿Han registrado la casa?

—Todo tranquilo. La puerta estaba abierta y echamos un vistazo. No hay nadie.

Condujo lentamente por las calles, deteniéndose de vez en cuando para hablar con grupos de juerguistas que regresaban a casa. Nadie lo había visto. No desde hacía horas. Llamó de nuevo.

—Hablen con los taxistas. Y despierten a los que trabajan en el ferri de Whalsay. Podría haberse ido en el barco.

Pensó que sería una forma eficiente de deshacerse de una niña pequeña. Tirarla por la borda. Con esta temperatura, solo sobreviviría unos segundos, incluso si supiera nadar. Por alguna razón, la imagen del cuervo apareció en su mente por un momento. «No haría falta mucha profundidad», pensó. Dependiendo del estado de la marea, existía la posibilidad de que nunca encontraran el cuerpo, incluso si la arrojaban en el lugar donde estaba amarrado el barco.

Perez pensó en amigos que tuvieran botes y vivieran cerca de Vidlin. Alguien a quien podría convencer para llevarlo a Whalsay, pero entonces tuvo otra idea. Celia estaba en el Haa, o al menos había estado cuando fue, un rato antes. Valía la pena buscar allí primero. Por segunda vez esa noche, Perez condujo hacia el norte, a través de los páramos de brezo.

En la intersección de Brae vio marcas de derrape en la carretera y cambió de marcha para bajar la pendiente hacia la casa. Había dos figuras en la playa, siluetas iluminadas por los rescoldos de la hoguera, pero no pudo distinguir quiénes eran. No sabía qué esperar de la casa. No sabía cómo reaccionaría Duncan ante la desaparición de su hija. No le habría sorprendido encontrar una fiesta alborotada en pleno apogeo, con Duncan, el exhibicionista, borracho, intentando fingir que todo estaba bien. Pero allí estaba todo muy tranquilo. Incluso cuando apagó el motor, no se escuchaba música. La leve brisa que había llegado con el cambio de marea había cesado de nuevo. El humo subía en línea recta desde la alta chimenea. Podía verlo a la luz de la luna y oler la madera quemándose en el hogar.

Abrió la puerta sin llamar. En la cocina, alguien que no conocía estaba dormido en la silla de Orkney. Era una joven, con las piernas encogidas. Dos hombres estaban sentados a la mesa comiendo tostadas. Llevaban traje y corbata, como si estuvieran en un desayuno de trabajo en la ciudad. Levantaron la vista al escucharlo y lo tomaron por uno de los amigos de Duncan.

—Hola —dijo uno, sin sorprenderse de que un invitado apareciera a las dos de la mañana—. Está arriba. No está de humor para fiestas.

Tenía acento inglés, y Perez los tomó como conocidos de negocios.

No respondió y se dirigió al salón. La pareja joven que había encontrado en la cama estaba allí, en uno de los sofás, con los brazos entrelazados, no del todo dormida, pero en un estado de estupor autocomplaciente. Celia estaba sentada en el suelo, mirando el fuego y removiéndolo con un atizador de hierro forjado, haciendo saltar chispas. Parecía que había estado llorando.

—¿Está Robert aquí?

Levantó la vista hacia él.

—Estaba —respondió—. No sé si aún está. ¿Sigue su furgoneta aquí?

No le preguntó por qué quería saberlo ni si había noticias de Cassie. Perez sintió el impulso de gritar muy fuerte. Algo que los sacudiera. ¿Qué derecho tenían todos de holgazanear medio inconscientes mientras había desaparecido una niña?

No dijo nada y salió rápidamente. Debería haber pensado en la furgoneta cuando llegó. La vio de inmediato. Antes de acercarse, movió su propio coche para bloquear la salida de la furgoneta. No quería pasar la vergüenza de que Robert escapara.

Intentó abrir la puerta del conductor. Estaba cerrada. Miró a través de la ventana, iluminándola con su linterna. Había sal en el cristal y la luz se reflejaba, lo que hacía difícil distinguir nada del interior. Se agachó para estar más cerca. Había un guante rosa en el asiento del copiloto, pero era demasiado grande para ser de Cassie. No podía ver la parte trasera. Y la delantera estaba separada de los asientos por una carcasa de metal. Probó la manilla de las puertas traseras. La manilla se movió, liberó una varilla y un cerrojo, y cuando tiró, la puerta se abrió.

En el interior descansaba un bulto blando. No se permitió pensar lo que podría ser. Iluminó con la linterna y captó un par de ojos, abiertos y asustados. Parpadearon, dañados por la luz. Estaba viva. Cassie no podía moverse. Sus manos estaban atadas con un cordel, con nudos hechos con destreza. En la boca tenía una mordaza hecha con una tira de trapo aceitoso. Perez sacó su navaja del bolsillo. Cortó las cuerdas y le quitó la mordaza, la sacó y la sostuvo en brazos como si fuera un bebé. Cassie comenzó a temblar. Corrió con ella hacia la casa, gritando el nombre de Duncan en cuanto estuvo dentro. El hombre bajó las escaleras a toda velocidad hacia ellos.

Capítulo 47

Sally se encontraba en la playa. No recordaba cómo había llegado allí. Hacía frío, pero ahora el frío parecía algo lejano. Robert se había quitado la chaqueta y la había puesto sobre sus hombros. La hoguera todavía desprendía algo de calor. De repente pensó que ya había tenido suficiente y que le gustaría estar en su casa. Sus padres estarían dormidos y podría entrar muy silenciosamente, prepararse un té. Estaba cansada, y podría tumbarse en la cama en la que había dormido desde que dejó la cuna. El edredón estaría cálido y se dormiría. Lo que más deseaba era dormir. Pero eso, al parecer, era imposible. Robert quería hablar.

—¿Te contó Catherine lo que pasó la última vez que estuvimos aquí?

—No quiero saberlo —dijo.

—¿Cuál era su problema?

—Mira —dijo Sally—. No me importa. Ahora no.

Se apoyó contra él y sintió que sus ojos comenzaban a cerrarse. El cuchillo en su cinturón estaba presionando la parte baja de su espalda. No era incómodo, y estaba demasiado cansada para moverse. ¿Era solo por la bebida? ¿Era eso lo que te hacía el alcohol, te hacía querer dormir y olvidar?

—Mamá tenía razón sobre ella desde el principio —dijo él. Las palabras parecieron rebotar contra su cráneo. ¿Qué trataba de decir? Comprendió que no podría dormir. Tenía que escuchar.

—¿Qué quieres decir?

—Dijo que era una chica rara. Que más valía evitarla.

—Era mi amiga —dijo Sally, aunque le parecía extraño defender a Catherine ante Robert. Especialmente ante Robert.

—Trató de burlarse de mí. No podía dejar que se saliera con la suya.

—No hacía falta. Murió.

—Me gustaba —dijo él—. Me atraía. Eso era lo que pretendía. Mamá decía que eso era lo que buscaba. Solo tonteaba conmigo, decía, tratando de provocar una reacción.

«Por el amor de Dios, no metas a tu madre en esto». Se dio cuenta de cómo sería la vida si estuvieran juntos para siempre. A la primera señal de problemas, Robert saldría corriendo en busca de Celia, de un hombro donde llorar, y dependería de ella para arreglarlo todo. Quizá era más sano odiar a tu madre. Quizá debería estar agradecida de que Margaret la hubiera tratado tan mal. Más allá del fuego, ahora había escarcha en la orilla. Las olas, al retirarse, dejaban vetas de hielo, pálidos reflejos a la luz de la luna. «Dios», pensó. «Qué desastre».

—Me grabó —dijo él.

—Grababa a todo el mundo.

—Me grabó pegándole. Esa noche. Me provocó tanto que acabé dándole una bofetada en la cara, tan fuerte que le quedó una marca roja. Era lo que quería. Decía que hacía una buena película. Eso fue lo que dijo. Tenía su cámara en un trípode y me provocó para que me olvidara de que estaba allí. Como si yo fuera una foca amaestrada.

Sally no respondió.

—¿Me has oído? —exigió él.

Sally trató de apartarse, pero Robert la sujetó por los hombros.

—¿Vas a pegarme? —Las palabras parecieron salir de otra persona, no de ella. No debería provocarlo con lo de Catherine. No era culpa suya. Sabía cómo era Catherine. Y no era buena idea que se enfadara con ella.

—No —dijo él. Sally pensó que sonaba como un niño pequeño. Como uno de los niños de la escuela de su madre—. No, claro que no.

—Aléjate de ella.

Esas palabras, sin embargo, las pronunció un adulto. Estaban de cara al fuego y más allá se encontraba el agua, por lo que no habían oído a Jimmy Perez acercándose por detrás. Sally pensó que debía de haberse movido muy silenciosamente sobre los guijarros. Era un hombre silencioso. Incluso las palabras, cuando las repitió, no las dijo en voz alta. Ambos se giraron para mirarlo.

—Tu madre quiere hablar contigo, Robert. Ven conmigo.

Robert comenzó a moverse y Sally pensó: «Ya está. Celia ha ganado. Cada vez que Celia lo llama, él va corriendo». Y supo que probablemente nunca lo volvería a ver. Observó cómo Robert se alejaba a trompicones hasta desaparecer en la oscuridad. Más arriba en la playa hubo voces, algo parecido a un forcejeo. No entendía de qué se trataba. Pensó que Robert no caminaba de manera muy elegante. Tenía las piernas algo cortas. Su trasero estaba demasiado cerca del suelo. Se preguntó cómo había podido pensar que valía la pena preocuparse por él. Robert le había dejado su chaqueta, pero ahora Sally temblaba y volvió al fuego, sintiendo el calor feroz en ese lado de su cara. «Tenía una marca roja como de una bofetada», pensó. En su mano sostenía el cuchillo que había sacado del cinturón de Robert cuando él trató de sujetarla.

—¿Lo habrías matado a él también? —preguntó el policía.

Sally no respondió. Inclinó el cuchillo para que la hoja reflejara las brasas. La hoja parecía escarlata en la extraña luz roja, como si ya estuviera cubierta de sangre.

—Encontramos a Cassie —dijo él—. Está bien.

—No tenía nada que ver con Robert —dijo Sally—. Se había dejado la parte trasera de la furgoneta abierta. Cassie se había alejado de su madre. Le dije que la ayudaría a encontrar a la señora Hunter. Había cuerda en la furgoneta. Estuve en

323

las brigadas juveniles de la iglesia. Soy buena con los nudos. —Hizo una pausa. Cuando derraparon en el cruce de Brae, había oído a Cassie golpearse en la parte trasera. Robert no se había dado cuenta.

—¿Por qué te la llevaste? —dijo el detective—. No tienes que responder. No debería hablar contigo sin un abogado, pero me lo preguntaba. Una niña. ¿Qué podría haberte hecho para perjudicarte?

Sally lo miró mientras se sentaba en la arena, con el cuchillo sobre sus rodillas.

—Me vio esa noche con Catherine. Se había despertado. Una pesadilla. Me vio desde la ventana de su habitación, a la luz de la luna. La convencí de que había sido un sueño. Luego, cuando la encontré esta noche en Lerwick, perdida, tan alterada, pensé que no podía correr el riesgo. Una estupidez. «Pero no era solo eso. Era la niña. Crecería y se parecería a Catherine. Segura de sí misma, arrogante. No sería el tipo de niña a la que se pudiera intimidar, que se sintiera enferma cada mañana antes de ir a la escuela. Ella sería la que haría los comentarios ingeniosos que revolverían el estómago de algún pobre chico. Descarada. Su madre tenía razón sobre eso».

—¿Por qué no la mataste de inmediato? —preguntó él.

Ella se encogió de hombros.

—Tenía que esperar a que todo estuviera tranquilo, ¿no?

«Tranquilo, como la noche en que maté a Catherine. Una noche como esta».

—¿Para eso querías el cuchillo?

Volvió a encogerse de hombros.

—Ya no te sirve —dijo él—. Es mejor que me lo des.

Ella no respondió. Se quedó sentada en la arena con el cuchillo en las manos, mirándolo. En la distancia, oyó el sonido de coches alejándose del Haa. La fiesta había terminado. Robert se iría a casa con Celia. Se merecían el uno al otro.

—Sally, dame el cuchillo.

La chica pensó que podría alcanzarlo antes de que pudiera detenerla. Sopesó la posibilidad en su cabeza. La emoción de hacerlo. ¿Sería igual de emocionante que cuando mató a Catherine? Quizá sería más intenso. Imaginó el sonido de los huesos rompiéndose, la sangre derramándose, verlo desangrarse en la arena helada. Por supuesto, no había posibilidad de escapar ahora. Nunca pensó que se saldría con la suya al matar a Catherine. Ni siquiera cuando encerraron al viejo. Esto era Shetland, donde no podías tirarte un pedo sin que todo el mundo lo supiera. De todos modos, se habría sentido decepcionada si hubiera sido un secreto para siempre. Imaginó a sus amigos en la escuela, sus caras cuando se enteraran. Daría cualquier cosa por estar en la sala común cuando la noticia estallara, cuando su rostro apareciera en los periódicos y en la televisión. Sería una celebridad.

—Sally. Dame el cuchillo.

Sostuvo el mango de hueso del cuchillo en su mano, lista para atacarlo, pero de repente el cansancio la venció nuevamente. Se levantó y, con las últimas fuerzas que le quedaban, lo arrojó hacia el mar. Giró en el aire y cayó en el agua poco profunda. No vio el chapoteo por la oscuridad, pero lo oyó.

Perez se acercó a ella, le tomó la mano y la ayudó a levantarse. No fue un gesto brusco ni cruel. Fue como si intentara ayudarla. Puso su brazo alrededor de sus hombros y caminó con ella por la playa. Desde la distancia, parecían amantes.

Capítulo 48

Perez dejó a Roy Taylor en el aeropuerto a la mañana siguiente. Ahora que estaba convencido de que habían detenido a la verdadera culpable del asesinato de Catherine Ross, el inglés no quería quedarse más tiempo. La inquietud que había logrado mantener a raya mientras la investigación centraba su interés lo empujaba ahora a seguir adelante. Ya estaba pensando en el próximo caso. Le estrechó la mano a Perez calurosamente antes de salir de la sala de espera, pero no miró atrás mientras cruzaba la pista hacia el avión con destino a Aberdeen. Perez esperó hasta que el avión despegó y casi deseó estar en él. Aún no había tomado una decisión acerca de la posibilidad de mudarse a la isla. Su madre había dejado de preguntarle al respecto. Seguramente se había resignado al hecho de que no regresaría a casa.

En el camino de regreso a Lerwick, se detuvo en la casa de Fran Hunter. Se dijo a sí mismo, mientras aparcaba, que había sido un impulso, pero en realidad lo había tenido en mente desde que salió del aeropuerto; incluso antes, lo había considerado como una opción cuando salió de casa. Fran estaba sacando sábanas de la lavadora y metiéndolas en una cesta de plástico. No se detuvo cuando lo llamó para que entrara.

—Quería saber cómo está Cassie —dijo él.

—Todavía está dormida. Para cuando llegamos esta mañana ya casi había amanecido. El médico la ha examinado. Dijo que solo tiene algunos moretones por los tumbos que dio en la parte trasera de la furgoneta.

Jimmy no sabía qué decir. Ambos sabían que las consecuencias físicas no serían las más duraderas.

Ella ya se había enderezado.

—Supongo que no puedo preguntarte sobre lo que pasó. Que no está permitido.

—Pregunta lo que quieras —dijo él—. No vas a ir a la prensa. Y si alguien tiene derecho a saber, eres tú.

—¿Alguna vez pensaste que yo era sospechosa?

—No —respondió sin dudarlo—. Nunca.

Sin preguntar si quería algo de beber, puso la tetera en el fogón, enjuagó la cafetera que estaba en el fregadero y agregó café molido.

—¿Por qué lo hizo? Trato de entenderlo. Quiero decir, yo también me peleé con gente cuando era adolescente. Es normal, ¿no? A esa edad. Un minuto crees que son almas gemelas. Al siguiente te preguntas cómo pueden ser tan crueles. Pero nunca le até una bufanda al cuello a nadie y lo estrangulé.

—No se trataba solo de una pelea entre amigas —dijo él.

Fran le sirvió café, recordando que él lo tomaba solo.

—Había pasado una época difícil en la escuela. Desde que estaba en primaria. A mí también me acosaron, así que sé cómo es. Y no creo que fuera fácil, supongo, tener a su madre como maestra.

—Dios, no. Especialmente alguien como Margaret Henry. Sería una pesadilla.

—Todo empeoró cuando empezó en el instituto. Era un tipo de acoso rutinario. Nunca físico. No realmente. La gente chocaba con ella de una manera que podría haber parecido accidental, la hacían tropezar. Pero era una especie de indiferencia fría. Nunca la incluyeron. Nunca querían hablar con ella. Todo el mundo dejaba claro que no valía la pena preocuparse por ella. Quizá eso se convirtió en una especie de paranoia. Dondequiera que iba en la escuela, pensaba que la gente estaba hablando de ella.

—Pero Catherine se preocupaba por ella.

327

—Catherine no le daba importancia a lo que pensaran los demás. Tenía sus propias ideas. Sally estaba celosa de eso.

—¿Cómo sabes todo eso?

—Sally nos lo ha contado. Quiere que lo sepamos todo. Es como si disfrutara de la atención.

Fran estaba sentada junto al fuego, con la espalda apoyada en el hogar.

—¿Las dos estaban interesadas en él? ¿Por eso se pelearon? No lo veo como el tipo de Catherine.

Perez no pudo evitar sonreír.

—No lo era. No, no era por eso. Sally estaba obsesionada con él. Eso sí es fácil de entender, ¿no? Alto, guapo, al mando de ese enorme barco. Una reputación que sus padres detestarían. Y su primer novio. El interés de Catherine era más… —hizo una pausa—… más académico.

—¿Qué quieres decir?

—Tenía el proyecto de la escuela. Una película.

—Sí —dijo Fran—. *Fuego y hielo.*

—Hasta donde yo sé, era una especie de estudio antropológico de las islas. Casi una crítica. Pero no solo registraba lo que veía. Era una directora. Hacía que las cosas sucedieran. Un profesor de la escuela la invitó a su casa y se propasó. Catherine fingió estar escandalizada, pero era lo que buscaba. Lo filmó en secreto. Un joven en Quendale le confesó sus sentimientos. Lo preparó todo para rechazarlo, para la humillación, y también lo grabó. Fue el muchacho que llevó a las chicas a casa en Nochevieja. Sally dijo que no lo reconoció, pero por supuesto que debía haberlo hecho. Solo quería crear más misterio alrededor de Catherine.

Hizo otra pausa, bebió el café, que estaba muy bueno. Después de todo, ya no había prisa, y no se le ocurría ningún otro lugar en el que preferiría estar que en esa pequeña casa cálida con esa mujer.

—Catherine sabía que el padre de Robert era el Guizer Jarl, sabía que este estaba desesperado por tener un papel destacado en el Up Helly Aa. Sabía que la reputación de su padre le importaba, y mucho. Robert siempre se había decantado por las chicas jóvenes, muy jóvenes. Probablemente se sentía más seguro con ellas. Nunca había madurado del todo. No digo que Catherine lo manipulara. No del todo. Pero le dio la oportunidad de comportarse mal, y él la aprovechó.

De repente, se sintió avergonzado. No quería hablar sobre cómo Catherine provocó a Robert, ni sobre su reacción cuando ella se rio de él. No quería dar a entender que Catherine había provocado la violencia que acabó con ella. ¿Cómo sonaría eso? Fran era una mujer liberada y joven del sur. ¿Qué pensaría de él? Pero, de hecho, Catherine había conseguido exactamente lo que quería. Había triunfado. Se sintió torpe, no sabía encontrar las palabras.

—Catherine grabó a Robert en la película. Lo mostró en su peor momento. Pensaba exhibirlo en la escuela. Ya sabes cómo son las cosas aquí. Para esa misma noche, todo el mundo estaría hablando de ello. Incluso podrían acusarlo, terminar en un juicio… Su padre ya había pasado suficiente vergüenza con el *affaire* de Celia. Imagina la publicidad de un juicio.

—Robert tenía un motivo para matar a Catherine —dijo Fran—. Pero Sally no. ¿O sí? ¿Me estoy perdiendo algo? —Frunció el ceño, pero de una manera más curiosa que ansiosa. Jimmy sintió un alivio repentino porque todo había terminado bien para ella. Sabía que era una reacción completamente egoísta. No habría podido mirarla a la cara nunca más si a Cassie le hubiera pasado algo.

—Te dije que Sally estaba obsesionada con Robert. No creo que él pensara en ese momento en una relación seria. Había estado borracho en la plaza del mercado, en la fiesta de Nochevieja y terminaron juntos. Eso fue todo. Pero Sally estaba llena de ideas románticas. Escuchándola hablar uno pensaría que ya había estado diseñando su vestido de novia. Casi. Esa tarde, el día que murió, Catherine pasó un rato con Magnus Tait. Él le habló de Catriona Bruce. No reveló el secreto de su madre. No del todo. Pero habló sobre la chica, y Catherine lo filmó. Más tarde esa noche, se reunió con Sally.

Dejó su taza sobre la mesa e intentó imaginar la escena en su cabeza.

—Estarían en la casa de Catherine. Su padre estaba fuera. Catherine sabía que él saldría a cenar con colegas después de la reunión en la escuela. La madre de Sally pensaba que su hija estaba en su habitación terminando los deberes. A Margaret no le gustaba que saliera por la noche, incluso cuando solo era para ir a la casa de Catherine, y no sería la primera vez que Sally se escabullía sin que sus padres se dieran cuenta. Catherine estaba emocionada con su película, con el excelente material que había conseguido: Robert Isbister comportándose como un animal y Magnus Tait hablando de la desaparición de una niña y de cómo toda la comunidad lo había marginado durante años. No era la imagen que la oficina de turismo de Shetland querría proyectar. Le mostró la película a Sally. —Hizo una pausa, mirando a Fran, y luego continuó—. Habían estado bebiendo. No mucho; compartieron una botella de vino. Pero sería suficiente para que hablaran con más libertad. Catherine le habría dicho lo que realmente pensaba de Robert. Imagínate su tono burlón. ¿Cómo podía salir con alguien como él? Ella no podría soportar que la tocara. Y así, todo. Sería como revivir el acoso otra vez.

»De algún modo, terminaron fuera. Probablemente fue idea de Catherine, le gustaba lo dramático. Otra escena para su película. Aún no había empezado a nevar, había luna llena, todo estaba muy helado. Cassie se despertó y miró desde la ventana de su habitación hacia la colina. Vio a las chicas juntas, recortadas contra el campo blanco. Catherine no podía dejar el tema de Robert Isbister. Quizá se preocupaba por Sally y sabía que él solo la perjudicaría más adelante. Pero creo que lo más probable es que buscara otro estallido para grabarlo. Y lo consiguió, desde luego que sí. Sally perdió el control. Cuando tomamos su declaración esta mañana, dijo que solo quería que

Catherine dejara de burlarse de ella. Tiró de su bufanda con fuerza alrededor de su cuello. Por fin se hizo el silencio. La dejó ahí, en la nieve. Cassie vio cómo regresaba sola a la casa de los Ross. Estaba medio dormida, no se dio cuenta entonces de la importancia de lo que había visto. Solo cuando Sally vino a cuidar de ella, llevando el mismo abrigo que se había puesto esa noche, su memoria se activó. Cassie aún no entendía el significado, pero la inquietó. Debió de decirle algo a Sally.

—La dejé sola con Cassie en la casa —dijo Fran—. Dos veces. —Pensó en el dibujo que Cassie había hecho en la playa del Haa. Sabía entonces que Catherine estaba muerta—. Debí haberme dado cuenta.

—No podías haberlo sabido. Ninguno de nosotros tenía la menor idea de lo que había pasado en ese momento. —Quería extender la mano y acariciar la nuca de Fran, donde algunos mechones de cabello se habían soltado, para decirle que todo estaba bien, pero sabía que esta vez no podía dejarse llevar por la emoción. Entrelazó los dedos para controlarlos y resistir la tentación—. Magnus también lo vio. Algo. A las chicas bajando juntas por el sendero, y solo una volviendo. A la mañana siguiente salió temprano y descubrió que Catherine estaba muerta. Le quitó la nieve del rostro.

—¿Por qué no dijo nada?

Perez hizo una pausa.

—Tuvo una mala experiencia con la policía cuando desapareció la otra niña, pensó que nadie le creería. Me lo contó antes de que encontráramos a Cassie sana y salva. Le pedí a Taylor que registrara la escuela, pero halló las llaves de Catherine en la habitación de Sally. La chica había entrado en la casa de Euan para buscar la película.

—Así que Sally mató a Catherine para proteger a un hombre que ni siquiera la quería.

—Parece que estuvo bastante tranquila después —dijo Perez. Pensaba que Fran tenía derecho a saber toda la historia—. Se llevó la cámara de vídeo con ella. Por supuesto, llevaba guantes. Se los había puesto antes de salir, por el frío. Entró en la habitación de Catherine, encontró el guion y el material, y borró *Fuego y hielo* del ordenador. Luego volvió a casa. Sus padres ya estaban dormidos y no oyeron nada. Ni se enteraron de que había salido. Incluso se preparó una taza de té antes de irse a la cama.

Hubo un momento de silencio. Sabía que debía irse. Quedaba todo el trabajo que seguía a un arresto, y no podía confiar en que Sandy lo hiciera bien. Por fin, a regañadientes, se levantó. Fran también se puso de pie.

—Gracias —dijo.

Estaba a punto de decir que no era nada, que solo hacía su trabajo, pero antes de que pudiera hablar, ella se acercó y lo besó en la mejilla. Un beso ligero y seco. De gratitud.

—Gracias —repitió mientras cerraba la puerta tras él.

Condujo de regreso a Lerwick. Antes de ir a su oficina, pasó por su casa y llamó a su madre.

Agradecimientos

Fue una temeridad escribir un libro ambientado en las Shetland cuando vivía en West Yorkshire. Habría sido imposible sin la ayuda y el apoyo de los habitantes de las propias Shetland. Gracias a Bob Gunn, a todos los integrantes del Shetland Arts Trust, en especial a Chrissie y Alex, a Morag, de la Biblioteca de Lerwick, a Becky y Floortje, por hacernos comprender lo que es ser joven, y a Becky, de nuevo, por sus detallados consejos sobre la trama. Una mención especial para la isla Fair, donde empezó todo, y para nuestros amigos de allí. A pesar de su ayuda, es posible que haya imprecisiones. Todas son mías.

Principal de los Libros le agradece la atención
dedicada a *Cuervo negro,* de Ann Cleeves.
Esperamos que haya disfrutado de la lectura
y le invitamos a visitarnos
en www.principaldeloslibros.com,
donde encontrará más información
sobre nuestras publicaciones.

Si lo desea, también puede seguirnos
a través de Facebook, Twitter o Instagram
utilizando su teléfono móvil
para leer los siguientes códigos QR: